MINGUO TONGSU XIAOSHUO
DIANCANG WENKU

民国通俗小说典藏文库·冯玉奇卷

六桥春·斧魄冰魂

冯玉奇◎著

中国文史出版社

目　录

六 桥 春

斧魄冰魂

六 桥 春

第一回

无意解女围，有意寻春

蔚蓝的天空浮着五彩的朝霞，东方的朝阳已慢慢地从地平线上升起，星月已淡白无光。村中几处喔喔的鸡啼，三三两两的农夫背着锄头都向稻田里去。沿路嫩绿的柳丝随着春风飘荡，像绿波似的翻动，娇艳的红桃含着珍珠似的朝露，更觉红润鲜美。田野间送来百花的幽香，令人欲醉。更有黄莺儿歌唱着悦耳的妙曲，燕儿对对地追逐，蝶儿双双地回飞，好一片大好的春色，这真是人们游山玩水的好时光。

杭州西湖附近有一个新民中学，里面学生倒也不少，大半都是在校住读。清明时节，杭州各学校都是放春假的，新民中学当然亦在其内。寄宿在校的学生，有的亦都纷纷回家省亲，只剩下一小半的学生，因留恋着春光明媚中西湖的美景，又因假期不多，遂不愿多费一次来去的忙碌，留身在校中了。

东堂十九号里的一个小小宿舍，四壁全都糊着花纸，东首横着一只黑漆的半铁床，靠南窗前放着写字台，台角上满堆着厚厚的中西书籍。旁边一只台灯，绿油油的灯罩，中间横着一只长盘，盘内放着文具。盘旁还摆着一只青瓷的花瓶，里面插着数枝正在盛放的桃花。卧室门的侧边放着一张半桌，桌上摆着面盆、热水瓶、茶杯等物。壁上白铜挡上钩着两条面巾，旁边挂着一方镜子。西首壁旁两只椅子，中间夹着茶儿，上面壁上挂着一张半身小照，照内一年约十七八穿西服的少年，脸含笑容，两眼炯炯有神，倒长着一副可人的脸蛋儿，旁边两面三角形的田径锦标旗帜。

这时室中除了微微有人的鼻息声外，是静悄悄的。只见东面铺上睡着一个少年，雪白的被单，绣花的枕头。那少年的头却不曾枕着，只睡在枕头的下面，枕头被他挤在旁边。见他两手环抱着一角被儿，眼睛微微地闭着，嘴角边还露着一丝笑意，倒正在做他粉红色的美梦哩。

这个少年是谁？作者趁他这时熟睡着，与诸位阅者介绍明白。原来这少年是新民中学高中三的学生，姓徐名延龄，字锡年，绍兴人，年十八岁。他的父亲名哲生，在商界中颇有名声，膝下只有延龄一人，故而十分娇养。其母黄氏尤爱若珍宝，延龄初中毕业，就向新民中学来住读，当初其母不允，后来延龄再三恳求，并言杭州城内有表姐宋文英住着，可以时去盘桓，因此黄氏方才答应，并致函文英，托她代为照顾。文英当然是无不答应。

岁月匆匆，一忽儿已过三年，延龄亦由天真的孩子，而已成一翩翩美少年了。延龄因无兄妹姐弟，回到家里更是寂寞，所以这次春假便打算不回家了。

这天早晨，是已日上三竿，阳光从窗外直射进来，晒在他的身上温柔暖和，无限适意。正在睡得甜蜜的当儿，忽然卜卜地有人在门上敲了两声，这才把他从梦中惊醒，两手揉了揉眼睛，打了一个呵欠，又伸了一个腰，向门外问道："是谁呀？"只听门外有人答道："是我，老徐你还没有起来吗？真懒极了，现在是什么时候了！"

延龄听出这声音是自己同班的张雨农，因就笑道："老张，你干什么，多麻烦，别人正在……又来扰人好梦。"说着，一面掀开被儿，一面跳下床来，去开了房门。见雨农手里拿了一袋东西，咯咯笑着进来，道："你在做什么好梦，倒说给我听听，敢是和一位密司在接吻吧。"延龄噗地一笑，回到床边坐下，道："烂舌头的，又信着嘴儿胡说。"雨农也把一袋东西放在桌上，笑道："你这人真不识好人心，别人家买了点心，特地送来给你吃，你不谢我，却说不起，倒反埋怨我，真气煞人。"

延龄一面披衣，一面笑道："真的吗？好兄弟，那我可错怪了你，对不起，对不起。你有什么好点心啦？"说着，便去拿桌上的袋。雨农早已抢步拿过了，笑道："别忙，我且问你，你何以前倨而后恭也？"

延龄听了，忍不住咯咯笑道：“以雨农的孝顺而多点心。”说得两人都笑断了腰。雨农要去拧他的嘴，延龄忙告饶，笑道：“好兄弟，好哥哥，饶我这一次吧！”雨农这才笑着罢手。

延龄忙漱洗完毕，倒了两杯茶。雨农取出点心，原来是奶油蛋糕，延龄这时正饿，遂吃了一饱。延龄笑道：“今天你预备到哪里去玩玩？”雨农道：“游湖去吧。”正说间，忽见校役进来，道：“好找，张先生在这里。刚才你叔叔来电话，叫你去一次。”雨农点了点头，向延龄笑道：“这可太凑巧了，我不能奉陪了。”延龄道：“你有正事，你只顾走是了。”雨农说了一声对不起，便走出去了

延龄在房内踱了一圈，走到床边，掀开了绿纱帷幔，见窗外一片春色，真令人心醉。红桃绿柳，相杂其间。黄莺儿在绿波中，一会儿掠来，一会儿掠去。延龄心想：这样好的天气，一个儿闷在屋子里这不是太无聊吗？雨农有事，我独个儿去闲散一会儿也好，否则岂不辜负了如此良辰美景？想着，遂又回到镜前，梳了一下头发，回身出了新民中学。

湖滨公园中，游人如织，红男绿女，两三成群。有的在树荫下促膝谈心，有的在春波中驾艇荡湖，喁喁情话，每个人的脸上全都笑意生春。延龄因为肚中已饿，这就无心再游，便离开了湖滨公园。

走了一截路，只见明湖春酒楼已在眼前了，正想跨步进去，忽然瞥见前面有一群孩子，围着不知什么在胡闹，却听旁边一个老人说道：“这班孩子真是顽皮，和一个姑娘有什么胡闹呢？”延龄听了，这就被好奇心打动了，把已跨进去的一只仍又回了出来，忙着跑上前去。果然见一个十六七岁的姑娘被他们围在中间，地上还丢着一只竹篮子，几条鱼和一扎菜都散在一地。见那姑娘身上穿着一套青布的夹袄裤，有几处已是破了后，用灰色的布条子补着。一双布底的鞋子，脚尖端的地方，已是破了一个小窟洞。她把左手的衣袖掩着自己的脸儿，右手不住地向前挥着，两只脚在地上乱顿。那群孩子见她这样急法，这就更有意向她冲上一步，还得意地哈哈地笑。那姑娘这就弄得进退不能，差不多要急得哭了出来。

延龄站在旁边，瞧到这里，心里再也忍不住，遂走上前伸了五指，向一个孩子在他衣领上一提，那孩子这就像小鸡被鹰儿捕捉一般的，两只脚便临空起来。延龄指着他的脸，道："回家不好好去用功读书，却在街上胡闹。"说着，仍把那孩子放下，又向其余几个大声叫道："还不快回家去读书，一个个的都要给我打死呢！"延龄说着，又把袖子向上卷了一卷，把挺结实的臂膀伸了出来，向他们连连挥了几挥。众孩子见被他提起的那个孩子已经哇的一声哭了出来，料想没有好处，遂都乱窜乱奔地逃得一个都不剩了。

延龄见了，自己忍不住也好笑，自语道："真淘气。"因又忙俯身，把地上的菜和鱼都放进在篮内，正想站了起来还给那姑娘，却见那姑娘也蹲了下来，和延龄刚打个照面。

那姑娘把身子蹲下的意思，是因为见别人家已替自己解去了围，又要代自己拾菜，自己如果只顾站在旁边，不帮他一同来拾，这不是透着有些儿不好意思。现在见他已经都拾了起来，这就不徒一怔。延龄因刚才那个姑娘抬着左手，把衣袖掩着脸儿，所以是没有瞧见她的容貌，现在两人脸儿相对得差不多只隔了半尺的空隙，当然是瞧得特别清楚。见她乌亮的头发，梳得光滑滑的，两边斜对地分着，一个雪白鹅蛋的脸儿，配着两只滴溜乌圆的眼珠，显出聪敏活泼的样子。延龄心里这就暗想：倒是一个挺好的人样儿。

那个姑娘被他一阵子地呆看，倒也不觉有些儿难为情了，便慢慢儿站了起来。延龄这就自己也有些觉着了，便慌忙跟着站起来，见她低垂着头儿，羞人的模样，这就更觉她的可爱处，便把手中的篮儿递了过去，笑道："这位姑娘你可有受吓了没有？"那姑娘听了他话，才抬起头来，忙着伸过手来接过篮子，弯了一弯身子，向他连连点了两下头，眼珠一转，笑道："没有，谢谢你。"

延龄见她说话清脆悦耳，便乐得耸了耸肩膀，笑道："不打紧，那一班孩子可真淘气。"那姑娘听他提起刚才这一回事，觉得自己刚才这样儿的急法，他一定也瞧见的，心里觉得十分不好意思，越是不好意思，心里就越是说不出一句话，脸颊上便更泛起了两朵红云。雪白的牙齿微咬着嘴唇，脚尖儿在地上只是团团地画着圆圈。忽然她如乎觉着了，这样子老站着，和一个年轻的少年，要是被过路的人瞧了，这算什么呢？因便向延龄点了一下头，低低又说了一声谢谢你，笑了一笑，才轻轻地移动脚步，慢慢地朝前一步一步走去。

第二回

真个是我见犹怜，送一程，又一程

人生的聚合，大半是偶然的。今天延龄和这位姑娘在这里相遇，当然也是所意想不到的事，不过偶然的往往也会变成固然的。照理像延龄那样公子哥儿的人，平日所见的小姐、名媛、漂亮美丽的姑娘也不少，今天遇到了这个衣敝鞋破的姑娘，也算不了是怎么一回稀奇的事。但是延龄见了这位姑娘之后，便好像失去了魂灵一样，自己也说不出所以然，只觉得姑娘的一举一动，没有一处是不令人感到她可爱的，觉得她说话的清脆，真比什么都好听，自己只要与她多说几句话，也觉高兴。延龄呆呆地想着，眼瞧着这个姑娘的俊影慢慢地远去，这就身不由己，紧紧地追上几步，脱口叫道："这位姑娘，你慢一些儿走，我有话问你。"那个姑娘听见后面有人叫应她，如乎也已知道准是他个救自己的少年，但是觉得有些儿不好意思，立刻回过头来，便只在路上站住了。

追延龄走到了她的身边，她才侧着脸儿，回过身来，向延龄望了一眼，道："先生，你又叫我干吗？"延龄听了这话，倒是一怔，自己一些都没有事，还叫她做什么呢？不过聪敏的人，转机是十分灵捷的，当她问着的时候，眼珠一转，这就有了主意，微笑了一下，道："我怕姑娘离家还是很远，不要在半途上又蹿出一群孩子来和你胡闹，那可不是玩的。"那姑娘听了这话，心里倒是一怔，别人家这样儿的好意，自己倒不能不回答他，不过叫自己说些什么好呢？说前面不会有孩子再来闹了，这如乎给被人家的面子上不好过，要是承认了吧，那么难道还叫他送我回去不成？这可有些儿其难了。那姑娘只管这样地想着，也就忘记了回答，只是低头，一声儿不响。

延龄也就已知道了她的意思，因笑了一笑，道：“你要不让我送你一程，反正我是没有事的。”那姑娘听他这般说，就不能不开口了，慢慢地抬起头来，微微点了两点，露齿笑道：“谢谢你，劳你的驾了。”她说完了这话，不知怎的，脸上顿时又涨得通红，低下头来。延龄见她已经答应下来，心里这一欢喜，真比自己在初中毕业时得了奖牌还要高兴。

两人在路上并着肩走着，要是大家都一声儿不开口，这算什么呢？不过一时倒也想不出说些什么呢。延龄满肚想着闲话，这就笑了一笑，向她道：“篮子拿着重吗？让我替你拿一程吧。”那姑娘望了延龄一眼，摇摇头笑道：“这篮子可脏得很，要污了你的衣服，还是我自己拿着吧。”延龄听她这样说，却反而伸过手去，也不经她的同意，把篮儿接了过来，道：“打什么紧，我不是怕脏的。”那姑娘见他这样说，便就哧的一声笑了。延龄也笑了，道：“你笑干吗？”那姑娘被他一问，脸上不觉又是一阵红晕，灵活的眼珠向他一瞟，低着头不说什么。延龄见她这样娇羞不胜的神情，忍不住也又笑了。

走了一截路，延龄忍不住又开口了，道：“你家在哪儿？”那姑娘才抬起头来，道：“在丁家山。”延龄道：“丁家山，可不是还要摆渡吗？你爸干什么的？”那姑娘听他提起她爸，不觉便眼眶儿一红，叹了一声，道：“我爸要是还在世上的话，咱们何至于弄到眼前的模样。”延龄听了，忙道：“那么你爸可不是已死了吗？”那姑娘点了点头，眼泪便在眼眶子里落了下来。延龄道：“那你家里还有谁？哥哥有吗？”那姑娘摇头道：“没有的，家里只有妈和我两个儿。”延龄听了，呆呆地望着她，道：“那你们是干什么过活啦？”那姑娘听了这话，支吾了一会儿，望着他，又红了脸儿，道：“我真不好意思说出来，我每天跟着邻家的王大嫂在东湖上摇着船儿，就是这样子，度着我娘儿两口的生活。你听了可别见笑。”延龄才知道，原来她是个船娘，因连忙声道：“哪儿话，你太客气了。那也算不了什么呀，我倒佩服你能自作自食的能力呢。”那姑娘听了，才又哧地一笑道：“哟，你这就说得我太好了，一个女孩儿家，终日抛头露脸地去干这种的事，终是丢脸的，为了咱们的生活，才出于不得已的呀。你还说哩!”延龄听了，心里不觉暗暗惭愧，便连连点了两点头，那姑娘却又在叹息了。延龄倒是很起了同情心，轻声地安慰道：“那也没什么，以后终有好日子的。”

俩人这样地谈着话，那就显见得比前熟悉了许多，那姑娘也不像刚才那样含羞得不说话了，听延龄这样说，便向延龄笑了一笑，停了一会儿，问道：“先生，你贵姓啦?”延龄听了，心想：到底还是女孩儿家心细，自已真也糊圆得可怜，说了这许多话，连姓什么都还不知道呢。遂笑了笑，道：“我姓徐，你姓的是……”那姑娘不等他说完，就早说道：“我姓谈。”

俩人说着话，已是步到了湖滨，延龄正想再问，忽见湖滨沿岸泊着一只划子船，船上一个年约三十左右的妇人，向这里叫道：“小香，你怎么啦?到这时候才回来。”那谈小香听了，便连走带跳到了湖滨，笑道：“大嫂子，真对不起，叫你等了好多时候了。”说着，回头又向延龄摇手。延龄提着篮子笑着过来，王大嫂把眼光向延龄打量了好一会儿。谈小香笑道：“大嫂子，我打从城里回来，路上忽然来了十多个孩子，围着我吵闹，我真急死啦。幸亏这位徐先生帮了我。”王大嫂听了，笑道：“真的吗?怎么小孩子也会来缠你胡闹了?小香，这准是你生得太美丽了。”小香听了，红着脸啐她一口，笑道：“得啦，还是不告诉你好，又叫你信着嘴儿胡说了。”王大嫂哧哧笑道：“是了，那么咱们快回去吧，你妈等着心焦了呢。”小香听了，点点头，回身向延龄对面站着，接过篮子，连连点头道：“徐先生，劳驾你了，我真感激你。”说着，遂转身走下船去，心里这就想：别人家这样热情送我到这里，自己却把他丢在岸上，这使他是太难堪了，而且自己这时的心也不知怎样，也觉有些恋恋不舍。不过一个女孩儿家，要叫一个年轻的少年到自己家里去坐一会儿，这如何说得出口呢?这真是觉得左右为难，心里也就忐忑地跳着，不觉又停了步，回头向延龄望了一眼，见他呆呆地站着，似乎十分失望的样儿，心里更觉不忍。

正在这个当儿，却见王大嫂从小划子上跳到岸上来，走近小香的身边，拉着她的手儿笑道：“你这孩子就不懂事，徐先生帮了你的忙，而且又送了你来，你也请他到家去喝一杯茶才是呀。”小香被她一说，不觉红了脸，瞅她一眼，笑道：“我也这样想，我怕徐先生不愿意呢。”说着，又走到延龄面前，低了头，轻声儿道：“徐先生，你愿不愿意到我家去坐一会儿?”说着，又慢慢抬起头来，望着延龄只是微笑。延龄正在感到失望，忽然见小香又走过来这样说，心里一高兴，脸上又堆下笑容，忙道：“我倒是极愿意去，不过我怕姑娘……”小香听了，忙抢着笑道：“怕我怎么样？你这不是太客气了？像你这般的客人，咱们怕还请不到呢!”延龄听着笑了，小香也笑起来。

三人上了船，到了丁家山，转了几个弯，这就见一条曲折的泥路，两旁种着垂柳，前面几间茅屋。走近屋前，原来四周还环着篱笆，篱笆西首一条小河，沿河种着几枝红桃，正开得灿烂，远望山峰，隐隐在云端中显着。延龄心里暗想：这里倒有这样清雅的景致，怪不得有这般秀丽的人了。走进院门，里面是个大院子，场上有几只鸡儿在寻食。除东屋檐下放着炉子、煤球、柴枝等燃料，旁边一只破桌，上面仅放着两盆蔷薇花。

小香跨进院门，就柔声叫道：“妈妈。”只见屋子里走出一个年约四五十的老婆子来，眼睛深深地凹陷在眼眶里，见了他们，便笑着满皱纹的脸道：“香儿，回来啦，怎么今天晚些儿了?”王大嫂道：“老太太，小香打从城里回来，今天又被人欺侮了。”谈老太吃惊道：“又是谁欺侮了她？我不是今天叫她别进城了，她偏不听，说娘要吃鱼，今天往街上去买几条。这孩子也太孝顺了，前天我也因为偶然想起，以前过着这样好日子，现在要吃条鱼都不能，不知这孩子听着，就存了心。在这年头，要吃饭都难，还想吃好的吗？我不过说说罢了，可不是倒又叫她去惹出事来了。”小香听了，跑到她妈身边，拍着她肩儿笑道：“妈，你怎么啦？又说出这许多的话来了，有客在此啦!”谈老太道：“哪儿来什么客？你这孩子又胡说哄我了。”王大嫂笑道：“老太太，这次小香倒不曾哄你，不是幸亏这位徐先生帮了她吗?”谈老太听了，把枯瘦的手儿揉揉眼睛，仔细向延龄身上打量了一会儿，道：“哦，就是这位徐先生吗？快请里面坐，我的眼力真不济事，还当是你家里的刘傻子哩。”延龄忙连连点头。王大嫂听了，忍不住噗地笑出来，又拉拉小香的衣袖，道：“我走了，下午见吧。”说着，又向小香扮了一个鬼脸。小香啐了她一口，自己也笑了。

到了屋子里，小香把自己衣袖在凳子上抹了一抹，笑道：“徐先生请坐。屋子里又暗又脏，真是……”延龄坐下，忙道：“别客气。”说着，向屋子里打量着，摆设像个客室，家器虽都已破旧了，但是倒也收拾得清洁。上首壁上挂着一张相片里是一个年约三四十的中年男子，嘴唇上留着一撮小胡须，延龄想这大概是小香的爸了。再瞧东西对面有两扇门，都用门帘子下着，里面大约是卧室了。延龄正在想着，谈老太已端着一杯茶来，道：“徐先生，谢谢你，真劳你驾了。”延龄忙站起来接了，笑道：“别客气，这也费不了我多大的力。”小香也从房内出来，手里拿了烟卷，向延龄笑道：“徐先生，你抽支烟吧。”延龄忙摇手道谢，笑道：“对不起，我不会吸的。”小香道：“真的不会吸吗？那我不和你客气了，现在已是正午了，徐先生一定还没用过饭，我想留徐先生这里用饭了。不过菜儿不好，只得委屈些儿了，不知徐先生能答应吗？”小香说着，望着延龄只是微笑，像等着他答复。延龄本早已肚饿，为了小香的事一缠，倒也忘记了，这时被她一提，肚里这就又咕噜地吵了，暗想：外面去吃，又要费许多时候，而且自己也实在不忍拂她的意思。因点头笑道：“怎么不能答应？不过你别太客气了。”小香见他答应了，脸上的笑容只是显露着，回头向谈老太笑道：“妈，你伴着徐先生谈一会儿吧，我去做饭。”谈老太道：“饭已做好了，你去烧菜吧。”小香答应，回头又向延龄露齿一笑，便一跳一跳地走到院子里去了。

第三回

愁万种，恨千般，叹中郎有女差幸

谈老太轻轻叹了一声，道："怎么小孩子也这样坏，在路上就拦着人胡闹，以后香儿我真有些儿不放心叫她出去了。"延龄道："这都要怪他们做家长的不好，小孩子的时代，最要紧的就是家庭教育。"谈老太听了，微微地一笑，向延龄望着，道："徐先生，你是哪儿人？在什么地方办事呀？"延龄道："我吗？是绍兴人，现在还在学校里读书。"谈老太点了点头，向壁上的相片望了一眼，叹了一口气道："徐先生，你真好福气，咱们小香就真命苦。"延龄听了，心里一动，忙问道："老太太，这张小照可不是小香的爸？"谈老太听了，回过头来向延龄道："徐先生，你是不知道咱们的家事，我想起来，就能使我伤心呢！"延龄听了，吃了一惊，呆了一会儿，方才道："老太太，我倒愿意听听，不知道肯不肯和我谈谈？"谈老太道："这是十年前的事了，今天我就再来说一遍。"延龄听了，这就一声儿不响，静悄悄地听她说下去。

谈老太她却不立刻就说，把桌上一杯茶拿近一些儿，向延龄道："徐先生，你茶喝一口儿，这茶叶子是新鲜泡上的。"延龄听了，连连点头道："不错，这茶味儿很可口。"说着，喝了几口。谈老太笑了一笑，才接下去道："咱们的原籍就是杭州，涌金路那边两座的住宅，虽不能说大，可是却也不小，这还是咱们老太爷的时候。小香的爸自小儿就念书的，他也曾中过举，到老太爷归西的那年，正是宣统末年。到了民国时代，小香的爸书也不念了，虽然祖上有些遗产，但是老闲在家里，终究不是一回事，所以便找一些儿事做，倒也这样过去了。到了民国三年，忽然从北京来了一封老同学的信，说他现在北京曹将军部下任事，目前有一空位，叫小香爸立刻就去。她爸当时喜欢得了不得，以为有这样一个好机会，真是求也求不到，便来和我商量。但是我却不赞成，一则路途遥远，寄身在客地，终是诸多不便；二则当时政局虽已称统一，然而却仍分为南北两派，而且曹将军为人素来不仁，所以劝他别去干这官儿了，安分守己地过老百姓日子吧。可是他却不听，一颗心给功名引诱了，因把那座住宅卖了，就迁居到北京去。那年我已有了身孕，到北京只有三个月，生下的孩子就是小香。”

延龄听到这里，心里暗想：原来小香倒是个纯粹的北平姑娘呢。谈老太又接下去道：“小香六岁的那年，长得小巧玲珑，聪敏活泼，咱们两老口子爱她真像掌上明珠一般。她爸朋友到家来的时候，没有一个不赞她聪敏可爱的，都很想把小香做他们的媳妇，我们因为年纪小，所以没有允许。晚上有时她爸高兴，把什么《三字经》《千字文》都教了她念熟了，又叫她爸讲解《孟子》《论语》，她却也能一一领会。她爸虽已年近四十，膝下尚无儿，但是他却也并不介意，还常这样说：‘我有这个女孩儿，就胜儿子多了。’我听他这样说，心里又安慰又欢喜，以为香儿终再不会受苦的了。哪里知道天有不测风云，人有旦夕祸福，小香的命会这样苦呀！”谈老太说到这里，眼泪便扑簌簌地落了下来。延龄本是含着笑意静悄悄地听着，听到这里，见她如此伤心模样，心里也一阵难过，立刻沉了脸儿，忙问道：“那么后来又怎么样了呢？”谈老太把衣袖拭去泪痕，接下去道：“小香的爸做人就是太认真了些，那时有一个姓杨的上司，有一件舞弊的事要她爸帮忙，她爸却一口拒绝，因此姓杨的就怀恨在心，时常在曹将军前说她爸的缺点。那天为了一件很小的事，他就诬说小香爸串通敌人，那曹将军亦不问究竟有无此事，就把她的爸枪决了……”谈老太说到这里，喉间已经哽咽住了，延龄也忍不住陪了几点热泪。谈老太却又道：“我是打定主意想跟着她爸去的，可是瞧了可怜的小香，我又怎样忍心丢下她呢？而且丈夫含冤地下，大仇未报，又怎能对得住他？预备抚养小香成人，再图报复。但是在异乡，无亲无邻，终究不是个结局，所以便和小香南归了。一忽儿已是十年，说那曹将军已经被人刺死，我才稍出了这口怨气，但是这并不是我亲身去替丈夫报仇，我总觉有些儿对不住地下小香的爸。我深悔当初为什么不坚决地劝阻他，现在果然弄到如此下场，只是可怜小香，自小儿娇养已惯，到目前也已随了我整整苦了十年。倒是我烦恼的时候，她终是偎着小脸安慰着我。”

谈老太说到这里，又叹了一口气，向延龄望着，道：“徐先生，所以我想起过去的一切，不是谁使我伤心的。自从我进了谈家的门，一直到现在，我真觉有一部小说可以编。”延龄听了，十分同情，心里暗想：原来她们也是一个好人家，小香要是在十年前，可不是也是一个闺阁的小千金吗？这就对于小香，也更存了一种爱怜之心。

正在这时，忽见小香端了菜儿进来，腰身间还围着一方雪白的布儿，笑盈盈地走到桌边放下，见她妈脸上有泪痕，因便道：“妈，你怎么又伤心了？”谈老太忙破涕笑道：“哪里我伤心什么，你快些儿盛饭吧。徐先生可饿了吧？”小香听了，回头向延龄嫣然一笑道：“真的，徐先生等了这许多时候，可别饿坏了肚子。”延龄见她这副可爱的脸庞儿，也忍不住笑了。今天吃午饭的时候，会多了这样的一个客人，她们母女两人都是所意想不到的。

小香和延龄是成一斜角度地坐着，乌圆的眼珠只是向延龄溜着，脸上的笑容这就没有平复过。延龄觉得这顿饭就格外可口了，一连吃了三碗饭，肚里还很想吃一些。不过见她们母女两人都已先后吃好，自己这就有些儿不好意思再吃。小香却早已伸过手来，笑道：“再盛一碗吧。菜儿不好，饭可要吃饱的。”延龄忙笑道：“今天已是吃多了，我真的已饱了，哪里吃饭还做客吗？”小香把小腮子一鼓，笑道：“我可不信，咱们女孩儿家也得吃上三碗啦，不过这菜儿可真的是不能叫徐先生下饭的。”延龄听她这样一说，这可有些儿为难了，笑了一笑道：“这是哪儿话，今天的菜是再可口也没有了，你真烧得不错。”小香听了，哧地一笑，眼珠一转，道：“那么再添一些儿吧。你如果独个儿吃怕羞的话，我不走，在旁边陪着你吃怎样？”延龄听着“陪着你”三字，心里不觉荡漾了一下。她那一番体贴温顺的情形，自己再也不能推却了，就是自己真的吃不下，这就也得吃上几口。何况自己今天真的已饿得慌了，再吃一些儿，谅也不妨事的，因笑着点头答应了。

谈老太在旁边也笑道："你们年轻的人，真该多吃一些儿才是，比不得我上了年纪的人，一碗饭吃下，已经饱了。不过今天的菜真也不好……"延龄接着忙道："老太太，你这是太客气了。"小香把碗里一条鱼，用筷拣了一大块肉，放在延龄碗内，道："这鱼烧得太咸一些了吧？"延龄笑道："正好，也不咸，也不淡。"小香听了，忍不住又抹嘴笑了。这一餐饭吃得很舒服，大家脸上都有着笑容，小香忙又泡上茶来。

这时忽听院子里有人叫道："小香，你们饭吃了没有？"小香知道王大嫂来了，便笑着迎出去，过一会儿，见两人搀着手儿哧哧地笑进来。王大嫂见了延龄，便笑着点头，在谈老太道："大嫂子，今天王大哥回来没有？"王大嫂道："他吗？有三天不曾回家了，听说他要干一星期的包工哩。"谈老太笑道："那你是要好多天寂寞了。"王大嫂"哎哟"一声笑道："老太太怎么打趣我啦，咱们老夫老妻，难道还叫他常伴着我吗？"说得小香延龄都哧地笑了。王大嫂向小香望了一眼，用手指点点延龄，又摇了摇手。小香瞅她一眼，忍不住笑道："你这干什么啦？"王大嫂自己也抹嘴笑了。谈了一会儿，王大嫂才对谈老太笑道："老太太，今天小香休息一天吧，我走了。"谈老太道："那么咱们晚上见吧。"王大嫂点点头，正想跨出门去，延龄却站起来笑道："大嫂子，慢些儿走。"王大嫂听了，忙回转身来，笑道："徐先生，你叫我干吗？"延龄道："今天你那只船儿租给我了吧。"王大嫂笑道："徐先生要吗？那当然让给你，还有什么客人一块儿玩啦？"延龄想：这可糟了，我还有什么客人呢？因支吾了一会儿，笑道："没有别的客人了。"王大嫂这就明白过来了，向小香望了一眼，笑道："好的，那么再坐一会儿，还是这时候就去？"延龄望着小香，只是笑着不语。王大嫂也早已知道他的意思了，因笑了笑，道："这时候去也好，小香，咱们一块儿走吧。"延龄正在不好意思开口，王大嫂却代他说了这一句话，心里倒是着实地感激她。小香听了，这就把腰前一方白布儿解下，向谈老太道："妈，咱们走了。"谈老太点头答应。延龄亦笑向谈老太道谢。谈老太笑道："还谢啦，今天真委屈你了，有空闲的时候，如徐先生不嫌这里脏的话，请常来玩玩。"延龄连连点头答应。

三人出了院子，这时候天气更是比早晨温暖，太阳晒在身上，真是感到无限舒适。到了湖边，见小划子的绳索仍系在那枝柳树下，湖心中已有许多游客在荡船了，三三两两的青年男女，有的唱着歌曲，有的还用口琴吹着合拍子。王大嫂把绳索拉拢靠近些岸边，延龄便跳下船去。小香道："当心一些儿。"王大嫂道："不要紧，我拉着。小香，你也跳上去吧。"小香遂也跳下去。王大嫂解散了绳索，忽然"哟"的一声，小香忙回头来道："怎么啦?"王大嫂两手捺着肚子，道："不得了，我有些儿肚疼，不能去了，你们走你们的吧!"延龄吃了一惊，道："那怎么办，要不要紧?"小香也紧蹙了眉毛儿，道："怎么好端端的又会肚疼起来？要不我送你回去?"王大嫂连连摇头，道："别理我，我自己会走的，不打紧，刚在我喝了一些冷水。"正在这时，忽见刘傻子拿了一根竹竿子，一路走，一路嘴里还哼着小调的曲儿，慢慢地从对面踱着走来。

第四回

眼儿媚，肩儿并，诉衷肠字字儿堪听

王大嫂忽然会肚子疼起来，而且是疼得这样厉害，这倒把小香和延龄都急了起来。正在无可如何的时候，她却见刘傻子慢慢地从前面踱来，王大嫂忙道："好了，刘傻子来了，我叫他扶着回家吧，小香你可别上来了。"说着，向刘傻子连连摇手。刘傻子见王大嫂向自己摇手，忙着奔了过来。小香忙道："刘大哥，你快扶着大嫂子回家吧，她肚子疼得厉害啦，叫我妈泡一碗热的姜汤给她喝得了。"刘傻子听了，慌忙丢了手内的竹竿子，去扶着王大嫂，又回过头来笑嘻嘻地向小香道："你们到哪儿玩去，我跟了一同去好吗？"小香抹嘴笑道："好的，你快些儿先扶着到家去吧。"刘傻子笑道："你答应了我，可不要走，要等着我……"他话还没有说完，王大嫂便在他的手背儿上捻了一把，刘傻子这就"哟"的一声叫了起来道："哪里来的蚂蚁，叮得我好痛。"说着，把手儿拼命地甩着。小香见他有趣，忍不住笑了，又忙抹着嘴向王大嫂道："大嫂子你到我妈处去躺一会儿吧，我们晚上见。"王大嫂点头答应，连连催着刘傻子，道："快走吧，别发傻劲了。"刘傻子把右手去抚着被捻痛的手，回过头来又向小香扮了一个鬼脸。

延龄见刘傻子真的有些儿傻头傻脑，心里也觉好笑，便坐了下来。当坐下来的时候，船身儿一动，小香站脚不住，把身儿便跌在延龄的怀里了。延龄倒也没有防到，赶忙把两手扶住了她，连连道："跌痛了没有？"小香不觉羞得红晕了脸儿，低声道："我倒没有，徐先生可被我累痛了吧？"延龄笑道："我也没有，你快些坐下来吧，别跌了下去，倒不是玩的。"小香听了，笑着才坐了下来，荡起双桨，向湖心中慢慢地荡去。

延龄笑道："那刘大傻子是不是王大嫂家里的人？"小香哧地笑道："提起这傻子，我就要笑，有时候发起傻劲来，真要笑痛肚皮呢。不过我有时候却也十分可怜他。"延龄点点头，道："不错，这种人最可怜，他一定有一些神经病，不知怎样会成这病的？"小香道："听王大嫂说，他自小就有些傻气，后来又经过一度刺激，就更傻了。"延龄道："这一半大概由于先天不足的关系，不知他现在几岁了？受了什么刺激呢？"小香道："他已经二十岁了，你相信吗？说起他受的刺激，倒是十分可怜的。"延龄这就一怔，道："哦，二十岁了，我只道他还只有十一二岁哩！他的境遇你都知道吗？"小香眼珠一转，道："我本也不知道，这都是王大嫂和我妈讲的时候，我在旁听见的。"延龄道："现在反正没有事，你肯说给我听吗？"小香笑道："这话说来很长，你愿意听，我就说给你听吧。"

小香是和延龄对面地坐着，延龄见她摇着双桨，身子也随着前后地摆着，春风把她的头发吹得蓬松松的，在凭空里飘着，因笑着道："你摇着两根桨子，是很吃力的，分一根我吧。而且你这样坐着，船的重心也不十分正确，别翻了，你坐过来好不好？"说着，把身子向旁边轻轻一移。小香直觉有些儿不好意思，微红了脸，要想拒绝他，不过转念一想，他的品貌很端正，说话又极文雅，举止不像是轻浮的少年，料想也不会有什么意外，自己如果回绝他，叫他的脸上也不好意思，便笑着连连地点了两点头，移过来和延龄并肩坐着，把桨子分一根儿给延龄，分两边地坐着。

延龄这时心里的快乐，真是非作者笔墨所能形容其万一了，便笑着向小香道："可不是吗，这样子既安稳，又不吃力。"小香点了点头，两手把头发掠了一下，向延龄笑道："徐先生，你知道王大嫂是哪儿的人？"延龄顿了一顿，道："这倒不曾知道，听她的口音，也有些像北平……"小香听到这里，哧哧地笑道："你不知道，王大嫂就是我的奶妈啦。"延龄"哦"了一声，道："原来如此，奶妈你怎叫她嫂子呢？"小香道："我本来是叫她王嬷嬷的，后来我大了，她说嬷嬷不好听，她年还轻啦，我就叫她大嫂子了。”延龄道：“那么王大嫂准也是北平人了？”小香点了两点头，道：“可不是，我吃了她两年的奶，因为和她感情十分好，妈就叫她成年地服侍我了。到了我六岁那年，徐先生，不是刚在妈已对你说过了吗，我家就发生了这一件不幸的事。”小香说到这里，眼眶子里的泪水浑盈欲出。延龄心想：她这孩子心可真细极了，原来她妈和我已说的话，她全都听见的。又见她如此模样，甚觉她楚楚可怜，也就情不自禁把手儿来轻轻拍她的肩，温和地道：“过去的事你别伤心啦，好在那姓曹的已被人刺死了。”小香轻轻地叹了一口气，把眼珠柔顺地望着延龄，微微地点了两点头，如乎意思是在感谢他的安慰，接着又叹道：“不过那姓杨的还没死呢！这件事情发生了之后，我的妈把一切的仆人都歇了，预备南归。那个王大嫂却一定不肯离开我们，说我妈待她的恩惠，在这里也有这许多年了，现在老爷死了，太太受了这样打击，自己绝不忍心抛着太太独个儿走的，情愿跟随太太度些苦日子的，要一同南归。”延龄点头道：“王大嫂这人有义气。”小香哧地笑道：“王大嫂还常喜欢说笑话哩。”延龄忙道：“姓杨的可叫什么名儿？”小香道：“现在我这不愿说，好在姓杨的还没有死，在往后终有知道的一天。”延龄遂也不便再问，心想：这小女子将来可了不得。小香又道：“那时我也和她恋恋不舍，好在她那口子王大哥也好，都愿意跟我们到南边来，服侍我娘儿俩人，直到我十二岁的时候，才分开了各自过活。现在我们好像亲戚一般，大家都有照应。”延龄道：“那么你们别的亲戚都没有的吗？”小香道：“我妈是独养女儿，外祖父母都已过了世。我爸有一个兄弟和一个妹妹，从前也住在这里，后来爸和妈到北平去住了六年以后，他们也都搬了。听说二叔是在广州，姑姑在上海，我也没瞧过他们。他们现在很有钱，当然也不会到我们家里来，我们也犯不着去找他们。”延龄点点头，暗想：这孩子倒有志气。忽然又听小香哧地笑了，延龄忙回过头来，道：“你笑什么？”小香笑道：“我笑我说了这许多话，把刘傻子的事还没告诉你听哩。”延龄听了，也笑道：“真的我也忘了，刘傻子又是怎样一回事呢？”

小香嗽了一声，道：“刘傻子是王大嫂哥哥的儿子，他哥哥是干耕种过活的，生活还算不错。刘傻子的妈成年就有老病的，所以生下刘傻子，体质很弱，就是你说大概是先天不足的关系，小的时候就有些傻气。在八岁的那年，忽然来了许多土匪抢劫他们的村庄，他的爸妈想着平日的劳苦积了一些汗血钱，所以便拼命地抵抗，却反被土匪杀了。可怜的刘傻子见了这种的情形，一忽儿哭，一忽儿笑，有时候哭得晕了过去，如此神经就乱了。王大嫂想着她哥哥只有这一点的血骨，自小就领着他了，也曾替他瞧过好多个的医生，可是没有用，都说这是不能好了，除非到什么疗养院里去住上一年两年，或许还有一些希望。你想，王大嫂哪里来的这许多钱啦。”延龄听了，也感叹了一回，忽然又向小香笑道：“我瞧你们现在的生活虽然比较清苦一些，不过倒也很快乐的。”小香听了，扑哧笑道：“你还说呢，我们命苦，徐先生才是快乐，现在在哪个学校里读书啦？”延龄笑道：“你倒也很欢喜读书，对不对？”小香听了，呆了一会儿，摇头低声儿道：“只是没有福气。”小香说着，又慢慢儿低下头来，如乎又触动了她的心事。延龄笑道：“这也便当得很，你如果欢喜读书的话，我倒可以帮助你，不知你怎样？”小香听了，忽然立刻抬起头来，紧紧地瞧延龄，道：“真的吗？徐先生你哄我。”延龄猛可被她这突然的一来，倒是吃了一惊，听她这般说，因忙沉了脸儿，正经地道：“这是哪儿话，我哄你干吗？”小香见他如此认真的模样，不像是哄自己的，心里一欢喜，倒反而呆呆地怔住了，说不出一句话来。延龄见她这样，便把她的手儿拉了过来，在自己的膝踝上，用手去抚着她的手背，道：“你愿不愿意？”

小香这才把呆住了的眼珠又灵活地转着，微微地笑了一下，向延龄道：“哪里我还不愿意吗？只是……”她说到这里，想了好一会儿，忽然又连连地摇头道：“不能，不能。”延龄听了，倒是一怔，忙道：“这是为什么啦？”小香听了，微红了脸，望着延龄道：“徐先生，你虽然这番好意，不过我想，要是我去读了书，咱们的生活又怎样办了呢？”延龄听了，不觉扑哧笑了，道：“原来是为了这一些事。”因握着她手，笑道，“你这孩子真傻，难道叫你饿了肚子去读书不成？”小香听了，一顿道：“怎么说我傻，依你说怎么样？现在我娘儿俩不是靠着摇船过活吗？要是我读了书，还能去摇船吗？”延龄见她一连说了两个“吗”字，知道这份儿的急，因忙着连连笑道：“你说得是，我胡说了该打嘴。”说着，把手儿果真要去打自己的嘴。小香见他这个样子，她哧哧地笑着，忙把自己的纤手去攀住他的手儿，笑道：“你干吗真的打，我又没说你。”延龄对于这一下的举动，心里真是得着了无限的安慰，因紧握着她手，笑道：“小香，你干吗？你舍不得打吗？”小香听了这句话，可真羞得连耳根子都红了，瞅了他一眼，便脱了手，低着头一声儿不响。延龄见她这样子，心里倒急了，忙赔笑道：“小香，我失言了，请你原谅吧。我说正经的，你说的怎样过活，这些你都放心，你不是说摇船不高兴吗？”小香低着头，仍是不理。延龄见她仍是这个样子，深悔自己失言，倒愈觉她的人品可敬了，因拉着她的手，道：“别生气了……”

延龄说到这里，小香忽然抬起头来，眼珠一转，笑道：“谁生气，你生气吗？”延龄这才放心，笑道：“那么你为什么不回答我啦？”小香笑道：“我在想呢。”延龄听了，忍不住哧哧笑道：“现在你可想出了没有？”小香连连点头，道：“唔唔……我想出来了。我哪里高兴摇船呢？最使人着恼的是，有些客人都是些轻薄的少年，尽向人胡闹。”小香说着，眼珠向他一瞟，延龄这就早觉着了，咯咯地笑道：“好哟，你这该要打嘴了，放着和尚只管骂贼秃。”小香这就把两手捧着自己脸儿，也哧哧地笑了，过了一会儿才停止了，笑道：“徐先生，我没有骂你呀。”延龄笑道：“我不怪你，你骂得好。”说着，又握着她手，正经地道，“小香，说正经的吧，干船儿的生活终是不好的，你从此就别干了。你娘儿俩的生活，都我帮了你吧。”小香听了，也就身不由主地把身子靠拢延龄，紧紧地瞧着他，又问道：“你这话到底是不是真的？”延龄轻轻地抚着她手背道：“谁哄你，是千准万真的，刚才不是已经对你说了吗？”小香听了，把柔顺的目光呆望着延龄，自己的纤手也就不自主地去抚摩延龄的手背。

两人这样默默地坐着，各人想着自己的心事，也就忘记了旁边的一切。忽然砰的一声，这才把两人惊了过来。原来两人只顾说话，也就忘了荡桨，那船身便顺着湖水退回到岸边，船头便撞在沿岸的土堆上了。延龄笑了，小香也笑了，两人忙又握着船桨向沿湖边慢慢地荡着。小香诚恳地道：“徐先生，你这些儿意思，我该怎样谢谢你呢？”延龄微微地笑了一下，道：“还没有实行啦，你别谢，往后再说吧。”延龄说着，望着她的脸只是傻笑。小香忽然又如乎接着了什么，红晕了脸儿，把手摘那沿湖边垂下的柳丝。过来一会儿，又回过头来，笑道：“徐先生，你在杭州，只有一个子吗？”延龄点头道：“我是住在学校里的，这几天学校里放春假，也没处去玩，真是闷得慌。”小香道：“你不回家啦？”延龄道：“回家吗？那更要闷煞了，又没有哥哥弟弟，也没有姐姐妹妹，你想叫我和谁去玩啦！”小香笑道：“那么你常到我家来玩玩，不知你高兴吗？”延龄笑道：“我干吗不高兴，我过几天还得替你到学校里去接洽呢。”小香道：“杭州不知哪一个学校好一些？”延龄想了会子，道：“日新女子学校办得很好，我想就是这个学校可好？”小香道：“不知道学费贵不贵，别太贵了。”延龄道：“你这是多虑了，学费贵不贵你且别管它，只要学校好，那就是了。小香我对你说，你明天可别跟王大嫂去摇船了。”小香听了，连连摇头，握着他的手，呆了一会儿，忽然眼眶里又淌下一滴泪来。延龄知道她感动得太厉害了，因轻轻拍着她的肩膀，笑道：“又怎么啦？你哭了？”小香听了，忙把手背去拭了眼泪，嫣然笑道：“谁说的，我没有哭。”延龄也笑道：“可不又是我胡说吧！”小香听了，哧地笑，轻轻地拍他一下，别转头去，又咯咯地笑了。

延龄见她如此天真，心里更觉得她的可爱，这就拉着她的手儿，要她回过头来。小香怕羞，只是把手掩着脸儿。延龄笑道：“你老是掩着不见我了吗？我正经地和你说话，你别掩着了。”小香听了，才放下手来，眼珠一转，又笑了。延龄道：“你的名儿除了小香，还有别的吗？”小香道：“没有了，你问干吗？”延龄道：“我说是不是你上学校里去的名儿也仍叫小香吗？这不是怪难听的，要不要我来替你取一个？”小香点头道：“好的，你取的是什么呢？”延龄道：“你本来的名儿，我也不给你完全换去，只在‘香’字上面加一个桂花的‘桂’字，你瞧这样可好?”小香听了，拍手笑道：“好极了，我就叫桂香吧！不过他们叫惯了是小香的，可就改不过口来，怎么办呢?”延龄见她说话稚气未脱，因笑道：“这尽管让他们叫小香也好，你在学校里的名儿终是叫桂香的。”小香点了几点头，笑道：“不错，那就准是这样吧。”延龄想了一会儿，又笑道：“桂香两字和你的人样儿，倒是很贴切的。”小香听了，不懂道：“这算是什么话啦?”延龄道：“当云淡青天高的秋天里，便是桂子盛开的季节，我生平最爱就是桂花的香气，我常赞它冷艳清雅，芬芳的香气不能和别的花香可以并论，这才是一枝最高洁的名花哩！所以这桂香两字，除了你恰恰地贴切，别人哪里可以轻易地取作名儿呢？否则岂不辱埋了如此好名好姓?”小香听了，微红了脸，“嗯”了一声，在他手臂上轻轻拍了一下，又乌圆的眸珠向他一瞟，慢慢地低下头来。延龄见她这样娇羞不胜，忍不住又笑了。

这时夕阳西沉，彩云周绕，黄昏已近，延龄拍拍她的肩，笑道：“回去吧，你妈等着心焦了，倒以为我拐了你哩。”小香笑道：“拐了我干什么用？又不会做事，只会吃饭的。”延龄听着，也笑了，道：“我不送你回家了，船先停到湖滨去吧。”小香道：“今天午饭的菜一些儿不好，害得你少吃了几碗饭，你明天来不来？我杀一只鸡子给你吃可好?”延龄忍不住一阵地笑道：“好的好的，我明天准来。只不过我的意思，你也得向老太太说一声，她不知肯不肯答应。”小香道：“我理会得，我想妈一定答应的。你这一份儿好意，还不答应干吗?”说着，船已靠近湖滨，延龄从身边摸出一张五块钞票塞在她的手里，道：“桂香，这是给王大嫂的，你代我交给她吧。”桂香点头答应。延龄跳上岸来，又向桂香道：“王大嫂还肚痛着啦，你是也该快去瞧瞧她了。”桂香道：“真的，我走了，那么明儿你准来。”延龄点头，见她划子荡得很快，因又忙道：“桂香，你慢一些儿摇，当心翻了。”桂香连连点头，又回转身来向他露齿一笑。延龄站在湖滨岸边好一会儿，才独个儿慢慢地走着回到学校里去。

第五回

感深恩食指流血

两人在西子湖中玩了这一大半天，说了这许多的话，延龄这就觉得她的可爱面貌，感到她的可怜。在这爱怜两个字中，因此又引出下面许多故事来。延龄是毅然地答应了她去求学，并负担她俩母女的生活，当延龄回校在路上的时候，心里真有些儿说不出的快乐。

第二天早晨，天空还只发鱼肚白，他已一觉醒来，忙着起身，漱口洗脸完毕。今天延龄换了一套淡灰色的西服，笔挺的。这时候时钟还只七点，便在室内打了一个圈子，又走到写字台边，把昨夜在城里买来许多纸包的东西，一一地瞧了一回，又在抽斗内拿出一根绳子，包扎起来，成了一包，脸上露出一丝笑意，呆呆地站了一会儿。想这时候去吧，不知会不会太早，不要她们还没有起来，那倒透见得有些儿不好意思。不过转念一想，觉得不会，她们一定是比我还起得早的，想着，便在桌上拿了一包物件就走。到了门边，伸手要去拉门时，又觉得不对，这时候终觉是太早了，别人见了也笑话，因又便退了回来，把一包东西放在一边。自己又到圆镜边照了一会儿脸儿，把香水在头发上又浇上了几点，梳了一会儿，手巾放在水盆里，拧了一把，又重新揩了脸，涂上一层雪花膏，两手在脸上这时“脱脱”地拍着作响。

这时候太阳晒射进来，已是照着整个的房间，延龄想这时候一定可以去了，便复又拿了这包东西挟在肋下。开了房门，正想一脚跨着出去，忽见校役张三走来，见了延龄便笑道：“徐先生你出去吗？李公馆有电话来了。”延龄暗想：这就太凑巧了，怎么不前不后，刚刚这时候才来，自己又不能不去按听。因只得又走到电话间，握着听筒问道：

“喂，你是谁呀?”只听一个女子喉音道：“你可不是表弟?”延龄这就听出这声音是表姐蒋文英，因连连笑道：“是的，是的，表姐你没有出去吗?”文英答道：“我到哪儿去？你怎么这许多日子不来了？你妈昨天来信，叫你在春假里不要到外面整天地乱逛。”延龄道：“我是没有出去呀，这几天很懒，在校里闷得慌呢。”文英扑哧笑道：“你这就太安分了，怎么不到我家里来，我们等着你来玩呢。表弟，你这时候就来吧。”延龄想：这可糟了。因只得打谎道：“今天吗，正巧同学们有一些儿事，不能来了，明天准来吧。”文英笑道：“哟，这真是太巧了，前几天你天天闷在校里，今天却偏有事了。”延龄知道表姐为人是很厉害的，自己说话别露了马脚，否则倒不是玩的，因又忙笑道：“表姐，你这话，打量我骗你吗？今天我真的有事呀，明天我是准来的。”文英道：“来不来由你，反正我又不能把你强捉了来。”延龄听了，暗想这不对，忙道：“表姐，你怎么啦？生气吗？我是真的有事啦，明天如果不来，就任凭你骂吧。好姐姐，你别生气了。”延龄说着，忽听那边有一个男子口音的笑道：“你听他怪可怜的，别为难他了，他或许真的有事呢。”这就听男女两个都笑了。延龄知道这说话的男子就是姐夫李鸣鹤了。只听文英又道：“得了得了，我不来缠你了，又给你惹厌，你干你的正经去吧。那么你明天来不来?”延龄听了，这就像得皇恩大赦一般，连连地道：“准来，准来，明天一定来。”说着，听见那边“得嘞”的一声便挂断了，遂也放下听筒，不免轻轻地叹了一口气。

见时候已将近十点，这就想刚在说太早，现在是变成了太晚了，因忙三脚两步走出电话室，却看一个黑影从长廊下一闪，延龄也不去管他，急急地出了新民中学。到了湖滨，叫了一只划子，摆渡到了丁家山，匆匆地踏上桂香的院子。只见迎面出来的正是刘傻子，一见了延龄，也不及招呼，忙着翻身回转，向屋里跑去，嘴里大声喊道：“小香，徐先生来啦。”遂着这话声，这就见小香果然从屋子里跑了出来，见了延龄，笑着抢步上前，到延龄跟前向他全身打量了一番，笑道：“徐先生，你来啦。”延龄身子抖了两抖，笑道：“怎么样，我没有失信吧?”桂香连连点头，又向他胁下挟着一大包的东西望了一眼，笑道：“这是什么东西啦？”延龄递过去，笑道：“你拿进去瞧吧。”桂香忙着接了过来。

两人到了里面，桂香笑盈盈地把纸包放在桌上儿，让延龄坐下，道：“我可不可以打开来瞧瞧？”延龄扑哧笑道：“我拿了来，你不瞧还给谁瞧呢？你快打开来瞧瞧，可不喜欢吗？”桂香听了，才把纸包儿打开，见是大大小小的几只很美丽的盒子。桂香见了，向延龄望了一眼，延龄道：“忙什么，你把盖儿也都打开来吧。”桂香听他话，又把盖儿都打了开来，这就不觉舌儿连连伸了两伸，向延龄紧紧地瞧着，笑道：“徐先生，这许多东西全是给我的吗？”延龄见她这份儿惊喜的模样，心里也就万分高兴，连连点头，笑道：“你打量着还短少了什么？”桂香听了，忙把眼光慢慢地移着过去，见一双黑漆的皮鞋，一盒子粉红色的丝袜，几件美丽的衣料，还有香粉、胭脂、香水、雪花膏、镜子、木梳、别针、绢帕……什么全都齐了。桂香乐得拉开着嘴儿只是笑，把手儿去拿，这样瞧瞧，那样瞧瞧，忙得十分。延龄笑道：“还短少了什么？”桂香耸了两耸肩膀，又笑着问道：“徐先生，你这真全都给我的吗？”延龄见她仍是问着，忍不住哧哧笑道：“我不给你还给谁？你怕我哄你吗？那你就快拿进你自己的房里去吧。”延龄说着，把盒盖上了，把盒子叠着，两手捧起来递给她，道：“你不放心，就拿进去吧。”桂香忙着两手接过来，走了几步，忽然又回过头来，笑道：“徐先生，我真的拿进去啦？”延龄见她如此小心谨慎，过问再三，而且语气中尽带着小孩子，心里就更加欢喜，便连连挥手，笑道：“是的，你放心吧，还怕我到你房中去把这些东西讨回来不成？”桂香听了，也咯咯地笑了，才一跳一跳地进去，嘴里还喊着，道：“妈！你快来啦！”

过了一会子，桂香倚着谈老太从房内走出来。谈老太笑道：“徐先生你这太客气啦，我香儿怎么无故地受你这许多东西。”延龄忙道：“老太太这是哪儿话，一些些不值钱的东西，还说啦，我惶恐了。”谈老太笑了一笑，道：“我香儿也就太不客气，老着脸儿受了。”桂香听了，忍不住微红了脸，眼珠一转，笑道：“徐先生存着心儿来送我，我不受，他心里不难过吗？”延龄笑道：“桂香，你这话对极了，就是嫌少，也该手儿给我一个脸儿才是。”谈老太听了，笑道：“那样说来，倒是我多事了。”延龄桂香也都笑了，桂香又跳到延龄面前，站着道：“徐先生，我受了你这许多东西，还没有谢啦。”延龄摇头道：“你别说谢，今天你高兴不高兴？”桂香听了，眉毛儿一扬，眼珠儿一转，哧地笑道：“今天还不高兴干吗？徐先生你坐一会儿，我去烧菜。”延龄站起来，笑道：“我不坐，我跟你去瞧烧菜。”桂香听了，微红了脸，点头笑道：“也好，你欢喜瞧就来吧，不过脏了你的衣服不干我事。”延龄哧哧笑道：“你又忘了吧，我不是早对你说过，我是不怕脏的。”桂香听了这句话，这就想起昨天拿篮子的事，这就不觉掩着脸儿咯咯地笑着，逃到院子里去了。谈老太笑道：“这孩子就淘气，徐先生，你别理她。”延龄笑着，微微点头，也慢慢地踱到院子里来。

桂香在那边切着肉丝，见延龄也走到桌边，便又抬起头来，向延龄瞟了一眼，哧地笑了。延龄笑道：“你干吗老是笑着？今天你太高兴吧？”桂香低着头不说什么，延龄见今天生了两只炉子，桌上摆着肉啦、鱼啦、鸡蛋、豆腐干、百叶子等许多小菜，因又笑着道：“今天买了这许多菜，全都为了我吗？”桂香回过头来，向延龄打过照脸，又哧地笑了。忽然又走到一只小炉子旁边，把上面搁着的锅子盖儿开了，用筷子去掀。延龄走过来，见是一只嫩鸡，因笑道：“还有鸡哩，今天小菜太多了。”桂香也不去理他，仍把盖儿盖上，走到桌边。延龄也跟到桌边，桂香一边做着事，延龄一边便和她说着话，笑着道：“昨天的话，你和老太太说了没有？”桂香抬起头来，道：“说过了……”延龄忙又问道：“有答应了没有？”桂香道：“哪里还不答应吗？不过妈说……”延龄不等她说完，又急急地道：“你妈说不过什么啦？”桂香听了，向延龄瞟了一眼，抿嘴笑道：“你为什么这份儿性急啦？”延龄听了，也笑了，道：“那么你慢慢儿说吧。”桂香道：“妈说你这样子待我娘儿俩，咱们心里十分说不过去。”延龄听了，摇头道：“这是哪儿话，这都是我自己愿意的，又不是你来请求我。我只要问你，你乐意不乐意？”桂香听了，哧的一声笑道：“我还有什么不乐意的吗？”延龄答道：“那就成啦，别的问题都没有了。”桂香听了，呆呆地望着延龄好一会儿，才诚恳地道："徐先生，你还在读书啦，自己也要生活，又要负担我娘儿俩的生活，还要学费，我担心你爸知道了，会不会连累了你？"延龄听了，已知道她的意思，心里十分感激，忍不住走上一步，握着她手，道："这些你别多虑，我都理会得。不过你这些意思，我很感激你，我算不曾白待错了人，你说了这些话，就是我没有钱，把自己要吃要用的全都省下来给你，也是情愿的。"

桂香听了这话，身子便不由自主地倚在延龄的怀前，把手儿去按在他的肩膀上，微微地抬着头，望着延龄，颊上挂着两滴眼泪。延龄这就情不自主把手儿去抚着她的头发，两人呆了好一会儿。忽然桂香如乎像觉着了什么，忙闪开了身子，红着脸儿，向延龄瞟了一眼，不过又觉得自己这样子要使他难为情的，因眼珠一转，这就有了主意，把手背去拭了眼泪，破涕笑道："呀，我也忘了，可有弄脏了你的衣服，你瞧我两手都是油腻哩！"说着，把两只手伸了过来。延龄正在也有一些儿不好意思的时候，见她这样轻轻的一句话便掩饰了过去，也就忍不住笑道："那怕什么，我就说爱你这一双手啦。"说着，便要去拉她的手。桂香这就可真红了脸，瞅了他一眼，忙把手儿缩了回来，别转头去，又咯咯地笑了。延龄也笑了，延龄站在旁边，瞧着她一碗一碗地烧着小菜，心里这就觉得说不出的快乐。

桂香把什么都舒齐了，只有几棵菜没有烧成，遂把刀子切着。两人静了一会儿，延龄又忍不住了，开口向桂香道："王大嫂的肚疼可有好了没有？"桂香听他问起了王大嫂，便扑哧地笑了，抬起头来望着延龄，只是笑着。延龄倒不觉一怔，心里奇怪起来，暗想：我这一句话，怎么倒引她这般好笑？忙着问道："你这干什么啦？"桂香听了，便向延龄摇手。延龄见她这样，真有些摸不着头脑，遂靠近桂香身边。桂香把小嘴凑在他耳朵边，低声笑道："刘傻子告诉我，她没有肚痛啦，到家里就好的。"延龄听了，这才明白，"哦"了一声，暗想：我道她为什么好端端的又会肚痛了，原来是假的。不过王大嫂这番的意思倒是她的，自己不能不感谢她。这就又想着了桂香，倒真是孩子气得可爱，天真无知。要是换了别一个人，还肯把这话老实地告诉我吗？因此心里爱她的情也更深了。想着王大嫂会装肚痛，而且装得这般认真，倒真也不一件容易的事，就也忍不住地笑了出来。正想回答说话，忽然桂香“呀”的一声，两手拿着的刀和菜都放了下来，右手紧紧地握着左手的食指，眉毛儿紧蹙，腰也弯了下来。延龄吃了一惊，回头低身扶住她，道：“怎么啦?”桂香仍是说不出一句话，脸上涨得通红。延龄也已知道她的手指已被刀子切着了，慌忙握着她的左手儿，见食指尖上果然红红的鲜血染满了，心里倒真替她痛了一阵，连忙把自己西装袋内一方云白的小绢帕拿了出来，替她轻轻地裹扎起来。

第六回

劝节财香儿多情

桂香抬着头只顾和延龄说着话，这就忘记了左手里拿着的菜已是切完了，尽管把手指也当作了菜，一连地切了下去，这才应了心无二用的一句话了。延龄忙将手帕把她裹扎起来，桂香才痛着说出一句话来，“真要命”。延龄见她颊上泪痕犹在，因忙抱歉道：“这全是我不好，倒累你切痛了手，现在可还痛吗?”桂香破涕笑道：“切着了的时候只觉麻木，倒还是这时候有了知觉，有些儿痛了。”延龄握着她的手，抚了许久。

正在这时候，谈老太也走了出来，问道：“小香，你‘呀’的一声做什么啦?”桂香回头笑道：“我的手指被刀子切了，不打紧的。”谈老太道：“你这孩子，做事总不小心的，好啦，还有几只菜我来烧吧。”桂香听了，把舌儿一伸，笑道：“妈，人家切痛了手，你还怪我。”谈老太也笑道：“你小心些儿会切痛吗？不过你忙了这许多时候，是也该去歇歇了。”桂香笑着向延龄道：“也好，就给妈烧去吧，让我偷一会儿懒吧。”延龄道：“都是为了我，累你们忙且不要说，倒叫你切痛了手，我心里真有些难过。”桂香拉着他的衣袖，笑道：“我说不打紧的，你难过做什么？这是我自己不小心，你为什么只怪你自己的不是呀?”延龄道：“我倒并不是要怪自己的不是，因为你切痛了手，我心里不知怎样，也觉有一阵痛，实在有些儿舍不得。”桂香听着，哧地一笑，眼波向他一瞟，道：“你又胡说了，我自己不觉得痛，你怎么倒痛起来了?”延龄也笑了，握起她的左手，见她食指上包裹的雪白巾儿已渗出红红的血来，便又望着她道：“你说不痛吗？你瞧这许多血。”桂香也把自己的手瞧了一下，抬着头笑道：“这样白的一方绢帕倒是被污了。”延龄道：“这倒是真的打什么紧，它渗了你这样美丽的血，才是光荣呢。”桂香轻轻拍他一下肩膀，笑着。

他正想说话，忽听“好哟”的一声，桂香忙回过头去一瞧，见是王大嫂笑着从院子外进来，便跑近她的身边，笑道：“大嫂子，你的架子可真也不小，别人家请你做个陪客，怎么都请不动？”王大嫂拉着她手，笑道：“真该死，我哪里还有什么架子可搭吗？”说着，又向延龄望着，笑道：“徐先生，你什么时候来的？”延龄抹嘴笑道：“我来了有些儿时候了，大嫂子你肚痛好了？”桂香见延龄还要问她这一句话，忍不住又哧地笑了。王大嫂这也就觉着有些儿不好意思，向桂香瞅了一眼，又向延龄笑道：“好多了。”她说到这里，忽然又“哟”的一声，道：“我倒忘了我还不曾谢谢徐先生昨天的赏钱哩！”延龄听了，连连摇手，道：“你快不要说这话，大嫂子你这太客气了，怎么说赏钱，倒叫我惭愧死了。”桂香笑道：“好了，你们别尽管客气，请里面坐吧。”王大嫂道：“你别忙，老太太呢？”桂香指着那边桌旁笑道：“那不是妈吗？”王大嫂笑着走到谈太太的身边，道：“老太太，今天你辛苦了。”桂香听了，接着笑道：“你别说好听话吧，怎么不来帮帮忙呢？”谈老太也回头向她笑道：“我还只刚上手呢，今天的菜倒全是小香烧的。”王大嫂听了，向桂香一眼，笑道：“哦，原来是小香烧的，怪不得你要说话了。好在不知者不罪，我现在向你补一句说：‘小香，你今天可真辛苦了。’这可好了吗？”说得谈老太也笑了，道：“大嫂子你别说笑话了，现在什么时候了，可以吃饭了吗？”王大嫂道：“十一点多了，那几只菜烧好了，我来端进去吧。”桂香听了，对延龄道：“你先进去，我也帮着去端几碗。”延龄扯住她的衣袖子，道：“你别去端了，手指痛着还能端东西吗？”桂香笑道：“不打紧的，难道瞧着客人来帮忙吗？”延龄只得放脱了她的手，自己先走进到屋子里面去。

今天吃午饭的菜真是不少，摆了一台子。桂香尽管地敬鸡敬肉，放在延龄的碗上，满满地把饭都盖住了。王大嫂只是说着俏皮话，这样子座上显见得是十分热闹。倒还是谈老太道：“大家别淘气了，吃好了饭，到湖上去玩一会儿吧。”桂香道：“昨天玩了大半天，今天不高兴去了。过一会儿我们还是到烟霞洞、理安寺、九溪十八涧一带去玩玩，徐先生，好吗？”延龄笑道：“好的，换个新鲜儿，老是荡船也没有什么趣味的。”桂香听了，连连点头，站了起来去舀了洗脸水，让延龄揩了脸。谈老太又泡上茶，大家又闲话了一会子。王大嫂站起来向谈老太点了两点头，如乎要走的模样。桂香早已一把扯住她的衣袖子，笑道：“干吗？要走了？咱们今天一同去玩，你大概不会再又什么痛起来了吧？”王大嫂见她话里有因，忍不住又微红了脸，顺手拉过她的手，轻轻拍她一下，眼睛向她一瞅，笑道：“你要我一同去吗？那是再好也没有了。不过今天真的还有一些儿事，下次准一同去吧。”桂香哧哧笑道：“不是给我猜中了一半，你可有些儿什么事呀？”王大嫂笑道：“你这孩子，你要我说，我就说给你听吧。”王大嫂说着，把两手捧住桂香的头，嘴巴凑在她的耳边，唧唧地说了一会儿，又向延龄瞟了一眼，然后又笑着道，“你要追问我，现在可知道了吗？”桂香“嗯”了一声，脸儿顿时通红，恨恨地打她一下肩，啐她一口，道：“你信着嘴儿尽管胡说，过一会儿我绝不和你罢休的。”王大嫂早已哧哧地笑着，放了她的手，又向延龄望了一眼，便跑到院子外去了。

谈老太也笑道：“你们两人尽管地淘气，也不怕徐先生见了笑话。”桂香回过头来，向延龄望了一眼，又哧地笑了。延龄见她两人唧唧喁喁，交头接耳地说着，已是猜着了一半。今见桂香又如此娇羞模样地说了这一句话，他知道王大嫂定是又在取笑她了，因也望着桂香，只是抹嘴笑着。桂香见他老是望着自己笑，这就心里愈觉不好意思了，便骤然地连跑带跳地走到延龄面前，含嗔道：“你老瞧我做什么啦？”延龄哧哧地笑道：“你这孩子可真有趣，你自己不来瞧我，怎么知道我老瞧你啦？”桂香被他问了这一句话，脸上就更红晕起来，别转了头，扭了两扭身子，撒娇道：“嗯！我不愿意你瞧，怪不好意思……”延龄听了，忍不住咯咯地笑道：“得了得了，我不瞧你是了。你这孩子可真厉害，只许你瞧我，不准我来瞧你，那不是应了‘只许官兵放火，不准百姓点灯’的一句话了吗？”桂香听了，便又回过头来，滴溜乌圆的眸珠向延龄瞟着，抹着嘴自己也哧哧地笑了。

谈老太也忍不住微笑道："徐先生，你别理她，她就欢喜这个样子地缠人，还是这般孩子气。"延龄把手指点点桂香，轻声笑道，"怎么样？你太强权了，国际上公正人出场，被骂了吧？"桂香把雪白的牙齿微微咬嘴唇，见他这样说，便低着头，一转身跑到院子里去了。延龄也忙着跟她走出屋子，见她站在院子里的太阳光下，低着头，脚尖儿在泥地上画着圈子，痴痴地呆着，如乎在想什么心事。因走到她的身后，两手蒙着她的眼睛，还没说话，桂香早便哧哧地笑了，两手攀住延龄的手，回过身来，笑道："你又胡闹了。"延龄道："你一个子站在这里做什么？又生气吗？"桂香把两手按在他的肩上，摇头笑道："我又生什么气，你怎么老说我生气啦！"延龄笑道："我就最怕是你生气，你脸上要常常笑，心里要常常高兴，那我也安心快乐了。"桂香扑哧笑道："我不是老在笑吗？你再叫我怎样笑吗？除非做一个弥勒佛，那么一天到晚便老是拉开着嘴儿，终是合拢不来。"延龄听了，也忍不住笑道："你真会说话，好了，我们这时到外面去玩一会儿好吗？"桂香点了两点头，笑着又向屋子里高声道："妈，我和徐先生到外面去玩一会儿。"说着，也没听到谈老太的答应，便独自跑出院子外去了。这时谈老太也从房子里走了出来，延龄笑道："老太太，我们去透一些儿空气就回来的。"谈老太点头道："徐先生，小香有淘气的时候，你别理她是了。"延龄哧地笑道："我理会得。"说着，又向她连连点了两点头，便忙着退了出来。

到了院子外，见桂香慢慢地在前踱着，因追上几步去勾着她的肩膀，笑道："你怎么这个样子性急，我还没向老太太说啦。"桂香回过头来，微微一笑，道："我在外面等着你是一样的嘛。"延龄道："那你为什么不肯一同走呀？"桂香听了，微红了脸，只是抹着嘴笑。

两人到了沿湖边，延龄道："我们先到城里去买一些东西可好？"桂香道："也好，你要买些什么？"延龄道："到了城里再说吧。"延龄遂雇了摆渡船。

到了湖滨，游人极多，两人走了几步，桂香忽然停止了脚步。延龄倒是一怔，道："你又干什么了？"桂香道："我不去了，你自己去吧。"延龄忙道："这为什么？我又得罪了你不成？"桂香嫣然一笑，道："没有，你得罪我什么，我在这里等着你是了。"延龄顿足急道："你这人为什么说话弄得我不明不白，究竟为的是什么？刚在不是很高兴地出来吗？为什么一会儿你又不高兴了？你不愿意到城里去，那我也不去了。所以我要到城里去，我也是为了你呀。"桂香扑哧地笑了一声，向延龄身上望了一眼，又向自己身上瞧瞧，连连摇手，道："不是不是，你说的都不是。你瞧我身上这个样儿，和你一同到城里去，不怕人见了笑吗？怎么倒惹你说出这一大套的话来。"延龄这才明白，"哦"了一声，道："那怕什么？尽管他们笑痛了肚子，也怪不着咱们的事。你这个样子难道不好看吗？我就偏欢喜你这个样子。"延龄说着，故意紧紧地靠着她的身子。桂香被他这样一说，这就更觉不好意思，红着脸儿向他瞅着，道："你不怕我玷辱了你的面子，那我就去了。"延龄听了，拍她一下肩膀，连说道："打嘴打嘴，你是什么话？"桂香笑道："这我倒是真话……"延龄截止她的话，忙道："你还说这些吗？那你可比打我还厉害哩！"桂香听了，把两手合了拢来，哧地笑道："阿弥陀佛，我何曾打过你？"延龄见她这样子有趣，也忍不住笑了。

两个人一路说话，一路地走，到了大街上，进了一家百货商店内，在每一部分里，延龄见到一样的东西，终是问着桂香道："这件东西可好？"桂香也就无意地点点头，说了一声"这东西很好玩"或者是"很好看"。因此延龄便就一件件地买了下来。桂香也不去管他，买好了东西，出来百货店，延龄笑向桂香道："这些东西都买得很不错吧？"桂香点点头，因又道："徐先生，烟霞洞去玩不玩？"延龄道："当然去玩的，不过拿了这许多东西去玩，不是很累人吗？最好先回家去放着。"桂香听了一怔，向延龄望着，道："这里到你校去不是顺路的吗？我在校门外等着你是了。"延龄见桂香这般说，也是一怔，忙道："到校里去做什么？"桂香道："咦，不是去放这些东西吗？"延龄笑道："这些东西你不是都说好的吗，我带到校里去干什么用？全都是给你买的。"桂香这时候才明白他刚在说所以进城也为了自己的一句话了。他虽然是这番诚心的情分对待自己，不过早晨自己已经受了他许多的东西，现在又见他花费了很多的钱，心里十分过意不去，对延龄正经地道：“徐先生，你全都送我干吗，我道徐先生自己要用，所以没有来阻拦你……”延龄忙笑道：“这一些算不了什么，昨天晚上，因为时间局促，没有买得舒齐，我怕我买的东西你不欢喜，所以今天和你亲自来买，你又说过都好的，这就不会错了。”桂香这就心里一动，禁不住伸手去抚着延龄的手背，道：“徐先生，你这样子客气，尽管地花钱，倒反使我心里感到不安了，以后就不敢和你亲……”桂香说到这里，觉得不对，以下的话说出来，有些不好意思。这就微红了脸，向延龄瞟了一眼，接着又道：“你这不是太……”她说到这里又停住了，觉得自己要说的话，终觉有些儿不妥。

延龄见她两次都只说了一半的话，也就忍不住笑道：“是了，下次绝不再送你东西了，那么这次终要收的吧？”桂香想了一会儿，道：“我并不是不愿意收，只是给妈知道了，又要挨骂的。”延龄见她说出这一句话来，心里更觉得她的稚气可爱了，因连连笑道：“不要紧，过一会子我和你妈说吧。就是你妈要骂，就骂我得了。”桂香听他这般说，忍不住哧哧地笑了，停了一会儿，握着他的手，很恳切地道：“徐先生，本来这些也可以不必和你客气，以后连学费都要你来负担，不过今天这些东西是可以省去的，不是必须要用的……”桂香说到这里，顿了一顿，向他望了一眼，微笑道，“徐先生，你听了别生气，我是实心眼儿的人，便要说的话不顾轻重地说了出来，徐先生心里一定要怪我不识抬举了。别人家送东西给我，不谢人家倒也罢了，还反去批派人家的不是，那不是透见得有些儿……”延龄连连摇手，笑道：“别说下去了，我哪里有这个存心？”桂香道：“早晨这许多东西已是叫徐先生花了很多的钱，现在又要这许多，这不是很可惜的吗？”延龄听了，心里十分感动，点头道：“你这话说得不错，以后我准听你的话是了。”桂香瞅他一眼，道：“我正经和你说话，你又要胡闹了。”延龄道：“谁和你胡闹，我也是很正经的。我想着自己平日的花钱是真的太厉害了，就可惜没有一个人在旁边劝劝我，今天听了你的话，怎不叫我不说出这一句话来呢?”桂香笑道:“如果你每天一定要买这许多东西给我的话,一个月以后,我就也可以开一家百货商店了。”延龄笑道:“你又要说笑话了。”桂香抹着嘴也咯咯笑了。

正在这时,忽听后面有人叫着“小香”,两人因忙回过头去,见刘傻子提着一只篮子,紧紧地追上来。桂香笑道:“你在买什么啦?”刘傻子道:“姑妈叫我买些煤炭。”桂香道:“你午饭为什么不到我家来吃?”刘傻子听了,噘起了嘴,道:“姑妈心真狠,她不许我来,把我关在屋子里吃冷饭。”刘傻子说到这里,又把衣袖子去揩拖下的鼻涕。延龄见了,忍不住笑了,因拉拉桂香袖子,道:“这包东西就叫他带回去吧,我们免得多跑一趟了。”桂香想了一想,点头向刘傻子道:“刘大哥,你把这包东西带回去给我妈可好?晚上我回来盛一碗烤肉给你吃,别给大嫂子知道。”刘傻子听见有烤肉吃,直喜得拉开了嘴儿笑,嘴角边射着涎沫像雨点般的,连连道:“好的好的,我拿给老太太去,那么晚上你别骗我。”桂香忙退了一步,笑道:“你放心吧,我哪一次骗过你?”刘傻子连连点头接过纸包,便匆匆地奔着回家去了。

桂香道:“刘傻子这人很可怜,别人常常要作弄他、笑他,我见了终是老大地不忍。”延龄道:“对于这种不幸的人,应该要存着怜悯他的心思,好好地对待他才是。”桂香道:“我平日对待他是很诚实的,所以只有我的话他很相信。”两人说着,不知不觉已是到了延龄路。忽然迎面来了五个穿西服的少年,见了延龄,都抢步走了上来,围住延龄桂香两人。其中一个西式对分头的少年道:“好啦,老徐,你瞒着我们和情人在哪儿玩呀?”

第七回

兀坐对灯痴入画，添九个香字

延龄见那说话的少年正是第二班里的同学沈逸民。见他当着桂香的前面说出这句话来，怎不恼怒，便大声道：“老沈，你别信着嘴儿地胡说，当心一些儿吧!”逸民听了这话，也就红了脸，冷笑一声道：“你叫我留心吗？好的，我们走吧!”延龄见他如此不伦不类的模样，实在有些瞧不入眼，只是怕伤了朋友的感情，便忍着气道：“老沈，你别见气，这不是我的不是。你说了这话，不怕人恼吗?”倒还是张雨农拖住逸民的衣袖道：“你别忙，我们规规矩矩地请密司脱徐介绍吧。这位密司是……”延龄向桂香望了一眼，见她已是红云满颊，蹙眉含嗔，别转了头，十分不高兴的样子，因拉拉她的衣袖子，低声道：“你和他们见见吧。”桂香听了，只得回过身来。

延龄向他们道：“这位是我小学里的同学谈女士。”说着，又向桂香道：“这五位都是我新民里的同学。”桂香听了，向他们连连点了两点头。逸民笑道：“那么大家都是同学，刚在我失言了，请谈女士恕我冒昧。”说着，连连向桂香作揖。桂香见他穿着西服，却抱了拳头行这个礼，便别转了头，忍不住扑哧地笑了。一班里三个同学也笑了起来。延龄道：“各位是在哪儿玩?”逸民道：“我们玩到这时候还不曾吃过东西呢。”延龄指着对面明湖春酒楼，笑道：“那么你们可以去饱肚子啦。”雨农笑道：“我们一同去吃些儿点心怎样?”延龄还不曾回答，逸民忙着向雨农丢了一个眼色，道：“你这人为什么如此不识时务，别人家已经催人走了，你还要去拉扯人干什么？好了，密司脱徐，对不起，打扰了你许多时候，再会吧。”说着，向延龄桂香两人点了点头，五个人便像蜂拥般地踏进明湖春酒楼去。雨农还回过头来向延龄望了一眼，却被逸民拉着进去。

延龄这才回过头来，对桂香道："这班人真胡闹极了。桂香，你别生气。"桂香听了，鼓起了小腮子，道："这种人我也犯不着和他们生气。"延龄笑道："这就对了，你就不是和他们一般的见识，我们管我们的去玩吧。"延龄说着，向桂香望着，桂香含笑点头。延龄见她依旧脸含笑意，不生气了，方才安心，遂雇了两辆车子。

到了烟霞洞，在那边寺院里各处瞻仰了一回，又在方丈室喝了一杯香茗，便到九溪十八涧、理安寺一带游玩，都觉清冷幽雄，颇使人神怡心旷。桂香笑道："那边龙井山上的茶叶，现在正是十分茂盛，像碧波一般，十分好看。"延龄道："你有乏力了不曾，要不我来搀着你。"桂香拉着他的手，笑道："现在还不觉得，你别走太快是了。"俩人慢慢儿到了龙井山上，见下面果然茶枝遍地，已有许多妇人头上裹着一方青布，在茶叶枝丛中探取叶儿。旁边草地上映山红开得鲜血般艳丽，桂香俯身随手去摘了一枝，拿到延龄面前，笑道："你瞧这花开得多美丽啦！"延龄道："这花又名杜鹃花，因为杜鹃鸟啼的时候，便是此花开放的日子。白居易咏杜鹃花诗中有'泪痕裛损胭脂脸，剪刀裁破红绡巾'的句子，所以此花虽艳，终不免带有几分哀怜之色。"桂香眼皮翻了两翻，笑道："我不懂得这些，你别咬文嚼字了，这枝花摘了下来，送给你吧。"延龄忙接了过来，笑着连连道："谢谢你。"桂香听了，扑哧地一笑，便又慢慢地低垂了头。

此时夕阳在山，彩云满天，杨柳梢头栖着两三黄鹂，婉转地啼着，虽无斗酒双柑，却也清脆悦耳。延龄见桂香两颊红润，烟波如水，脸上大有倦色，因携着她手笑道："回去吧，今天你走得很乏力了吧。"桂香笑着，两脚跳了一跳，点头道："好的，早些儿回去吧。"

两人并着肩，慢慢儿地晚归。到了湖滨，街上已上了灯，桂香道："再到我家去坐一会儿好吗？"延龄想了一会儿，道："我回校了，过两天和你一同去报名吧。"桂香道："那你明天不来了？"延龄点头，桂香道："好的，我也回去了，别让妈等着心焦。"桂香说着，向着延龄点了一下头。

正想回身，延龄忽然又拖住她，道："你慢着，我还有话说呢。"桂香回过头来，哧地笑道："还有什么话啦，你说吧。"延龄笑道："那几件衣料可以叫人裁做了，你们那边有没有成衣匠?"桂香点头道："有的有的，这我理会得，不过这衣服做什么样儿好？还是大袄子吧?"延龄连连摇手笑道："这不好看的，还是做长的大褂子，就是叫作旗袍的。"桂香抹嘴笑道："好的，你欢喜这个样子，我就做这个。"延龄见她这样子说，便又连连摇头，笑道："这个也不行，这衣服不是我穿的，我怎能做主，也得要你自己乐意的才是呀。"桂香点头，哧哧笑道："就是照你的意思吧。好了，我真的走了，天晚啦。"延龄握着她手，笑道："你别这样子性急，天晚了你怕，我送你回去好了。"桂香鼓着小腮道："我不要你去了。"延龄笑道："你刚在不是叫我再去坐一会儿吗?"桂香噘起小嘴，道："我不愿意，嗯，我不……"延龄揉着她手，连连笑道："好了好了，我不去是了，你别哭啦。"桂香听他说哭，倒反而又笑了起来，便脱了延龄的手道："你别胡闹了，徐先生，明儿再见吧。"说着，向他瞟了一眼，别转了身子，向着摆渡船处那边跑去。

延龄站在后面，两手反剪在背上，微笑道："别忙，慢些儿跑，当心绊了跌。"见她上了摆渡船，荡到了湖心，桂香还回过头来，向延龄摇了一下手。晚风吹着她的头发，一丝丝在空中飘摇，延龄眼瞧着一叶轻舟在这暮色西湖里载着一个美丽的姑娘向烟雾里渐渐逝去，自己便也慢慢儿地走向学校里去。

晚上延龄坐在写字台旁，手里握着一支墨笔，在一张雪白的纸上涂了一枝桂花，旁边写着"桂香"两字。把左手托着额角，呆呆地望了许久，右手握着的笔不知怎样，在香下面又写了一个香字，这样子接连地不由自主，一直会写了九个香字。

正要再写的时候，忽然身后有人在肩上拍了一下，哈哈地笑着。这突然的一下子实在出于他的意外，倒真把延龄吃了一惊，连忙回过头来一见，原来正是张雨农，因忙站起来让坐，笑道："你这个人为什么鬼鬼祟祟，倒被你吓了一大跳，晚上倒不曾出去吗?"雨农在对面椅上坐下，笑道：“你是不是有些儿痴？桂花的香气果然是不错，但是你写了这许多香字干什么，算是形容它吗？”延龄听了，自己想着，也觉好笑，便道：“对了，你说得不错，因为它的香气实在太好了，所以我要多写上几个香字去赞美它。”雨农觑了他一眼，道：“要不是我打醒了你，怕你还得再写下去吗？”延龄道：“这个当然，我要把这空白的纸上都写满香字。”雨农见他说得这一份儿认真的模样，忍不住笑道：“你今天真可有些儿痴了，怎么无缘无故地画起桂花来？现在又不是秋天，应季节而说，你该画一枝红桃才是呀。”延龄摇头道：“你这话说得太不近情理了，依你说，画桂花一定要在秋天里的吗？”雨农道：“不是这样子说，你把好好儿的一张画，写上这许多的香字，你自己想吧，还成个什么样儿，你这不是有些儿痴吗？”延龄笑道：“你说我痴吗？这我是始终也不承认的。你喜欢红桃，你尽管去喜欢，我是春夏秋冬一年四季，都爱桂香的。”雨农连连摇手道：“你别说这些疯话了，我也没有和你说过是欢喜红桃，这不过是个譬喻罢了，这些废话我也没有工夫和你瞎缠，倒别累别人站着脚酸。”延龄听了一怔，道：“你昨夜有睡醒了没有，你不是好好儿地坐着，你说谁站了脚酸？”雨农抹嘴笑道：“就是我还没有睡醒吧，现在我们谈正经的吧。”延龄笑道：“你还有什么正经的话吗？”

雨农笑道：“我问你，下午你身边这个女子究竟是谁？”延龄道：“你有多大的年岁了，尽管的要你多问干吗？这我不是已经对你说过吗，是我小学里的同学。”雨农笑着，摇头道：“我有些儿不相信。”延龄道：“这是哪里话，你打从什么地方瞧出她不是我小学里的同学？”雨农道：“这分明是个穷人家的女孩子。”延龄哈哈笑道：“老张，我见你平日的思想倒还不错，今天怎么说出这句话来？依你说，穷人家的女孩子是不该读书的吗？”雨农被他这般一说，倒不觉微红了脸，道：“你别瞎缠人家，我见她不像是一个女学生。”延龄把手指连连点着他，笑道：“你听清楚了没有，她是我小学里的同学，为了家里贫穷所以没有进中学。你的本领可真不小，怎么看得出她不是女学生？照你说，贫穷人家的女孩子都是目不识丁的，连小学里都没有资格进去吗？”雨农被他一叠连声地说出这许多话来，不觉睁大了眼睛，呆望着他，倒是一句话也回答不出。

许久，他才想着什么似的伸手到袋里摸出一包烟来，抽出一支衔在嘴里，又向延龄点头，拿着烟包递到延龄面前。延龄摇手笑道："你自己吸吧，火柴要不要？"说着，把烟盘子拿到他的面前。雨农摇了一下头，道："我自己有。"说着，在袋内摸出一只白金的电石火来，把大拇指在顶上一掀，火便出来，燃着了烟，吸了一口，又喷出烟来，呆呆地望着一团团的烟渐渐化去。忽又回过头来，向延龄笑道："你这个同学，怎么我始终没有听见你说起过？"延龄笑了一笑，不假思索地道："这也怪你不得要问了，连我自己也想不到呢。今天早晨想到城里去买些东西，忽然迎面来了她，因为我觉得她的脸儿十分面熟，而她也在注意我，所以我大胆去一问，果然是我小学的姓谈的同学。"雨农听到这里，把两手一拍，说声"好哟"，"哟"字还没脱口，手指儿一松，烟卷子便掉了下来，正掉在他的西服上，这就又从椅上跳了起来，忙拍着衣服上的烟灰。

延龄见他这个样子，倒觉有趣，忍不住笑道："喂，你这是干什么，自己真有些儿疯了吧？"雨农把地上的烟卷拾了起来，仍在椅子上坐下，抬起右脚搁在左脚膝梁上，抖了两抖，对延龄笑道："别忙，你说了这话可露了马脚了，你在城里街上遇见她吗，是不是独个儿出来的？"延龄听他这样一说，不觉一怔，支吾了一会儿，道："是的，当然我一个儿，还同谁一同出去吗？"雨农哈哈笑道："这就对了，可见你以前的一篇话，全都在说谎。我这个人说话就欢喜慢慢儿来。"说着，又吸了一口烟，得意般地笑道："这一支烟倒也着实帮了我的忙。"延龄听了，到底有些儿虚心，脸上不觉一红，勉强镇静了态度，道："你别说疯话了吧。"雨农笑道："你道我说疯话吗？我也知道，如果不说出证据，你如何肯招认，待我说了出来，才叫你赖不掉呢，而且还要谢谢我哩！"延龄被他这个样子一来，心里倒是别别一跳，不过脸上仍无什么惊慌表现，欠了身子，对雨农笑道："你这个'招认'两字实在说得太不漂亮，我一不是土匪，二不是强盗，而且我没有什么事可以说呀！"雨农忍不住咯咯笑道：“你不要尽管抓住我的错处，这个算我的不是，不过你说谎是不是应该的？”延龄道：“我哪几句话是在说谎，你指点出来吧。你别胡言乱语地哄我，我不是……”雨农笑道：“你还嘴犟吗？好，好，我只要问你一句话，你就要脸红呢！”

第八回

听雅谑娇嗔，赛过那百啭流莺

当时雨农咳嗽了一声，把手指向他一点，笑道：“你听着我问你，你的表姐来电话，你是怎样回答的?”延龄被他问了这句话，知道自己日中电话里对表姐的谎话全都被他们听见了，这就不觉愕然，脸儿涨得通红，倒回答不出话来。雨农见了，这就哈哈笑道：“怎么样，现在可赖不掉了吗?”延龄笑道：“你既然知道了，我就说给你听。不过我还得问你一句，为什么我还要谢谢你?”雨农道：“你承认了，我也就从头至尾说给你听。”延龄慌忙向他打了一个招呼，笑道：“你说了，我明天请你瞧戏。”雨农笑道：“这个倒可不必，当你在电话室里，逸民刚从外面走过，听了你的话，本想来招呼你，因见你这样子急匆匆地走出去，而且又没有和别的一个同学，知道你一定在说谎骗你的表姐，实在是到情人家去的。”延龄忙道：“你别胡说，我出了电话室，哪里见有沈逸民?”雨农笑道：“他是躲在廊下，你那时的心里还顾着旁边吗?”延龄想了一会儿，才想起了当自己出电话室的时候，见长廊下果然有个黑影，原来就是逸民，因道：“废话别多，那么我为什么要谢你?”雨农笑了笑，道：“你别性急，我要喝口茶呢。”延龄听了，笑道：“好，好，你别搭少爷架子了，我来做你一回听差吧。”说着，亲自去斟了一杯，端到他的面前，道，“对不起，快说吧。”雨农忙站起来，接了过来，道：“啊哟，该死，怎么叫徐少爷斟茶，真不敢当。”延龄两手抱拳，连连拱着，道：“好兄弟，我说错了话，你别生气。斟一杯茶，这也是我分内的事。”雨农忍不住咯咯笑道：“你这只嘴真是变化无穷，令人佩服。好了，快去坐着吧。”延龄连说“是是”，忙去坐在原处，侧着耳朵，呆呆地坐着。

雨农见他这一副的模样儿，忍不住又好笑，便喝了一口茶，道："当时逸民就来告诉我这话，我说：'你别管人家的闲事，真是吹皱一池春水，干卿底事？'他被我这样一说，也就罢了。这时刚巧一班里三个同学来找我们一同去玩，事有凑巧，不料午时在延龄路，偏又会遇见了你们。欢喜多事的逸民就和你打趣，不想你却神气活现地大声呼叱……"延龄听到这里，忙接着道："你别埋怨好人，他当着别人家的面前就说这句话，无论别人家有没有受过教育，也不能够太轻视人家。我们自己都是同学，什么玩话都不要紧，不过当着生人面前，说话终要避些儿嫌疑。"雨农道："你现在这些话当然很不错，我也怪他说话不顾轻重，不过你也如乎有些儿使他难堪。"延龄道："他现在仍和我生气吗？"雨农道："当然和你生气，他说你借了我们同学的名儿，却和情人去玩，这且不说，倒还摆出这副脸儿，我准打电话去告诉他的表姐。"延龄吃了一惊，道："可曾告诉没有？"雨农笑道："他问我要你表姐家电话号码，我劝他道：'你别发傻劲了，他又没说出同学的姓名，新民中学有五六百个的同学，难道一定是我们几个人吗？'他听了我这几句后，便默不作声了，你想要不要谢谢我？"

延龄只才放心，连连笑道："当然当然，明天准请你到大世界去玩吧。"雨农摇手道："我是老实人，你只要把你的实情说给我听是了。"延龄想了一会儿，道："我当然实在地说给你知道。她姓谈名小香，在小学里和我同过五年同学，后来毕了业，大家分散，哪知在前星期凑巧却遇见了她。当时我见她如此狼狈模样，便问她，才知道她的爸死了，所以辍学在家。我见她的苦况，甚觉可怜，说明是今天去拜望她的。偏偏表姐叫我去，所以我不得不说一个谎了，这全是真话。"雨农笑道："你现在见她长得漂亮，大概爱上了她。"延龄摇手道："你这时别乱嚷出去，我见她可怜，想起几年同窗的友情，稍许接济她一下罢了。"雨农道："你这些全是真话？"延龄道："当然是真话，我和你还说假的吗？"雨农笑道："你刚在为什么不说真话啦？"延龄忙央告道："好兄弟，别为难了。"雨农笑道："是了，那么你该向逸民去道个不是。"延龄听了，不住地搓手，踌躇了一会儿，道："这个却难，当时我不是已向他解说过吗？这人的性儿不知道是怎样生的，平日就喜欢破坏人家。"雨农笑道："为了他喜欢破坏人家的好事，所以叫你去向他赔不是，否则不是你俩的爱情怕他从中破坏吗?"延龄听了，暗想：不错，我何苦和他存了意见。正想站起来说话，忽然一转念想：这话虽然不错，自己不能因为听了他的话而立刻变了主意。因故意迟疑了一会儿，道："破坏我倒不怕，反正我没有什么意思，不过我向来对朋友是很和气的，现在他既然和我生气，我就跟你去向他道个不是也不要紧。"雨农笑道："这就是了。"说着，便向门外高声喊道："密司脱沈，进来吧。你两条腿是真的站酸了。"

延龄吃了一惊，忽见门外推进一个人来，正是沈逸民，和雨农两人咯咯地笑成一团。延龄弄得目定口呆，说不出话来。逸民指着延龄冷笑了一声，道："好一个平日对朋友和气的人，你哪里瞧见我平日专喜欢破坏人家？自己平日不过多喜欢和人玩闹罢了，你听了一面的话，却暗地里坏人名誉，今天还有什么话说?"雨农也咯咯笑道："这可上了我们的圈套，他何曾和你生气？我们特地商量好，叫他候在门外，我进来编造些话来哄你真情的。"延龄只才明白刚在他说的"别让人站了脚酸"的一句话，原来他两人在活见鬼，这就连忙站起来向逸民行了一个礼敬，连声道："对不起对不起，刚在的话一切还请好兄弟见谅。"逸民哈哈笑道："算了吧，不过你放心，我绝不会来破坏你的好事，只要以后多给我喝几盅喜酒是了。"延龄笑道："别取笑了，请坐吧。"逸民便在沙发上坐下，笑道："倒真的要坐一会儿了，再不坐我这两条腿可要不能动弹了，这些是要和老张算账的。你在我面前说得嘴响，说什么只要三分钟，便可以叫他说出真情，现在却累我足足站了半个钟点。"雨农笑道："他的一张贫嘴实在是太厉害了，我费了半个钟点还算是我的口才不错呢。"

延龄听了，暗暗好笑：这个家伙就活该倒霉，门外站了大半天，要想哄我的真话，哪里知道我仍是一篇鬼话呢？想着忍不住又笑，去斟了一杯茶，递给逸民。逸民忙接过，笑说："这位谈女士真美丽极了，可惜没有好好儿给她进学校，要不然校后校花都可以包做了。”延龄道：“你打量她是哪里人？”雨农道：“我们又不曾听她说过话，哪里能知道？”延龄道：“她是生在北平的，讲得一口好清脆的北平话呢。”逸民听了，拍手笑道：“真的吗，可不可以介绍给我们谈谈？”雨农笑道：“你又要做冒失鬼了，不怕别人家恼吗？”逸民连连道：“该死该死，我有些昏了。老徐，恕我失言了！”两人一吹一唱地取笑一回，直坐到十点敲过后，他们才出去。延龄被他们一阵地胡闹，这时心里才觉安心一些儿。

第二天早晨，延龄还睡在床上，李公馆又来了一个电话，催延龄为什么还不去。延龄忙道：“就来，就来。”回到卧室，换了一件花呢西服，打了一根条子花的领带，走到写字台边，把昨天桂香送给他的一枝杜鹃花拿到鼻子上吻了一吻，脸上微笑着，仍把它插在瓶中。两手拉了拉衣角，戴上了呢帽，便走出去了。雇了车子到李公馆，因为表少爷是这里熟客，也不用通报，让他直奔楼上去。

到了扶梯顶上一级，正遇见一个年轻的姑娘，一个轻巧的身子，截短的头发梳得光亮的，瓜子的脸儿，两只眼珠倒也灵活可爱。手里端着一盘喝剩的牛奶杯子，一见了延龄，便退后一步，笑道：“表少爷，你好多天不曾来了。”延龄知道这是表姐自己心爱的赠嫁婢女菊红，因点头笑道：“你的少奶起来没有？”菊红笑道：“起来了，早点才吃过呢。表少爷用过点心没有？”延龄老实笑道：“还没有呢。”菊红道：“那你等着吧，我去烧杯牛奶来。”说着，向他望了一眼，笑着走下去了。

延龄穿过了会客室，转了弯，见表姐卧室的门半掩着，外面垂着花式的帘子，因掀开了门帘，走了进去，这就闻到一阵细细的香气，见表姐坐在沙发上，低着头瞧报纸。延龄脱了呢帽，在小圆桌上一放，向文英叫了一声表姐，文英才放下报纸，抬起头来，这就显出了一个漂亮妇人的脸儿来。头发烫得水波般卷曲，耳鬓边戴着一副亮晶晶的连珠环子，脸儿十分丰腴，穿着一件时式花绸的旗袍，倒也显着娇媚动人。见了延龄，便站起来笑道：“啊哟，今天是什么风儿吹来的，真难得，快请坐。”延龄哧哧笑道：“姐姐别怨人了，我是真的没空。早晨姐姐不打电话来，我是也要来望姐姐了。”文英抹嘴笑道：“真难为了，常把姐姐放在你的心里。”延龄抬起一只手，连抓了两抓头发，又搓搓手，望着文英，只是笑着。

文英见他这副莫奈何的样子，忍不住笑道：“你老是呆站着做什么，不会问你要坐钱的。”延龄忙道：“这是哪里话，姐姐在教训弟弟的时候，我怎敢坐呢？”文英听了这话，又好气又好笑，便“哟”的一声道：“这真是冤枉煞人了，我哪敢教训你啦，岂不要折死我了？好弟弟，你别在这里受罪了，这话被姑妈听见了，倒怪我做姐姐的……”延龄听到这里，就急得连连拱手，笑道：“别说了，别说了，全是我的不是，饶了我吧！”文英见他这样子，心里忍不住要笑，却又故意绷着脸子，在沙发上坐下。延龄想：这可糟了。便只得厚着脸儿上前向她一鞠躬，又把手去拍着她的肩膀，笑道：“终怪我年纪轻，说错了话，倒累姐姐生气。好姐姐，别生气了，瞧我这个薄脸分上吧。”说着，又连连作揖。文英见他这副丑态，这就忍不住哧地笑了，把手指在自己粉脸上划了一下，又含嗔道：“不要脸，倒亏你做得出，在你情人面前惯做的手段，别用在姐姐的前面。”延龄只才放心笑道：“好姐姐，你骂别的吧，别尽管取笑我这个了。你想我哪里来的什么情人呢？”文英笑道：“我就喜欢你有个厉厉害害的情人来管束你。我怕的是你和着四五个朋友东西去胡闹。本来这些事我是没有这个权力来管束你的，因为你的妈来信中屡次托我照顾你，我有了这个命令，也就是有了这个责任，所以不管你惹厌，尽管向你絮絮多缠。”

延龄忙笑道：“这是什么话，我无论怎样笨透了，也不至于把姐姐好意的话倒反来惹厌你吗？不过我现在实在真的还没有情人。”文英抹嘴笑道：“情人没有，女朋友终不至于会没有的。”延龄连连摇头笑道：“没有，一个都没有。”文英道：“你真的这样安分吗？要不我来替你介绍几个？”延龄摇头笑道：“我在求学读书，还不需要这个呢。”文英听了，向他一瞅，道：“别装假正经吧，头发梳得这般光，雪花膏涂得这般白，西装笔挺，这都为了是什么？”延龄扑哧笑道：“姐姐你这话不对，依你说，应该要头上蓬了发，脸上抹了灰，身上穿件破衣吗？这被人见了，岂不笑话？我现在这样子，也并不是要漂亮，这是礼貌呀。”文英啐他一口，道：“你嘴厉害，会说话，我不和你理论，往后如果给我知道你有了女朋友的话，我绝不轻易放过你的。”

延龄笑了一笑，便在梳妆台上摆着的玻璃罐子乱翻了一阵。文英道：“你乱翻什么，我也忘了你点心吃了没有。”延龄还没回答，却见菊红端着一杯牛奶、一碟饼干走进来，笑道：“表少爷还不曾吃过呢。”文英笑道：“你怎么知道啦？”菊红笑道：“刚在我下去，就先碰见的。”延龄把两手按了一下肚子，向菊红连连道：“谢谢你，劳驾了。”文英道：“你这副穷相是哪里学来的，好像饿了三天三夜。”菊红也忍不住哧哧地笑着走下去了。

延龄握着杯子，两指拑了一块饼干，走到铜床前一只沙发上坐下，咬了一口饼干，笑道：“委实饿得慌，你不知道，昨晚我只吃了一小盅饭呢。”文英道：“谁不叫你多吃上一些儿？哦，我倒有些儿猜着了，昨晚大概有什么心事吧？”延龄连摇手笑道：“怎么姐姐说来说去，终是这一套里的？”文英笑道：“咦，你这话奇了，你知道我说的是哪一套话？”延龄脸儿一红，笑道：“我不和你说话了，姐姐你的嘴实在太厉害了，我有些儿怕你。”文英道：“怕什么，我会吞了你吗？”她说到这里，忽然又连连笑道，“对了对了，怪不得你老是不高兴到这里来，原来就是怕我吞吃了你吗？”

延龄抹着嘴笑着，一声儿不响，只是捧着杯子喝完了牛奶，站起来在房中转了一圈，在西首玻璃橱边墙壁上挂着的一只小照下站着，望了一会儿。这是文英的结婚证，还穿着礼服，手中捧着一束鲜花。回过身来见对面一只五斗橱，橱沿边都雕刻白象骨的花式，正中挂着一幅美女春睡图，旁边挂着一副小巧的对联是“嫩寒锁梦因春冷，芳气袭人是酒香”，下首题着宋学士秦太虚写。这就不觉喝了一声彩，回头向文英笑道：“我进来只顾和姐姐说话，这样好的对联是谁送的，这真香艳极了。”说着，又回过头来望了一会儿，只觉房中果然是有一阵似兰似麝的香气，使人能够陶醉，这香气如乎是从那幅春睡图中散出来的。延龄这就呆呆地望着那个美女出神，忽然听见菊红笑道：“表少爷，揩面了。”延龄这才如梦初觉，回转身来，见菊红端着一盆脸水，放在面汤台上，浇和了几点香水，放下一条粉红色的面巾，拧了一把，递给延龄。延龄忙接过来揩了脸，菊红又把雪花膏的瓶儿开了盖，笑着拿到延龄面前。延龄摇了一下头，向文英努努嘴。菊红见了，忍不住又哧地笑了。

延龄回身在沙发上坐下，笑道：“表姐，李大哥这般早就出去了吗?”文英瞅他一眼，笑道：“咦，我道你不和我说话了，怎么倒又向我开口了?”延龄听了，“啊哟”一声，笑道：“姐姐，你把我说的话别记得这般牢，我说了是早就忘了，你和我生气是没有用的。”文英笑道：“我和你生气干吗? 你如果做了不合我心意的事就骂一顿，再不听话就打一顿。”延龄把舌儿一伸，向正在铜床上理被褥的菊红笑道：“这不得了，还是菊红替我说情吧。”菊红叠齐了绣被，回过身来笑道：“如果小姐真的要打你，我自然帮表少爷的忙，小姐去找一根棒呢。”说得文英和延龄都笑了起来。延龄道：“好哟，过一会儿问你拿棒还不拿呢?”菊红扑哧一笑，眼珠向他一瞟，啐他一口，抹嘴笑道：“偏拿，怎么样?”说着，便回转身，咯咯笑着逃下去了。

第九回

假酒伴人有意调俊婢

文英忍不住又笑道："好不害羞，菊红都要笑话你。"延龄笑道："这孩子好玩，现在长得更清秀了。"文英啐他一口，道："哟，你有多大年纪了，叫人家孩子，你也只不过长她一岁罢了。"延龄笑道："你说我叫她什么呢?"文英道："你别轻视了人家，菊红这孩子，倒也是好人家的女儿，只可惜家里穷些罢了。她是十岁就进我家里的，我这时还在学校里读书，见她模样儿好，性情儿好，十分活泼，就叫母亲把她安在我的房中服侍。因为我又没有小的妹子，所以瞧她也像小妹子一般。好在这孩子是素来爱清洁的，尤其一双手，收拾得干干净净，伸出来比我还白嫩呢。"延龄听了，忍不住又笑。文英道："你笑干吗，怕我骗你吗？那你自己瞧瞧就知道了，现在大了当然是更爱美了。"延龄道："我没有说姐姐骗我，菊红这孩子，是真的不像低三下四人的模样。"文英笑了一笑，道："她跟我四年，后来我结了婚，她因不忍和我离开，便就给我做赠嫁婢了。我以前也常常教她的书，她的字写得挺好呢。不过话又得说回来，在我家里做婢女就比不得别人家。"

延龄道："那当然也是一个原因，不过人的模样儿终是天生成的。"文英抹嘴笑道："这就对了，你如果欢喜她，我就先收她做了妹子，介绍给你怎样？假使你妈以为不是的话，做你二房也好。"延龄连连摇手道："胡闹胡闹，姐姐，亏你还是个学校里出来的高才生，怎么说出这句话来，岂不笑痛了我的肚子?"文英也忍不住笑道："这是哪里话，你不也是学校里出来的吗，难道还存着贫富贵贱的心理吗？论菊红的容貌也不能算差吧。"延龄道："你别胡说了吧，谁还和你讲这些理，别让菊红听见了，倒叫……”

延龄说到这里，忽见菊红奔着进来，如何已听见延龄说“别让菊红听见了”的一句话，便紧紧瞅住延龄，倒呆呆地怔住了。文英笑道：“你这孩子，急匆匆的是干什么啦？”菊红才回头过来，笑道：“我来说少爷买了许多东西回来了。”这时就听见一阵皮鞋声响进来，见一个穿西装、年约二十六七的少年胁下挟着一大包的东西。延龄忙站起来，笑道：“鸣哥，你在哪儿？”鸣鹤脱了帽子，把一包物件在桌上一放，道：“我买一些儿东西，你刚来吗？”延龄点头道：“是的，你今天怎么倒有空闲？”文英接着笑道：“他嘛，天天有空闲，真是名义上听听，算在省府里办事，其实不知办些什么事呢。”鸣鹤笑道：“今天倒是为了你，省府里上午是也没有事，所以我趁这空时，替你去剪了几件衣料，你前天不是向我说要添件衣服吗？”延龄抹嘴笑道：“对呀，全都为了你呀。”文英瞅他一眼，笑着把纸包打开，见里面四五块的料子，因向延龄笑道：“你瞧，哪一块儿好看？”延龄走近桌边，拣了一块淡绿色夹银花绸的衣料，拿着围在中间身上，走得远一些，向文英笑道：“姐姐，这一件最漂亮了，你瞧我这样子围上多好看，鸣哥替姐姐买些儿东西，可真不错。”文英笑道：“到了你的嘴里，就有这许多话了。”延龄扑哧笑道：“我在说姐夫能干，姐姐你还要帮了去吗？”文英听了，瞅着他啐了一口，道：“你还信着嘴儿胡说。”鸣鹤也忍不住笑起来。

这时菊红上来道：“下面已经开饭了。”延龄撩起袖子一瞧，道：“哟，已经十二点了，时间真过得太快了。”文英笑道：“别啰唆了，下去吃饭吧。”说着，站起来，又对菊红道：“你把这些衣料理过了，你欢喜哪一件自己拣一块，明天就可以叫人裁去了。”菊红答应，三人便走下去。

饭厅里的陈式倒有些儿像会客室，四壁刷着粉黄色的油漆，壁上挂着一堂名人山水字画。两旁沙发茶儿，中间一张小巧的百灵桌，旁边围着四把刻花的靠背椅。

这时两个老妈子已经摆了饭，站在旁边侍候着。鸣鹤让延龄坐了上位，自己和文英便在旁边坐下。延龄笑道：“鸣哥，姐姐说你每天空闲着，那么你在省府里究竟办些什么工作?”鸣鹤道：“其实我们第一科里还比较别科忙呢。”文英扑哧一声笑了出来，道：“还说忙呢，每天早晨十时才去办公，依你说空，应该整天躲在家里了。”鸣鹤道：“尤其是我，的确比别人更没有事，除了每周召集科长开一次会议，真的没有什么事可做。不过空虽然空，我也一定要到了时间，和科员们一同走的。”延龄笑道：“这是以身作则，使科员们见了不会偷懒，你倒是一个好科长。”文英道：“你别赞美他了，吃了国家的粮，应该尽力做些事出来才对。像他每天闲着的人，国家要他干什么用？自己也羞死了。”鸣鹤道：“你别胡说，我平日虽然没有事，忙的时候也常有的。上星期一那天，公文来了二百多份，你在家里不是还打电话来问我，饭要等不等？我回你别等了。那天不是午夜二时才回来吗?”延龄笑道：“不错，这就叫养兵千日，用在一朝呢。”文英道：“好了，别多谈了，菜都要冷了。”

延龄正握起筷子，菊红也走了进来，站在文英背后，笑道：“表少爷不喝一些儿酒吗?”文英听了，忙道：“真的，昨天你鸣哥买来两瓶葡萄酒还不曾开呢，我们这儿都不会喝酒的人，就时常要忘的。表弟要不喝一些儿?”菊红不待延龄回答，便跑出去拿了。延龄笑道：“我也不会喝的，而且饭已盛了出来，酒留着晚上喝吧。”鸣鹤笑道：“她已去拿了，你早些为什么不阻住她?”

这时菊红已开了瓶盖子拿进来，老妈子早已端上三只水晶的小杯子。延龄摇头道：“我真的不喝，你们欢喜喝几杯是了。”菊红笑道：“这酒是不会醉人的，表少爷你放心喝上几杯是了。”文英也道：“已经开了，就喝一杯吧。”菊红早已满满斟了三杯，鸣鹤端着杯子喝了一口，笑道：“表弟，你也别假惺惺了，以前酒量不是很好的吗？今天一定要多喝上几杯，如果真的醉了，就在这里睡一忽儿也不要紧。难道你下午还要去会情人吗?”延龄急道：“你别胡说吧，你哪里曾见我有喝过三杯以上的酒？你疑心我去会情人吗？我今天索性住在这里怎样?”鸣鹤笑道：“你别这样急，我这种坏人的事是不愿干的，你就少喝几杯，别喝醉了，误了你们约会的良辰。”

延龄哧地笑道："你昨夜睡醒了没有？别尽管说梦话吧。"文英笑道："今天表弟是没有什么约会的，要是有的话，早晨他就不来了。"菊红听了，抹着嘴只是笑。延龄道："古人有一句'万事不如杯在手'，我有一些儿不赞成。我生平最恨的就是喝酒，这大概是个性不同吧。"文英道："表弟你这句话我倒很中听，有些人把酒当作了性命一样，如乎不喝酒就不能过活，还常自比李太白、贺知章这类人，以为喝了酒思想敏捷，什么疑难的问题都能想得出来。你想像李太白这般人，自古至今能有几个呢？我倒常常听见因喝酒而泄露消息，军事上胜败也在这个上面。还有朋友的感情，也因为喝醉了酒而伤情，总之喝酒是能误事的。不过话又得说回来，如果一些不会喝，那也不好，外面宴会上就缺少了交际的媒介物。不过每餐非得四五斤要的，这就要惹人厌了。所以酒这样东西，要人去支配它，今天高兴就稍许喝一些，不高兴就不喝，别让酒来支配人。"

延龄连连点头道："姐姐这话说得对极了，所以无论哪一桩事，最好是能够或可或不可的。"鸣鹤插嘴笑道："表弟，那么你平日专门的嗜好大约一些是没有的了。"文英笑了笑，俏皮地道："哟，这你还不知道吗，我的表弟是向来少年老成、规矩划一、安分守己的好青年。"说得连两个老妈子都笑了起来。延龄也哧地笑道："表姐，你别取笑了。"菊红见他杯子已空，便又替他要斟。延龄连连摇头，笑道："不喝了，不喝了，我的脸已红了呢。"菊红抹嘴笑道："你怎么知道自己脸已红了呢？你刚不是说没有喝过三杯以上的吗？那么三杯以内当然是能够的，再喝一杯吧。"延龄笑道："过一会儿我喝醉了要闹的，你别怕。"菊红笑道："你只管闹，我不怕的。"说着，把眼珠瞟一下。延龄见她这样有趣，倒也不忍过分地拂她的意思，只得笑着再喝了一杯。

大家喝过了酒，老妈子重新又换上了饭。饭后，又到楼上会客室里闲坐。这间会客室是李家几个亲戚和知己朋友坐谈的地方，所以布置得很精美，消遣的东西也都齐备，有象棋、话匣子、钢琴等乐器。

这时菊红送上柠檬茶，又开了话匣子，笑道："我来开话匣子，你们要听什么片子？"延龄喝了一口柠檬茶，笑道："唱张梅兰芳的宝蟾送酒吧。”菊红听了，想了一会儿，忽然红了脸，瞅他一眼，摇头笑道：“表少爷，你点得不巧，这张片子刚巧是没有的。”延龄无意地点了这张片子，见她这般娇羞地不肯唱，起先还摸不着头脑，想了一会儿，只才明白过来，忍不住好笑，这就有意笑道：“那么还是秋香送茶吧。”菊红连连摇手道：“这些都没有的，还是小姐点一张。”文英早已明白过来，忍不住哧哧笑道：“你这孩子，那也算不了什么。”菊红见她一说穿，就更觉不好意思了，便站起来，顿足道：“我不高兴开了，你们自己去玩吧。”说着，便逃着出去了。

这时鸣鹤也明白了，三人忍不住又笑了一阵。文英笑道：“表弟你这人就坏，菊红这孩子，也就太细心了。”延龄笑道：“这真冤枉煞人了，我哪里有心去和她开玩笑呢？”鸣鹤笑道：“她不高兴开，我们也不愿听了，我还要写封信去了。”说着，便站了起来，回头又向延龄道：“和我到画室里去坐一会儿怎么样？”延龄点头，随鸣鹤出了会客室。

到了画室，鸣鹤掀开门帘子，让延龄进去。见里面四壁油漆着树皮的花纹，朝南窗户上，绿绸的帷幔掩展，屋着的阳光照射进来，室内全都成绿荫了。屋内正中垂下五盏梅花灯，正中一盏灯泡，四周围着紫纱罩子，两边沿壁放着一张写字桌，桌上笔墨纸砚玻璃桌板安摆十分整齐。旁边还有一只绿纱罩的桌灯，古铜色的灯柱下，放着一张斜立的金边小照，里面一个半身女子，却瞧不清楚是谁。上首靠壁排着两只玻璃书橱，橱内满堆着中西书籍，对面放着卍字形连叠的香木架子，里面空档中摆着商周秦汉的小小古董玩物，像瓶、砖、罗汉等东西，都是细致可爱。以下摆一双刻花香水的卧榻，上面铺着蓝缎绣花的垫子，沿窗下两只长沙发，旁边一张琴桌，桌上放着一只檀香的小鼎炉，壁上挂着一副对联是“世事洞明皆学问　人情练达即文章”。延龄见了，暗暗好笑，觉得房内真是一派书气味。

鸣鹤已是在写字桌旁的转椅上坐下，开亮了桌灯，对延龄望了望，笑道：“你尽管瞧什么，还是初次到这儿吗？”延龄笑着，在对面椅上坐下，道：“你那副对联什么时候挂上的？”鸣鹤道：“这个吗？还是省府里第二科科长到我家来，我请他在这里闲坐。因为他见我室内四壁空空，便要送我一副对联，我当然十分赞成。你瞧这笔法怎样？”延龄瞧了一会儿，点头道：“字写得很不错，不过这位科长很讲究道学的吧？”鸣鹤笑道：“不过在书房内挂着倒很贴切的，你姐姐房内的一副可曾见过？这相差就远了。”延龄道：“那一副倒还是古董呢，哪儿来的？”鸣鹤道：“也是新近一个秘书送我的，听说要卖三百元呢。”延龄道：“这一副果然是好，不但字句香艳，笔法也极风流潇洒，真不愧是宋学士之笔。”鸣鹤见他赞得如此好，也忍不住笑了。

延龄回头见桌灯柱下的一张小照，不是别人，正是表姐文英，因笑道：“你这儿怎么倒摆着这张相片？”鸣鹤笑道：“我前天在皮箱里找出的，你打量这张相片是什么时候照的？”延龄伸手拿过来，细细瞧了一会儿，道：“大约两年前了。”鸣鹤摇头道：“加上一倍吧，还是四年前的。那时我们还未结婚，不过爱情的热度已达到了沸点，你表姐送我作纪念的。”延龄扑哧笑了出来，鸣鹤也笑道：“光阴过得真快，一瞬眼，我们结婚已达三年。想起过去的事，真觉有趣。”延龄抹着嘴儿只是笑着，鸣鹤望着他道：“你尽管笑干什么，这是人生必经过的途径，怕你在外面还没有情人吗？”延龄摇头笑道：“我当然是没有的。”鸣鹤笑道：“当真没有吗？我来替你介绍几个可好？”延龄听了，扑哧一笑，暗想：这两位贤伉俪倒有趣，全都要替我介绍。因笑道：“我不要，还没到这时候呢。”鸣鹤摇头笑道：“我不信，你有这般老实？”延龄道：“你还替我介绍，我倒要告诉表姐呢，你外面女朋友一定是不会少的。”鸣鹤哧地笑道：“你去告诉吧，你的表姐气量是很大的。”延龄听了，忍不住笑了起来。

鸣鹤自己也笑了，一面打开抽斗，取出一张信笺子，开了墨水瓶的盖子，拿了钢笔，向延龄笑道：“你坐一会儿吧。”延龄点了点头，呆呆地坐了一会儿，又站起来打了一个圈子。鸣鹤抬头笑道：“你要不要看些什么书消遣？”延龄摇头道：“你别管我，自己快写吧。”说着，走到窗边，掀开了绿绸窗幔子，道：“鸣哥，你日中为什么也把窗帘子掩着，却喜欢开灯呢？”鸣鹤“哦”了一声，道：“这因为我这里是不长坐的，除了晚上回家时在这里坐一会儿，日中是很少时候来的，所以这窗帘子也没有工夫去拉扯它了。”延龄听了，忍不住又笑道：“你也懒得可怜。”

正在这时候，忽见菊红进来道：“小姐说你们写封信，究竟要多少时候，为什么老不出来了？叫表少爷出去，有些儿事呢。”鸣鹤笑道：“表弟，你出去吧，你姐姐一会儿冷静了呢。”延龄便笑着跟菊红走出了书房。

第十回

怨女呆儿哭笑无停顿

当时延龄忙着跟随菊红出了画室，向菊红笑道：“菊红，表姐叫我做什么？”菊红回头向延龄笑道：“我不知道。”延龄走上一步，拉住她的衣袖子道：“没有这话，你哪里会不知道吗？”菊红望他一眼，笑道：“我真的不知道，你到了我小姐面前，当然自会知道的。”延龄道：“你不是说叫我有些儿事吗，那是什么事呢，你不是知道的吗？”菊红顿脚急道：“这真冤枉死人了，我要是知道，不告诉你干吗？”说着，又扑哧笑道：“表少爷，你放心去是了，不会真的打你的。”延龄听她说起打，倒又记起了拿棒的话了，便也笑道：“倒是真的，我险些儿忘了。我问你，你替我表姐棒拿还不拿？”菊红回头哧哧笑道：“我不知道。”延龄捉住她的两手，笑道：“你不知道，我呵你痒了。”说着，把右手在嘴上呵了一呵气。菊红早怕得连连挣扎笑着，又如乎含嗔道：“表少爷，你再胡闹，我要嚷了。”延龄笑道：“你嚷吧，我仍得要呵你痒。”菊红听他不怕，这就回过身来，扑哧一笑，向他瞅了一眼，微红了脸，头低在延龄的胸前，低声道：“小姐等着心焦了，过一会儿再说吧。”延龄见她如此娇羞不胜，也就忘了她是菊红，倒把她当作了桂香般地把手儿去抚着她的头发。菊红见他手儿一松，这就一个转身，哧哧地笑着逃去了。

延龄把手抚了一个空，自己也忍不住好笑，暗想：菊红这孩子，真的天真得可爱。便也慢慢地走到文英的房中去。文英正在梳妆台的抽斗里拿东西，延龄笑道：“表姐，你叫我干什么？”文英回过身来，笑道：“刚在我接着一个电话。”延龄道：“是谁打来的？”文英把一张粉红的绢帕塞在一只漆黑的皮夹里，道："是我的同学。"延龄笑道："这就奇了，你的同学打电话来，叫我干什么？"文英听了，扑哧一笑，把皮夹放在台上，忽然又含嗔道："我话还不曾说完啦，你尽管催问什么？"延龄把舌儿一伸，连连笑道："是了是了，又是我的不是，你说怎样？"文英要瞅他一眼，生气道："我不说了，你这般猴急。"延龄笑道："姐姐，你又生气吗？我不催你，你尽管慢慢儿一个字一个字说吧。"

文英听了，忍不住又笑了，啐他一口，才道："我的同学妹妹，刚从上海来，叫我去玩，我问你去不去？"延龄连连摇头，笑道："这是哪里话，你又胡闹，你同学姓什么叫什么我全都不知道，更何况她的妹妹，我更加不认识了，见都不曾见过一面，怎么冒冒失失地可以到别人家里去呢？"文英笑道："亏你还算是平日惯会交际的人，这打什么紧呢？而且还有我呢。"延龄摇手道："这可不能，有你干什么用，我是不愿意去。"文英道："你这人就不识抬举，她的妹子品貌儿好，性情儿好，才学也不见得比你弱吧。人家南洋女子高中明年可以毕业了，年岁倒是和你同年的。"延龄抹嘴笑道："姐姐，你多高兴，尽管取笑弟弟干吗？"文英道："我取笑你做什么，我本来想和你介绍的也是她，现在正巧，她学校里也放春假，到杭州来瞧瞧她的姐姐，这不是一个很好的机会吗？你没有见过她，比菊红长得更美丽呢。"延龄笑道："姐姐要和我介绍，当然可以，不过要我今天和你一同去，这我可有些儿不愿意。"文英啐了他一口，道："你别搭什么少爷架子了，怕别人家还不肯和你做朋友呢！"延龄连连道："我哪里搭什么架子，如果她的姐姐我是认识的，我去这不要紧，或者是认识她自己，这也可以。现在姐妹两个，一个都不认识，你想这哪里能够呢？就是别人家不招怪，自己也有些儿不好意思。"文英道："是了，去不去由你，别要你说出这一大篇的理由来。"

正在这时候，鸣鹤走进来，笑道："哟，要紧得不知有什么大事般地把他叫了来，原来却在拌嘴。"说得两人忍不住扑哧地笑了出来。延龄笑道："你别胡说，谁敢和姐姐拌嘴。"文英听了，又好气又好笑，勉强绷着脸子，可是眼角边终忍不住笑出来。鸣鹤走到小圆桌边，在椅子上坐下，向烟罐子里抽出一支雪茄烟，衔在口里，燃了火，吸了一口，向文英道："你要叫表弟一同到哪里去玩?"延龄抢着道："姐姐有个同学来电话叫姐姐去玩。"鸣鹤道："是哪一个同学?"延龄向他白了两白眼，呆了一呆，又向文英努嘴。文英却不曾瞧见，回转头来道："就是吴玉如，她的妹妹艳仙从上海回来，来瞧瞧她的姐姐，叫我去玩玩。"鸣鹤道："你打算去吗?"文英道："我当然去的。"鸣鹤道："你明天去吧，今天我们一同瞧电影去。"文英摇头道："我已答应了人家，这是不能失约的。"延龄笑道："姐姐去吧，我和鸣哥一同瞧电影去也可以。"文英瞅他一眼，道："那么尽管去，我又不要硬拖了你去。"

这时菊红进来，道："小姐，阿三汽车舒齐了，说可以走了吗?"文英道："走了，菊红，他们瞧影戏去，你在家里留心一些儿。"菊红答应道："我理会得，小姐放心走吧。"文英便在梳妆台上拿了皮夹，走了下去。鸣鹤和延龄跟着到下面，鸣鹤道："晚饭回来吃吗?"文英道："不一定，你们别等了。"

阿三早把车子开在院子外等候着，见文英出来，忙开了车厢。文英跳了上去，阿三便开着驶出去了。

鸣鹤望了一下手表，道："已经两点多了，我们也可以走了。"延龄道："帽子还不曾拿呢。"说着，两人回身进去。忽然见老妈子从长廊里匆匆地奔出来，见了鸣鹤，忙道："少爷还不曾走吗，正好，有电话呢。"鸣鹤听了，忙着到电话室里去了。延龄慢慢地踱进去，到了电话室门前，鸣鹤走出来，笑道："太巧，太巧，影戏瞧不成了。"延龄道："是谁打来的?"鸣鹤道："省府里有要紧事呢，你怎么样，还是独个儿去玩，还在家里等着?我完毕了公事立刻就来。"延龄摇头道："这可不必了，你去吧，我再坐一会儿就走的。"鸣鹤搓搓手，笑道："昨天那样要紧般地叫了你来，咱们两个人却都跑了，这不有些儿……"延龄忙道："这是哪里话，我又不是第一次来的生客，一定要你们陪着。"鸣鹤笑道："这就是了，你们最好等着我，你姐姐或许亦早回来的。"延龄道："别多说了，我全都理会得。"

这时老妈子送上呢帽、手杖，延龄又伴他到了院子，因为汽车已经给文英坐去，自己只得坐了包车出去。延龄笑了一笑，翻身回了进来，走过文英的房前，见菊红在里面坐着，剪裁小孩的衣服，因走了进去。

菊红站起来，笑道："表少爷，你没和少爷去瞧电影吗?"延龄道："刚刚电话来，省府里有事把他叫去了。"菊红道："少爷已经走了吗，那么表少爷你到哪儿去玩啦?"延龄道："我独个儿不想出去，这里和你聊聊天得了。"菊红抹嘴笑道："你可要喝一杯儿茶?"说着，走到茶桌边，在白银自动茶壶的笼头下，斟了一杯玫瑰茶，递给延龄。延龄忙接了，喝了一口，放在茶几上，把桌上的小衣服翻了一翻，笑道："这是谁的衣服，你裁着玩的吗?"菊红听了，扑哧地笑了。延龄瞧她一眼，道："你笑干吗？那么是谁的衣服？难道是你的孩……"延龄说到这里，菊红"呀"的一声叫了起来，顿着脚，啐他一口，道："你再胡说下去，我可不依。"延龄见她这一份儿着急的模样，忍不住好笑，见她两颊已经红晕，因笑着问道："那么究竟是谁穿的，不至于是你自己穿的吧?"菊红把眼波向他一瞟，抹嘴笑道："我告诉你吧，我的小姐已经有喜了。"延龄听了，拍手笑道："真的吗？她的肚子为什么不甚大呢？有几个月了?"菊红笑道："大约有四个月了，肚子圆小，怕将来还是个小官呢。"延龄听她这般说，忍不住噗地笑道："哟，你男孩女孩都知道吗？菊红你的经验可真……"菊红无意地说了这句话，被延龄这般一说，这就直羞得连耳根子都红了，含嗔道："表少爷你尽管缠我，我要告诉我的小姐。"延龄笑道："这全是你自己说的，我哪里有缠你呢？哦哦，我又想着了，我还得问你，你说替你小姐拿棒还不拿吗?"菊红见他又提起这句话，忍不住又笑。延龄笑道："快说快说，拿还不拿?"菊红瞅他一眼，小嘴一噘，道："我不知道。"延龄见她两颊红晕，双眸似水，娇羞可爱，忍不住抢步上前捉住她的纤手，笑道："你到底知道没有?"菊红忙挣扎道："表少爷，你再这样我要恼了。"延龄笑道："就是我胡闹，你也只好怪你自己罢了。"菊红一怔，道："怪我自己干吗？难道还是我自己叫你胡闹的不成?"延龄笑道："你这话说得不错，正是你自己叫我胡闹的。"菊红急道："表少爷，你真的喝了酒还不曾醒吗?"延龄道："什么，我不是早就对你说，我喝了酒要胡闹的，你说不要紧的嘛，现在这么却又要怪我了呢?”菊红这才明白，忍不住又笑道：“好少爷，那么你放了，我说了吧。”延龄放脱了手，笑道：“就放了你，也不怕你再逃脱的。”

菊红把纤手理了一下头发，想了一会儿，道：“表少爷，我也问你一件事，你一定要告诉我的。”延龄道：“什么事你说，只要我知道的，就是一百件、一千件，我都告诉你。”菊红听了，微笑道：“刚在……”她说到这里，忽然又停住了，低下了头。延龄奇怪道：“咦，你怎么啦?快说呀。”菊红只才抬起头来，嫣然笑道：“你刚在和我小姐说些儿什么话?”延龄突然听她问了这一句话，心里不觉别别地一跳，暗想：这可糟了，要命的，表姐和我打趣的笑话，难道她都听见了吗?怪不得当时她进来怔怔地望着我。不过她既然听见了，怎么却又来故意问我呢?觉得自己想错了，或许是别的事吧，她绝不会如此不害羞的。因就假装不知道：“我和表姐说哪一句话，你要说出来，我话说过了就会忘的，你在哪时候听见的?”菊红道：“在午饭前，我进来说‘少爷回来了’的时候，你正在说这一句话，见我进来，便不说下去了。”延龄对于那一句，倒是真的记不起了，想了一会儿，道：“话是说得很多，不过那一句，我是真的记不起了，还是你自己说出来吧。”菊红道：“你和我小姐说话，本不干我事，因为我进来时听见的一句，是带着我的，你说‘别让菊红听见了’，是什么事别让我听见了?”延龄知道她只有听见这一句，心里才觉安心，暗想：这孩子的心儿可真细了。因笑了一笑，说个谎道：“哦，我说这一句吗?这是我和表姐无意说起你的。”菊红忙问说：“说起我什么?”延龄暗想：这可糟了，我一时说个谎也不容易呀。心里一急，这就叫急中生智，立刻有了主意，笑道：“你别忙，我说给你听。我说你跟随表姐倒有许多年了，表姐说：‘有七年了，十岁时就进来的，这孩子真讨人喜欢，我是疼爱得像自己妹子一般，只可惜家里贫穷些，她爸所以把她卖了。’当时我听了，对表姐说：‘你别让菊红听见了，她要伤心的。’”

菊红本来是含着笑意，听到这里，便把脸一沉，眼圈儿也红了起来，接着果真淌起泪来。延龄见她这样子，心里万分懊悔，自己不该谎出这一句话，倒引起了她的伤心。想着自己父母双全，天伦之乐无穷，像她有了父母而永久不能相见一面，目前存亡不知，自己孤苦伶仃，寄人篱下，想起以后如何结局，怎不叫她伤心落泪。延龄想着自己的幸福，而更衬菊红的不幸。见她似带雨梨花，倍觉楚楚可怜，起了无限的同情，忍不住走近她的身边，轻轻地拍着她的肩膀，柔顺道："全是我不好，倒引起了你的伤心。"菊红被他一说，心里更觉悲伤，忍不住啜泣起来。延龄搓了搓手，又把手指在桌边弹了几下，轻声道："别哭啦，我的表姐她不是很疼爱你吗？你伤心的事别去想着它了。"菊红拭去了泪，轻轻叹了一口声，低头默然无语。延龄伸手去拉了她的纤手，笑道："好了好了，你还不曾回答我呢。"菊红见他只是缠着这句话，不觉又带着眼泪笑了。延龄见她这一笑，更觉妩媚动人了，因抚摩着她的手儿，也笑道："你快说吧，也把我说得哭是了。"菊红抹嘴低声道："我不拿是了。"延龄摇头笑道："这样不信，说得太轻了，只在喉咙里一转，你自己都听不清楚的。"菊红扭转了身子，回过头去，笑道："表少爷，你别为难了。"延龄笑道："你稍许说得响一些儿，终能够的，怎么说为难你呢？"菊红被缠绕不过，只得比较响一些又说了一声，延龄便咯咯地笑了起来。

第十一回

小温存，略领卿卿一刻春

菊红被他咯咯一笑，心里更觉不好意思，挣脱了手便想逃出房外去。延龄早已抢上一步，拦住她，笑道："你想逃到哪里去?"菊红忙退后一步，笑道："我逃干吗?"延龄笑道："你不逃，为什么要出去?"菊红眼珠一转，笑道："已经四点多了，你不想吃一些儿点心吗?"延龄道："我现在不饿，你别忙。"菊红笑道："那我就不去吩咐他们了，过一会儿可别嚷肚子饿。"延龄瞧了一下手表，道："我刚在进来，还只有两点钟，怎么一忽儿又没谈上几句话，已过了两个钟点了。"菊红抹嘴笑了一笑，回身到桌边，把衣料子都理过了，放在橱内，又在橱内取出一只玻璃罐来，放在桌上，向延龄笑道："你没有饿，就吃些百花糖吧。"

延龄走近桌边，开了玻璃盖子，见里面是各式不同的糖果，因拣了一块杏花糖，剥了外面的金锡纸，放在嘴里，向菊红望了一眼。见菊红也正在瞧自己，因笑指着百花糖道："你也来吃几块。"菊红摇头道："你自己吃吧，我这几天嘴里没有味儿。"延龄拣了一块奶油咖啡糖，亲自剥去了纸，递过去，笑道："嘴里没有味儿，应该想些东西吃才对，糖也是开胃的，你不妨吃一块。"菊红抹嘴笑道："我真的不想吃。"延龄走近她的身边，笑道："这是吃不坏身子的，你别只管说不要吃了。那么你叫我吃，我怎么老实不客气了呢?"说着，把那块糖差不多要拿到她的嘴边。菊红只得伸手接了过来，说了一声谢谢。延龄笑道："你别客气吧，我应先谢你哩。"

正在说着，见老妈子进来，笑道："表少爷，刚在少爷来电话，说他不能来了，问表少爷有走没有，说叫表少爷晚饭吃了去。”菊红道：“少爷刚打来的吗？”老妈子笑着点头。延龄道：“饭不吃了，我还有一些儿事呢。”说着，拿起了呢帽，如乎要走的模样。菊红道：“咦，这就奇了，少爷不打电话来留你饭，我瞧你似乎还不走，来了电话叫你吃了饭去，你怎的倒急匆匆要走了呢？好像少爷不是留你饭，倒是来催你走了。”延龄笑道：“我只管和你说话，就忘了时间，被她一提，我就记得了，还有事呢。”老妈子插嘴就笑道：“哟，这样说来，还是我的不是了。”菊红对延龄望了一眼，摇摇头道：“我不信，你还有些儿什么事，别哄人吧。”延龄笑道：“谁哄你。”菊红道：“天已晚了，就是有事，也是明天干了。”老妈子也道：“真的天已黑了，过一会儿就可以开饭了。”说着，去扭亮了电灯。延龄听了，只得又放下帽子，直吃了晚饭才回校。

第二天早晨，延龄邀了雨农、逸民两人在湖上玩了半天，又在楼外楼吃了饭，下午又到大世界去瞧戏。到了第三天早晨，延龄匆匆地一早就到桂香家里去，见谈老太在堂屋里坐着干活，见了延龄，站起来笑道：“徐先生，你早呀。”延龄点头笑道：“老太，你早，桂香呢？”谈老太向东边卧房努嘴道：“在里面呢，你进去吧。”

延龄和桂香虽已情投意合，不过别人家的卧室里，终觉有些儿不好意思进去，而且没有得着桂香的同意，如果自己冒冒失失地进去，倒惹她恼了。正在踌躇的时候，忽见卧室内布帘子一掀，探着半个身子来，正是桂香。见她笑道：“徐先生来啦，你进来呀，我在干活呢。”延龄听了，这就乐得连连耸了两耸肩膀，放心地进去。见里面朝南开了一个窗子，窗下一只小方桌，两只方凳。上首一张半铁床，床后一只书架子，上面堆着几本旧书。床前一只半桌，上面摆着香水、雪花膏、胭脂盒儿等物。床上铺着雪白的被单，绿绸的被儿叠得整整齐齐，上面放着一只鸳鸯戏水的绣花枕儿，倒是收拾得又干净又清洁。

桂香把身子退到床边，笑道：“请坐，地方不成样的。”延龄笑道：“别客气，你在干什么活儿？”桂香在床后一只箱子里，取出一只盒子来，笑道：“衣服已做成了，你来瞧。”延龄遂也走近床边，猛可一阵细细的香气从床上散出来。桂香早已开了盒盖，拿出衣服，道：“你瞧做得好不好？”延龄一面接过，一面也就不由自主地在床边坐下，向桂香望着，笑道：“你自己做的吗？”桂香抹嘴笑着，点头道：“做得不好吧？”延龄听了，细细瞧了一会儿，笑道：“你自己会做的吗？你真聪敏，那天你为什么要瞒着我呢？”桂香听了，哧哧笑着，低头不语。

延龄拉着她的手，同在床边坐下。延龄细细地瞧了她一会儿，笑道：“桂香，你真太美……”桂香听了，转身要站起来。延龄拉着她手，笑道：“别忙，你走干吗？”桂香红晕了脸，低垂了头，轻声道：“徐先生，你又胡闹了。”延龄道：“我哪敢胡闹你，你回过头来，我问你。”说着，把手去按在她的双肩。桂香的脸便和延龄相对着，眼珠一转，笑道：“你问我什么？”延龄笑道：“你为什么老是叫我徐先生啦？”桂香听了，两颊愈加红晕，低声道：“你要我叫你什么好呢？”延龄抚着她的手，笑道：“你自己想吧，比较好听一些儿。”桂香哧地笑道：“徐先生不是很好听吗？”延龄摇头道：“真怪不好听的。”桂香道：“那我可想不出叫什么好啦。”延龄凑过头去，望着她，笑道：“那么叫亲热些儿吧。”桂香听了，回头向他一瞧，又低垂下来。延龄见她这样娇羞不胜，遂紧紧靠倚着她的身子，握着她手，笑道：“怎么啦，快叫一声吧，我听着呢。”桂香偷瞧了他一眼，低声道：“我叫你哥……”桂香说到这里，把第二个“哥”字，只在喉咙里一转，早又咽了下去，把个延龄已乐得心花怒放，不禁叫道：“好妹妹，你好好儿叫我一声吧。”桂香听了，芳心一动，忽然抬起头来，攀住他的手，望着他羞涩地道：“你真的爱我吗？”延龄猛可听了这句话，立刻正经地道：“我真正地爱你，两天没有瞧见你，我一刻儿都没有不想着你。我只希望天天伴着你、瞧着你。”桂香微笑道：“你难道一辈子要对着我吗？”延龄笑道：“我愿意一辈子永远地对着你，我说真心地爱你，你不信，最好你把刀子来割开我的肚子，让我剜出一颗心来给你瞧瞧。”桂香听到这里，把纤手向他嘴一扪。延龄道：“香妹，不知你能不能一辈子伴着我呢？”桂香听了这话，她的头又慢慢低垂。

这时两人心房里的跳跃清晰可闻，延龄柔和地又问了一句。桂香不觉把两手按在他的脖子，螓首垂在延龄的胸前。这时阳光灿烂地照射进来，映在桂香的娇靥上，更是红润可爱。延龄此时情不自禁，便低下头去，和桂香接了一个甜蜜的吻，良久良久，桂香方才抬起头来，向延龄微微一笑。这一笑中是含着无限的柔情蜜意，且带有三分的羞意，真是说不尽的郎情似水、妾意似绵，把手儿只是玩弄一方绢帕，默默无话。

自此，桂香心中只有延龄一人，延龄的脑中当然亦只映着桂香一人，两缕情丝就此紧紧地缚住了。过了好一会儿，延龄方又道："我们今天去报名吧。"桂香眼波一转，笑道："好的，我一同去吗？"延龄笑道："当然一同去，你把新衣服换上了，咱们就走的。"桂香想了一想，笑道："也好，那么龄哥你到外面和妈去谈一会儿吧。"延龄见她果然改称自己为哥哥，心里一阵欢喜，倒反而说不出话来，紧紧地握了她手瞧着她。桂香虽已叫出了口，见他这般惊的模样，心里不知怎的，脸上又是一阵热燥，连耳根子都红起来。

正在这时，忽听外面谈老太叫道："香儿，你叫徐先生出来吃点心了。"桂香听了，慌忙推开延龄，笑道："你出去吧，我就来的。"延龄这才笑着出来。见谈老太端了一碗糖酒鸡蛋汤，放在桌上，笑道："徐先生，香儿告诉我说你喜欢吃这个的，好在咱们养的是鸡，每天生一个蛋，你喜欢尽管吃是了。"延龄笑道："又累老太忙了。"谈老太笑道："这是家里现成的东西，又不花费钱去买，忙不了什么的。"延龄坐下，便也不客气吃了。谈老太又道："香儿在做什么啦，怎么老躲在屋子里？"延龄听了，忍不住噗地一笑，险些儿把蛋汤也喷出来，忙忍住了，道："她在换衣呢，老太，我想今天和她到校去报个名儿。"谈老太听了，很恳切地道："徐先生，我娘儿俩不知应该要怎样报答你才好。"延龄听了，站起来走到她的面前，道："老太，你别这样说，这全是我自己愿意的事。"谈老太听了，望了延龄一眼，伸出黄瘦的手，拉了延龄的手儿抚摩了一会儿。

这时忽见桂香从房内跳了出来，延龄回头一瞧，顿觉眼前一亮，这件衣料是妃黄色的，配上桂香这个脸蛋儿，更是鲜艳夺目。脚上也已换了一双黑漆的革履，配上粉色的丝袜，真是亭亭玉立，好像仙子凌波，美丽极了。延龄忙抢步上前，握着她的手儿，笑道：“桂香，你真美丽极了。”桂香瞅他一眼，又哧地一笑，道：“你瞧瞧，我做的样儿还好吗?”延龄听了，又退后一步，细细瞧了一会儿，又走到她的身后，也瞧了一会儿，笑道：“样子真做得好极了，一些儿不大，一些儿不小，恰恰合着你这个小巧的身段。”桂香道：“你又信着嘴儿胡说了。”延龄笑道：“你别抱怨好人了，我何曾胡说你，你不信，问问老太得了。”谈老太微笑着，点了点头。延龄笑道：“可不是，我没有胡说吧。”桂香忍不住又笑。

谈老太眯着眼儿，见了这一对如花的玉人儿，只是拉开了嘴笑，一时又想起了桂香的爸，忍不住心里又难过。正在这时，忽然桂香跑近谈老太的面前，拉了她的手，吃惊般地道：“妈妈，你为什么又流泪啦?”

第十二回

谁会料，伤心事各有伤心人

当时谈老太听了桂香的话，便忙把手帕擦了擦眼皮，笑道："又说孩子话了，我好端端的，又流泪干吗？你和徐先生快些儿去报名吧，中饭我等着你们。"延龄瞧了手表，道："已十点多了，回来吃饭怕来不及，我们外面吃了，老太你可别等了。"谈老太道："也好，来不及就外面吃是了，下午早一些儿回来。"延龄桂香连连答应。

谈老太一面说着话，一面也已跟出院子外了，站在柳荫下，直瞧不到他俩的后影，才慢慢儿回了进来。还没有坐下，忽听院子外有人叫着小香，接着就见进来的正是王大嫂，因忙笑道："大嫂子，你这几天怎么不过来坐坐？"王大嫂在谈老太身边坐下，道："老太太，这两天真不得闲，日中当然分不开身，晚上又替我那口子赶着缝了两件单褂子，哪里还得空吗？"谈老太拍拍她肩，笑道："我说大嫂子真是能干，要外面去干活，又要里面料理家务，更要顾到王大哥有了夹衣，又想想有没有单衣，真也亏你了。"王大嫂笑道："老太太怎么又取笑我了？"谈老太笑道："这我倒是正话，像咱们这样人家，就少不了这一个主妇，王大哥是该疼他的媳妇了……"王大嫂噗地笑道："老太太，你越说越不对了，真是倚老卖老了。"谈老太也忍不住笑出来，王大嫂道："小香呢，怎么不见？"谈老太道："刚在徐先生来，伴了一同去报名去了。"王大嫂笑道："小香真的上学校读书了吗？"谈老太叹了一口气，道："小香这孩子也可怜，平日就只喜欢上学校去读书，现在遇见了这位徐先生，能够帮助她，她还不快活吗？她这一份儿高兴，我也不忍十分阻止她。"王大嫂道："读书也是好事，而且女孩子有了学问，现在也能到外面去办事的。”谈老太道：“我怕小香年轻，什么都不知道，现在的人心又坏，只怕上了人家的当。”王大嫂道：“这姓徐的孩子，我瞧来倒还少年老成，不像滑头滑脑的样子，而且我也去探听过，是真的还在新民中学读书。老太太，我想他既然很爱小香，就把小香许了他，也不埋没了小香的才貌。”谈老太微笑道：“你别看得太准了吧，还怕别人家愿不愿意呢。”

谈老太说着，想起目前自己的环境，小香要给她配一门好亲，真是不容易的事。那姓徐的又不知他是不是真的爱着小香，想着小香的终身，更想起了她爸，要是她爸还在的话，只怕早有一百家来求过婚了，小香真亦命苦。谈老太想到这里，心里十分悲伤，忍不住叹了一声，落下泪来。王大嫂知道她又在想着过去的事了，因打着岔儿笑道：“老太太将来得了乘龙快婿，抱了外孙子的时候，才呵呵地笑了呢。”谈老太破涕微笑道：“我只要不眼瞧着小香吃苦，已愿足了。有了外孙，我如还在世上的话，喝满月酒的时候，我一定请你上座。”王大嫂笑道：“别说抱外孙子了，将来老太太七十大庆，外甥孙子媳妇满满一堂，向你老人家叩头，那就更热闹了。”谈老太笑道：“但愿都应了大嫂子的话，只怕不能如愿吧。”

正说着，时钟已鸣十下，王大嫂站起来，笑道：“时候真容易过，又要吃中饭了。”谈老太道：“大嫂子，这儿饭吧。今天桂香又不在家，你和我做伴一块儿吃是了。”王大嫂道：“也好，老太太，你饭做了没有？我来烧菜吧。”两人到了院子，王大嫂把炉子加了燃料，淘了米，放在锅子内，回头见谈老太正在切菜，因上去笑道：“老太太，让我来吧。”谈老太笑道：“你别客气，歇歇吧。”王大嫂笑道：“你要歇歇了。”谈老太只得让了她，自己拿了两只鸡蛋打在碗里，去放在锅子内。

这时刘傻子手里拿了两团烂泥玩着走进来，王大嫂见了，眼睛一睁，道：“不争气的，天天玩着，这么大了，你自己瞧瞧两只手，可还成什么样儿。”刘傻子听了，慌忙把烂泥丢了，两手在衣角上一阵地揩擦。王大嫂见了，真是又气又笑，啐他一口，道：“哟，怎么擦在衣服上，怕衣服不会脏了吗？还不快用水洗了，真惹人气的。”刘傻子转身便跑，谈老太道："这儿有水，你来洗吧。"刘傻子听了，才又回过来，在盆里洗了手。谈老太拿了抹布给他揩了。王大嫂道："你回家把篮子里的一块肉去拿来。"刘傻子听了，答应着走了。谈老太笑道："我叫你这儿饭了，你倒还请我吃肉吗？"王大嫂笑道："昨儿买的，还不曾烧，今儿咱们合在一块儿吃，倒是热闹了。"

不多一会儿，刘傻子拿着匆匆进来，放在桌上，眼皮翻了两翻，望着王大嫂笑道："姑妈，我饭在哪儿吃呢？"谈老太道："在这儿，你等着是了。"王大嫂忍不住笑道："真是又好气又好笑，别的事傻头傻脑都会忘的，只有吃饭，就一些儿不肯忘一餐的。"谈老太道："大嫂子，你也别只管骂他了，他也可怜的，神经有了病，他自己也不知怎么一回事呢。"王大嫂听了这话，倒反而伤心起来，想着哥哥可怜只留下一点骨血，又会是个废人，眼见得他是二十岁的人了，还像是个十一二岁的孩子。妻子当然谈不到，你想谁家的姑娘肯嫁一个傻子呢？他岂能一辈子跟着我过活，以后他的终身不知如何了结……王大嫂想到这里，呆呆地望着刘傻子。刘傻子眼睛只盯住这一块肉，还对她微微地笑着。王大嫂越想越替他可怜，叹了一声，心中一酸，不觉落下泪来。刘傻子瞧了，"咦"了一声，道："姑妈，你怎么啦？"王大嫂忙拭了泪，摇头道："没有什么，你没有事，院子里的地不会打扫清洁？"刘傻子答应一声，自去扫了。

王大嫂一边切着肉丝，一边把菜下了镬子。等午饭做舒齐，时钟正敲十二点。饭毕，刘傻子又跳着出去。王大嫂谈老太忙着收拾，谈老太提了茶壶，替王大嫂斟上一杯，笑道："大嫂子，对不起，叫你忙了半天，咱们坐着谈一会儿吧。"王大嫂道："也忙不了什么，老太太，咱们还客气什么呢？"谈老太微笑了一下，停了一会儿，道："大嫂子今天湖上不去了吗？"王大嫂笑道："昨天我就想今天休息一天，早晨独个儿坐在家里又闷，所以便和老太太来聊天了。"谈老太笑道："这就巧，我也正因为香儿出去感到寂寞呢。"王大嫂端着茶杯喝了一口，望着谈老太道："老太太，那姓徐的孩子倒也是个热心肠儿的人呢，家里终很有些钱吧？"谈老太道："这事说来咱们也很惭愧，那天小香回来，笑着告诉我，说那姓徐的能帮她去读书。我说不能吧，姓徐的还在学校里读书，凭着他怎样有钱，钱终在他父母掌握中的，将来他父母知道了，倒是累了他。而且这姓徐的是不是真实可靠，别上了人家的当，可不是玩的。小香听了，说她和那姓徐的谈了许多话，他的确是一个很好的青年，自己也曾对他说过，恐怕因咱们连累了他。那姓徐的连说不会的，而且说这完全是他自己愿意的事，并说他爸在绍兴开了两爿古董店，他的妈每月终要寄来四五百元钱给他使用。我听了说：'你这孩子，一定被他说得心热了，就是真的话，他这种哥儿的人，一定是存着歪心眼儿的，你别被虚荣两字误了。'香儿听我这样说，便急得红了脸，顿脚道：'妈，你怎么说这些话，我因为读了书，有了学问，外面的事都可以知道了，什么地方都有了帮助，爸爸的仇，我始终都不敢忘。我桂香如在一日，就绝不和姓杨的干休。'她说着，便掉下泪来。我忙道：'并不是我说你，我怕你孩子不懂事，既这么着，你也得什么都小心儿才是。'小香点着头，偎在我的怀里，又呜咽起来。我倒也被她引起伤心来了。"

谈老太说到这里，果真又滴起泪来。王大嫂叹息了一会儿，道："小香这孩子有志气，她存了这心，终有到了这一天，老爷在地下也得到安慰些儿吧。"谈老太听她这般说，眼泪便愈加扑簌簌地滴了下来。王大嫂见她这般伤心，也引起了自己种种的伤心处，也陪着滴了一会儿眼泪。

两人默默地坐了一会儿，忽见刘傻子进来，笑道："你们快来瞧，小香做了新媳妇回来了。"两人忙拭了泪痕，王大嫂啐他一口道："你别发傻劲了，又在胡说些什么。"刘傻子吓得不敢回答，只听一阵革履声，接着走进一个美丽漂亮的姑娘来，手里拿着一袋东西。王大嫂仔细一瞧，不是别人，正是小香，心里暗想：怪不得傻子要说这话了。小香见了王大嫂就先笑道："呀，大嫂子，你多早晚来的？"这时延龄也跟着进来。王大嫂笑道："我早来了，午饭也在这儿吃的呢。"小香笑着把袋里东西倒在桌上，原来是几只雪梨，遂各人分了一只，笑道："大嫂子，别客气，吃吧。"王大嫂笑道："怎么今天你请客了吗？那可要谢谢你了。”小香望了延龄一眼，抹嘴笑道：“这是徐先生送给我吃的，我可吃不了这许多，转送给你们吃。你们谢徐先生得了。”刘傻子听了，果然走到延龄面前，道：“徐先生，谢谢你的生梨。”刘傻子说了这一句话，倒又引得大家笑了一会儿。

谈老太道：“香儿，名报好了吗?”延龄却代答道：“已经报好了，在日新女子学校里，下星期便开学了。”谈老太道：“徐先生，真又累你了。”延龄忙道：“老太太，你别客气了，我要走了。”小香忙道：“怎么晚饭不吃了吗?”延龄笑道：“不吃了，我还有些儿事呢。”说着，向谈老太工大嫂两人点头，大家便站起来送着。延龄出了院子，向他们摇摇手，叫他们别送出来了。大家便在小跨院内停住了。

第十三回

桃花底，相偎相依，
伴娇儿，又惊又喜

延龄出了院子，慢慢地向前走着，忽见桂香从后面又追上来，延龄忙回过身去拉住她手，笑道："你又怎么赶来了？"桂香笑了一笑，道："我怕你一个人寂寞，我伴着你到湖滨吧。"延龄笑道："我还想到你那边屋后去游玩一会儿。"桂香笑道："我原说太早了，这时还没到四点钟，你回去又干什么呢？"延龄笑道："我和你两人在一块儿，就是有人拿棒打开我，我也不肯走的。不过他们也都在一处，我终觉有些不好意思。"桂香笑道："那也没什么……"延龄忙道："王大嫂又要拿你笑话，你还说没什么呢。"桂香道："她拿我笑话，你走什么呢？"延龄道："她打趣了你，你回头又要怪我。"桂香道："我怪你什么呢？"延龄道："那天不是你被她取笑了，她便逃跑了，你回来却说我为什么老瞧着你，你想这不是一些也没理由吗？"桂香听了，哧的一声也笑出来，低垂了头，把自己手儿只是抚着延龄的手。延龄也笑了，便挽着她的臂膀慢慢走着。

一条曲折的小径，左边一埭篱笆，里面全是高高的翠竹，几枝粉红色的杏花从篱笆顶上伸了出来，真是满园春色关不住了。右边一条小河，沿河长着青青的小草，夕阳散布着娇媚又惹人怜爱的晚霞，照射在嫩绿的柳丝上，更是绿得可爱。过去一条板桥，桥西一片草地，一群雪白羊儿在地上吃草。

延龄和桂香走到一株桃花树下，桂香身子倚在树株旁，延龄在草地上坐下，笑道："香妹，你也坐着歇一会儿吧。"说着，把手帕展开铺

在地上。桂香遂也坐下，延龄呆呆地望她一会儿，见她苹果般的双颊白里透红，真觉吹弹得破。那剪水双瞳更是灵活可爱，小巧的身段，圆圆的小膀，轻盈的双趾，从头至脚没有一处是不令人心醉的，真可用得着“修短合度，秾纤得衷”八个字了。桂香被他这样呆看，忍不住笑道：“你还说我没理由，这会子又是这样地呆看着，我和你天天见面，你难道还没看清楚吗?”延龄拉过她手，笑道：“你实在太美丽了，好妹妹，你怎么不肯让我多瞧一会儿呢?”桂香啐他一口，笑了道：“你可又胡说了，别人家怪不好意思的。”延龄笑道：“那也没什么。”说着，两手去抱过她的身子。桂香只是哧哧地笑着，延龄偎着她的脸，要吻她的颊，道：“你笑干吗?”桂香把脸在延龄怀里乱藏，央告道：“好哥哥，别胡闹了，我怕痒呢。”延龄笑道：“那么你别藏着脸儿，给我亲个嘴吧。”桂香“嗯”了一声，道：“不，我不愿意，你再闹，我可要恼了。”延龄忙放下，笑道：“快别恼，好妹妹，我不吻你是了，你如恼了，我趴在地上向你磕头好吗?”说得桂香忍不住哧哧地笑了。延龄道：“那你可饶了我吧。”桂香把纤手掠着被风吹散的发儿，瞅他一眼，笑道：“还说呢，好害羞，什么都说出来了。”延龄道：“谁叫你恼了，我心里一急，便什么都急出来了。”桂香听了，又好笑起来。

两人喁喁又说了一会儿，这时夕阳已整个西沉，小鸟儿都括着翅膀，成群地向它们巢里飞去，嘴里还歌着安息的妙曲。四周是静悄悄的，只有在晚风中，送来几声哎哎已被牧童赶回去的羊叫。迨叫声远去了后，四周更添了带有一种凄凉的意味。延龄抚着桂香的玉肩，道：“回去吧，天晚了，别受了寒。”桂香点点头，道：“好的，你晚饭仍到我家里去吃吧。”延龄扶起她来，又在地上拾了手帕。桂香接过，轻轻在他身上拍了两拍，两人牵着手，仍向原路慢慢地归去。

那条小河的水不疾不徐地流着，发出铿锵的声音，在静悄的黄昏中，更觉动听。延龄道：“我饭不吃了。”桂香道：“天已经晚了，你……”延龄忙道：“我怕王大嫂仍在你家里和你妈做伴，这时见我俩又回去，那她不是又要取笑了，这倒怪难为情的。”桂香听了，想了一会儿，道：“不错，你刚在不是说有些儿事回校了吗？这不对，那我还是送你到湖滨吧。”延龄道：“你也别送了，老太太等着，怕心焦了吧。”桂香道：“不要紧，没有多少路。”

两人说着走着，不觉已到了湖滨。这时新月已上了柳梢，延龄握着她手，摇了两摇，笑道：“妹妹，你也快回去吧。”桂香点头道：“你明天来不来？”延龄想了一会儿，道：“没有事，我来的。”说着，跳上摆渡船。船到湖心，见桂香还站在那里，摇着手帕。

延龄到了校里已是七点，校役张三来告诉道：“李公馆来电话，明天叫你去。”延龄答应着，这晚很早地就睡了。

第二天起来，换了一套条子花呢西服，戴了一顶白兔子呢的呢帽，便到李公馆去了。

到了李公馆，走到会客室，见两个仆人在揩扫。菊红捧了一瓶鲜花正从上房出来，一见延龄便笑道：“表少爷，你多早晚来的？”延龄笑道：“才来呢，表姐起来了吗？”菊红把那瓶鲜花放在百灵台上，回头道：“还睡着呢，表少爷，你怎么这样早呀？”延龄道：“昨天表姐打电话给我，我怕有什么要紧事，所以一早地就来了，谁知她却高枕安睡着呢。”菊红抹嘴笑道：“有，差不多是有些儿事，不过你也太性急了，现在九点还没敲呢。你早上点心用了没有？”延龄点头道：“吃过了，李大哥呢？”菊红道：“少爷吗？有些公事，昨天就到上海去了，大概一星期后才回家。表少爷，你坐一会儿，我去瞧瞧小姐起来没有。”

没有一会儿，菊红又走出来，笑道：“醒来了，说请表少爷进去吧。”延龄遂站起来，到了上房，见文英已在梳洗，延龄忙道：“表姐，你早。”文英回过头来，笑道：“你嘴可真不厉害，我知道叫你等了许多时候了，那可真对你不起。”延龄听了，不觉一怔，仔细一想：对了，表姐原是多心人，她还道自己故意这样说了。因忙连连道：“哪儿话，表姐，你怎说这些话来了？”文英哧地一笑，把手巾向嘴唇上抹了一抹，抛在盆内，老妈子早来收拾端去了。延龄笑道：“我听说鸣哥到上海去了，是不是？”文英点头道：“是的，谁告诉你的？怕又是菊红吧，这孩子怎的什么事都要向你告诉？”延龄听了，微红了脸，笑道：“表姐，你别冤枉人家吧，是我先问的，她哪里还有什么事告诉我呢？”文英道：

“那也没什么，你们俩人亲热些儿，我还难道来阻止吗?”延龄听了，站起来道：“表姐，你再胡说，我可走了。”文英冷笑一声，回过头去道：“就算我得罪了你，你尽管走，以后一辈子别到这里来。”延龄暗想：这可糟了。慌忙走到文英面前，向她一鞠躬，道：“谁说走了，怕是姐姐听错了吧?”文英啐他一口，道：“你姐姐是个聋子，连话都听不明白了。”延龄笑道：“这怎么说，我没有生气，把姐姐倒弄得真的生气了。好姐姐，你别生气了，终是我的不是。”文英道：“你是原该生气的，姐姐不知轻重地胡说你，倒辱埋了爷们的脸子。”延龄急道：“这又何苦来呢？我原该说要打嘴的，为什么终惹姐姐生气。”说着，便在自己嘴上连连打了两下，这就把文英打得哧地笑了起来，瞅他一眼，道：“好不要脸，这就亏你做得出。”延龄笑道：“好了好了，幸亏打了这两下，可不是打出你这一笑来了。”文英忍不住又笑道：“烂了舌头的，别在这里信着嘴儿胡说吧。”延龄在文英旁边坐下，笑道：“姐姐，我真对不起你。姐姐存着心儿叫我来玩，可是到了姐姐面前，没有好好儿和姐姐谈上两句，终要先惹姐姐生了气，这倒好像是专和姐姐来闹气似的，我自己也觉有些不好意思了。”文英哧地笑道：“得了吧，别说好听话了。”

这时菊红端了一杯牛奶进来，放在文英面前，向延龄望了一眼，“哟”的一声笑道：“这是哪里说起，表少爷来了这许多时候，茶还不曾喝一杯儿呢。”说着，斟了一杯玫瑰茶来。延龄连说不敢当，文英哧地笑道：“我也没听见，丫鬟倒了一杯茶，做爷们的这样客气。”延龄笑道：“客气又好了，要是不客气，又说得罪了姐姐，做人可就真难了。”菊红听了，抹着嘴只是笑。文英道：“这是说的什么话，菊红给你斟了一杯茶，我难道就会生气了吗?”延龄笑道：“不是那样说，菊红是姐姐喜欢的人，我和菊红客气，就是敬爱姐姐的意思，你可知道了吗?”文英啐他一口，笑道：“这只贫嘴不知在什么地方去学来的，明天我可写信告诉我姨妈去，说表弟越学越坏了。”延龄慌忙站起来，向文英左一鞠躬、右一鞠躬，笑道：“好姐姐，你是大慈大悲的，请你帮我一些儿忙吧。”菊红见他这个模样，也忍不住哧哧笑着走下去了。

文英含嗔道："你瞧，这算是个爷们，在菊红面前，就什么都会干出来的。"延龄自己也忍不住笑得咳嗽起来，忙端着杯子，喝了一口茶，过了一会儿，才又向文英道："姐姐，我还没问你，今天叫我来可有些儿什么事呀？"文英抹嘴笑道："你猜吧。"延龄想了一会儿，笑道："我猜着了，一定这几天鸣哥到上海去了，姐姐怕寂寞，所以叫我来伴姐姐去玩吗？"文英道："不是，你可别胡说，仔细撕了你的嘴。"延龄笑道："那我可猜不着了，好姐姐，你说吧。"这时忽见菊红又进来笑道："小姐，你去瞧，外面这样子摆着好吗？"文英便站起来，延龄也跟着出去。

到了会客室，只见当中的一只百灵台上，铺着一方雪白绣花的麻纱台布，上面压着和台面一样大小的玻璃板，上面放着四盆糖果、两罐香烟、三壶香茗，当中还放着一瓶鲜花。四周椅子上已换了软缎绣花的座垫，室中打扫得清清洁洁，真是可称纤尘不染的了。延龄忍不住"啊哟"的一声叫了出来。

第十四回

蓦然间，襟上冒烟，倒叫我身儿相靠魂儿飞

当时延龄“啊哟”的一声，向文英连连笑道：“太客气，太客气，姐姐，你怎么当我上客看待了?”说得菊红忍不住哧哧地笑了起来。文英也笑道：“你别忙，过一会儿，叫你陪一个客人。”延龄忙道：“是谁?”文英道：“这时你别问，过一会儿你自会知道的。我告诉你，叫你陪客，你可别得罪了人家，否则我不依的。”延龄道：“我道姐姐今天怎么待我这样好了，原来是叫我做陪客的。做陪客倒也不要说，还有这些条件，那我可有些儿不高兴。”文英笑道：“你说不高兴吗？过一会儿才要谢谢我哩。”菊红在旁边只是抹嘴笑着。延龄道：“你老是笑干吗？好妹妹，你知道姐姐叫我陪的是怎样一个客人?”菊红听了，脸儿涨得绯红，啐他一口，笑道：“我不知道。”说着，转身便逃跑下去。文英笑道：“这是哪里说起，你几时和她结了姐妹的?”延龄笑道：“那也算不了什么，姐姐把她当作自己妹妹一样，你想姐姐的妹妹不就是我的妹妹吗?”文英正想回答，见菊红又进来道：“小姐，吴小姐来了。”

文英忙站起来，只听一阵咭咯咭咯的革履声，走进一个漂亮的女郎来。只见她烫着波浪式的云发，耳鬓边戴着一串珍珠的环子，身穿浅绿色银花绸的旗袍，粉红的长筒丝袜，配上银色的革履。左手臂弯里挽着一件白哔叽的单大衣。再看她的容貌，真是颜若渥丹，双眸曼绿，和桂香另有一种醉人的丰韵。只见她轻启樱唇，向文英笑道：“文英姐，你早呀。”文英忙迎上去，亲自接过大衣，和她握手，笑道：“妹妹，你早，你姐姐没有来吗?”那女子笑着点头，眼睛却向延龄一瞟。文英也

回过头来，笑道："来，我替你们介绍吧。"延龄这也就站了起来。文英笑向那女子道："这位就是我的表弟，徐延龄。"说着，又向延龄笑道："这位是我的小妹妹，吴艳仙女士。"艳仙笑道："姐姐又开玩笑了。"说着，伸出纤手来。延龄见她这样直爽，也便伸手，和她握了一握，笑道："久闻吴女士芳名，请坐，请坐。"艳仙嫣然笑道："别客气。"说着，大家在沙发上坐下。

仆人端上香茗，文英又站起来，笑道："我们这里坐吧。"说着，扶了椅背叫她上座。艳仙遂也不客气，说声有僭，在上面坐下。文英和延龄遂在两边坐下。文英在罐内抽出一支香烟，递给艳仙，延龄忙划了火柴。艳仙略欠身子，连说："对不起，对不起。"文英笑道："表弟，你也抽一支吧。"延龄平日虽是不吸的，今天却也陪了一支。文英笑道："光阴真快，一忽已三年了。我记得三年前，你还梳着两条小辫子，在俭明初中女校读书呢。"艳仙笑道："可不是，我姐姐连孩子也有了呢。"延龄插嘴道："吴女士在哪儿求学？"文英笑道："我不是早和你说过，她在上海南洋女子高商里。"延龄"哦"了一声，笑道："是的，我记起了，今年可以毕业了吧？"艳仙笑道："怕还毕不出业呢。"延龄笑道："太客气了。"说着，在盆内拣了两粒奶油糖，递到她的桌前，笑道："吃一些儿。"艳仙笑着点头。

两人又各问了几句，这时菊红又端上三杯柠檬茶来。文英道："妹妹，你这里大概还有几天可以耽搁？"艳仙喝了一口柠檬茶，道："没有多天了，上海学校里就要开学的。"文英道："那你应该在我家里多玩几天了。"艳仙笑道："不错，我们碰面的机会果然很少，和姐姐是该多聚几天了。"大家又问起欢喜什么娱乐，原来艳仙是个跳舞健将。延龄听了，暗暗叫声惭愧，自己对于这些，却完全是个门外汉呢。

这时老妈子又端上一盆奶油面包，大家遂吃了一块。菊红拧上手巾，大家遂在沙发上躺着闲谈。文英站起来，笑道："你们坐着谈一会儿，我去吩咐他们一声。"艳仙道："文姐，你可别太客气了。"文英笑道："我自理会得。"

文英走了后，两人静静地坐了一会儿。艳仙开口笑道："我在报上常见到密司脱徐的作品，令人十分佩服。”延龄听了，笑着站起来，走到她旁边的沙发上，坐下道：“密司吴，你过奖了，我不过把自己的感情寄托在诗文中，得些安慰，都是胡诌着玩着。”艳仙笑道：“别客气，今年密司脱徐毕业后，预备升什么学校呢？”延龄想了一想，道：“也还没一定，我很想到上海暨南里去住读，那么密司吴预备怎样呢？”艳仙笑了一笑，脚尖在地上点了两点，道：“升学真是一个很难的问题，我想和密司脱徐一块儿去，那我有不懂的地方，尽可以向你指教了。”延龄摇手笑道：“哪里话，在一块儿大家可以切磋才是真的，指教两字，我可有些儿不敢当。”

艳仙正想说话，文英走进来，笑道：“你们在谈些什么？怎么见了我就不说了？”说得两人都微红了脸。艳仙笑道：“姐姐，你这许多时候不进来，在干什么啦？”文英笑道：“我不进来，给你们两人静静地谈一会儿不好吗？”艳仙啐她一口，又向延龄一瞟，恰巧延龄也在瞧她，四目相视，忍不住又哧地笑了出来。延龄笑道：“表姐就最喜欢拿别人开玩笑。”文英道：“玩笑是玩笑，正经是正经，下午咱们到哪儿去玩呢？”延龄笑道：“密司吴是难得来的，我下午来做一个小东道吧。”文英“啊哟”一声笑道：“表弟，你怎的抢我客人啦？”延龄忙道：“谁敢抢姐姐的客人呢？”文英笑道：“不过话又说回来，先得问问妹妹。妹妹喜欢谁的东道呢？我想一定是喜欢我表弟的东道，对不对？”艳仙哧地一笑，拉了文英的手，站起来道：“得了吧，全是姐姐的话，姐姐好像是长了十张嘴，我们哪里还有什么道理可以说呢？”文英哧哧笑道：“这是怎么说，我们两字是几时才有的，那也太快了，我出去还只有一会儿呢。”这一句话，说得艳仙连耳根子都红了起来，轻轻地拍她一下，道：“我不高兴和姐姐斗嘴了，终没有好心眼的。”延龄也忍不住笑起来。

这时菊红进来说饭厅里已摆好了席，文英遂挽着艳仙的手走出去，延龄也跟着走出会客室。到了饭厅里，见小圆桌上已摆了四只冷盆、三副杯筷。文英笑道：“妹妹坐吧。”延龄早已在左边坐下，笑道：“请坐，请坐，别客气。”艳仙因为刚才说错了一个字，这时要和延龄谈一句话，也觉有些儿不好意思，遂点了点头坐下。文英也就在旁边坐下。菊红送上酒来，文英接过，道："我们自己来吧，你也可以去吃饭了。"说着，向艳仙满满斟了一杯。延龄笑道："姐姐，我少一些儿吧。"文英道："这是哪里话，至少要喝三杯的。"延龄哧哧笑道："姐姐，你这不知道了吧，我这是要想多喝一些的反话呀。"艳仙道："密司脱徐酒量很不错吧？"文英笑道："你且别问，今天你两人比一比吧，看究竟谁的酒量大。"艳仙笑道："我可喝不了多少的。"文英笑道："你别听了表弟的话，有些怕了吗？他是不会喝的，只要三杯酒，就可以打倒他了。"延龄瞅她一眼，笑道："表姐，你怎么啦？一定要说穿了吗？那我可有些儿不好意思了。"艳仙忍不住也笑了。

大家饭毕，文英伴艳仙到盥洗室里去洗脸。延龄在沙发上躺着，菊红拿了两盆蜜橘进来。延龄笑道："你饭吃了没有？"菊红点点头，见延龄两颊绯红，因笑道："表少爷，你喝了多少酒呀，怎么脸儿像涂了胭脂？"延龄道："我原说是不会喝的，这时头有些儿疼呢。"菊红拿了两片蜜橘，递到他面前，道："口干吗？吃两片吧。"延龄笑道："好妹妹，你索兴替我剥去了皮吧。"菊红瞅他一眼，道："你这人，真……"说到这里，又笑了一笑，把蜜橘的皮替他剥了，送到他的嘴边。延龄连说谢谢，忽然猛可从沙发上坐起来，拉了她的手，笑道："你拿支烟给我抽吧。"菊红倒吃了一惊，忙挣脱了手，道："你真醉了吗？要不去躺一会儿？"延龄笑道："不要，你拿支烟给我得了。"菊红只得给他一支，替他燃了火柴，便自管自到上房去了。

见文英和艳仙正在理妆，菊红笑道："小姐，表少爷醉了呢。"文英笑道："真的吗？他在哪里？"菊红道："在沙发上躺着。"艳仙道："别受了寒，不会叫他进来躺一会儿吗？"文英抿嘴笑道："妹妹真想得不错，我们快去瞧瞧他吧。"说着，拉了艳仙的手，走到会客室去。见延龄歪在沙发上，头靠在沙发背上，文英笑道："真的睡着了呢。"艳仙笑了笑，走近他的身边，忽然"哟"的一声，文英也慌忙走近来，道："什么啦？"艳仙也不及回答，连忙将他扶起。文英只才见延龄身上冒出烟来，艳仙回头急道："姐姐，你快来呀，他衣褂子着火了呢。"

文英连忙将延龄两手提起，艳仙替他脱了上衣，衣襟上已烧了一个大窟窿，一段香烟已落在地下。文英见延龄还是睡在艳仙的怀里，呼呼地闭着眼，一些不知道，一面忍不住一笑，一面把他衣服用湿手巾揩着。艳仙因刚在一急，也管不了什么，把延龄身子抱在自己怀里，这时被文英一笑，就觉着了，连忙轻轻地把他一推，延龄便躺在沙发上了。艳仙红晕了两颊，笑道："这怎么啦，衣服烧了这一大块，他还一些儿不知道呢。"文英笑道："你瞧，我们把他衣服脱了，他还不醒呢，怎么今天醉得这个样子。妹妹，你怎么知道他衣服着了火呢？"艳仙笑道："我一走进，就闻着有一股儿烧布的气味，又见他身内有烟冒着，我知道他衣内一定着了火。"文英听了，忍不住又咯咯地笑道："妹妹，你真细心，幸亏妹妹发觉得早，要不然他人也要烧一个半死呢。妹妹，你可被他累痛没有？回来他醒了，一定叫他向妹妹叩头呢。"艳仙红了脸，笑道："姐姐，你又取笑人了，回来千万不要告诉他，你告诉了，我可不依的。"文英笑道："那也没有什么……"艳仙"嗯"了一声，急道："姐姐，你告诉，我不愿意，我……"艳仙说着，拉了文英手不依。文英顺手把她拉在怀内，笑道："你急什么，我不告诉是了。"

这时菊红端着三杯玫瑰茶进来。文英笑道："菊红，你刚才进来时，表少爷睡着没有？"菊红听了，望望延龄，见延龄脱了褂子，仰面地睡着，桌上放着一件烧破的褂子，倒弄得不明白了，向文英道："没有，他要吸烟，我点给他一支。我见他醉了的模样，所以来告诉你了。现在怎么样了？"文英笑道："你瞧，衣服都烧了，他还没醒呢。"菊红听了，也忍不住笑道："后来你们倒怎的知道了呢？"文英笑道："幸亏吴小姐早发觉呢，你快去拿一条金山毯来给他盖上了。"菊红答应，文英和艳仙仍走到上房去，谈笑了一会儿。

不觉时钟已打四下，延龄还没醒来。文英笑道："他还说下午要做东道，我们去喊醒他吧。"艳仙道："那不行，给他自己醒来舒服，时候也不早了，我走了。"文英道："那你明天下午一点钟来，我等着你，咱们看戏去，明天还要罚他呢。"艳仙笑了一笑，菊红递过大衣，文英叫阿三汽车开到院子里，送艳仙回去。

第十五回

故意圆谎，作成他蜜爱轻怜

文英送艳仙走了后，回到会客室，见延龄已经醒来，菊红正在端了茶杯给他漱口，文英笑道："有睡醒了没有？"延龄道："怎么好好儿的我的衣服会烧了。妹妹，密司吴呢？"文英笑道："还说呢，喝了一些儿酒，就醉了这个模样，要不是密司吴，你差不多要烧死了呢。"说着，遂把艳仙这样抱着他，替他脱衣服，告诉了他。"你在她的怀里，只是呼呼地睡着。"菊红听了，把手指在脸上划着羞他。延龄忍不住哧哧地笑了。文英道："可不是，你明日该怎样谢谢她好呢？"延龄道："这全是姐姐的不是，我原说只能喝三杯，你一定要我喝多，这可喝出乱子来了。"文英道："倒是我的不是了，你烧破的衣服，可要我来赔还你？"延龄笑道："那是最好的了。"文英道："呸，亏你说得出。"

三人忍不住又笑了一阵，延龄想了一会儿，道："我想起了，这是菊红的不是，你为什么要给我抽烟呢？"菊红含笑道："爷可还没有睡醒吧，你仔细想想，我说爷口渴了，吃两片蜜橘，爷一定要抽烟，我只得拿给你抽了。谁知爷不是抽烟，却是烧着衣服玩的，这会子怎又怪我了呢？"说得文英延龄忍不住又笑起来。延龄笑道："这孩子，嘴可真厉害，其实都是我自己的不好，怪不了谁的。"

这时天已晚，仆人上了灯，没有一会儿已开晚饭。饭毕，延龄要回去，文英叫菊红把少爷的褂子给延龄暂时换上了。临走时文英叫他明天下午一时来，延龄连连答应。

到了明天，延龄换了一套浅绿色的西服，兴冲冲地到了李公馆。客厅里几个老妈子坐着谈天，见了延龄，都忙站起来，道："表少爷，少奶奶出去了。”延龄一怔，道：“这是哪里话，昨天她自己叫我这时来，她怎的倒先出去了呢？菊红呢？”那老妈子道：“她跟少奶一同出去的。”

正说着，忽听一阵革履声，延龄回头一见，正是吴艳仙。见她换了一件桃红百蝶绸的旗袍，外罩一件网眼雪白的绒线短大衣，左手挟着一只黑漆皮夹，见了延龄便笑道：“密司脱徐，你多早晚来的？”延龄忙笑道：“才来，表姐已经出去了。”艳仙道：“哟，她不是说这时等着我吗？”延龄道：“可不是，她叫我也是这时来的。”因回头问老妈子道：“你知道少奶什么时候回来？”老妈子道：“她没有关照出，这个倒不知道。”延龄搓了搓手，向艳仙笑道：“这个糟了，密司吴，咱们出去玩一会儿吧，回头再和表姐算账怎样？”艳仙笑道：“也好。”说着，两人出了李公馆。

延龄道：“这样好天气，还是湖滨公园去玩玩好吗？”艳仙笑着点头道：“好的。”两人坐了车子，到了湖滨公园。两人走了进去，在第一公园走了一圈。到了第二公园，延龄笑道：“密司吴乏力了吧，到那边树荫下去坐一会儿好吗？”艳仙道：“真的，已很乏了。”两人到了树荫下的椅子旁，延龄忙把手帕揩了上面的灰尘，让她坐下，自己便也在她身旁坐了下来。

两人坐了一会儿，延龄忽然站起来，向艳仙恭恭敬敬地鞠了一个躬，慌得艳仙忙别转了头。延龄仍在她身旁坐下，道：“密司吴，真对不起，昨天要不是你发觉得早，怕我身子一定也烧起来了。”艳仙回过头来向他一瞟，笑道：“那也没有什么，密司脱徐，昨天什么时候醒的？”延龄笑道：“四点多了，你怎么先走了？我很抱歉，昨天原说我下午做一个东道的，姐姐却说我假装醉了，其实是想赖呢。密司吴，你想我有这个心吗？”艳仙忍不住哧哧笑了。延龄见她面若银盆，眼同水杏，唇不点而含丹，眉不画而横翠，真是贵妃再世了，妩媚风流不下于桂香。再见她露着的两段玉肩，肌肤丰泽，柔软无骨，真觉可爱，心想：可惜这个膀子不长在桂香的身上，否则倒有摸一摸的艳福呢。又想昨天她会抱着我，替我脱衣服，可惜我醉得一些没有知觉，要不然睡在这样的天仙化人的怀里，这是多么快乐的事呀！延龄望她呆呆地想着，艳仙倒也不好意思了，一时又想起昨天的事，心头更是忐忑跳得厉害，脸上便泛起朵红云，因扑哧地一笑，道："密司脱徐，你的酒是真不会喝的。"延龄只才笑道："可不是，密司吴，你的酒量真不错，昨天你比我喝多呢。"艳仙道："那也不见得。"延龄道："昨天我醉得一些没有知觉，幸亏密司吴……我真是感激得很。"艳仙低头道："我见到了，哪有不救的道理？我当时见衣上有了火，真急……"艳仙说到这里微抬头，向延龄偷瞧了一眼，却说不下去了，脸上娇滴滴地越显红白。延龄见她这样娇羞不胜，也就情不自禁去握了她的纤手，笑道："所以我说不知应该要怎样谢谢你才好呢。"艳仙笑了笑，却不说什么。

两人呆呆相对望了许久，延龄才道："密司吴，咱们再去走走吧。"艳仙点头，延龄遂挽了她手慢慢儿在草地上走着。园中去全是对对青年男女，喁喁情话，脸上都笑意生春。两人慢慢步到湖滨，见湖中无数划船，都荡着游玩。桨子打在水波中，水花飞溅。沿湖水面上，漂着无数嫩绿的浮萍，缀上几片粉红的花瓣，更觉美丽可爱。远望南北两高峰，矗立云霄，白漫漫的云气围着山腰，山顶的景物真有些像神仙境界了。

这时夕阳已将西坠，彩云高涌，反映在湖心中，更是奇观。湖水像吞了火球，微风拂着，湖水微微皱动，蓝的碧蓝，黄的金黄。延龄笑着向艳仙道："可惜咱们不是个画家，否则倒真是一幅天然美丽的水彩画呢。"艳仙笑道："可不是，这有诗情而又有画意的西湖，像咱们这样的人来玩，未免辜负了它。密司脱徐，我在杂志上也常见到你的作品，有几首新诗，作得着实不错。"延龄笑道："都是不堪入目的，你别说得太好了呢。"艳仙笑道："叫我就没有这般心思去作呢。"延龄一撩衣袖，笑道："已四点多了，我们去吃些儿点心吧。"两人遂离了湖滨公园，到了楼外楼，拣了一间。

两人坐下，延龄叫艳仙点了几样点心，侍役泡上茶来，延龄替艳仙斟了一杯，笑道："密司吴什么时候回上海？"艳仙喝了一口茶，道："还有三天吧，我希望密司脱徐有闲到上海来玩玩，我一定十分欢迎。"延龄笑道："我有空的话，一定来拜望你。"艳仙笑了一笑，拿了自来水笔，在日记簿上撕了一张，写了几个字，递到延龄面前，道：“这是我家的地址，你来时，最好先来一封信通知我，我可以到站来接你。”延龄接过一看，见上面写的上海法租界姚主教路东首吴宅。延龄忙折好藏在西服袋内，笑道：“我一定来，不过你说来接我，那可不敢当。”艳仙笑道：“密司脱徐，你常这样客气，我倒有些不好意思了。”延龄笑道：“不错，那么以后大家别客气。”

这时侍役已把点心端上来，两人也就慢慢地吃了。吃好了点心，街上已是上了灯，延龄笑道：“我们到李公馆，表姐这时一定回来了。”艳仙笑道：“这时别去了，还是回家吧，文姐可又要取笑人了。”延龄听了，望望艳仙，她却也在偷瞧自己，这时便又忍不住笑道：“那么我送你回家吧。”艳仙笑道：“不用了，咱们明儿见吧。”说着，和延龄握了握手，跳上车子。延龄走上一步，又去握着她手，笑道：“明天下午去，还是上午？”艳仙道：“下午吧，上午我还有些儿事呢。”延龄只才放手。

到了校里，已是六点多了。这晚睡在床上，只是睡不着，因为今天可想的事情太多了，直到钟鸣十下才睡去。

第二天早晨起来，钟已打九下，忙着漱洗完毕，坐在写字台旁，翻了一会儿书看，又觉得十分纳闷，遂又站起来，在室内踱着圈子。经了几圈无聊，心想：自己这时先到李公馆去再说吧。因便戴上帽子，出了校门。

到了李公馆，见文英坐在太阳光下看报。延龄脱下帽子，笑道：“好哟，表姐，你该怎样罚罚呢？”文英放下报纸，一见延龄，便忍不住哧哧地笑。延龄倒弄得不明白了，向自己身上瞧了一会儿，觉得没有什么，遂到文英旁边，挨在她身边坐下，笑道：“咦，姐姐，你怎么这般高兴啦？”文英笑道：“你不谢我，却还说要罚我，这是从哪里说起？”延龄道：“你昨天失了约，怎么不要罚你呢？你说我谢你做什么？”文英道：“你别装假惺惺吧，昨天你俩人玩得畅快吗？喁喁地说着话，真恩爱得来。”延龄笑道：“姐姐又胡说了，你哪里知道我们去玩的？”文英笑道：“别赖了吧，你打量我昨天真和菊红出去了吗？”延龄听了这话，只才恍然，原来表姐昨天是有意说的谎，其实却叫我们俩人去玩的，也忍不住好笑起来。文英拍他一下，笑道："可不是，这可明白了我的意思了吗？你想该怎样谢谢我呢？"延龄笑道："我今天真的请你们瞧戏是了。"文英笑道："你们两字，还有一个是谁呢？哦，是了，昨天一定和密司吴约好了的，却来姐姐面前做个人情。"延龄道："姐姐终是这样多心，我想今天叫菊红也去。"

正说着，见菊红走进来，文英笑道："菊红，你快来谢谢表少爷吧，今天他请你瞧戏呢。"菊红听了，不觉又红了脸，啐她一口，笑道："小姐，你怎么啦，和丫鬟也开玩笑了。"文英笑道："你瞧，这妮子嘴多厉害，我和你开玩笑，过一会儿你可别去。"菊红不说什么，自去斟了两杯茶，放在茶几上。延龄望她一眼，忍不住又好笑起来。菊红见他这样，更红了脸，便逃出去了。

午后吃过了饭，大家在会客室里坐着。菊红开了无线电，看着将近两点，还不见艳仙来。文英问道："她说真的来不来，打个电话去。"延龄道："大概来的，你别性急，再过一会子吧。"两人正说着，果然见老妈子来说吴小姐来了。

第十六回

有女同车，享尽了温柔滋味

文英正在说着艳仙为什么还不来，却见老妈子来说吴小姐来了。文英忍不住好笑道："真是说起曹操，曹操就到了。"大家慌忙迎出去，见艳仙今天又换了黑软缎的旗袍，云发上系了一根黑丝带，手里挽着白羊毛的大衣，脚下踏着黑漆的革履。延龄不觉暗暗喝了一声彩，全身的黑色，这就更衬托得她的脸庞儿白嫩可爱，便上前接过她的大衣，笑道："好了，好了。"艳仙也笑道："你多早晚来的?"延龄笑道："我上午就来呢。"文英在旁边抹着嘴只是笑。艳仙笑道："姐姐，你好，怎么昨天便失约了?"文英笑道："真对不起，后来你们俩人在哪里玩一会儿呢?"艳仙道："也没有什么地方去玩……"艳仙说到这里，延龄向她丢了一个眼色。文英早哧哧地笑了，道："这你可说谎了，他还说一同去吃点心呢。"艳仙红了脸，急道："姐姐，你太性急了，我话还没说完呢，那也值得骗你吗?"文英笑道："果然是我胡说你，那也没什么，你怎急得什么似的?"延龄和艳仙都哧地笑出来。延龄道："那么咱们走吧，戏院里位子都已定了。"延龄说着，向四周望望，道："咦，菊红呢?"文英向里面努嘴笑道："她说不去呢。"延龄笑道："这全是早晨姐姐不好，她不高兴了。"文英笑道："啊哟，有你这样爷们，难道还叫我向她赔不是吗?"艳仙抹嘴笑道："那么密司脱徐进去请一声儿吧。"延龄听了，搓了搓手，又向她们笑了笑，便真的走进去了。

到了上房，见菊红坐在沙发上做活，因笑道："哟，你倒好安闲，累得我好找，她们等着你，咱们一块儿瞧戏去。"菊红抬起头来，见是延龄，便忙让座，道："谢谢你，我不去了。"延龄道："你为什么不去？可不是生气吗？”菊红笑道：“我生什么气，爷怎的说这话呢？”延龄笑道：“不生气就好了，那么咱们走吧。”说着，来拉她的手。菊红笑道：“我去是了，你别拉我。”说着，两人出了上房。

文英道：“菊红，你到底去不去呢？”延龄道：“你别问了，当然是去的。”菊红道：“小姐，我管家吧，过一会儿有客人来就没有人招呼了。”延龄笑道：“昨天你们两人怎么全出去了呢？”文英瞅他一眼，笑道：“菊红，随便你自己喜欢吧。”菊红摇头道：“我不去了，阿三汽车开来没有，我替你们去叫。”说着，便走出去了。

文英笑道：“这孩子的性情，偏生这样执拗。”艳仙笑道：“菊红从前我看见的时候，也还只有这么儿高呢。”说着，把手指着花架子。文英笑道：“可不是，现在便长得这么大了。”艳仙笑着，把嘴附在文英的耳边，轻声笑道：“你怎么不把她给了李大哥，想是姐姐不允许吧？”文英道：“这孩子一味的稚气，什么事儿都不懂，我想到了下半年再说，你怎的看姐姐这样不能容忍吗？以后我怕他只要有了女朋友，你就发急了呢。”文英说着，把眼珠向延龄一瞟，哧哧地笑了。艳仙红了脸，啐她一口，笑道：“姐姐又在胡说了，谁是他？他是谁？他有女朋友与我有什么相干呢？”延龄见她们低低地说着，艳仙忽又红了脸，啐她一口，知道姐姐又在取笑了，遂也只装没有看见，别转了头，去瞧框子里的山水画。

没有一会儿，菊红进来笑道：“汽车在院子里等着，你们可以走了。”于是三人便走出会客室。

汽车开到戏园门口停下了，延龄忙扶她们下车，走进戏园。茶役早已迎上来，笑道：“徐先生，只来三位吗？”延龄点头道：“还有一只位置与了人吧。”说着，茶役已引他们到了包厢里。延龄让她们坐下，茶役又泡上茶来。今天因为做的是绿牡丹的全本《三堂会审》，戏目特别精彩，所以看客着实不少。

“起解”的一段，绿牡丹的唱工实在是好，真是珠圆玉润的了，做工更是哀怨缠绵、入木三分，文英看了，差不多落下泪了。迨下场了后，街上都已上灯，阿三早在戏园外侍候，延龄又叫他开到四喜村酒楼去吃饭。

那晚回家已近十时，文英约他们第二天到家里来吃晚饭，艳仙延龄答应。

到了第二天，延龄被雨农邀了去看电影，等散了后，慌忙便到文英家去了。走进李公馆，里面灯火通明，里面已有人哧哧地笑着说话。延龄走进会客室，见艳仙已经先在了，因便笑道："密司吴，这次是你早了。"艳仙笑道："我在三点钟时候，姐姐已打电话来叫我了。"文英道："表弟，你今天为什么这样晚，架子可真不小。"延龄笑道："姐姐，别抱怨我了，我本是早来的，因促狭的我同学又拖了我去看电影。我虽然在那边看，可是心却在记惦着这里呢。"文英啐他一口，笑道："不要你说这些好听话。"延龄道："不说就不说，姐姐，你气可别生呀！"说得艳仙也忍不住笑了，停了一会儿，延龄向艳仙道："密司吴，明天不是回上海了吗？"艳仙笑着点头道："正是。"延龄道："上午还下午？"艳仙道："我想下午一点半去。"延龄笑道："那我们明天该送行啦。"艳仙笑道："那可不敢当。"文英道："妹妹，你放暑假时来不来？"艳仙笑道："那也说不定，到了这时候，我自然会写信给姐姐的。姐姐，你最好亦能到上海来玩几天。"文英道："我一定来，几时叫我这位表弟伴了来。"延龄笑道："太客气，太客气。"说得大家又笑了一阵。

这晚坐到九点钟就回家的，文英叫阿三送他们回家。在汽车里，两人并肩地坐着，刚才喝了几杯酒，两人的脸儿全都红润润的。延龄醉眼模糊，见艳仙两颊似苹，眼波似水，露着的两条藕臂白嫩可爱，这就情不自禁去抚她的膀子，只觉柔软无骨。忽然转念一想，不对，她又不是桂香，连忙缩转手来。艳仙早已觉着，回头向延龄微微一笑。延龄只得说道："夜里天还有些寒意，密司吴，大衣披上了吧。"艳仙把身子靠近了延龄，向延龄瞟了一眼，笑道："真的，我很觉有些儿冷，而且头也有些儿疼。"说着，紧紧偎着延龄，脸颊倚着他的肩上，身子差不多已倒在延龄的怀里了。延龄左手取过大衣给她披上，道："密司吴有些儿醉了吧。"艳仙微闭着杏眼，没有回答。

延龄回头见她要睡去的模样，心里想：这可糟了。因也管不了什么，半抱她的身子，轻轻拍着她的臂膀，道："密司吴，别睡着了，着了凉可不是玩的。"艳仙微睁杏眼，向延龄望着。延龄只觉一阵阵似兰似麝的细香从她身上散出来，心里真是有些神魂颠倒，不觉低下头去。艳仙也伸了两手，紧紧抱住延龄脖子，两人的嘴唇便紧紧凑在一处了。

忽然喇叭的一声，才把两人惊觉过来。延龄慌忙抬起头来，艳仙不觉嫣然一笑。延龄见这一笑，更是婉媚动人。阿三却回过头来道："吴小姐家到了。"艳仙听了点头，延龄忙扶着她下车，又握着她手，笑道："明天站上见吧。"艳仙笑了一笑，点点头，延龄在她手背上又吻了一下，才跳上汽车。

到了校里，因为喝了几口冷风，也觉有些儿头疼，便踉踉跄跄地倒在床上呼呼地睡着了。

等第二天早晨醒来，不觉已是十一点了。延龄睡在床上，细细想起昨夜醉后的光景，心里倒不觉又懊悔起来，自己怎能和她去接吻呢？真该死了！我和她的交谊，是纯洁的友爱呀，而且我早和桂香有了盟约，怎能再和她恋爱？这酒真能误事！想昨夜她一定也醉了，为什么温柔地会睡在我的怀里呢？她现在这时候，心里不知作何感想呢？今天我们见面，倒有些儿不好意思了。延龄这样想着，心便忐忑地跳起来，想还是不去送她了吧，一时觉得这又不对，别人家岂不要生气呢？还是去送了吧，好在没有第三人知道。想着，一面起身，一面洗脸。不知怎的，延龄这时的脑中，只是映着昨夜汽车里的事，觉得艳仙真是醉人。当那时候，她口脂微度，星眸娇盼，酥胸微微起伏，乳峰高耸，软绵绵的身子躺在我的怀里，这真是陶醉在温柔乡里，也不知自己置身在何处了。一时又想起了桂香，觉得自己不该和艳仙如此，自己怎能欺骗一个小女子，抛弃她，使她成为终身之恨呢？可是昨夜的事，我的良心不也有些儿对不住艳仙吗？延龄想到这里，懊悔万分。

正在这时，忽见校役进来道："李公馆有电话来了。"延龄知道表姐在催自己去了，因忙穿好衣服，到电话室答应文英立刻就来了，遂匆匆出了校门。

到了李公馆，文英一见延龄，便笑道："好哟，你们昨夜做的好事。"延龄听了，心里怦怦一跳，不觉微红了脸，暗想：怎么她又知道了？因勉强镇静了态度，道："姐姐，你这是什么话？"文英笑道："昨夜你们很早回去，怎的你今天我这时打电话来，还说你没有起来？我想昨夜你们这里走出，一定又往别处玩去了。"延龄听了，这才放心，笑了一笑，道："姐姐真会捕风捉影，我们又往哪里去玩呢？你不信问阿三是了，他不是亲自送我们各自回去的吗？"文英给他说得无话，便笑了一笑，不说了。

没有一会儿，仆人已开了饭。饭后，两人慌忙坐了汽车到火车站去，文英还买了许多东西送她。

到了火车站，延龄买了两张月台票，在月台上等候着。没有一会儿，果见艳仙和一个女子走进来。文英忙上前招呼，又替大家介绍。原来还有一个女子，就是艳仙的姐姐吴玉如，见她穿着元青色的旗袍，已是花信年华，可是仍不减少妇风姿。延龄见了艳仙，不免红了脸，甚有羞惭之色。艳仙却若无其事，仍谈笑如常。

这时站上铜牌已敲，播音机已报告车将要开。延龄是提着东西替她拿上车去，艳仙连说谢谢，回头又向文英道："又叫姐姐花钱了，真对不起。"文英笑道："一些儿东西，你又客气。"艳仙笑了一笑，和文英握手道别，转身又和延龄握手，笑道："密司脱徐，再见了。"延龄连连点头。

两人下了车，走到车厢边站着，玉如和她妹妹又叮嘱了几句，才走下车了。这时忽然汽笛长啸一声，接着车身移动，延龄走近窗口，笑道："密司吴，再见，再见。"艳仙又从窗口伸出纤手，刚和延龄握了一握，那车身已向前驶动。延龄只得放手，大家拿了手帕向上摇了两摇，那长蛇似的火车便飞样地出了月台，接着连影儿都不见了。

文英向玉如道："你这几天为什么不去玩玩，今天去吧。"玉如笑道："今天不能了，过几天来是了。"说着，大家出了月台。玉如道："那么再见了。"说着，便跳上汽车开去了。文英和延龄遂也跳上汽车，阿三便拨动机件，开回家去。

第十七回

对新人情切切，恋旧欢意绵绵

汽车里两人静静地坐了一会儿，文英笑道："表弟，我这个介绍人还算不错吧？你瞧今天她和你很有些恋恋不舍呢，你自己努力些，不怕不成功的。"延龄望着她笑了一笑，却不说什么。文英又道："你笑什么，别人家这样的才貌儿，难道还配不上你吗？你如错了这个好机会，将来再要娶这样的一个美人儿，怕拿了烛满街上去找也找不着呢。"延龄笑道："我又没有开过口，什么配与不配，全是姐姐自己一个子在说。"文英笑道："我叫你追求得热烈些，情书最少一星期两封。"延龄笑道："姐姐又取笑我了。"文英道："这倒也是真话，你也有这样的年龄了，早些找个侣伴，也是正经事。"延龄想了一想，道："姐姐这话不错，不过像密司吴那样人，外面交际一定很广，男朋友当然不止一个两个，比我才貌好的一定也不会少，我怕自己落了选的时候，感到痛苦呢。"文英道："这也不见得吧，像你这样的才貌，已算不错了，讲到家境也可说是门当户对了。"延龄笑道："我平日自称交际很不错了，自从见到密司吴后，才觉有些望尘莫及了，反觉自己竟是个落伍的人了。"文英道："照你说，你竟是放弃了，另辟途径了吗？"延龄摇头道："那也不是，不过这里全是我们单方面的意思，怕别人家愿不愿意呢？"文英道："这就往后瞧着吧。"

正说着，汽车一开到家，两人下了车，菊红早迎出来，笑道："小姐回来了吗？"文英点头。

两人进了会客室，菊红端上茶来，两人又谈了一会儿，延龄站起来要走，文英笑道："急匆匆地又做什么去呢？"延龄道："你不知道明天开课，我回去理理书呢。”文英道：“不错，这几天你可把书本都丢在脑后了，你回去理书，我不留你了。”菊红抹嘴笑了一笑，送上呢帽。延龄接过，道：“你为什么老是笑干吗啦?”菊红道：“我笑一匹溜了缰绳的马，现在又要上缰了呢，以后可不能整天东逛西逛了。”说得文英忍不住笑起来。延龄捉住她手，要呵她痒，急得菊红忙着告饶，延龄才罢手，告辞出来。

到校里，把几本物理、科学书拿出来看了一遍，可是心里只是想着别的事，便索兴合拢了书本，去睡在床上。微闭了眼睛，想着桂香和艳仙究竟是谁美丽，仔细一想，不管谁美丽，我终不能负心桂香的。桂香心中是只有我一个的，她的用情是专一的。艳仙她是交际花，结识一个男朋友，也算不了是怎么一回事，而且我先遇到了桂香，岂可以新的爱而夺旧的爱？我应始终如一地守着桂香。延龄想到这里，把艳仙便忘了，一缕情丝仍旧紧紧地缚着桂香身上。见这时还只有三点钟，想着为了艳仙，有四五天不曾到桂香家去了，桂香心中不知怎样记惦着自己呢，遂从床上跳起来，戴上呢帽，便很快地又出了学校。

到了丁家山，急急地到了桂香家，见院子里静悄悄的，到了屋子里也不见有人。延龄想：到哪儿去了？遂走到桂香卧房门口，掀开门帘布，只见桂香穿了一件庄青的蓝布旗袍，坐在窗前的桌边，手儿托住左颊。延龄因轻轻地走到她的身后，见她却在看书，右手指在桌上还画着字。延龄心想：这孩子可真用功，也不辜负我帮助她一番心了。因在她耳边低声唤道：“香妹，你好用功呀。”桂香冷不防听了这话，不觉一跳，忙回过头来，一见延龄便笑道：“啊哟，龄哥，你多早晚才进来的，怎么一些儿声息都没有？真吓了我一跳，快请坐。”桂香说着，一面把手儿拍着自己心胸，一面忙又去斟茶。延龄拉过她手，笑道：“香妹，真的吓了没有，这可是我的不是了。”桂香笑道：“你怎么这许多日子不来了，我算算，一天两天……有五天了。”桂香说着，还把指儿一个一个伸着。延龄见她这副可爱的举动，忍不住又笑了，桂香也笑起来。延龄道：“香妹，你记惦着我吗?”桂香红了脸，瞟他一眼，笑道：“我记惦着你，你可忘了呢！”延龄急道：“我要是忘了你，天诛地灭……”

桂香眼眶一红，把纤手在他嘴一扪，也急道："这又何苦来呢？"延龄拉过她手抚了一会儿，越看越觉她可爱，越想越觉她可怜，因柔顺道："香妹，你放心，我始终是爱你的。"桂香倚在延龄怀里，也是无限柔顺。

过了好一会儿，延龄才问道："老太太呢？"桂香道："到王大嫂那边聊天去了，龄哥，你饿了没有，我做一些儿点心给你吃好吗？"延龄笑道："好的，我帮你吧。"说着，两人搀着手到院子里去了。

到了院子里，桂香把炉子里的火拢旺了，加了些燃料，回身走到桌边，在竹厨里拿出一盘面来，向延龄笑道："龄哥，烧些儿汤面吃好吗？"延龄笑道："那最好了，鸡蛋有着吗？"桂香打开桌子抽屉，取出四个鸡蛋来，向延龄闪了两闪，笑道："这是什么，龄哥几天不来，我都给你留着，今天摊蛋饼吃好吗？"延龄笑道："这鸡蛋怎么专是我吃了，你留着干吗，以后老太太吃是了。"桂香道："你还说，这是妈叫我留着的。"延龄道："这真难为了老太太了。"桂香笑了笑，也没说什么，把锅子烧了开水，拿了盘子，把面条抖着，放下水里去，回身在厨内又找了两支笋来，切着薄片。延龄笑道："我来打蛋。"说着，把蛋都向桌边一敲，放在碗内，拿了一双竹筷子，向里面掏着。桂香听了，扑哧地笑道："那也是你学的吗，就是学会了，难道你跟人家做厨子去不成？"延龄也忍不住好笑起来。桂香切了笋片、肉丝，又拿了一只碗，倒了开水，里面浸着金针木耳，又走到锅边，用一只长竹筷子，向锅里和着面。

延龄也走弄来瞧，道："面热了吗？"桂香点头道："热了，你先挑一碗儿吃吧。"延龄道："慢着，咱们一块儿吃吧。"桂香道："大家一块儿吃，面就糊了，煮一碗就吃一碗，我还给你摊鸡蛋。"说着，已挑了大半碗，把和好的肉丝笋片咸菜夹了两大筷子，又用瓷勺子在金针木耳碗里掏了两勺子卤，加在面上，双手捧着，笑道："进去吃怎样？"延龄伸手接过来，道："我在这里站了瞧着你是了。"桂香笑道："站着吃面那算什么，怪不舒意的，你进去坐着吃吧，我一会儿就进来的。"延龄只得端着碗走进去。

这里桂香忙着又摊好了蛋，自己也煮了一碗面，端着进去，见延龄还只吃了半碗，桂香便在他对面坐下，道：“你尝尝，蛋摊得还嫩吗？”延龄夹了一筷，放在嘴里，笑道：“摊得真嫩，我原说你做出的东西终不曾错的。”桂香瞅他一眼，笑道：“龄哥终喜欢瞎说我。”延龄笑道：“那就真冤枉了，你自己尝尝，到底摊得嫩不嫩？”说着，又夹了一筷，送到桂香的嘴边，桂香只得开口吃了。延龄道：“你说怎样？”桂香道：“你说摊得好，那你全吃掉了。”延龄道：“那我也吃不了这许多，咱们一块儿吃，这味儿就更好了。”桂香听了，只是抹着嘴笑，延龄稀里呼噜把一碗面连汤也喝尽了，桂香又伸手过来，道：“外面面料和卤都有剩着，龄哥还再来一碗吗？”延龄抹了一抹嘴，笑道：“这面煮得真好，就再来半碗吧。”桂香接了出去，没有一会儿，便又端着一碗进来。延龄接了，道：“这可太多了，分一些儿给妹妹吧。”桂香道：“你喜欢吃，就多吃上一些儿也不要紧。”延龄笑道：“太多了，晚饭就吃不了呢。”桂香遂便又挑了半碗过来，延龄笑道：“你明天也得上学了吧。”桂香道：“可不是，所以我在温习温习旧的书呢。”延龄笑道：“你这样用功就好，可是将来读成了，别忘了我呢。”桂香道：“这像是我的人吗？我如读成了，那不是全靠你的吗？我向你磕头还来不及呢。”延龄道：“我怕你读成了，就瞧我不上眼了。”桂香急道：“你这是哪里说起，你再说这些话，我可捶你了。”说着，把筷子掉过头来，向延龄扬了一扬，做了个要打的模样，延龄便哧哧地笑起来。

桂香忽又放下筷子，噘起了嘴，道：“龄哥，你就不该这样子罾我。”延龄站起来，笑着要去拉她手，桂香便逃到卧房里去了，延龄便也跟着进去。见桂香伏在床上，延龄坐在床沿前，拍着她道：“怎么啦，我说着玩的，你急什么呢？”桂香不响，延龄拉她起来，见她颊上沾着一点泪痕，这就急了，忙抱着她道：“你好端端的又哭干吗？”桂香把手背拭了泪痕，笑道：“我哪里哭，哥哥又哄我了。”延龄抚着她头发，道：“你别误会，我和你玩的。”桂香偎着他的脸，道：“我听了你这话，自己也不知怎的，觉得很能使我伤心，心里一酸，便不由自主地淌下泪来了。”延龄听了这话，心中甚是懊悔，不该说这些话，倒使她多心，因紧紧地抱着她，说不出一句话。

两人默默坐了一会儿，忽听屋外有人说道：“香儿吃了点心，怎不把碗来收拾了?”桂香听了，忙推开延龄，走出去道：“妈，我叫龄哥在教书呢。”谈老太道：“哦，徐先生在这儿吗？那我来替你拾了吧。”延龄也走出来，道：“老太太在大嫂子家里玩吗?”谈老太道：“没有事，去聊天一会子，徐先生，你多早晚才来的?”延龄道：“已好一会儿了。”桂香道：“妈，你面吃吗？那边厨里还剩着一碗。”谈老太道：“我自理会得，你叫徐先生再去教书吧。”延龄听了，险些儿笑出来，忙握着了嘴，拉着桂香又走进房来。

桂香笑道：“我真要你教个字呢。”两人遂在桌边坐下，延龄教了她一会儿书，桂香又去斟了一杯茶，向延龄笑道：“喝一杯茶儿润润口吧。”延龄笑着接过，呷了两口，想了一会儿，道：“你明天上学，要不我伴你一次?”桂香道：“那不用了，你明天不也要开课了吗？好在我路认得的，那么龄哥，你以后几时来呢?”延龄道：“星期日我自会来的，来的时候，咱们一块儿去玩一天好吗?”桂香笑着点头。

延龄一瞧手表，短针已指到五点，遂站起来，道：“我走了。”桂香道：“晚饭不吃了吗?”延龄道：“我回校还去整整书本哩。”说着，两人挽着手走出去。谈老太正在淘米，延龄道：“老太，我走了。”谈老太道：“晚饭吃了去吧。”桂香替他代答道：“他校里还有事呢。”说着，两人已出了院子。

桂香在门前的一枝桃树下站住，道：“你星期日要来的。”延龄握了她一下手，笑道：“我知道，你进去帮你妈做饭吧。”桂香答应着，却不立刻回进去，直等到延龄转了弯，瞧不见他的后影了，才慢慢踱回进院子里去。

第十八回

又谁知，蓦地风波起

桂香走进屋里，谈老太已上了灯，桂香帮着忙了一阵，两人吃过晚饭，娘儿俩在灯下又谈了一会儿，桂香站起来道："明天我要上学校里去，今晚早些儿睡了。"谈老太道："不错，已八点钟了，我也睡了。"娘儿俩说了一声明儿见，各自回房去。

到了第二天，谈老太一早起来，摆炉子烧开水，给桂香漱洗，吃早餐，让她到学校里去。因为学校离家路远，报名去时，延龄替她报的是中膳生，所以午饭是不回家吃的。谈老太一个人在家寂寞，常叫王大嫂搬来一块儿做饭吃，倒也还很热闹。

桂香每天早出晚归，挟着书包笑盈盈地回来，终讲些故事给她妈听。头几天学校里的同学都是陌生的，未免感到寂寞，读了将近半月，同学们大家都渐渐认识了，而且桂香生成天质聪敏伶俐，谁不愿和她做朋友呢？所以桂香虽然是新生，读不到一个月，朋友比什么人都多上一倍。

光阴似箭，忽忽已是红了樱桃、绿了芭蕉的长夏天气了。这天正是星期日下午，桂香穿了一套白麻纱的衫裤，拿了一柄白纱绢的扇子，坐在院子里的树荫下瞧着，见延龄穿了一套白哔叽的西服，头上戴了一顶草帽走进来。桂香忙站起来，笑道："这样的热天，你又来了，别中了暑，可不是玩的。我叫你太阳下了山的时候出来才好哩。"说着，替他脱了上衣。延龄脱了帽子，谈老太忙去端脸水。桂香轻轻拍拍他的背，笑道："你瞧，一脊背的汗。"延龄笑着，拧了手巾，揩了脸，道："好热，好热。"桂香拿了扇子，替他挥着风。谈老太去捧了一只大西瓜来，用刀切开，延龄拿了一块就吃。桂香连忙伸手夺下，道：“你又这样性急了，先喝口水来漱漱口再吃不迟呢。”说着，去斟了一杯冷的白开水。延龄接过，笑道：“妹妹，你真讲究卫生呢。”桂香道：“害出病来，不急煞人吗？”延龄笑着，连连吃了几块，回头又拿了一块递给桂香，道：“妹妹，你怎的不吃一块？你们校里有考了没有？”桂香道：“你自己吃，我这时不想吃。校里小考已完，大考还要两星期。”延龄点头，一面把西瓜咬了一口，一面又拿了一块小些的，送到桂香嘴边，道：“妹妹，你小些吃一块儿，西瓜是吃不坏身子的。你瞧我，这一只西瓜全是我吃的呢。”桂香只得接过吃了。

壁上钟当当敲了五下，太阳已落下西山去。桂香穿着一件黑纱的旗袍，里面衬着白纺绸的长背心，挽着延龄的手臂，两人缓缓地在湖滨公园里散着步。

这时公园中大半都是对对青年男女，携手偕行，喁喁情话，各人心中的愉快真非笔墨所能形容了。延龄桂香两人站在湖边，凉风拂拂，真觉遍体爽适。正在这时，忽见对面来了一个少年，穿着白纺绸长衫，见了延龄，便走上前来，笑道：“老徐，你也在这里吗？”延龄忙回头一看，原来是张雨农，因上前握手道：“你一个人出来吗？”说着，便要替桂香介绍。雨农忙笑道：“你别忙，我早认识，可不就是谈女士吗？”雨农说着，向桂香鞠了一躬。桂香也忙还了礼，笑道：“这位就是张先生吗？”雨农笑道：“正是，谈女士真好记性。”这里延龄也就记起了，笑了一笑，道：“你们都好记性，我的记忆力就不济事了。”雨农笑道：“也不错吧，你这时可也记起了呢？”说得三人都笑了。延龄道：“逸民呢，没有出来吗？”雨农皱了眉，道：“他吗？在三点钟的时候，忽然吐泻起来，现在睡在校医室里呢。”延龄笑道：“这算什么病呢？”雨农道：“医生说俗名叫霍乱吐泻，新的就是叫作脑膜炎。”桂香道：“今年这病最多，并且这病要传染的，是很危险的。”延龄又问道：“你瞧逸民要紧吗？”雨农道：“这也说不定，医生已打了两枚针，刚才我去瞧他，医生不准我进去。”桂香道：“所以现在的时候，吃食最要卫生，刚才你吃西瓜……以后你可留心些了。”延龄笑了一笑，又和雨农讲了一会儿学生会的事。

桂香见他们谈得起劲，便自管自立在湖边眺望着美丽的晚景。雨农笑了笑，因问道："这位谈女士现在可换了一个人了。"延龄笑道："我原说你别轻瞧了她，人家现在也是学校里的学生呢。"雨农笑道："那当然全靠着老兄的栽培，好兄弟，你们究竟是怎么一回事，请你告诉我吧。"延龄因为雨农是自己知己同学，所以先约略讲了一遍，又笑道："过一会儿回校详细说给你听吧。"雨农拍手笑道："原来如此，你这人真厉害，那晚逸民站了半天，你讲的却仍是谎话。"延龄也笑了起来，雨农正色道："老徐你眼力果然不错，这位谈女士既美丽又稳重，将来真是你的一位贤内助，我祝你们有情人终能成眷属的。"

正说间，桂香走拢来，笑道："你们站着不吃力吗？那边椅上去坐着谈吧。"雨农笑道："我们不谈了，倒费了你们许多时间。"桂香笑道："这是哪儿话，天也晚了，咱们到楼外楼去吃些儿点心吧。"延龄道："正是，老张你别客气，咱们都像自己姐妹兄弟一样。"雨农见桂香谈吐这样灵敏，心里暗暗称奇，想不到隔不到半年，竟出落得这样大方了，遂笑着答应。

大家到了楼外楼，桂香点了几样清洁可口的，这一餐倒还是桂香请了客。出了楼外楼，外面街路上已上了灯，延龄雨农送桂香上了渡船，才回校。

桂香到了家里，谈老太亦已吃过晚饭，娘儿俩在院子里乘了一会儿凉，才回房去睡。

时光匆匆，不觉已到了星期六，下午放了学，桂香因为这时天热，在路上走着恐怕中暑，所以拿了一本书，在校园里树荫下的一块大青石上坐着看书，凉风拂来，倒也颇觉轻快。正在这时，忽然背后有人在自己的眼上一蒙，桂香还当是同学和她游玩，便攀住了两手，笑道："哪个姐姐和我开玩笑？"说着，回过头来一瞧，这一来不瞧犹可，把桂香却羞得红晕满颊，连忙放脱了手，勉强笑道："我道是谁，原来是孙先生。"这就见树蓬中走出一个年约二十四的翩翩少年来。

这少年又是谁呢？原来是校长的表弟，姓孙名超海，毕业于大学，和他表姐商量，在这里做教员。他是真的热心教育吗？却不是，原来醉翁之意是不在酒的。超海性情渔色，被他蹂躏的女子真是不少，可怜那班无智少女，起先听了他甜言蜜语，又见他长了一副白净的脸蛋儿，没有一个不喜欢和一个美少年结为侣伴。谁知你的贞操一被他破去了后，立刻就把你抛弃在泥地里了。有些少女也有为了他而自杀的，可是他却一些没有怜惜之意，执迷不醒，仍是干他的勾当，真可称是一个淫欲之魔了。

自从桂香进了学校，他是没有一刻不想着她，设法亲近她。可恨的是桂香那副稳重的态度，一些不让人取笑一句的，真所谓艳若桃李，冷如冰霜。今天有事凑巧，两人在校园里却又碰面了。当时桂香因为他是自己的师长，所以没有破脸，哪知这超海却以为她可欺，今天这机会岂肯失却，便赔着笑脸，道："你为什么还不回家，坐在这里等谁？"桂香道："外面天热，我坐一会儿就走的。"超海便个在大石上坐下，笑嘻嘻地要去拉桂香的手，道："你在瞧的是什么书？"桂香见他这样，忙站起来向他含嗔道："孙先生，你放尊重一些儿吧，被人见了笑话。"说着，便回身要走。超海哪里肯放手，连忙站起来拦住她道："你别忙，我有事问你。"桂香道："你有事只管说，别拉拉扯扯，算什么样儿！"超海笑了一笑，忽然向前把桂香拦腰抱起，香了她一个脸，道："好妹妹，救救我吧，我真想死你了。"说着，把她抱在大石上，两手向桂香身上乱摸，急得桂香喘了气，把书也丢了，伸出手指向他的脸上狠命地抓，只听他"啊呀"一声，超海两手捧了脸，退了两步。

桂香忙站起来，拾起地上的书，转身又跑。超海把她一把拖住，冷笑了一声，道："好，你忍心下这样的辣手。"桂香抬头一看，见他满颊鲜血，不禁也冷笑一声，道："不给你一些教训，以后问你还敢戏弄女性吗？"超海哼了一声，道："我也打听明白了，你外面有着姓徐的小子，就不把我放在眼里了。"桂香气得杏眼圆睁，反而笑起来道："真笑话了，你是我的谁，为什么要把你放在我的眼里？我外面有姓徐的，又与你何干？"超海被她问得无话可答，呆了半晌，又道："你既然不愿意，为什么动手？你瞧我脸上被你抓得这样子，我还见得人吗？"

桂香道："你这种狼心狗肺的人，本来就见不得人，只能与禽兽为伍才是。"超海被她这样骂着，也就老羞成怒，狠狠地道："很好，你有这手段，怕我没有吗？你想和姓徐的小子好吗？别梦想吧，过几天瞧我的颜色是了。"桂香也不答言，愤怀地出了校门，一路走一路想，越想越气。刚才对他，自己一些不肯屈服，这时一个人了，倒反而流起泪来，想着社会上的轻薄少年真是可杀，想着超海的丑态，这就更觉延龄的人格高尚。一时又想着被他颊上的一吻，恨不得把这颊上一块肉割了下来，一面拿了手帕，又连连向颊上擦了两擦，看看这方手帕，如乎这方手帕因擦了脸后，也留了可恶的气味，恨恨地向地上一掷，又把脚去踏了两踏，心里想着：刚在被他一阵地抱……我怎能对得住延龄呢？桂香想及此，忍不住又流下泪来。

正在这时，忽听前面有人叫道："呀，香妹，你刚回家去吗?"桂香抬起头一瞧，见来的正是延龄，便连忙收住了泪，勉强笑道："龄哥，你到哪里去呀?"延龄见桂香云发蓬松，脸上似乎带着泪痕，慌忙拉过她的手儿，道："香妹，你怎么啦，有谁欺侮你啦?"桂香恐自己说出来，使延龄也生气，因笑道："没有，谁敢欺侮我啦!"延龄道："那你可有些不适意吗？敢不是中了暑?"桂香摇头道："也不是，我一些儿也没有什么。"延龄道："那么咱们回家去吧。"桂香点点头，两人牵着手儿，便跳上了渡船。

第十九回

一样病两地牵连

在渡船里，桂香闷闷地坐着。延龄见她今天态度很不自然，似乎受了委屈，肚子里有无限闷气似的，又见她衣服皱得十分，心想：香妹是素来爱整齐清洁的，为什么今天却这个样子，今天一定被人欺侮了。她怕我生气，所以不肯告诉我，因为自己已经问过一回，她既然说没有什么，也就不好意思再问。不过心里终觉有些儿可疑，见她头发乱乱的，被风吹着更飘飞起来，因轻轻地替她理着，又抚着她的肩儿，道："香妹，今天你校里考什么?"桂香抬起头来，见延龄柔顺地问着，心里更觉伤心，险些儿又落下泪来，勉强笑道："是考算术，我前天问你两个题目，今天考卷上刚巧有的，我倒不曾缴白卷呢。"延龄笑道："妹妹聪敏，这学期怕是考第一吧?"桂香笑道："但愿应了哥哥的话。"延龄笑道："妹妹如考三名以上，我送你三十一元的一支自来水笔好吗?"桂香笑道："这太贵了，我现在的三元一支也够好了。"延龄笑道："那么买别的送你吧。"桂香摇头，道："我不要，我只要哥哥多教我一些儿书就得了。"延龄笑道："好妹妹，你真替我太做人家了，那么我给妹妹买东西的钱，替妹妹去存在银行里好吗?"桂香笑而不答。

这时船已到丁家山，延龄搀了桂香上岸，两人携手走去。桂香问道："哥哥，你校里考了没有?"延龄道："因为我们这学期是毕业班，所以提早考期，差不多已经结束。"桂香正想答话，忽见刘傻子从对西匆匆地走来，一见桂香，便忙道："桂香，快回家去呀，你妈不好了。"两人听了，心里怦怦一跳，也不及问仔细，慌忙三脚两步地奔去。

进了院子，听见屋子里有王大嫂说话声，两人忙掀了门帘，走进谈老太的房中，见谈老太睡在卧榻上，脸色青白，眼睛微闭，像是昏过去的光景。王大嫂正在倒痧药水，一见了桂香，便道："不得了，你妈吐了，敢是中了暑。"桂香只才见地上一大堆吐出的脏物，连忙走近榻边，叫了几声妈，谈老太只不答应。桂香见了这个光景，当真完了，再加上刚在一肚的怨气无处发泄，不禁伏在她妈身上，放声哭了起来。王大嫂急道："小香，你别哭呀，我给你哭糊涂了，快把她扶起来。"桂香遂把老太扶起，王大嫂端了药水给谈老太喝。谈老太哪里会喝，牙关也紧了。桂香又哇的一声哭出来，道："已不中用了。"王大嫂这就管不了这许多，把药水自己喝了，嘴凑在谈老太的嘴边，灌了进去。

延龄站在旁边，也是急得没了主意，连连搓手。忽然桂香站起来，拉了延龄到堂前，道："哥哥，你别在这里了，这病是要传染的，我妈真的完了呢！"桂香说到这里，早已哽咽，眼泪似雨。延龄呆了半晌，忽然道："你等着，我去请医生，大概不妨事的。妹妹，你别只管哭。"说着，回身出了院子。

等延龄医生请来，谈老太已有些醒来。医生按了脉息，见她两眼无光，回出来和延龄悄悄道："怕不中用了。"延龄急道："那你就想想法子吧。"医生道："就是打两枚针，也是多挨两日的。"延龄道："不管怎样，你去打了针再说。"医生遂叫桂香王大嫂出来，进去打了枚针，出来又道："最好送医院里去，病人是不中用了，你们好的人要紧，怕要传染呢。"桂香哭道："既不中用了，也不必送医院了。"说着，又走进房去，见谈老太神志稍为清醒，望着桂香只是流泪。桂香走近去叫了一声妈，眼泪又扑簌簌地滚下来。谈老太把手摸着桂香的脸，好一会儿才说出一句话来，道："香儿，我想不到会这样快。"桂香听了，心似刀割，除了流泪以外，也说不出一句话。

这时延龄又走进来，桂香挥手叫他出去，延龄却站着不走。桂香急了站起来，拉了他手出了院子，见王大嫂也呆呆地怔着，因道："你们都回去吧。"延龄握了她手，道："这怎么办呢？"桂香道："我理会得，哥哥，你明天来吧。"延龄被她连连催着走，只得回身走了。走了几步，忽又回过来握住她手，道："香妹，我想还是送医院吧，你身子也要紧呀!”桂香流泪道：“老人家的意思是不愿在外面完了气，人终是不中用了，最终的一些愿望，我是不能不依从了她。”延龄听了，心里一酸，也不觉落下泪来。

两人站着哭了一会儿，桂香又道：“快回去吧，这样热的太阳下别站着了。”延龄只得回校里去了。

刚走进校门，见雨农匆匆出来，见了延龄，便忙道：“老徐，他死了。”延龄忙答道：“哟，老太太真死了吗?”雨农听了，不得一怔，拍着他肩，道：“老太太是谁，我说逸民死了呢。”延龄这才明白，觉得自己神思恍惚，一听逸民死了，不觉又淌下泪来，道：“真死了?我去瞧瞧。”雨农亦落泪道：“可怜这样一个强硬正直的人会死了，做了异乡亡魂。”延龄听了这话，更是刺心。原来逸民是福建人，父母全无，自幼跟随一个孤孀姑母漂流到上海，不想住不到三年，他姑母又去世了，只剩了逸民孤零零的一人。好在逸民并不是善感悲哀的一种人，可是这次病又会把他丧了，这种身世的人偏有这种的境遇，怎不叫几个知心人痛哭流泪呢?当时延龄说着，紧紧地向校医室走去，雨农亦在后面跟着。

到了校医室门口，看护拦住，道：“不能进去。”延龄急道：“逸民完气了没有?”看护道：“不中用了。”延龄道：“那就让我进去，见见最后一面吧。”看护道：“怕传染呢。”延龄道：“不要紧，一会儿就出来是了。”那看护见他决定要进去，只得放他进去。见逸民睡在病床上，人是不成样了，瘦得几根骨头，已经奄奄一息。延龄心想：病到如此模样，榻前并无一人，孤零零的可怜，真是……延龄想到这里，眼泪又夺眶而出，因上前轻轻叫了一声。逸民听了，似略有智识，微开眼睛，见了延龄雨农两人，似乎惊奇十分，喃喃道：“我道今生再不能见一个亲人的面了，多谢两位。”雨农听着，眼泪亦不觉淌下。逸民微笑道：“别哭，你们哭什么，人生终有一死的，不过这也难怪你们，见到我这样身世可怜的人，多少有些同情吧。但是素来强硬的我，自己不觉怎么一回事呢，死了就完了，什么都完了。哭什么呢?伤心什么呢……”说到这里，把两人更引得滚下泪来。逸民又道：“我有些儿气的，是为什么说我这病要传染人，个个人都有些憎厌我。我想我病了，我自己死了，和别人有什么关系呢？所以我极感谢你们，好兄弟，我们能够再见一面，也是缘分吧。”两人听了这话，都哽咽不成声。逸民倒似乎很兴奋了，接着又道：“我是赤条条一丝不挂地来去着，所以一些没有放不下。只可惜的是我平生志愿未达，但是身已先死了……”延龄道：“你有什么愿望，我可替你继续干去。”逸民微笑道：“别提了，死了，完了。”

两人站在床边淌了一会儿泪，逸民闭了一会儿眼，又睁开来向我们望了一会儿。雨农道：“要喝一口茶吧。”逸民摇摇头，又向他们挥手道：“你们去吧。”这时医生又进来，延龄和雨农才出来。

第二天早晨，逸民真的断了气。学校当局因逸民没有家属，正在商量怎样下葬，延龄便上去承认一切费用都由他负担，并替他葬在杭州公墓里。

下午四点钟的光景，延龄匆匆地踏上丁家山，见桂香独个儿倚在一株已枯的桃树底下，淌着眼泪。延龄走过去，拍着她肩儿，道：“香妹，你怎么啦？老太太怎样了？”桂香一回身见是延龄，便把手帕拭了泪，道：“恐怕今晚难过了。”延龄也知道这病是不会好了，可是也安慰不出一句话，呆呆地望着她好一会儿，才说出一句话，道：“妹妹，你也别太悲伤了，自己身子也要紧的。”桂香点了点头，延龄道：“我进去瞧瞧。”桂香拉住他手，道：“你别进去了，屋子里有脏气呢。”延龄只得站住，把手半抱着她的肩儿，道：“妹妹，你放心，你以后的生活仍是这样的。”桂香勾着他的肩弯，慢慢地在四周踱着，两人静悄悄地都不说什么。

这时夕阳已向西沉去，暮色已降临了大地，天空已罩了一层灰色，几只乌鸦呀呀地叫了几声，从空中括着翅膀飞过，这声音透着有些儿凄凉。延龄道：“我走了，你回进去吧。”桂香道：“我送你到湖滨吧。”

两人慢慢儿地到了湖滨，延龄道：“我明天再来吧。”桂香点头，握了他手，道：“哥哥，你早些儿回家，晚上睡着小心些儿，别太贪凉了，惹出病来。”延龄道：“我知道，你也别伤心了。”说着，跳上渡船。

回到校里，刚敲吃饭钟，延龄哪里吃得下饭，很早地回宿舍去睡了。

第二天下午，因为逸民已葬在杭州公墓，雨农要去祭一次，上午特地去买了两个花圈，和延龄一同到公墓里去。两人上前献上花圈，低了头，默默地站了一会儿，不免又湿了几点眼泪。延龄叹道："人生真是渺茫，我哪里想得到他会这样寿短?"雨农也连连叹息。

两人出了公墓，雨农道："你说谈女士的妈也病着，可好些了吗?"延龄摇头，道："和逸民一样的病，恐怕不能好了吧，我想这时去瞧瞧，你去吗?"雨农道："我不去了。"两人说着，忽见前面有几个人，都抬着头在壁上不知瞧什么。雨农道："那边贴的什么纸条?"延龄道："怕是找人吧。"雨农道："我们去瞧瞧。"说着，两人到了人群里，抬头一瞧，见壁上贴着一张纸条，上面写了几行字。延龄不瞧犹可，这一瞧，下面又引出许多曲曲折折的情节来。

第二十回

匿名帖怎含血到底，刻骨病最堪怜

当时延龄瞧了这几行字，气得脸色都白了，眼睛也定了。你道上面写的什么？写出来诸位读者瞧了，恐怕也要替延龄生气呢。原来上面写着四句似通非通的句子，是：丁家山里谈桂香，年纪轻轻贪欢娱。一个女人多少男，还却几年风流债。这时还听旁边一个人道：“这个女人可厉害，怎么多少男，难道有几百不成，真风流极了。”又有一个老者叹息道：“真是世风日下，人心不古。但是写这张字的人，也未免太多管闲事了。”另有一个道：“写出这样淫秽的句子来，那人也太没人格了。”他们你一句我一语地说着，也就各自走开，只剩了延龄和雨农两人还呆若木鸡似的站着。

延龄几乎气得昏了过去，险些儿跌下地去，忙定了一定神，上前伸手把那纸条揭了下来，拿在手里，又呆呆地望着。雨农见他站着全身只是抖着，因走上前道：“这是谁的恶作剧？”延龄咬了牙，冷笑一声，道：“哼，恶作剧，怕是事实吧。”雨农忙道：“这是哪里说起？这两天她妈病着，出都没有出来呢，别人相信倒也不要说起，你怎么也会去疑心她呢？”延龄道：“谁疑心她，事实在这里呢！”雨农道：“照我看来，你切勿相信，这一定有人在从中破坏呢！”延龄想了一会儿，忽然自语道：“是了，是了。”雨农笑道：“你明白过来了吧？”延龄道：“你说什么明白过来？”雨农道：“你不是说是了是了吗？”延龄道：“你不懂，别多说了。”雨农道：“那你说什么是了呢？”延龄道：“哼，我想起来了，前天我在湖滨见过她，见她蓬了头发，衣服都皱得很，我问她可是给谁欺侮了，她回答说没有。那天她的神情有些羞涩，又有些畏缩的模样。我当时就有些儿疑心，今天想起来就完全明白了，原来就那天出事的。”

雨农见他说得这样认真，倒有些不好意思再替她辩护了，呆呆地望着他。延龄叹了一口气，道：“早知有今日，我可以不必操这一番的苦心了，这般聪敏的孩子，竟会干出如此寡廉鲜耻的事来。”雨农道：“像谈女士这样的人，我相信绝不会如此糊涂的，你和她的交谊也有半年了，照她平日的行为，你仔细想一想，她是不是这种人呢?”延龄不耐烦道：“你别尽管替她辩白，我给她自己看去，看她有什么脸来见我。”说着便走，雨农追上一步，道：“你别太鲁莽了吧。”延龄怒道：“你别管我，干你自己事去吧。”雨农道：“我现在却偏要和你一同去了。”延龄也不说什么。

两人跳上渡船，到了丁家山，踏进院子，里面鸦雀无声。走进堂前，只听谈老太房中，谈老太断断续续地在说话，“香儿……你……你别……忘杨……杨……杨……”又只听桂香哇的一声哭了出来。延龄忙掀开门帘走进去，见谈老太已经永远地与世长别了，桂香伏在她妈的身上呜呜咽咽哭着。延龄本来是满肚的气愤来责问桂香，今见谈老太已经死去，桂香凄凄切切地哭得这样哀怨惨绝，倒把自己一肚子的火顿时熄了一半，心里一酸，也不觉陪着落了几点眼泪。

雨农这时也早已眼泪夺眶而出，走上前去叫了一声谈女士。桂香抬起头来，一见是雨农和延龄，这就像婴孩见了慈母一样，站起来想扑过来，和延龄抱着痛哭一场。不料延龄见了，却后退一步，桂香倒不觉一怔。延龄把纸条递过去，冷笑了一声，道：“你做的好事，拿去自己瞧吧!”桂香被他这样一来，好像兜头浇了一盆冷水，接着纸儿瞧了一遍，只见她眼睛也定了，脸儿也白了，忽然扑的一声，桂香已倒在地上昏了过去。这把雨农倒急了，道：“老徐，就是她真有这事，现在她妈已经死去，你也不该这时和她难堪。可怜你瞧她这个样子，你心里倒过得去吗?”延龄听了，长叹一声，颓然在椅上坐下，泪如雨下。雨农一面连忙扶起桂香，见她眼角紧闭，口角边流着白沫。雨农见她这个模样，眼泪也簌簌而下。

好一会儿，桂香才哇的一声哭了出来。哭了一会儿，忽然又把手帕擦干了眼泪，抬头向延龄道："龄哥，你真的相信我有这一回事吗？"延龄道："若要人不知，除非己莫为，难道别人家凭空造谣不成？"桂香听了，哭道："人非木石，谁能无情，龄哥待我的恩惠，真是至死难忘。哥哥细溯往日的情分，妹性岂是柳絮的轻狂，随着风飘荡吗？"延龄道："那你瞧，这是什么呢？桂香，你要明白，这并不是我寡情来负心于你，这是你太不自爱了呀。桂香，你负心了我，恨我当初白认识了你一场。"桂香听了这话，吐出一口血来，接着泣道："哥哥既认妹为不齿的，妹本当以一死报之，一以表白妹的心迹，二以报哥哥待我的情分。但我生平还有一件事未干，且暂时借了我这个残生，迨我完了这件事，早晚必来报哥哥的知遇之恩。"桂香说到这里，咳嗽了一阵，接连又呕吐了两口血来，挣扎着站起来，对延龄望着，笑道："你走吧。"延龄刺笑一声，站起来狠狠地道："好，你也别说好听话，我也不想你什么报答，不过多给我一些冷激罢了。"说着，站起来就走。

雨农也忙站起拉住他，道："老徐，你仔细想一想吧，你真这样忍心地走了？"桂香听雨农这样说，心里倒又悲伤起来，想多日的柔情蜜意，一旦竟如此无情，倒还不如一个雨农，忍不住又哭，可是眼泪已经哭枯，只有斑斑的血点了。延龄道："这里不是我家，我干吗不走？"说着，便脱了手，像疯狂似的奔出去了。

雨农回头向桂香道："谈女士，你今天太委屈了，我明天好好儿劝他是了，你别太伤心。"桂香深深向雨农一鞠躬，道："张先生，谢谢你，可是这些你别费事了。请问刚在这样纸儿是哪儿来呢？"雨农遂说了一遍，桂香想了一想，道："张先生，我托你一件事，你能答应吗？"雨农道："你说吧，我能办得到的，无有不替你竭力去办。"桂香道："就是请张先生有机会能把造这张谣纸的人儿查明出来，告诉我龄哥知道，那我虽死亦无恨了。"雨农一面点头答应，一面淌下泪来，一面又劝慰了她几句，才出了丁家山。

回到校里，走进延龄的宿舍，只见延龄闷闷地睡在床上。雨农走近床边，见他也默默地在流泪，一时倒也想不出有什么话可以安慰，呆呆地站了一会儿，才道："你瞧了没有，可怜她吐了两次的血，你终信任她一些儿吧。你……"延龄听了，连连向他挥手，道："好兄弟，你别说了，我的心已碎了，让我自己静静儿躺一会子吧。"雨农听他这样说，不禁深深叹了一口气，摇了两摇头，自语道："你竟如此执拗，我为桂香落泪。"说着，颓然地出去。

第二天，延龄终于恹恹地病了，病中有时哭，有时笑。笑的是你真美丽极了，好妹妹，让我接个吻吧；哭的是你太不知自爱了，我当初白白认识了你一场。雨农知道他病完全受了刺激而起，不过他聪敏了一世，竟懵懂了一时，不问清楚，就肯定地疑心桂香变心，真是冤枉极了，劝又劝不醒。见他这样闹着，一天不曾吃饭，人也瘦了许多，心里怎不着急？一时倒急出一个主意来了，连忙打电话给李公馆。文英接了此信，连说就来。

不多一会儿，果然门役领了文英进来，雨农忙招呼了。文英亦问了雨农姓名，并谢了照顾的话，因又问是怎样起病的。雨农倒也不肯细说，只说："受了一些儿感冒，原不妨事的，不过他还有一些心事，常在病中说出来，我也听不清楚。"文英点头道："我想今天接他回去医治，请张先……"雨农忙道："那最好了，好在校里大考本已结束，就是没有行毕业礼，假也可以不必告了。"文英点头，一面叫阿三进来，抱着延龄上了汽车。雨农也送着出来，文英和雨农握了手，遂也跳上汽车，汽车便往李公馆开去。

到了李公馆，仆人们早已收拾了一间清洁的卧房，阿三抱着进去，给他躺在床上。忽然延龄猛可坐起来，抱住了阿三，道："你真太美丽了……"阿三倒不觉吓了一跳，听了这话，忍不住又笑。文英点了两点头，自会过意来。菊红又忙扶他躺下。文英又打电话去请有名的西医来打了两枚针，吃了药水。延龄打了针后，神志倒觉清醒一些，可是就觉疲乏了，便昏昏地睡去。

文英请医生到会客室坐下，问道："请问他究竟是什么病症？"那医生道："这是神经受刺激过了度，大概就是心病吧，他病中所说的话也就是心病话。"文英点头，送了医生走后，慢慢地踱着进去，低了头，心里暗暗想着：像表弟这样舒齐的环境，还有什么刺激呢？这一定是为了女人的事了，照他病中的话，推测起来，他一定是失了恋，不知是不是就是艳仙？文英想着，又连连摇头，不对，艳仙上次来信，还是很惦记他，问他为什么没有来信呢。我想一定另有女人了。待他病好了后，我倒要仔细问一问他了。

文英想着，见菊红从房内出来，因问道："睡着了吗?"菊红道："睡得很熟，大概这时很乏了吧。"文英道："你就在他房中陪着吧，要什么，都叫老妈子拿进去是了。"菊红答应着，回身到了里面，在沙发上坐着。

这时太阳已下了山，房内除了呼呼的鼻息声外，是静悄悄的。菊红坐着无聊，遂翻了一会儿书看。忽听床上有声响了，因忙回头，见他把身子转了一个侧，将毯子掀下了。菊红见这时南风很大，吹着窗幔飘动着，恐怕他又着了凉，因站起去关了落地玻璃窗，又走近床边，替他盖好了线毯。忽听一阵革履声，只见文英和鸣鹤走了进来。

第二十一回

一篇的恋爱讲义，听得我，五体投地

鸣鹤道："还不曾醒吗？"菊红道："没有醒。"鸣鹤回头向文英道："文英，你想要不要去通知他妈去？"文英摇头道："不用的，他又没有什么大病，倒害姑妈急煞了，又要亲自到这里来看望。我想等他醒来时，神志一定会清醒的。"鸣鹤点了点头，便又走了出去。文英道："菊红，我去吃了饭，来替你吧。"

菊红答应，把房中的电灯开亮了，坐着想了一会儿心事，忽听"咦咦"的两声，菊红忙站起来，见床上的延龄已经醒了过来，正在打量着房中的四周。他一见了菊红，更显着惊奇的样子，菊红便含笑道："表少爷，你醒来了吗？"延龄坐起来道："这是哪里说起，莫非我在梦中吗？"菊红忙扶他躺下，笑道："哪里梦中，你快躺下，我告诉你吧。"延龄一手拉了菊红，一手去抚摸菊红的脸儿，道："是了是了，不是在梦中，你真的是菊红。菊红，你快告诉我，我什么时候到这里来的？"菊红倒不觉红晕了脸儿，因忙道："你这时别问，好好儿躺着，过两天你有精神了，我再说给你听是了。"延龄听了，呆呆地想了一会儿，忽然又道："我想起了那天不是我睡在校里吗，怎么一忽儿便到这里来了？我真的太不明白了。"

菊红恐怕又要糊涂了他的心，因道："爷，你喝口茶儿，我告诉你吧。"说着，端了一杯茶，坐在床旁，给延龄先漱了口，又喝了半杯开水。延龄拉了菊红，道："你快说，姐姐呢？"菊红道："你昨天就病了呢，今天下午你校里一个姓张的来电话，说你病了，所以奶奶把你接回家来，医生也瞧过了呢。"延龄道："真的吗？那我自己怎么一些儿都不知道呢?”菊红抹嘴笑道:“你仔细想一想,或许也知道了,你饿了没有,我叫他们端些粥来。”

正说着,文英走进来,延龄见了,便忙叫道:“姐姐,你来呀。”文英忙走近床边,道:“表弟,你醒了,现在可有些儿明白过来了吗?”延龄道:“我没有什么不明白呀。”文英因为他初初醒过来,也不去问他,因道:“你自己明白那最好了,你躺着吧。”延龄道:“姐姐,我心里觉得有些儿空空的。”文英道:“你饿了吧。”菊红道:“那我去端粥。”延龄因为打了两枚定心针,又睡了两三个点钟,神志早已恢复过来,只不过清醒了后,把以前的事都有些忘了,好在也没有人去提醒他,就糊里糊涂过去。

忽忽已过三天,病已好了大半。这天下午,文英和菊红伴着他正在说笑,忽见老妈子拿了一张名片进来,说有客人来见表少爷。文英接了名片一看,见是“张雨农”三字,因一面请他进来,一面向延龄笑道:“雨农来看望你来了。”菊红听了,便忙避着出去。

没有一会儿,见雨农走了进来,文英忙让座,亲自斟了一杯茶。雨农道了谢,便在延龄床前沙发上坐下。文英见他们要谈话,自己也就退了出来。

延龄一见了雨农,灵机一动,心里若有所悟,倒不觉又呆了起来。雨农道:“你好多了?”延龄点头道:“好些儿了,那天幸亏你打电话给表姐,今天又叫你来望,谢谢你。”雨农道:“那也算不了什么,我们自己好朋友,你还客气什么?”延龄笑了一笑,道:“你今天倒有空,我也忘了,怪热的天,上衣脱了吧。”雨农点头脱了上衣。

这时老妈子端上脸水,和了几滴香水,拧了一把,给雨农揩了脸。雨农又在床旁坐下,谈了一会儿闲话,因见延龄一些没有提起桂香的事,自己也就不再说对于桂香的话了,一则恐怕延龄又要引起旧病,二则自己昨天又到过丁家山,桂香已把妈葬在丁家山的后面一块空地上。和她谈起延龄的事,自己劝她别伤心了,他终会明白过来的。桂香倒也并不介意,她回答我说:“谢谢你的好意,我愿意接受你的话,我绝不会为了儿女私情的事而伤心。至于这事,所谓日久见人心,究竟有无此事，以后终有水落石出的一天。”后来我又说延龄现在病了的话，她却淌了几点泪来，道：“龄哥所以疑心我，我知道也因为是爱我。可是他应该查得明白一些儿，再来责我。前天他那个样子，真叫我有口难辩，叫我说什么好呢？现在他自己又病了，真是何苦来呢？”我又劝她说：“你别见他气了。”桂香回答我道：“我极知道龄哥的心，我极谅解他，一些都不恨他无情。可是他心中却未必能知道我的心，又未必能原谅我呢。”当时我听了她话，忍不住又叹气。桂香却又落下泪来，道：“古来知心人，就能有几个呢……”雨农坐着，呆呆地想到这里，忍不住眼眶儿一红，暗自想道：像桂香这样的女子，真是一百当中难找一二。谁知延龄竟如此无情，决心地疑她有变，这样的爱情真是可算盲目的了。雨农只是想着，也就忘记了旁边。延龄见他呆呆地坐着，如乎想什么心事，这时又见他滴下泪来，因忙道：“你怎么啦？”雨农忙把手揉了揉眼睛，勉强笑道：“我眼睛发痒呢。”雨农几次话中想和他解释桂香的事，可是都没有出口，见延龄如乎很不愿意提起似的，自己就也更不说了。

坐了一会儿，文英拿了两瓶汽水来开了，斟了一杯给雨农，延龄只喝了小半杯。临走时，雨农又告诉延龄说：“下星期日学校行毕业礼，你如不能起床的话，那张毕业文凭我替你拿来吧。”文英代答道：“那最好了，只是劳驾你了。”雨农连说不要紧，遂告别出来。

延龄待雨农走了后，一个人睡在床上，回环思索，把前日的事倒又慢慢地想了起来，不觉深深地叹了一口气，暗自想道：是了，桂香已负心了我，我哪里想得到这样聪敏的一个女孩子，竟干出这等事来，真令人可惜可叹。自己本是存着一片好心，我对于桂香是抱着尊敬的态度，满想着由纯洁的爱而达到了最后的结婚，可是理想是不能成事实。桂香，桂香，你真辜负我了。延龄想到此，泪珠簌簌而下。这时文英又走进来，手里拿了一封信，笑道：“表弟，艳仙有信来了。”延龄忙擦了泪，笑道：“她写给谁的？”文英走到床边，笑道：“信封是写我的，可是里面却尽问你的话呢。”说着，递给延龄。

延龄接来看了一遍，果然里面都是问自己的好，并说下月中旬还到杭州来一次，因笑了一笑，还给文英，道："她曾说要和我一同去考学校，姐姐，你想我还是就在浙江大学读好呢，还是和她一同到上海学校去好？"文英笑道："真的吗？那你还是和她一同到上海去考学校好。"延龄道："我怕妈不肯呢。"文英道："那你尽管放心，我写信和姑妈去说是了。"延龄笑着不说什么。文英望了他一会儿，轻轻地问道："表弟，我问你一句话，你能告诉我吗？"延龄道："什么话，姐姐你说。"文英道："就是你这次的病来得很奇怪，而且病中情形也与众不同的。人是糊里糊涂的，满嘴里什么妹妹你太美丽了，又什么我白认识了你一场……这都是哪里说起呢？我真给你急得了不得。现在你也可大好了，我问你这究竟是怎么一回事呢？敢是哪个姑娘负心了你，把你弄得痴痴颠颠的，竟真的像失恋了呢？"

延龄又被她提起这事，不觉又叹了一声，摇摇头，道："姐姐，这些事别提了，过去的算了。"文英道："你既已想明白，不说也罢了。不过我说你终太痴情了一些，你要知道结交女朋友本来是调剂生活的寂寞，也是选择相当的配偶，预备得到一个情投意合的终身侣伴，造成将来一个美满的家庭。现在你的女友既然负心了你，那她一定和你情虽投而意不合，眼前虽能维持，不久终要破裂的。尤其是结了婚后再破裂，不是眼前大家走开了来得干脆？这倒是真正知道爱的原理呢。两人相爱，这才称是恋爱。她不爱你，你却偏爱她，虽然勉强地结合了，可是结果终不能美满的。还有一点你要明白，结交女朋友，不能以为她是你的女朋友，就好像是专门属于你个人的，这就错了。你虽然爱她，不过同时你也不要窥测对方的心理，她是不是爱你，一旦对方另有了朋友，在你自己想，却以为失恋了，可是在她心里，却一些不知道怎么回事呢。所以当你女朋友另有了男友的时候，你只能当她没有事地看待，因为她不是你所专有的，且你自己也尽可以另找对象，切不可以为算是失了恋，就像失了生命似的，竟疯疯颠颠起来，有的往往还闹出自杀来，这真又何苦来呢？就拿你说，为了这事，竟生了一场大病，这不是完全无谓地作践自己的身体吗？所以我劝你把恋爱两字想得透彻一些儿，单恋是最危险的事，而且单恋的人就根本谈不到爱。我希望你把以前的事一概都忘了，从今以后燃起了你新的爱火，热情地去用在你未来的新夫人身上。”文英说到这里，自己也笑起来。延龄握了文英的手，很感激地道：“姐姐，你把恋爱两字剖析得很透彻，真是与君一夕话，胜读十年书。我明白过来了，绝不再作践自己的身体，增加无谓的悲哀了。”文英笑道：“这才对了，所以一个人情感固然要有，不过不能情太痴，倒反给人笑了，说是个可怜虫呢。”说得延龄也笑起来，转而想想，觉得自己的情真痴得可怜，一个摇船的姑娘，哪里知道什么爱情呢？不过是看我几个钱的面上罢了。

延龄正想着，文英却拍他肩，笑道：“好了，静静躺一会儿吧。”说着，便走出去了。延龄细细地把文英的话又回想了一遍，觉得这话虽然不错，不过我和桂香的情谊是和平常不同的，自己费了这一番苦心，依然是得到这样的结果，怎不要使我疯颠呢？但是仔细一想，这不是所谓表姐说不能把女朋友当作是专门属于自己似的，我就犯了这个思想了。我接济桂香，帮她求学，这完全是自己情愿的事。我既没有和桂香订婚，也没有得到她亲自的身许，我怎能管她一切呢？为什么我要为她而疯颠呢？这不是表姐所说真何苦来吗？延龄这样反复地想来想去，便决心地把桂香忘了。

自此延龄的病更好得快了，有时菊红在旁边讲他病中情形，笑他羞他，延龄自己伏在床上也笑了。

光阴迅速地过去，早又是一个星期。这天下午四点的光景，延龄因为中上曾起来散了一会儿步，这时又觉疲乏，便在床上躺着。房中是静悄悄的，只有绿纱窗外的芭蕉被风吹着，飒飒地响着。阳光已失却了威力，淡淡地照射在镜台前的一瓶西洋的荷花上，绿绿的叶儿，红红的花朵，青青的花干，更美丽、更娇艳。这时忽听一阵咭咯的皮鞋声，从室外走进一个人来。

第二十二回

闻雷声而惊艳

延龄忙回头一瞧，进来的不是别人，正是张雨农。见他穿着一身白哔叽的西服，手里拿了一卷报纸，延龄忙从床上坐起，笑道："快请坐，快请坐，你打从校里来吗?"雨农脱了上衣，摸出手帕，揩着头上的汗珠，笑道："你怎么还没起来走走吗?"延龄跳下床来，道："我上午是起来的，这时没有事，躺一会儿。"雨农把一卷报纸打开，取出一张文凭来，道："上午校里已行了毕业礼，你的文凭我替你带来了。"

延龄一面取过，一面道谢，展开来瞧了一会儿，又卷拢来，放在书桌上。现自斟了一杯凉的白开水，端到他的面前，道："喝杯茶儿。"雨农点头，在椅上坐下，向延龄望了一会儿，笑道："你的脸色可好多了。"延龄把手摸摸自己的脸儿，笑道："真的吗?"雨农见他高兴的样子，因乘机笑道："你现在可明白了吗?"延龄道："我怎么不明白，我懊悔不该和一个摇船的姑娘谈恋爱，倒几乎害得自己失了心。"雨农听了这话，叹了一声，不觉默然，呆呆地坐了一会儿。延龄问道："你预备下学期考什么学校?"雨农摇头，笑道："怕没有机会读大学了。"延龄道："这是哪儿话，你干吗不读了?"雨农道："我叔父已替我找了一个职业。"延龄道："在什么地方?"雨农道："我在本城中兴银行里。"延龄道："在哪一科知道吗?"雨农道："这倒还没有知道，那你是预备进什么学校了?"延龄道："我还没一定，到了那时候，我给你信是了。你打算几时进行里去呢?"雨农回头向壁上一瞧，又回头来，道："今天七月八日，大概十五可以进去了。"延龄点头，两人又谈了一会儿，雨农便起身告别。延龄留住了，道："这儿吃了，我们现在比不得同在一个校里的时候了，你是踏进了社会，以后我们见面的机会也许是很少的吧。”雨农笑道：“那也说不定，或许几年后，我们仍能有剪西窗之烛的一日呢。”延龄道：“未来的理想且别说他，我现在只求现实的，我今晚应该和你饮几杯。”雨农见他这样兴奋，也就又坐了下来。

这时文英也进来，大家谈了一会儿，文英特地叫老妈子在房内摆了一桌，又拿两瓶啤酒。两人谈着喝着，直到钟鸣九下，雨农才回去。

到了十五日早晨，延龄刚起来，菊红进来，笑道：“表少爷，有电话来了。”延龄道：“是谁打来的知道吗？”菊红抹嘴笑道：“不知道，你快去接呀！”说着，便转身出去。延龄一面走一面想，那一定是雨农已经进了行，来电话通知我的。

到了电话室，握起听筒，因问道：“谁呀？”只听那边娇声地道：“是我呀，你可不是密司脱徐？”延龄听是个女子的喉音，心里倒不觉怦怦地一跳，暗想：我哪里还有别的女子认识我吗？因道：“我正是姓徐的，请问你贵姓啦？”只听那边咯咯地笑道：“我是吴艳仙，密司脱徐，你真是贵人多忘啦。”延龄只才明白，因忙笑道：“哦，原来是密司吴，你多早晚到杭州的，怎的不预早来通知一声儿呢？我听这声音怪生的，哪里想得到就是你呀。你现在耽搁哪儿呀？”艳仙道：“我仍住在姐姐的家里，昨天就到的。听说你有些儿不舒适吗？”延龄笑道：“早好了，你怎知道的？敢是我表姐告诉你吗？”艳仙笑道：“可不是，现在天气冷热不均，晚上你一定贪了凉，才受了感冒，以后该当心些儿才是。”延龄听了这话，知道表姐没有把真话告诉她，倒说自己受了感冒而病了，心里倒也好笑，因道：“多谢你操心，你今天来不来玩？”艳仙还没回答，却听延龄那边又有个女子口音的笑道：“这样说话不透着有些儿吃力，你快过来和我表弟畅快地谈一天吧，我表弟是天天地挂念你呀！”只听艳仙啐了她一口，道：“文姐姐，你再胡说，我回来可不依的。”文英笑道：“那你这时快来吧，咱们等着你。”艳仙答应着。

文英放了听筒，向延龄笑道：“你听见了吗？她多么替你关心呀。”延龄笑着不语，拖了睡鞋，仍旧回房里去。漱洗完毕，穿上衣服，仆人端上饼干牛奶。

延龄瞧了一会儿报，只见艳仙走了进来，见她身穿一件淡绿色网眼的纱旗袍，袖子短短地露出两段雪嫩的玉肩，脚下踏着一双银色的革履，姗姗地进来。延龄慌忙站起来，走上前去，握着她纤手，笑道："一别半载，真的好久不见了。"艳仙也笑道："你已起床了吗？"延龄点点头，又向她瞧了一会儿，见她脸儿又丰腴了许多，出落得更娇艳美丽了。艳仙见他这样呆呆地望着自己，倒觉不好意思起来了，便嫣然一笑，道："你比前清瘦许多了，真的要好好养息几天了。"延龄一面坐下，一面给她倒了茶，道："密司吴，你早点心用了吗？"艳仙点头，道："吃过了，你病了几天了？"延龄心想：我早已好了，怎的她尽管问我生病呢？难道自己脸色真的比前瘦了许多吗？因笑道："两个多星期了，现个已完全复原了。密司吴学校已放暑假了吧？"艳仙道："在前星期就放了，密司脱徐，下学期能不能准到上海去读？我预备考沪东大学去，你想怎样？"延龄道："上海沪东大学，果然很有名望，里面有几个教授，学问也很广博，我很想和密司吴一同去考，所以前天托我表姐已写信去和我妈商量，大概明后天就有回信来的。"艳仙听他还要和家里去商量，心里很不自在，想自己求学的问题，还要受家庭的约束吗？这就太不自由了，还称得起一个现代二十世纪的青年吗？像自己在家里，什么事都随己所欲，父母都不能干涉我的，这才称得起一个新女性呢。艳仙心里想着，嘴里却不好说，遂笑了一笑。

这时文英也走进来，笑道："你们在谈些什么呀？"艳仙笑道："我们在说姐姐的坏话呢，姐姐你可听见了没有？"文英笑道："我听是听见的，不过倒并不是说我的坏话，是在商量着这般这般、如此如此，最后就这样了……"文英说到这里，伸出两个手指，弯着点了两点，说得两人忍不住扑哧地笑了。文英自己也笑弯了腰，道："可是吗？"艳仙似嗔似羞地啐她一口，笑道："还要说吗？狗嘴里哪能长得出象牙来？"文英笑道："啊哟，你知道我说什么啦，怎的又说我狗嘴啦、象牙啦，这不是贼胆虚心吗？"艳仙噘了小嘴，道："姐姐，你再说，我可不依你了。"文英笑道："我不说是了，正经的下午到什么地方去玩呢？"艳仙向延龄望了一眼，道："密司脱徐还不能出外呢，就在家里坐着谈谈吧。”文英听了，向延龄丢了一个眼色，抹着嘴只是笑。延龄笑道：“我早已好了，不过今天天气又闷又热，出去也没有什么地方好玩。”文英道：“那么下午还是叫阿三去摇一桶冰淇淋吧，我们坐着吃好吗？”延龄拍手笑道：“那再好没有了，密司吴可赞成吗？”艳仙点头笑道：“我是什么都赞成的。”

到了下午，三人在会客室坐着听无线电，虽然有电风扇打着，各人仍是感觉得十分热。延龄道：“怎的冰淇淋还没有做好吗？”文英笑道：“你这人真猴急，好像从来不曾吃过冰淇淋似的。”说得艳仙也噗地笑出来。延龄道：“我倒并不是猴急，实在热得撑不住了呢。”文英道：“今天太闷了，恐怕要下……”文英话还未完，忽听呼啦啦、轰隆隆的一个雷声，打从地上直响到天空，把个艳仙吓得呀的一声，几乎哭了出来，忙着站起来，躲在文英的怀里，两手扪住了耳朵。文英和延龄被这猛可的一声雷响，心里也是一惊，这时见艳仙吓得这个模样，倒反而笑起来了。文英忙半抱着她身子，连连拍着她的背，笑道：“傻孩子，这是雷声呀，你怕什么？”延龄也笑道：“别怕，你瞧天在下雨了呢。”果然像黄豆般大的雨点洒啦啦地倾泻下来。

延龄慌忙去关上了窗门，这时艳仙才坐了起来，文英按着她的胸口，果然跳得很厉害，忍不住又笑道：“快别坐起来，在我怀里多躲一会儿吧，雷声又来了。”艳仙听了，向延龄望了一眼，见延龄正在笑着望自己，心里倒觉有些儿不好意思起来了，红晕了脸儿，笑道：“天真像要塌下来似的，怎的有这样响的雷声啦？”文英道：“你这人真傻极了，就是天真的塌下来，比你长的人可多着呢，要你急得这个样儿干什么？”说得三人又笑了一阵。延龄道：“我们来瞧下雨吧。”说着，望着玻璃窗外，见院子里已把水积得满满的了，倒像一个小小的池塘，雨点打在水里，都起了一个个的泡泡。院子里的西首几株芭蕉给雨点洗击了后，那叶儿更绿油油得可爱。

这时雨虽落得很大，那太阳却也不肯示弱，尽管暖暖地晒着。那绿荫丛中沾上了雨珠，被阳光照着，反射出无限的光彩来。延龄回转身来，见菊红也在室中了，她见了延龄便笑道：“表少爷，冰淇淋做成了，你可要吃吗?”延龄忙笑道:“在哪里?做得怎样了?”菊红笑道:“我正在瞧阿三摇着冰淇淋,忽然地响起雷来,阿三慌得险些儿把冰淇淋的桶都打了,我连忙逃进来了。”文英道:“这雷是响得可怕,无怪我妹妹要哭起来了。”艳仙自己想想,也忍不住好笑起来。

没有多少时候,那雨渐渐停了,气候真的凉快了许多。菊红去开了窗门,见院子里的水还没有尽退,微风吹过,那水微微地荡着,皱起鱼鳞般的波纹来。这时阿三已提了一长铁罐进来,道:“少奶,冰淇淋做好了。”说着,放在桌上。文英点头,拉了艳仙的手站起来,见是香草冰淇淋。菊红早已端上杯子,掏了三杯。文英道:“你自己不吃吗?”菊红点点头,向文英望了一眼,文英才会过意来,道:“哦,我忘了,你是别吃了。”菊红被她这样一说,倒不觉红了脸儿,又逃着出去了。艳仙也忍不住抹嘴笑了。倒把延龄弄得莫名其妙,因笑道:“你们说的什么啦?”文英瞅他一眼,道:“你问她干吗?你只管吃冰淇淋是了。”延龄也有些明白了,遂笑了笑,不问了。

大家吃了两杯,老妈子拧上面巾。这时忽听一阵皮鞋声,走进一个人来,道:“下得一场好大的雨。”

第二十三回

步月下以谈心

大家定睛一看，原来是鸣鹤。文英道："你从省府里回来吗？"鸣鹤点头，又向艳仙笑道："密司吴多早晚到杭州的？"艳仙道："昨天到的，今天就来拜望你了。"鸣鹤连连道："不敢，不敢，真对不起了。"延龄笑道："别客气了，你快来吃冰淇淋，我们替你留着呢。"鸣鹤道："不是吃剩的吗？是特地替我留的？那我要谢谢了。"大家都笑了。

这时菊红端上脸水，和上香水，给他洗脸，又替鸣鹤脱了上衣。鸣鹤自己掏了一杯冰淇淋，菊红端上一杯凉开水，道："先漱漱口吧。"鸣鹤接了漱过口，又向菊红道："你把这些剩下的给他们拿去吃了，这东西多吃也不宜的。"菊红答应，叫老妈子拿了出去。

晚上鸣鹤请他们到戏园子里去瞧戏，夜里十二点才回家，延龄又坐了汽车送艳仙回家。

一隔又是三天，这天晚上，文英和鸣鹤赴友人的约会去了，只剩下延龄一人在家，颇觉寂寞，遂到院子里去散步。只见满天的星斗发着点点的光芒，照在绿绿的草地上，显出自己瘦长的影子。延龄抬头看看天上，银河是十分明白，横亘着天空，四周一切是静悄悄的，只有南风微微地吹送到身上，感到一种凉快。院子里的东西用砖砌着一长方形的花坞，四周竖着竹竿子，上面搭起一个竹架子，架子上爬满了牵牛花的细藤，绿绿的叶儿，红红的花朵，微风吹着，花朵和叶儿都轻轻地摇动着，瑟瑟地作响。远远地从星光下望去，倒透着有些儿诗情，并带着画意。

延龄慢慢地由花坞转向西面，那边立着一排的垂柳，柳丝已由嫩绿变为苍翠，真是瘦弱得很，令人见了，生出无限惋惜。再过去见两座假山，迤逦着半圆形，旁边一个小小池塘，四周围着短短的铁栏杆，池中开满了粉红色的荷花，像伞形似的荷叶下，钻着绿绿的莲蓬，风吹着，微微地摇动。延龄两手扶着栏杆，低头向池中默默地望了一会儿，见水中映起自己的人影儿，一时心中偶有感触，不觉轻轻地叹了一声，慢慢地又离开了池边，向那边树蓬中出去。

忽然一阵细细似兰似麝的香气随风吹送到鼻中，不觉为之神怡。只见树蓬中走出一个人来，险些儿和延龄撞个满怀。延龄忙仔细一瞧，不禁“啊呀”一声，笑道：“咦，密司吴，你打从哪儿来？”艳仙倒被他吃了一惊，把手在胸口拍了两拍，道：“我来找你呀，姐姐出去了吗？”延龄忙握了她手，道：“有吓了没有？姐姐和鸣哥赴朋友的约会去了，你刚来吗？”艳仙笑道：“我一走进就不见一个人，他们告诉我文姐出去了，说你到院子里散步去了，所以我来找你。”延龄笑道：“你来得真好，我一个人正在感到寂寞呢，我们到那边去坐坐吧。”说着，两人挽手走到那边树荫下的椅子上并肩坐下。延龄笑道：“我妈有回信来了。”艳仙忙问道：“可有答应了你没有？”延龄道：“答应了，以后我可以与密司吴早夕相见了。”艳仙听了，嫣然一笑，道：“密司脱徐决定和我一同到上海去读了吗？”延龄笑道：“我当然决定了，你不是也欢迎我和你一块儿去吗？”艳仙向延龄瞟了一眼，笑而不答。延龄道：“密司吴预备什么时候回到上海去？”艳仙道：“大概还有半个月，你家里还要回去一次吗？”延龄道：“妈信上很想我回去一次，我想来去两个星期，出来仍到杭州，然后再和密司吴同到上海去怎样？”艳仙想了一会儿，点头笑道：“这里也好，那你可要准时到的，否则我等不了呢。”延龄道：“这当然，恐怕我还早几天到呢。”艳仙笑道：“那也用不着，你只要两星期后的一天到是了。”延龄笑道：“我早到几天，还可以和密司吴去游玩两回西湖呢。”艳仙笑了笑，两人静了一会儿。

延龄见她露着两肩，雪嫩可爱，夜风吹着，颇替她有些寒冷，遂抚她一下，果然很凉，真所谓冰肌玉骨了，因道：“密司吴有些冷吗？”艳仙摇摇头，延龄道：“我们站起来走走吧。”艳仙点头，把纤手勾在延龄的肩弯里。延龄半抱着她的纤腰，两人慢慢地踱着，喁喁情话，恩爱万分。

延龄此时爱桂香的心完全移在艳仙的身上，觉得艳仙的一举一动，没有一处不超过桂香，遂把一缕情丝紧紧系住了她。艳仙见他事事合于自己心理，自己只要说一句话，他就立刻办好，觉得这样会体贴女人的男子真是很少，由不得也生了爱心，这时两人真置身在乐园中了。

第二天延龄和文英说明要回家看母亲去，并说出来时和密司吴同到上海考沪东大学。文英答应，这天下午和艳仙两人还送延龄动身。

光阴容易过，不觉已到了八月二十日，文英留艳仙宿了好几天。这天早晨两人才起来，文英坐在床沿，伸着手指，一个个地算着。艳仙笑道："姐姐，你这做什么啦?"文英回头笑道："我算今天表弟可以到了，你们俩人准定后天动身到上海去吗?"艳仙走近床边，在文英身旁坐下，想了一会儿，道："本想再住几天，因为沪东大学二十五日要考的。"文英见她只穿着粉红色的紧身褂衫，白纺绸的短裤，长筒丝袜，云发蓬松，睡眼惺忪，愈显娇媚，遂抱过她的身子，笑道："你还没有睡醒吗?"艳仙怕痒，忍不住哧哧笑道："好姐姐，你放手呀，我怕痒呢。"文英遂放下她，笑道："快去披上了衣服，现在已是新秋的天气了，仔细着了凉。"艳仙站起来去披上睡衣，这时菊红端上脸水，两人便在镜台前理着晨妆。菊红又端上牛奶。

文英和艳仙正喝着牛奶，忽见老妈子进来，道："少奶，表少爷已出来了。"文英还没说话，只见阿三提了皮箱，后面延龄笑着跟进来，见他穿了一套浅灰细呢的西装，手里拿了白呢帽。文英笑道："哟，你不是说下午来吗，怎么这样早便出来了？我正在和妹妹商量来接你呢。"延龄放了呢帽，笑道："谢谢，我领情是了。密司吴这几天和姐姐做伴吗?"艳仙点头，含笑道："你早点心用了没有?"延龄道："我刚吃过，你们请用吧。"文英道："姑父姑妈都好，你可有替我代问了安?"延龄笑道："都很健康，我妈说多亏姐姐照顾我，几时还要亲自来向姐姐道谢呢。"文英噗地笑道："现在表弟比不了从前，还要做姐姐的来照顾吗？做姐姐的倒要叫弟弟来随时照顾了。"说得艳仙也忍不住笑了。

这天下午大家去游玩西湖，带了有些儿秋意的西湖，便使人觉得它另有一种娇媚的风度。晚上又在外面吃了饭，艳仙说要回去料理一些事，后天大家在火车站上再见了，延龄遂又送她回家。艳仙姐姐玉如又留延龄坐了许久，待得非常客气，直坐到十一时才回到李公馆去。

第二天延龄又去拜望雨农，并说明再见明天要到上海的话，雨农心里甚觉凄然。两人谈了许久，看时已近五点，雨农遂向行里说了一声，自己早走一步，和延龄到明湖春酒楼，请延龄吃饭。

侍者泡上茶来，雨农替延龄斟了一杯，向他望了一眼，搓了搓手，道："你是去考沪东大学吗？"延龄点点头，雨农又道："还有和谁一同去吗？"延龄道："不错，还有几个朋友。"延龄说着，见雨农左手托着下颚，如乎怏怏不乐的神气，心里也很觉凄然，遂搭讪着道："光阴真快，一眨眼，你进中兴行已时近一月了。"雨农放下手来，望着延龄道："可不是，我想着逸民的死去，已有两月多了。"延龄被他一提起逸民，倒也联想起桂香来，那么谈老太死去不也有两月多了吗？想起以前桂香待自己种种的好处，倒懊悔自己不该太决裂了，现在桂香不知可怎样了。很想问问雨农，但是自己已很决绝地叫雨农别再提起这事了，这时候又怎好意思再去问他呢？想到这里，倒反觉默默无语，轻轻地叹了一声。雨农道："想着人生的渺茫，真是不可捉摸，可是人心的变幻，还要更不可捉摸呢。"延龄听了这话，知道他也在想起桂香的事了，几次把话已问到在喉咙口，可是仍旧咽了下去，终觉没有勇气说出来。雨农见他说话吞吞吐吐，遂也不再说什么。

这时侍者送上酒菜，雨农握酒壶在手，满满替延龄斟了一杯，道："今日一别，不知几时再能相见。"延龄吃惊道："你怎的说出这话？"雨农道："我听行里说，我恐怕要调往汉口分行里去的话，所以我计算着我俩人见面日子，也许是不会多的。"延龄听了，真觉离愁万千。两人对饮对酌，诉说起三年同窗种种的趣事，并着种种的伤心，也就一会儿笑，一会儿淌泪。

两人喝了七八分酒，都有醉意，雨农还叫拿酒，延龄忙止住了，说泡上好茶，盛上饭来。

两人用过饭，凭窗望了一会儿，但见碧天似洗，当空悬挂着一轮缺边的月亮。在月亮前后，散布着三五颗的小星，越显着空间的淡漠与清凉。远望西湖景色已模糊不清，只有在暗淡中显缀着三五点灯火。夜风扑在脸上，只觉秋意萧瑟，两人携手回身进来，默默相对许久。延龄道："走吧。"两人出来酒楼，在路上踱了一会儿，雨农忽然握住他手，道："那么明天恕我不送了，再见吧。"雨农的话声有些儿在颤抖。延龄道："你如真到汉口去，可往上海转程……"雨农悟道："哦，是了，我能够和你再有相见的机会，而且我还有使命未完成呢。"延龄待要问什么使命，雨农却已脱手，便自走了。

延龄呆呆地站了一会儿，方回李公馆去。在路上当着秋风袭人，终有一种说不出的凄凉。

第二十四回

冤与仇，何处寻？孙与杨，相约临

第二天早晨起来，漱洗完毕，文英送延龄到了车站，阿三提了一只小皮箱，先去买了两张二等车票和两张月台票。在站外等了一会儿，见一辆蓝色汽车开到站前，跳下来的正是艳仙和玉如，大家忙招呼了。艳仙道："你们可等候多时了？"延龄道："我们也刚到呢。"一面说着，一面打量她，见她穿着黑丝绒的单旗袍，外罩格子花呢的单大衣，手里夹着一只黑漆的皮夹，亭亭玉立，更觉美丽。玉如叫汽车夫去买车票，文英忙道："车票已买了，我们进站吧。"玉如替她妹子道了谢。

四人进了月台，这时火车刚进了站，延龄忙扶着艳仙上了二等车厢，拣了座位。车夫阿三提上皮箱，放在上面架子上，文英和玉如也在他们对面椅上坐下，谈了一会儿，叫他们到了上海就写封信来。两人答应，两个姐姐又叮嘱了几句。

这时站上铜牌敲了两下，文英玉如遂跳下车去，站在月台上，靠在他们的车窗边。文英笑道："你们俩人好好一同出去，别闹气，回来我不依的。"说得玉如也笑了。艳仙啐她一口，没有说话，自己也笑起来。忽然呜呜汽笛长鸣了几声，站上红绿旗一扬，艳仙伸手和文英玉如又握了一下，笑道："再见了。"延龄也和她们点头。

车身向前冲动，艳仙转身正要回到延龄坐的一排椅上去，站脚不住，忽听"啊哟"一声，艳仙忙站住了，回头一看，见座外已坐了一人，自己的脚正踏在别人的脚上了，因忙含笑连连，道："对不起，对不起。"那人抬头一见艳仙，便眼瞪瞪地呆了起来。艳仙倒觉不好意思了，便又点头笑道："踏痛了没有？"那人好像醒来似的，忙笑道："不要紧。”说着，一面让艳仙走出去。

艳仙走过对面，在延龄身旁坐下。延龄道：“你要不把大衣脱了?”艳仙点头，脱了大衣。两人又谈了一会儿，艳仙见对面那个男子不时地向自己望着，也就偷瞧了他一眼，见他穿着一套花呢的西服，一副白净的脸儿，两只灵活的眼珠，头发梳得光滑滑的，倒是一个翩翩的美少年。

火车在青青的草原中驶行，使旅人会感到一种寂寞。那少年在小皮箱内取出三四本健美杂志来，放在桌上，自己拿了一本翻看着。延龄和艳仙谈了一会儿，也就很觉寂寞，见眼前放着两本杂志，也就去翻了一翻，却见那少年立刻欠了身子，拿两本杂志递给他们各一本，笑道：“你们拿着看吧，在火车上要坐三四个点钟，真是十分无聊的事。”延龄见人家这样客气，也就笑着点头，道：“不错，这位先生也到上海去吗?”那少年这就把书合拢，点头笑道：“正是，请教先生贵姓，这位女士是……”延龄遂说了姓字，又代艳仙介绍了，便也请教那个少年姓名。那少年听了，便在袋内取出一张名片，延龄接来一看，见上面写的是法科学士孙超海，遂仍放在桌上。大家客套几句，便也各自看健美杂志了。

作者乘他们都在看书之间，来问诸位读者一声，还记得这个孙超海吗？原来这人就是日新女子学校校长的表弟，调戏桂香的孙超海。超海自从被桂香辱骂了后，他就怀恨在心。隔了两天，便叫几个无智识的游民各处去贴就是给延龄看见的纸条，还想桂香到校时再侮辱她一番，哪知桂香自那日离校后，从此不来读了。原来那时正值谈老太去世，延龄错怨桂香不知廉耻，负气走了的时候。可怜桂香百口难白，一面母死，一面又受这重重打击，心里的怨苦，真非这支秃笔所能形容万一了。

那超海在杭州混了半年，闹了几件的风流案，又觉乏味，遂想到上海去。正巧他的朋友沈明针律师写信给他，叫他出去做帮办，他当然是立刻答应。这次火车上，和延龄却会碰见了，当时延龄怎能知道他就是造谣自己爱人的人呢？且说火车不停地向前驶进着，不知不觉已是十二点了。延龄问道：“密司吴可有饿了没有?”艳仙笑道：“你有没有饿?”

超海却早叫侍者拿上三客奶油面包，艳仙道：“密司脱孙，大家都在旅程上，彼此可以不必客气。”超海笑道：“说哪里话，已经叫来了，就别客气，否则就瞧不起我了。”延龄、艳仙见别人家这样说，这就不得不吃了。艳仙只吃了一块，侍者送上手巾，大家又问起到上海做什么去，一个才知道他们是考学校，一个知道他应友人的聘请做律师帮办去。延龄笑道：“密司脱孙可是我们的前辈了，有些事倒要指教指教。”超海笑道：“不敢不敢，两位的聪敏过我多了。”遂又说了些大学中的情形，谈谈说说，倒很投机。

火车到了上海，延龄提了两只皮箱，大家出了站，艳仙家中的汽车早已等在外面，见了小姐，便忙上前迎着叫了一声，接过皮箱。延龄遂和超海握别，艳仙也和他握了一下手，笑道：“在车上叨扰了密司脱孙，谢谢你。”超海忙道：“别客气，这一些算什么，密司吴这样说，我倒有些不好意思呢。”延龄、艳仙笑了一笑，说声再见，跳上汽车。超海遂也点点头，那汽车便呼的一声开去了。

延龄笑道：“我同密司吴一同回家去，伯母会不会怪我太孟浪吗?”艳仙瞅他一眼，笑道：“我妈是十分慈和的，对于我的朋友，她欢迎也来不及了，哪里还怪你。”延龄笑了一笑，艳仙又道：“刚在那个孙超海倒还是个法科学士呢。”延龄笑道：“又谁知他底细呢，在火车上遇到这种人，最要防到。你不见报上常登着旅客受骗的事吗?”艳仙道：“那你也太胆小了，像他这样的人，难道你也信他是个骗子吗?”延龄道：“因为他太客气了，所以我反有些疑心了。”艳仙笑道：“社会上这种豪爽的人很多，你以后交际场中去看就知道了。”延龄听了这话，脸儿不觉微红，暗想：你明明说我不会交际，而且你一味地替他辩护。心里很不受用，本当要再说一句，转念一想，这又何苦呢，为了这些无为的事，多什么口舌？因遂笑了一笑，不说什么了。

艳仙见他红了脸儿，心里倒也懊悔自己不该说这句话，因搭讪道：“沪东大学二十五日考试，密司脱徐这几天中就耽搁在我的家里吧。”延龄笑道：“我很愿意，可是叫你们又费事了。”

正说着，车已到吴公馆。汽车响了两声喇叭，门房早已开了大门，车子遂开进大院子里去。到了厅前，早有五六个仆人来开车厢，请了安，拿了皮箱。

两人到了大厅上，也有四五个仆人侍候着，都叫“小姐回来了”。延龄打量堂上的布置，真是富丽堂皇。艳仙道：“太太呢?”有个仆人答道：“正睡午觉，还没醒来。”艳仙回头向延龄笑道：“进来里面坐吧。”艳仙在前，延龄在后，两人穿过几重朱廊画槛，进了另一个小院子，对面一间会客室。

两人到了里面，艳仙说声请坐，延龄遂在沙发上坐下，细瞧室中摆设比厅上更加考究。四围涂着绿油油的墙壁，壁上挂着大小镜框子，里面都是五彩的油画。那框了边沿一例是用银漆的，用和墙壁一样颜色的线绳悬在白铜佛手形的钉子上。那旁沿壁放着三只沙发，全是青绒的套子，对面两架红木十景雕花的书架，在格子中放着小小古董的玩物，有一对羊脂白玉的花盆、水晶的琉璃宝塔、珊瑚的寿星、景泰蓝的古铜香炉……都是珍贵非凡。另一个架子上放着一只四方金边的玻璃框子，里面安着十二扇小小翠玉的围屏，翠玉上面都雕刻着山水人物，每一扇上题有古诗一首和图里景物相称。地板上铺着一张很大的西洋地毯，上面织着方格子的花纹，正中一张白铜骨子的圆桌，桌面是一块寸许厚的玻璃，四围三张沙发，也都是白铜骨子。桌上有个白玉的胆瓶，插着三五枝的茉莉，很觉一阵阵的香气送到鼻子里，上面一张小琴桌，摆着一架古铜色的座钟。东边角上放着一架落地收音机。延龄细细瞧了一遍，觉得和李公馆中的摆设，另有一种美观。

这时老妈子端了两杯玫瑰茶来，又向艳仙道：“小姐，午饭还不曾用吧，可要叫厨子烧去?”艳仙道：“叫他烧得可口一些。”老妈子答应。

延龄道：“密司吴，伯父每天几点钟回来?”艳仙坐近他的身边，道：“我爸爸吗?他老人家可说不定，有时候午饭两点也会回来的。”延龄笑道：“老叔外面应酬一定很忙。”艳仙笑道：“可不是，今天什么局长请客，明天又什么司令宴会，我也曾跟爸爸去参加几次，和这班大人学生们坐在一处，终觉一些没有趣味的。”仆人连连答应。

两人吃了饭，吴老太太也已起来，见延龄一表非凡，心里倒也欢喜。艳仙倚在吴老太的怀里，撒娇似的说着。吴老太笑道："我都依你是了，你已这么大了，不怕徐少爷笑话吗?"艳仙听了，回头向延龄一瞟，不禁又扑哧笑了起来。吴老太遂又向延龄问这样问那样。延龄小心回答，艳仙只在旁边笑着。

这时忽听仆人进来报道："太太，老爷回来了。"艳仙"咦"的一声站起来，道："怎么爸爸今天这般早就回来了?"只见从外面走进一个年约五十岁的老者来，身穿一件哔叽夹衫，嘴上留着一撮短胡须，手里拿着一支雪茄，指上戴着一只亮晶的钻戒。延龄知道这就是她爸吴信仁了，因也站起来。艳仙早已抢步上前，叫了一声爸爸。信仁微笑道："你回来了，你姐姐好吗?"艳仙笑道："姐姐很好。爸爸，我替你介绍，这位是一路送我来的好友徐延龄君。"说着，又向延龄道："这是我的爸爸。"延龄早已一鞠躬，叫声："老伯，恕我来得冒昧。"信仁一摆手，道："请坐，请坐，你别客气，我正要谢谢你，徐君，在路上多亏你照顾小女呢。"延龄又客套几句，亦便坐下。

信仁又问了一会儿，吴老太道："今天你怎的这么早便回来了?"信仁道："过一会儿有前任湖北驻军总司令杨伯柴要到我家来望我，所以我回来等候着。"原来吴信仁是上海社会的闻人，办的事业很多，名望很大，军政界里的人多和他来往。杨伯柴从前和信仁是个同窗，又是同乡，所以交谊很深。这次伯柴到上海来玩，当然先来拜望吴信仁。

艳仙道："爸爸，我听你说伯柴从前很有势力，现在竟被人打倒了。"信仁道："虽然他已下野，不过我代他想，还是这样安闲，现在他来做海上寓公了。"艳仙笑道："真的，钱也括得够了，孽也作得够了，快快地觉悟还好，否则这种军阀终不得好死。"信仁忙道："你这孩子，快别胡说了。"

正在这时，仆人递上一张名片，道："有客拜会。"

第二十五回

争禁脔夺爱人，身儿也踏进万恶门

信仁接来一看，正是杨伯柴，因道："请在大厅上坐。"仆人答应，便退了出去。艳仙忙问道："是谁?"信仁道："就是杨伯柴。正好，徐少爷，过一会儿就请你陪客。"延龄笑着答应，信仁便也走了出去。

见厅上坐着一个大腹硕硕的胖子，穿着长袍大褂，光着头，浓眉大眼，唇上留着八字须，手里握着手杖，旁边立着两个保镖。信仁上前招呼道："柴兄，久违了。"伯柴一见信仁，便站起来，道："久违，久违。"信仁一面招呼仆人请两位保镖到外面休息，一面请伯柴到书房中坐。

两人坐定，仆人送上香茗，点了雪茄烟。信仁向伯柴望了一会儿，笑道："一别十年，老兄康健如昔。"伯柴摸着胡须，笑道："我老多了。"信仁道："你是打从湖北来?"伯柴摇头，道："我自下野后，到汉口住了三年，此次来申想和老兄聚聚。从前久闻上海繁华，因公务而不能畅游，所以现在预做来玩上一年半载。"信仁点头道："不错，柴兄劳力了半年，现在正该休养。"伯柴笑道："你我都已鬓须皆白，国事都是后辈的责任了。"说着，两人都笑。

两人谈谈说说，已是钟鸣六下，仆人进来说，会客室中已摆席。信仁遂请伯柴到会客室。

艳仙和延龄正坐着说话，见他们进来，便都站起来。信仁向伯柴介绍，艳仙和延龄都请了安。伯柴笑道："当年我见到你令爱的时候，还抱在奶妈的手里，现在这么大了，我可真认不得了。"说着，大家入席。

艳仙和延龄坐在下首把盏，延龄口才很好，说得满座很热闹。这晚，伯柴坐到九时才回去，延龄便宿在吴公馆内。

光阴如箭，延龄艳仙早已考进沪东大学，延龄也常到吴公馆去玩，星期日差不多和艳仙终陶醉在跳舞场中。延龄对于跳舞本是不会，自从艳仙教会了他后，兴趣非常浓厚，如果一星期不到跳舞场，心里好像有一件事没做似的。

这天正是废历八月中秋，延龄和艳仙坐了汽车又到跳舞场去，秋天的晚景未免带有些凄凉的色彩，尤其在这冷静的静安寺路上，两旁树枝，叶儿也是翠黄色了，晚风吹来，那叶儿都脱离了枝条儿，纷纷地飞着，发出飕飕的声音，这就透着有些儿似泣似诉的情景。天空碧蓝一色，万里无云，一轮明月悬挂天空，若银盆，若明镜，光洁无比。

如此良夜，一班青年男女都在灯红酒绿中消磨着这个中秋的夜呢。艳仙偎着延龄在车中，两人喁喁情话，真是说不尽的郎情似水、妾意似绵。汽车到了百乐门，两人挽了手臂走进舞厅，拣了一个雅洁的座位，两人喝了一杯咖啡茶，吃了一些西点。今晚因为是中秋，又是茶舞，所以舞客都已挤了满厅，而且舞厅中布置得特别富丽堂皇，并特请世界著名黑人乐队奏乐。

没有一会儿，乐声起了，延龄挽了艳仙手臂，便去起舞。对对的似燕儿追逐云间，蝶儿飞遍花丛，真是陶醉在温柔乡中了。霎时乐声停止，延龄艳仙遂归原座。

正在这时忽见对面走来一人，身穿笔挺的西服，头发向后梳得光可鉴人，走到延龄艳仙面前，笑道："哈啰，密司脱徐，密司吴，好久不见了。"两人慌忙抬头一瞧，原来不是别人，正是孙超海。延龄伸手和他握了一阵，笑道："真的久违了，你刚来吗？"超海笑道："来了好多时候了，刚才我瞧密司吴的舞姿真是好极了。"说着，又和艳仙握手。艳仙嫣然笑道："别太赞誉了。"说时，乐声又起，超海遂和一个舞女舞了。延龄艳仙因舞了数次，便在旁作壁上观。

艳仙见超海舞技十分纯熟，跟着乐声进退有序，疾徐中节，舞得花团锦簇，凤翥龙翔，心中不觉暗暗喝了一声彩，心想：延龄也有这样的舞技，这才是我的对手了。随后又舞了两回，追乐声停止后，忽见超海走到艳仙面前，恭恭敬敬地鞠了一躬，要求同舞一回。艳仙笑着点头，又对延龄道："这次我介绍一个人伴你舞吧。"延龄见艳仙答应了，心里十分不自在，因说道："这次我不舞了，休息一会儿。"

这时醉人的爵士音乐靡靡地又奏了起来，超海挽着艳仙手臂，向延龄说声对不起，遂到舞场中去舞了。艳仙知道他的舞技，自己也故意卖弄伎俩，左右回旋，身如转波，水蛇一般的柳腰，扭动着臀波。超海紧紧地搂着她身子，真是销魂动魄，如入迷宫。两人舞得起劲，在二十余对舞侣中，更如鹤立鸡群，堪为个中翘楚，这情景瞧在延龄眼中，更觉难受，遂连饮几杯白兰地，燃着了雪茄烟，呆呆地望着空中悬挂的万国旗出神。

乐声停止，超海和艳仙走了拢来，艳仙笑道："密司脱孙的舞技真不错。"超海忙笑道："不敢，密司吴的舞术才真使人钦佩哩。"延龄听了，更觉有些酸溜溜，遂不说话，只顾吸着雪茄。超海道："密司脱徐，你们这儿不常来吗？"延龄才点头道："不错，我们常在圣爱娜的。"超海笑道："我今天想请两位到外面去吃些点心，不知可能……"延龄一看手表，道："现在已一点多了，今天我们就要回去的，密司脱孙的盛情，下次叨扰吧。"艳仙本想答应，今见延龄这样说，遂也笑道："谢谢了，明天准定奉陪。"超海道："我是天天在这儿的，你们来的时候，可先来一个电话，我可以替你们先定座位。"说时乐声又起，超海遂又和别个舞女去舞了。

延龄和艳仙又舞了两回，便起身回校。出得舞场门口，超海又追出来，笑道："你们走了吗？"延龄点头道："走了，你到天明才走吗？"超海笑道："我非天明是不走的，那么改天再见。"艳仙笑着，也和他点点头。

两人跳上汽车，默默地坐了一会儿。延龄道："正巧，怎么又会遇见他了？"艳仙道："他倒也是一个跳舞健将呢。"延龄道："这种人终少和他结交为妙。"艳仙道："这是什么道理？"延龄道："也没有什么道理，我见他终有些讨人厌。"艳仙笑了一笑，也不说什么。汽车到了校里，两人各道了一声晚安，回到宿舍里去。

第二天晚上，延龄翻了一会儿书本，心里甚觉寂寞，还是找艳仙去谈一会儿天，因匆匆地走到女生的宿室，见艳仙没有在室里，同艳仙一个室的姓张的叫淑英的笑道："密司脱徐敢是找艳仙吗？"延龄道："正是，她出去了吗？"淑英道："她吃完晚饭，就换了衣服匆匆地出去了。"延龄道："密司张，你知道她到哪儿去的？"淑英摇头道："这倒不知道。"说着，眼珠向延龄一瞟，噗地一笑道："密司脱徐，今晚一同出去玩玩好吗？"延龄笑道："对不起，我今晚没有空，改日奉陪吧。"说着，回身要走。淑英却抢步拉住他，道："你别忙，这时还有什么事啦，和我一同去玩也不要紧呀，难道一定要和艳仙出去吗？"说着，把自己香喷喷的脸颊去偎在延龄的面上。延龄倒红了脸，推开她道："密司张，那么就一同走吧，你别这样呀！"淑英啐他一口，道："别假正经了，成天地和艳仙嘴对嘴，脸偎脸就这样了？"说着，就当着延龄面前脱了衣服，换了一件夹银绸的旗袍。延龄见她两只丰腴的奶峰半露着，慌忙别转了身。淑英瞧了，哧哧地笑，一手勾了他的臂弯，道："走吧。"

两人出了校门，延龄道："上哪儿去？"淑英笑道："伴我到百乐门去吧。"延龄知道执拗不过，遂也不说什么，两人跳上汽车，到百乐门去了。

到了百乐门，走进舞厅，延龄向四周一望，不觉气得呆了起来，原来那边一圆桌上坐着两个青年男女，正是艳仙和超海。艳仙已瞧见了延龄，见他和淑英并肩地站着，也是一呆。淑英也早已瞧见，便拉了延龄手上去，笑道："密司吴，你却也在这里吗？"艳仙站起来和她握手，道："快请坐。"超海见了延龄，未免有些虚心，因忙招呼坐下，笑道："密司脱徐，今天怎么晚来一些儿了？"延龄微微一笑，也不说什么。艳仙又把淑英向超海介绍。延龄向艳仙道："你什么时候来的？"艳仙见延龄脸色很不好看，因只装没有听见。

这时乐声刚起，艳仙笑着挽了超海的手，道："我们去舞吧。"说着，两人相偎着同到厅去寻欢了，这把延龄气愤得头顶上几乎冒出火来，眼睛圆睁着，咬紧了牙齿。淑英瞧了，笑道："干吗？他们去舞，我们不会去舞吗？”延龄握了她一下手，道：“对不起，我不能再在这里瞧了，先走一步了。”说着，把拳头在桌上恨恨地一击，拿了呢帽，像疯狂似的奔出去了。

跑出来舞场，也不坐车子，低了头只顾朝前走去，想着刚在的事，越想越气，忍不住恨恨地自语道：“女人真不是好东西……”刚说到这里，忽听“啊哟”一声，延龄连忙停步。原来自己低了头只管走着，把一位胖子太太的脚踏痛了只，见那个太太把浓眉倒竖，大眼圆睁，一手抓住延龄衣襟，一手指着他骂道：“你这人是不是疯了，踏了别人的脚，倒还骂我女人真不是好东西，这是什么道理？”延龄知道她误会了，连连道：“对不起，对不起，我并不是骂你。”那个太太愈怒道：“看你倒是个很斯文的学生模样，骂了人却还赖。”延龄真是百口难辩，因向她一鞠躬，道：“对不起，我喝醉了酒，请原谅了我吧。”那个胖太太见延龄脸上红是红白是白，这份可怜的样子，遂放了手，道：“下次可当心些了，幸亏骂了我，要是换了别人，你可要挨了两记耳光呢。”延龄再三道谢，才如梦初醒，忙跳上汽车，到校里去。

想起路上这事，不觉又好笑，但仔细想想，不觉又叹了一口气。到了校里，哪里睡得着？凭了窗，望着光圆的明月，想着艳仙这时正和超海在狂欢中呢，我是又失恋了，女人真一个都不是好东西，朝秦暮楚，我延龄竟被女人玩弄了，心想：我明天一定要问问艳仙，她存的究竟什么心？

夜风吹在身上，甚觉寒意彻骨，延龄对了月亮长叹一声，颓然地倒在床上，不觉蒙眬睡去。

第二十六回

我不意把弓长，弯弓便张，恨不把将口到口便吞

第二天早晨起来，延龄和艳仙在教室里碰见，大家都有些怒色。正巧这天下午四时没有课程，延龄遂约艳仙到校园中去谈话，艳仙答应。

两人默默地坐了一会儿，延龄开口道："密司吴，你既有今日，何必当初呢?"艳仙淡淡一笑，道："密司脱徐，你这话说得使我太不明白了，今日怎样？当初怎样?"延龄被她问了这话，倒是回答不出，呆了一呆，叹了一声，道："昨晚你终太使人难堪了。"艳仙笑道："哦，为了这些吗？那也没有什么，别人家约我跳舞，怎的就使你难堪呢?"延龄道："这人你千万别和他交友。"艳仙冷笑一声，道："哟，这是我的自由，你是我什么人，怎的要束缚我的自由呢?"延龄道："我并不是束缚你的自由，因为超海这人油腔滑调，终有些靠不住，你难免要上他当，我为你前途着想，所以忠告你。"艳仙笑道："这就难为你了，谢谢你的好意，我并不是孩子，要你担什么心呢?"延龄见劝她不醒，因叹了一声，道："你真的忍心……"延龄说到这里，差不多要滴下泪来。

艳仙见他这样，心里更卑视他的懦弱，反笑道："我忍心什么？你是你，我是我，是交朋友，和你根本没有关系。譬如你昨晚和淑英来跳舞，我来管你吗？我还只和人家玩了一次，你就有这副丑态了？在这大庭交际场中，我可丢不下这脸，难道我只能伴你去玩吗？你别想糊涂了，我并不是你的奴隶，受你的约束吗？你要知道，我在未认识你之前，交际场中哪一个不是我的朋友？要是这些男朋友都和我跳舞时，我

瞧你就要发疯自杀了呢，这又何苦来呢？你明白一些想，我不过是你的朋友，又不是你的什么人，你凭什么的权力来管我呢？要知道我这身体不是属于你的呀，我欢喜谁就和谁去玩，谁也管不了我。”

延龄当听了头几句，还想和她辩白，自己和淑英来百乐门，并非自己去约她，是因为来寻你而起的。后来听到末了，才如梦初觉，冷笑一声，道：“哦，我明白了，原来你是专来玩弄男性的，男子做了你的奴隶，你厌了就再换一个。不过我瞧你这次怕逃不过超海的手掌了吧！”艳仙听了，大怒道：“放屁，你在说什么！”延龄哈哈笑道：“我说我的，你管得我吗？”说着，便自管自地向走廊那边奔去。艳仙暗暗好笑，自语道：“真是傻瓜。”

延龄好似失了神般地奔着，忽然从走廊里走出一个人来，正和延龄撞一个满怀。延龄慌忙停步，原来不是别人，正是张淑英。她一见延龄，便一把拖住他，笑道：“密司脱徐，你这算什么？昨夜就这样地逃走了，倒害我也白跑了一趟，你这时又做什么？急匆匆的，撞得我胸口好疼。”延龄被她一撞，倒反撞清醒了，因道：“真对你不起，昨夜有些儿肚疼，改天请你瞧戏吧。”淑英噗地一笑，道：“什么？肚痛？你这谎话倒真的要笑得我肚痛了。干脆地说，艳仙另有新恋人了吧？”延龄正色道：“她另有恋人干我甚事？对不起，我有些事，明天见吧。”说着便走。淑英拉他不住，遂笑了笑，自管走了。

延龄到了宿舍里，在床上一躺，不住地叹息，想自己恋爱的结果终遭失败，尤其是失恋的时候感到痛苦，我何必再要谈爱情呢？一时又想起了桂香，可怜的桂香，她存心本是不坏，这次的事，一定也是受人威胁和利诱，而终至于她失身，这是因为个贫苦人家的女儿，且又缺少理智和知识，可怜也难怪她。我以为像艳仙这样有身份的人，而且受高等的教育，对于爱情一定有相当的认识，岂知她竟是专门玩弄男子的一个尤物，比桂香更不如了。延龄想到这里，忽然“哦”了一声，道：“是了，一般官闺的名媛，她虽有身份，有智识，可是她们往往比妓女都不如。妓女在接客人的时候，满想拣一个好些人物，而愿从良，做个贤妻良母。可是一班小姐们却不是，凭着自己有迷人的脸蛋儿，有千万的金钱，只享她眼前的欢娱，而不知真正爱情为何物，滥用其情，结交了无数男朋友，今天和这个玩，明天和那个玩。表面上是自由文明，是社交公开，实际上与青楼妓女何异？”

延龄想及此，又连连叹息，一时又把艳仙的话细细回想一遍，忽又忆起了表姐文英的一遍话：“还有一点你要明白，结交女朋友，不能以为她是你的女朋友，就好像专门属于自己样的……当你女朋友另有了朋友的时候，你还能当她没有事一般，因为她不是你所专有的，切不可以为算是失了恋，竟疯疯颠颠起来，甚至于会自杀，这又何苦来呢？恋爱的正面是甜蜜的，可是反面却是酸苦的，你如不明白这些，何苦自寻烦恼去谈什么恋爱呢？”延龄又恍然地醒悟了，觉得表姐这话真是阅历之谈了。对了，艳仙又不是我什么人，她不过是我很平常的一个朋友罢了，你是不怕烦恼的，你只顾再和别人去谈恋爱。延龄想到这里，又自己问着自己，一时又觉得人生真是空虚。自从认识桂香以来，一直到现在，好像完全是个梦，过去的全都幻灭了，别去想她了，忘了她吧，又何苦为这过去已幻灭的事而悲伤呢？爱情我已受了两次的风波，情场中多少有些经验了吧，我才知道这些在情场中，原不算是一回稀奇的事呢。

延龄躺在床上，回肠思索，倒也慢慢明白过来。这时精神颇觉疲倦，遂也不想吃晚饭，呼呼地很安闲地睡去了。当延龄醒来的时候，时已将晚，房中罩了一层雾气。延龄仰面躺了一会儿，窗外秋风呼呼，吹着梧桐叶儿瑟瑟作响。四周悄悄无声，秋天的黄昏，直感到有些儿凄凉的意味。

正在这时，忽听室门一响，走进一个人来，延龄回头一看，见是张淑英，因想：怎么她又来了，难道她乘这机会来追求我吗？那……延龄想到这里，淑英已走近床边坐下，向他笑道：“咦，你不是说有事吗，怎的倒来睡觉了？”延龄道：“我有些不舒适呢。”淑英把手去按在延龄的额上，道：“没有发烧，密司脱徐，你别瞒了，我劝你想得穿一些儿吧，世界上女人多着呢，难道比艳仙容貌好的没有了吗？单拿我说……”淑英说到这里，噗地一笑，又道：“我很爱你呢。”说着，把纤手去抚延龄的脸。延龄颇觉一阵细香触鼻，暗想：你们这班女人都不是好东西，你又想用迷人的手段来侮弄我了。可是我现在想明白了，难道我不会来玩弄你们吗？延龄想到这里，便猛可从床上坐起，把淑英抱入怀里，捧着她香喷喷的两颊狂吻，又在她樱唇上紧紧吻吮。淑英被他这突然的一来，起先倒不觉一惊，因忙笑问道："你疯了，别把我当艳仙呢。"延龄哈哈笑道："好妹妹，亲妹妹，你真的爱我吗？"淑英听他这样说，心里不觉又一喜，便不躲避，也紧紧偎着延龄，笑道："我真爱你，你不信，我脱了衣服给你看，我爱你的心，已跳到外面了呢。"

延龄听她这样说，暗暗骂了一声不知耻的，心想：女子都是水性杨花的，哪里知道纯洁高尚的爱，只贪眼前的狂热欢娱。并不是我延龄有心要玩弄女性，实在她们是欢喜如此呀。因笑道："真的你心已跳出来了吗？让我摸摸。"说着，在她胸前奶峰上乱摸了一阵，狂笑道："没有，没有，在哪里？"说着，又抓住她的奶头，道，"这个是不是？"淑英推开了他，打他一下，啐他一口，道："呸！傻子，快起来伴我跳舞去吧。"延龄拉住她手，笑道："好妹妹，明天晚上准定伴你去。"淑英嗔道："不可以，你不去我捶你。"延龄跳下床来，笑道："去，去。"说着，又抱住她狂吻了一会儿，忽将她拦腰抱起，放在床上，两手捧了她的脸。因为那时天完全已黑，空中灯又没开，所以作者也瞧不见他们在床上做什么，只听淑英哧哧的笑声，又听她口中微微地哼着"哎……嗯……"的声音。

过了好一会儿，才见延龄开亮了电灯，只见淑英坐在床沿上，云发蓬松，两颊通红，眼睛水汪汪，像秋波动荡。两手正在扣着衣服的纽襻，向延龄瞅了一眼，含嗔道："好，好，你平地来欺侮我。"延龄向她一鞠躬，又挨近她身边坐下，笑道："你也欺我呢。"淑英道："我怎的欺你？"延龄笑道："我是想瞧瞧你跳出来的心呀。"淑英道："可瞧见了没有？"延龄摇头道："没有呢。"淑英打他一下，怒道："还说没有？"延龄忙笑道："瞧见了，瞧见了，你是真的爱我了，好妹妹，你饶了我吧。"说着，又凑近脸去。

淑英噗地一笑，把手指在他额上狠狠一点，道："别涎脸了，快伴我跳舞去。”延龄笑道：“你还跳得动舞吗？还是索性伴我睡一会儿养养神，明天晚上去吧。”淑英啐他一口，道：“看你很魁伟的一个人，怎的这样不中用？”延龄笑道：“你别小觑了我，下次才知道我的厉害了呢！”淑英又噗地一笑，挽着延龄的手站起来。延龄道：“你要洗洗脸吧，我也得穿上一件大衣呢，要不然伤寒起来，可是伤害我的性命了。”淑英狠命地打他一下，道：“你这人真没良心，难道我还替你保险不成？”延龄笑道：“不是怕我一人生病，你也去加穿些衣服才是。”淑英听了，忍不住又笑。

延龄倒了热水瓶内的水，让淑英揩了脸，重匀脂粉。延龄站在旁边，见她在灯光下虽不及桂香艳仙艳丽，却也另具一种妩媚的风流。延龄也洗了脸，又伴她去穿上大衣。

两人坐了汽车，延龄道：“我们先去吃晚饭吧。”淑英点头。两人到了清一色饭店，吃了饭已是十一点敲过。淑英道：“你难道从此再不和她见面了？”延龄不说什么，点点头。

两人跳上汽车，汽车驶过桃花宫旅社面前，却见门前停下一辆银色汽车，里面手挽手地出来一对男女，正是艳仙和超海。淑英哧地笑道：“他们也在和我们一样呢。”延龄一拍手道：“果然不出我之所料，可恨，可恨。”淑英道：“你可恨什么？”延龄道：“可恨她是我手中的肉，我没吃，倒给超海先得了去。”淑英听了，又哧地笑道：“比超海先吃的人也不止一个吧！”延龄只才明白，觉得自己真是老实得可怜，原来她们对于性也是公开的。性原本是只不过某一部分的肉体和某一部分的肉体接触罢了，她们对于性大概和握手是一样的。延龄想到这里，觉得眼前所见到的女人，竟没有一个是纯洁清雅的。

到了跳舞场，和淑英直跳到午夜三点钟才回校。延龄睡在床上，想起刚在和淑英的事，不觉面红耳赤，倒懊恼起来。自己自落娘胎，这种事破天荒还只有第一次干，幸喜那时电灯没有开，这是多么可羞的事呀，连说惶恐惶恐。但转念一想，她们自己对于贞操一些不保护，我又何必去可惜她呢？也许你不和她这样，她反会说你傻子的，这真是现在世界不同，文明大约到了极顶的缘故吧。

第二十七回

怜只怜，把香儿错怪了好人

延龄想到这里，壁钟已打四下，延龄哪里还睡得着，索性闭了眼想着，自己对于女性本来是很敬重的，只希望交了一个知心着意的女子做终身侣伴。爱情是纯洁清高的，可是事实不允许我有这样的理想，她们哪里知道纯洁的爱，她们只要满足了肉欲的欢娱就是了。延龄想到此，不觉又忆起了淑英的淫声浪态，心头不觉别别地跳起来，脸上发烧得通红，暗暗叫了一声惭愧，觉得自己终不该干出这种事来。但是想起她们这样放浪的女子，平日把男子当作玩物般的，昨夜这事，良心也没有什么对不住，而且都是她们自来勾引人的。

延龄前后左右反复地回想，一会儿觉得自己不该，一会儿又觉得应该和她们这样。这时脑海中思绪错综，觉难排解，忽然若有所悟地自叫道："延龄，你真傻子呀！她们对于交合是算一件极平常的事，你为什么老放在心上不安呢?"延龄想着，遂坐了起来。这时室内虽不点灯，窗外月光似水，照得满房的东西都在黑暗中显出，延龄便索性起来，吸了一支烟卷，凭窗望了一会儿天空，碧蓝一色，只有月亮前后缀着三五颗小星。

延龄一时又想起自己结交了三五个女朋友，竟找不出一个知心人来，古来知心人能有几个呢，这话实在不错。夜风飕飕吹在身上，寒意彻骨，延龄偶有感触，对此明月，不免掉下泪来，回身仍旧走到床边躺下，此时颇有睡意，遂不知不觉蒙眬睡去。

直到醒来已是将近午时，下午上了课程，正在宿室闷坐，忽见茶役进来，递上一张名片，道："徐先生，有朋友见你。"徐延龄接来一瞧，直喜得跳了起来，忙着跟了茶役进来。

到了会客室，只见一个穿灰色条子呢西服的少年，头戴咖色呢帽，臂弯里挽了一件大衣。你道这人是谁？原来是张雨农呢！延龄见了，抢步上前，握了他手，连连摇撼了一阵，心里真是说不出的快乐，好一会儿才笑道："你多早晚到的？"雨农道："今天早晨到的，下午五点钟就要动身到汉口去。"延龄听了，一怔道："为什么这样匆匆？既然来了，就多住两天，我们也叙叙半年中的事情。"雨农道："时间局促得很，你快戴了呢帽和我外面去一次，我来上海，一和你再会一面，二是来完成我的使命。"延龄听了这话，弄得莫名其妙，待要再问什么使命，雨农已把手将自己推着，因连忙到宿舍里，取了呢帽、大衣，和雨农急急地出了学校。

雨农早已叫了汽车在外面等着，两人跳上汽车，汽车便呼的一声，四轮向前飞驰。延龄回头向雨农笑道："老张，这算什么？你这举动倒有些儿像绑票的式子呢，究竟和我到什么地方去呢？"雨农见他这样说，也忍不住笑道："我正要问你借十万用用呢。"延龄笑道："别取笑了，你是不是要调到汉口去了？"雨农点头道："不错。"延龄道："你这时开到哪里去？"雨农道："你别问，到了当然会知道的。"延龄听了，满腹狐疑，细瞧雨农容貌，虽觉黑了一些，身体似乎比以前强健多了。

延龄正想再问，汽车已到南京路停住。两人跳下车来，延龄抬头一看，正是又一村酒楼，因笑道："老张，你到上海来应该我稍尽半地主之谊，怎的你倒请起我来了？"两人一面走上楼去，雨农一面笑道："你这半地主算什么话呢？"延龄笑道："因为我也并不是生长在上海，不过比你日子住得多一些儿，所以只能称为半地主的。"说得雨农忍不住也笑道："照你这样说，你只能做一半东道，其余一半却仍要我自己会钞的。"说得延龄哈哈大笑起来。

两人到了楼上，拣了一间清洁的雅座。侍者泡上茶来，延龄替他斟上一杯，问道："请问你来完成什么使命？"雨农笑道："吃了点心再说吧。"延龄遂点了几样点心，延龄道："现在可以说了吧？"雨农道："我说了怕你点心要吃不下，所以还是吃了点心再说给你听。"延龄听他这样说，心里更加立刻要知道，便再三叫他先说。雨农道："你既然要我先说，我不妨先说给你听。"延龄忙又替他斟了一杯茶。雨农喝了一口，问道："我问你一句话，你心里可还记得有一个桂香的人吗？"延龄听了，怔道："这我当然记得，可是我极力地要想忘去她。"雨农淡淡地一笑道："也许你今后至死都不会忘她了。"延龄忙道："这是哪里话？这样不知自爱的女子，我还记得她干吗？"雨农并不理他，自管说道："我要讲，就详详细细地告诉你，桂香冤枉受污，今日才得洗清。"延龄吃了惊，道："你说桂香真的没干过这事吗？"雨农仍自说道："那天在桂香家自你负气走后，桂香淌泪和我说道：'龄哥既然疑心我有这等的事，我是百口难白，今后你能替我查听明白这张造纸谣的人，告诉龄哥，我虽死无恨了。'我自从负了这个使命，没有一天不在探听。事有凑巧，一月前行里进来一个新行员，说从前是日新女校做教员的，我想这是探听这件事的一个绝好机会，所以常和他谈谈，问起日新女校内校务怎样，教员怎样。他听了这话，微微叹了一声，从这一叹中，下面便引出桂香的一段事来。"

延龄呆呆地听到这里，忙道："桂香果然是个好女子，现在不知仍在丁家山吗？"雨农不回答他，只管自道："这个新行员姓陆名翁卿，他说日新女校中有个女生，姓谈名桂香，他自己是她级任，那桂香不但容貌好、性情好，才学更好，真称得着品学兼优的了，自己自从干了二十年的教员，这学生是最得意的了。岂知这孩子命苦，中途有这恶魔星来和她作对。你道这恶魔星是谁，是日新女校校长的表弟，姓孙名超海……"延龄听到此，真所谓怒发冲冠，把拳头向桌上一击，道："就是他吗？"雨农被他这猛可的一来，倒也一惊，忙问道："你也认识吗？"延龄道："你且说下去。"雨农又道："'那超海虽是个大学毕业生，而平生所学的，只有在女孩儿家的面前用功夫。他见了桂香以后就好像失了魂魄一般，无时无刻地想亲近她，所恨的是桂香艳若桃李，冷若冰霜。听说是个星期六的下午，超海曾调戏桂香，被桂香辱骂一顿，因此他含恨在心，就想出要坏她名誉的心思来，就叫人各处去贴就是你所见的纸条，从此桂香便不再到校了。学校当局并将她开除，已整校风，各教员虽多知此事，但为了超海是校长表弟，都不敢说话。我因独力不济，遂辞职不做了。’翁卿他又道，‘听说桂香已有了未婚夫的，现在她未婚夫已遗弃她了。唉，这孩子可怜。’”雨农说到这里，停了一停，又道，“我当时听了翁卿的话，早已完全明白，我怪你对于爱情未免盲目一些。当桂香吐了二次的血，和你说的话，都是一字一泪、一针一血，你却如此无情，一些都不容她解释，竟忍心丢着而走……”延龄听到此，泪似雨下，不觉失声而哭，昏厥倒地。

雨农连忙扶起他来，延龄半晌说不出话，好一会儿才道：“她现在是不是仍在丁家山？”雨农道：“这我倒不知道，你且慢哭，我还有更伤心的事告诉你呢。当我二次到丁家山去看桂香时，她已把她妈安葬在丁家山后一块空地上，我劝慰她别太悲伤了，龄哥过两天终会明白过来的。桂香她道：‘我绝不为了儿女私情的事而伤心，至于这事，所谓日久见人心，究竟有无此事，日后终有水落石出的一天。’我听了，并又告诉她，说你病了的话，她却流下泪来，道：‘龄哥所以疑心我，我知道也因为是爱我，可是他应该查得明白一些儿，像前天他那样子，真叫我有口难辩，说什么好呢？现在他自己又病了，这真何苦来呢？’我又劝她说：‘你别见他的气，我一定去劝他过来。’桂香回答我道：‘我极知道龄哥的心，我极谅解他，可是他心中却未必能知道我的心，又未必能原谅我呢。’她说到这里，又落泪道，‘古来知心人就能有几个呢……’”雨农说到这里，自己也流下泪来，道，“我叹你枉为有了这样一个知心人，但我也忍不住为桂香一哭。”延龄听了，心似刀割，流泪道：“我追悔无及，恨不听你的话，以致此误，我当到香妹前去忏悔，谅香妹定能恕我。”

这时侍者点心拿上，延龄哪里吃得下。雨农稍吃了些，因一看手表道：“时已四点半了，我的使命完全告成，终能对得住桂香了。好了，我走了。”延龄留他不住，两人遂出了又一村，送他到了轮埠。雨农和延龄一握手，道：“我们后会有期吧。”延龄又是一阵感伤，落下泪来，雨农也一阵心酸。

两人默默站了一会儿，船上汽笛叫了两次，雨农脱了手，延龄没有开口，呆呆地望着船身慢慢地向吴淞口出去。雨农站在舱上的铁栏杆房，还在摇着手帕儿。延龄直等瞧不见了船的影子，还仍呆呆地站着。

此时夜色已笼罩了江面，秋风扑面，颇觉寒意，延龄连连打了两个寒栗，对此茫茫浦江，长叹一声，不觉掉下泪来，黯然神伤地回到校里去了。

第二十八回

好人儿不见，掩面泣，
我比你更傻着十分

延龄躺在床上，默默地淌了一会儿泪，想着昨夜自己觉得没有一个知心人，哪晓得知我心者的仍是香妹，可怜香妹的心，我怎么竟会不知道呢？“你枉为有了这样一个的知心人。”雨农说得我实在不错，可怜香妹，现在不知仍在丁家山吗？想起香妹待自己种种的好处，在眼前不觉又一幕幕地搬演出来，直想到谈老太病死，自己和香妹难堪，香妹连吐两口血……延龄想到这里，不觉叫道：“香妹呀，香妹呀，我负心了你，我实在对不住你！延龄呀，你当时为什么竟如此忍心呀……”延龄说到此，已是声泪俱坠，寸寸肠断，不觉失声哭了起来。一时又想起孙超海，真是和自己百世怨仇，他连破坏了我两个爱人，这也稀奇。在自从见到超海后，心里终觉很惹厌他，原来他果然是我的仇人。超海是个大学的毕业生，竟公然干出这卑鄙的手段来，真是丢尽学界的脸面。这种害群之马，杀不可赦，这时我要是有手枪在，我真的会打死他。

延龄想到此，恨得怒目切齿，忽然从床上跳起来，握紧了拳头，真的像要和超海决斗似的。可是房中黑魆魆的，哪里有什么的超海呢？不觉又长叹了一声，颓然地倒在床上。

第二天去上课，哪里有心思，神情恍惚，若有所失的样子。直到下午，便决心地探望桂香去，遂向校中请了假，也不带什么行李，匆匆地乘火车到杭州去。

到了杭州，时已因四点，也不到文英的家里，先急急地到桂香家里去。踏上了丁家山，只见两旁秋柳萧疏，淡近的秋阳照在草地上，映着瘦瘦柳枝的影子，更透着凄凉的意味。延龄想着昔日的柳黄似淡、绿叶成荫、芳草鲜美，今日重临旧地，景物全非，不免起了今昔之感。

到了桂香家，走进院子，悄然无声。延龄没进屋子，就连连叫道："香妹，香妹。"叫了数声，却没听见有人答应。延龄刚想一脚跨进去，却见一个白发弯背的老婆子，手里扶了拐杖，慢慢地踱了出来。延龄见她脸黄骨瘦，眼睛完全凹进在眶子里面，迷了眼睛，向延龄呆呆地望着。延龄倒不觉一怔，因走上前去，脱了帽子，向她点头问道："请问老太太，这里谈桂香在家吗？"那老婆子听了，连摇了两摇头。延龄道："是到哪里去的知道吗？"她又摇了两摇头。延龄倒急得几乎要哭了出来，因急急问道："是不是她搬家了？"她听了，又摇头，把手向自己口中指指，又摇了两摇手。

延龄只才明白她是个哑巴，进又向屋子里望一望，只见里面景物全非，不觉叹了一口气，回身出了院子，在门外徘徊了一会儿。回头见门边两枝桃树，已是只剩下满树丫枝，遂在树下站了一会儿，回首前情，桃花灿烂。每当自己回家，香妹终在桃花丛下，含着笑容，目送我回去，可爱的手儿不停地摇着。此景此情，犹在目前，曾几何时，真是花落人去两不知了。

延龄想到此，怎不叫他痛哭流涕呢？听说谈老太已葬在那边空地，我何不前去一吊？遂向屋后转去。那边一条曲折的小径，右边一埭篱笆，左边一条小河，沿河一片草地，几株树枝都已光秃秃的，丫枝已是干槁摧折。小河中满浮着片片落叶，随着流水慢慢地漂去。四周愈显着寥落淡漠，只有篱笆内几丛翠竹依旧如昔。但当秋风吹着枝叶，娑娑作响，这就愈加显得四周的寂寞与凄凉。延龄又忆起那日黄昏时与香妹在此携手偕行，香妹像黄莺儿似的，娇小玲珑，跳着笑着，两人喁喁情话……延龄想到这里，泪如雨下，失声哭道："香妹呀，妹妹呀，你到哪里去了，我至死都忘不了你！"延龄一路走着，一路流泪，所走过之处，都有他的泪痕。走尽篱笆，那边一条板桥，桥上正有一牧童骑牛而过，那牧童口吹洞箫，如泣如诉，此怨如慕。

延龄呆呆站住，泪眼模糊，此时延龄目所睹、耳所闻觉得无一不使自己伤心断肠。慢慢向右转弯，那边一片草原已是翠黄枯萎，走到当日和桂香同坐之处，香妹倚在我的怀里，温柔得像羔羊似的，又怜又爱。可是前尘已成泡影，所剩下的是只有无限的惆怅，我永远忘不了的香妹啊！你的心中怎不要恨我的薄情！我忏悔，我向你求恕。你当时曾说，欲一死以表你的清白，香妹，你是果真的……啊……我绝不能独生，我定跟随你的足迹，请你饶恕我！

走了数步，见前一个土墩，四围几株白杨，延龄走到土墩前面，见上立一碑，上书先妣谈太夫人之墓，下题女谈桂香拜立。延龄见了，一阵心酸，万种哀怨，更忍不住悲从中来，不禁号啕大哭。

此时日已薄暮，无数乌鸦噪吱疏巢，与延龄哭声相和，倍觉惨绝。四周已笼罩了一层烟雾，夜风呼呼，好像也在替延龄作不平鸣者。

延龄向墓前鞠了三躬，暗自祷道："老太有灵，请今晚托梦给我，告诉我香妹究在何处。如香妹已真的不在人间，我绝不自己一人独生。"延龄说到此，泪又滚滚而下。

延龄想到无聊已极，只得慢慢地踱着离开，从原路回去。刚走到湖滨，却见湖心中一只划子，渐渐荡近岸来。划子上跳上了两个人，延龄仔细一瞧，不是别人，原来是王大嫂和刘傻子，心里不觉一喜，想香妹到哪里去，她一定是知道的，因忙叫道："大嫂子……"王大嫂听有人叫她，遂回过身来，见了延龄，不觉一怔，呆了一会儿，才笑道："哟，你可不是徐先生吗？好久不见了，我就有些儿不认识了。你多早晚来的？"延龄细瞧王大嫂，却仍旧是这个样子，因道："我问大嫂子，小香她可搬家了吗？"王大嫂听了这话，顿了一顿，道："是的，自从她妈死后，她在家里守了终七就搬的。"刘傻子提了一篮的米，站在旁边，插嘴道："小香真可怜，她妈死了，她常常哭得昏过去。"王大嫂被他一提起，倒也心里一酸，擦了擦眼。延龄忙又道："小香现在搬到哪里去，大嫂子知道吗？"王大嫂道："这话说来很长，徐先生，你到咱们家去坐一会儿吧，外面风大呢。"延龄因急于要听桂香的消息，遂也答应。

到了王大嫂家里，刘傻子点上火油灯，王大嫂斟上一杯茶来。延龄又问道："小香搬到什么地方去了呢？"王大嫂在一只凳上坐下，道："自她妈死后，她时常哭泣，我有时虽劝她，可是终不能止住她的伤心。在谈老太终七的一天，她来找我，说她的住屋已经卖给了别人，她自己房中所用的用具全都送给我，托我替她妈的墓前常去照顾，她就感恩不尽了。我当时听了，真奇怪起来，拉着她问道：'你打算到哪里去呢？'她笑道：'你问我到哪里去，我自己也不知道呢。'她说着，忽又叹了一声，道，'以后也许我到什么地方，什么地方就是我的家。'我又问她说：'徐先生来过没有？'她含了泪说：'徐先生病着，我去自会通知他的。'"王大嫂说到这里，又望着延龄，问道，"桂香难道没有来通知你吗？"延龄听了，知道香妹没有把我俩负气的事告诉他们，心里又感激又伤心。感激的是香妹的芳心中一定没有怨恨我，伤心的是可怜香妹究竟不知到哪儿去了。

这时见王大嫂问着自己，这叫自己回答什么好呢？无限的悔恨与悲哀只有自己知道，暗暗叫声"香妹，我对不住你"，便泪似雨下。王大嫂虽不知他哭的原因，但是终为桂香而流泪的，也忍不住心酸，掉下泪来，道："我又问她究竟是到哪里去，她握了我手，道：'我现在虽叫你大嫂子，可是我也曾吃过你两年的奶，平日多承你处处爱护我，我是万分感激。我现在是没有了娘的孩子，你就是我的娘一般，我要是以后还能在人间的话，我一定再到这里来一次，望望你，望望我的妈……'她说到这里，又淌下泪来。"王大嫂又道："我听了她的话，也忍不住哭了。"延龄听了，泪珠又滚滚而下。王大嫂道："我知道小香是个刚烈的女子，自己不能阻止她的意志，遂和她洒泪而别。现在相隔已将近四月，不知她到什么地方去了呢。"延龄知道她是预备去漂流了，但是不知她为什么要这样干呢，现在茫茫四海，叫我何处去找寻呢？延龄想到此，真是徒唤莫奈何了，默默地淌了一会儿泪，忽然站起来，道："大嫂子，我走了，再见吧。"王大嫂也站起来，道："既来了，晚饭就吃了去吧。"延龄道："并不是客气，我饭也吃不下，谢谢你吧。"王大嫂道："那么我叫刘傻子伴你出去，外面天已完全黑了呢。"延龄连说谢谢。

刘傻子点了一盏灯笼，两人出了院子，王大嫂送到门口，只见碧天一片，万里无云，一轮明月悬挂当空，无限皎洁。今夜的月色，倒很不错呢。刘傻子在前，延龄在后，两人默默地走了一阵，延龄道："刘大哥，你别送了，今晚月色好，路上很好走。"刘傻子道："姑妈叫我伴你到湖滨，我不能在半路回去。"延龄听了这话，想起刘傻子的境遇和他诚实的回答，心里不觉又是一阵感触，叹了一口气，因走上几步，和刘傻子并肩走着，问道："刘大哥，你现在做些什么事呢?"刘傻子回头向延龄笑了一笑，道："我不和他们一同去干事，他们一班人，一个都没有好心眼的，只知道欺骗人。有钱他们就和我好，没钱就骂我傻子，骂我呆子。我不知道傻子是什么东西，我想世界上的傻子难道只有我一个吗？徐先生，你知道世界上傻子多不多呢?"延龄听了这话，觉得他的回答有些文不对题，不过这话中是带着一股儿愤愤不平之气。他说的虽是他自己另一环境的事，然而仔细想想，正是骂尽社会上的人士，因答道："世界上的傻子真多着呢。"刘傻子听了，哈哈笑道："所以他们说我傻子，我也不见气了，我原说世界上比我傻的人也多着呢。"延龄听了这话，不觉顿有所悟，呆了一呆，向他望了一眼，默默无话。

两人到了湖滨，刘傻子道："我走了。"延龄拉住了他，在袋内摸出二十元钞票来，塞在他手里，道："这些你交给你姑妈吧。"刘傻子拿在手里，看了一看，还给延龄，道："这干什么用呢？我不要。"延龄道："这是钱呀，可以买东西的。"刘傻子道："是钱我更不要，我听姑妈说，有一个人为了钱，被人用枪打死了。"说着，回头就走。延龄听了，叫道惭愧，仰天对明月长叹一声，一时心有所感，不觉又簌簌泪下。

第二十九回

过去事，别悲伤；眼前人，多荒荡；书本子，切莫忘

到了李公馆，见他们正在吃饭，鸣鹤坐在上首，文英在左，菊红坐在右边，旁边站着一个奶妈，手里抱着一个小官。鸣鹤一面吃饭，一面还逗着孩子玩。

三人见了延龄，都不约而同地“咦咦”两声，齐站了起来。文英首先问道：“哟，你多早晚才来的?”延龄脱了帽子，道：“你们都坐着吃饭吧。”鸣鹤道：“你饭吃了没有，怎的这时又到杭州来了?”文英又道：“敢是家里有什么事吗?”延龄被他们问得急，倒实在回答不出到杭州是干什么来的，因道：“我这几天来，身子十分不好，很想来养息几天。”文英细瞧延龄脸色十分清瘦，脸上似乎还带着丝丝泪痕，手里又并无行李，心里却已明白了一半，因也不问什么了，吩咐仆人添上碗筷，对延龄道：“饭还不曾吃吧，吃了饭再说。”延龄一天不曾下肚，这时也觉有些儿饿，遂坐下吃了。回头又望望奶妈手中的小孩，见他生得胖胖白白，清秀可爱，因对文英笑道：“这孩子叫什么名儿？前次姐姐来信中告诉我，我因没有空，不曾来向姐姐道贺，很是抱歉。”文英笑道：“叫杏儿。奶妈，你快抱来拜见舅舅吧。”鸣鹤笑道：“那么做舅舅的快预备好见面钱吧。”说得大家都笑了。文英笑道：“你瞧这人，脸皮儿可厚吗?”延龄笑道：“那是理所应该的事。”说着，拉了杏儿的小手，逗着他玩了一会儿。

大家饭毕，坐在会客室内闲谈，文英吩咐仆人收拾表少爷住的房间。

当夜延龄睡在床上，哪里睡得着，想起香妹待自己种种恩情，整整地又淌了一夜泪，听着窗外秋风吹着梧桐叶儿，瑟瑟的音调，更是离愁万种。直到天发鱼肚白色，才睡去。到醒来时，已近午后一点，只见文英坐在旁边，见延龄醒来，便道：“表弟，你现在觉得怎样?”延龄道：“我没有怎样。”说着，如要起身模样，哪知觉得浑身无力，哪里坐得起。文英慌忙扶他躺下，道：“你全身发烧得很厉害呢，菊红已打电话请医生去了。”延龄才知道自己又病了，心里一酸，又淌下泪来。文英把手帕替他拭了泪，道：“表弟，你这次来杭州，恐怕是和艳仙斗了气吗?”延龄不语，文英又道：“你告诉我呀，为什么不说话啦?”延龄道：“姐姐，你别提了，她我早已忘了。”文英道：“那你为什么又病了呢？我知道你这病完全是因悲伤而起的。”延龄摇头，道：“我并不是因和艳仙破裂了而病的。”文英叹了一声，道：“你和艳仙好好儿的，为什么又会破裂了呢?”延龄也叹道：“愈是贵族名媛，愈是不知……”延龄说到这里，摇了摇头，道，“我不愿再说了。”文英道：“这可不是我反害了你了。”延龄握着她手，道：“姐姐，你这是哪儿话，所谓知人知面不知心，姐姐当初哪里知道她的心呢?”文英道：“那你切勿再悲伤了……”延龄点头道：“我理会得，姐姐上一次和我讲的话，我记得很牢，但是我心中另……”延龄说到这里，连摇了两摇头，叹了一声，落下泪来。文英见他这样，心里不觉也一阵心酸，低低道：“你心里另有什么事，能不能和姐姐说呢?”延龄闭眼无语，文英道：“表弟，你什么事都要看穿一些儿呢。”延龄点点头。

这时医生已来，文英因扶延龄起来，让医生诊过了脉息。医生开了方子，道：“这是气郁，并又受了一些寒所致，最好能静养，勿胡思乱想。”文英遂送着出来，一面吩咐仆人去撮药，一面叫延龄好好儿躺着。延龄答应，在床上躺了一会儿，想起了桂香，心里又觉难熬。但是把表姐的话回想了一遍，觉得自己不应该太悲伤，我们青年有着比恋爱更重要的事等着我们去干呢。要是我和香妹真有缘的话，终有相见的一日。如今生找不到香妹，我亦愿终身不娶，以报香妹的情。延龄心里想着，就打定了主意，也不过于悲伤了。

这时菊红端了一碗药来，走近床边，见延龄醒着，因道："表少爷，喝药吧。"延龄忙道："对不起得很，谢谢妹妹，还叫你拿来。"菊红道："你这时觉得怎样了？"延龄道："好些了，妹妹，你以后切勿这样称呼我，恕我不能答应你。前次姐姐来信曾告诉我，我十分对不起你，妹妹的大喜日，我没来贺你。"菊红见他这样说，不觉脸儿红了起来，别转头去。延龄见她这样娇羞不胜，因笑道："那没什么，你和姐姐像姐妹，和我当然像兄妹一般，你叫我哥哥是了。"菊红听了，又回身过来，嫣然一笑，道："那你先喝了药吧。"说着，端了药碗给他喝着。

延龄细瞧她容貌，比前丰腴了许多，愈发美丽了。可是她的性情却静恬了许多，没像前儿那样天真活泼，可知她自己由姑娘而变成少妇了，心里不免有所感触，轻轻叹了一声。菊红见他呆呆地瞧着自己，倒觉有些儿不好意思，忙给他漱了口，匆匆地拿着出去。延龄见菊红没像前那样和自己有说有笑，知道彼一时此一时，大家应该要避些儿嫌疑了，心里又觉伤心，不免掉下泪了。

太阳慢慢地斜西了，房中是更觉静悄。这时忽见文英捧了一瓶桂花进来，笑道："表弟，桂花的香气是很清高的，我替你折了数枝插在瓶中，给你病中把玩好不好？"延龄一见桂花，喜欢欲狂，但也不管身子有无气力，猛可坐了起来，笑道："好呀，好姐姐，你快拿过来让我看吧。"文英倒被他吓了一跳，忙走近床边，扶他睡下，笑道："你这孩子，难道从来不曾见过桂花吗，就喜欢得这个样子，快躺下吧。"延龄笑道："我不吃力，姐姐你拿到我的床边来吧。"文英因把一瓶桂花，替他放在床前的一只小桌子上。延龄对桂花呆呆望了一会儿，点头道："桂花呀，你的气味不但幽香，你的品格清高更纯洁呀！桂香呀，我辜负了你……"延龄说到此，已是扑簌簌地落下泪来。

文英在旁，见他这样，倒也呆了起来，他竟有些痴了，因道："你这又是什么话，你为什么辜负了桂花呢？"延龄道："我原说着玩的，姐姐又问了。"文英听了，暗暗纳闷，转而细细一想，觉得桂香两字好像是一个人的名字，但这桂香又是谁呢？他这次的病，我疑心他是和艳仙斗了气而生的。但是照他情形和说话上看来，好像并非是为了这些，难道有一个名叫桂香的姑娘为了他而死的吗？文英满腹狐疑。

延龄自从床前有了一瓶桂花以后，他好像得了一些安慰似的，每当夜深的时候，他终对着桂花忏悔了一回，并又淌了一回泪，觉得这样，香妹一定能饶恕他。

光阴匆匆，一眨眼已有了两个星期，延龄病已完全复原，延龄乃仍回上海去读书。文英菊红两人送他到火车站，延龄和菊红握了手，笑道："病中多蒙妹妹照顾，我是万分感激，只保佑妹妹早生一个小天使吧。"菊红微红了脸，笑道："我也劝你别灰心了，只要努力到底，终能得着一个好嫂嫂的。"延龄笑着，回头又向文英恭恭敬敬地鞠了一躬，道："姐姐待我的恩惠，不足言谢，我只祈祷着姐姐永远健康。"文英道："我也没有什么话，希望你在书本上多用一些儿功夫，将来学成，对于社会稍许有些利益。过去的事，别去想它了，也别去悲伤了。"延龄道："姐姐的话我牢记在心，十分感谢。"说着，火车将开，延龄遂跳上车厢，和文英菊红摇了一摇手，那火车早已在田野间驶行了。

到了上海，已近四点，遂忙到校里。走进宿舍，脱了大衣在桌边坐着，翻出几本书来，理了一会儿，心想又荒废了半个月的学，父母拿出钱来给自己读书，自己丢着书本不读，倒为了爱情的事来去奔走，这不但对不住父母，自己的良心问题也说不过去吧。我应接受表姐的话，"希望你在书本上多用一些儿功夫"，我深深映在脑中。从今以后，我不愿再结交女朋友，也不谈什么恋爱了。

晚上延龄到食堂里去用饭时，几个同学都来问，笑道："你生的什么病，现在可好些了吗?"有一个笑道："敢是相思病吗?"一个又道："真的，人可瘦了不少。"延龄见他们你一句我一语地取笑着，因也笑道："你们说我患相思病，我就承认了，不过你们都可要留心一些儿呀。"大家忙问道："这又是哪里说起，你生相思病干我们什么事?"延龄笑道："你们自己几位爱人，快快各自去藏好了，要不然一个个的都不是要给我想来了吗?"说得大家又笑了一阵。

晚饭毕，大家各自走散，有的跳舞，有的瞧戏。延龄在院子里踱了一圈，抬头望天空，只见满天星斗发出闪闪的光芒，不免又想起香妹。

如此长长的秋夜，香妹心中不知作何感想呢？

这时忽然背后有人一拍，延龄连忙回头过去，一见，原来是张淑英。延龄心里不觉別别一跳，终觉有些不好意思，淑英却笑道："你告了半月的假，在做些儿什么事呀？"延龄道："生了一场病，在床上睡了半个月，今天才好呢。"淑英噗地笑道："可不是伤寒症，那我可真害你了。"延龄听了，十分惶恐，脸儿涨得通红，紧紧握了她手，淌下一滴泪来，道："淑英，我万分地对不住你，我悔已来不及了。"淑英听他这样说，叹了一口气，道："外面风大，病刚好，进去吧。"两人到宿室里，淑英也淌下泪来，道："你大概怪我太不知廉耻了吧？"延龄道："我终觉自己是欺骗了良心。"淑英道："这其实错在我，并不是在你，我今生是有意在作践自己的身体的。"延龄听了，奇怪道："这你是哪里说起？"淑英流泪道："你不知我有一段伤心史呢。我父亲在我小学时就把我配给一个同乡为妻，在我中学未毕业，他们说就要娶了。那时我真可称是一个淑女，一切听从父母，就嫁了过去。谁知那边竟是一个呆子，一切举动像五六岁小孩一般。那时我是觉得前途完全黑了，便索性出来求学。在几年求学中，把我的性情完全改变了，我只知道求眼前的快乐、现实的安慰，往后我不想，我只想欢乐了几年，把这残身和秋天的夕阳一样，消灭得无影无踪。我天天是狂欢着，可是我时时在饮泣着，你现在可明白我的苦衷？大概能原谅我吧？"

延龄听了，不觉目定口呆，她的话中真是一字一泪一点血了，可怜她原来有这一回事，心里无限同情，也淌下泪来，因道："这你又何苦来呢？"淑英忽然笑道："这是我的命，我希望来生做一个清白女儿身吧。"延龄听了，不觉哭道："这是我害了你。"淑英道："我自己也不管自己身体了，你还可惜什么？我现在告诉你一件事，就是孙超海死了。"延龄听着，忽又大笑道："真的吗？真的吗？"

第三十回

作恶的，病死枪亡；
有情的，果然成双

淑英道："那岂能平白地咒念人？"延龄听了，拍手道："该死，该死，方出我的心头恨，不知他怎样死的呢？"淑英道："说来话长，自从和艳仙结识，天天打得火热，不是跳舞场，便是上戏馆，好几天都是统夜没回来。在上星期日夜里，我在宿舍里瞧书，见艳仙淌着眼泪进来。因为艳仙是最乐观的人，今天见她也会哭了，我倒稀奇起来，遂问她道：'你怎么啦？今天敢是给谁欺侮了？'她听了，便抽咽起来，道：'超海生病死了。'我当时听了，愈加奇怪，因为在四天前还在百乐门好好儿瞧见他们的。后来艳仙告诉我，是那晚出来，又到桃花宫去的来时惊了风，所以患夹阴伤寒死了。"延龄想：照他平日的行为而说，他正应该死在这个上面，愿天下人切勿淫人妻女，像超海得此结果，还算是幸运呢。因回想自己和淑英的事，良心更觉不安，遂又握着她手，道："我终觉对不住你。"

淑英见他这样，自己的良心也已发觉，默然无语。延龄道："我和你干这事，是因痛恨艳仙玩弄男性而起，但现在思索，已悔之莫及。我既和你成为一体，本不能抛你，但我心中的苦衷……"说到此，又把桂香的事说了一遍，道，"所以我如找不到香妹，决不再娶。"淑英听了，才知道真正爱情的价值，想着自己的终身，将来如何结局，谁是我的知心人？我只管摧残自己的身体，别人也只当我是个泄欲器具，将来人老珠黄，谁再能……她想到这里，也不觉掉下泪了。延龄道："我请你原谅我，但我同时也劝你切勿抱这样态度，你如这样下去，与青楼妓女何

异呢？回头是岸，过去的当它是泡影，你从今新做了一个人，你很光明地可以和对方离婚。你是一个聪敏的女郎，你将来的前途不可限量，你尽可以再找相当的侣伴，何苦把自己身体这样地糟蹋了呢？我现在完全明白你的苦衷。我可惜的是你没有一个知心的朋友，能从正路上来劝慰你。”

淑英听到这里，泪珠更滚滚而下，哭道：“听君一夕话，胜读十年书，我今天才知道真正爱情的意义，我自觉是个不齿的，今生无颜见人了。我虽一死，不足以遮蔽我的污秽。”延龄听她这样说，心里也无限酸楚，见她是带雨梨花，更觉楚楚可怜，遂半抱她的身子，拍着她背，道：“你这不是又不明白了吗？过去种种只当昨日死，未来种种譬如今日生，我愿意你接受我的话。”淑英投在他的怀中，呜咽道：“我极愿意接受哥哥的话，但哥哥你肯收我这个人做妹妹吗？”延龄道：“我干吗不答应？你现在不是仍是个才貌兼全的人吗？你现在能完全明白过来，从消极中兴奋起来，将来成了一个有用的人，我这些大概也能减轻的罪孽，不过我良心终有些对不住妹妹的。”淑英忽然笑道：“哥哥，你不是说以前的种种只当昨日死吗，你又何必去想起这一回事呢？”淑英说着，向延龄一瞟，一时又红晕了脸儿，低了头，哧哧地笑了。延龄见她这种情态，又觉她的天真可爱了。

第二天淑英果然回家去提出离婚条件，那边夫家因为她已离家数年，自知不能管束，而且自己儿子真又是一个傻子，哪里来福气有这样才貌俱佳的媳妇呢，遂也情愿。淑英的爸知道女婿是个傻子，也很后悔，但因两家都是世代书香，只得怪女儿命薄。现在女儿回家后自愿提起离婚，当然依从她。好在双方都自愿意，法官也不为难了。

没有两星期，一切手续办妥，淑英仍回上海读书，第一就把这事告诉延龄。延龄也甚替她欢喜，而且又得了这样一个妹妹。淑英从此以后果然改过自新，跳舞场也不去了，时常跟着延龄讨论些文学。延龄说的话她非常听从，真的像亲兄妹一般。延龄虽想着桂香而常伤心，可是淑英在旁边十分亲热地叫着哥哥，心里倒也感到欣慰。延龄又把自己的一个知己同学，姓谢名秋白的和她介绍，淑英这才尝到真正爱情的滋味，两人情投意合，十分亲热。秋白也是个少年老成，平日最恨是跳舞，所以两人最是相得。淑英曾泣对延龄道："我若无哥哥，哪有今天的一日？"延龄吻她额而笑道："这是妹妹本聪敏人，所恨的是无人在旁指点你。"如此，两人安心求学，有暇或谈天，或去瞧电影。

光阴匆匆，不觉已到十一月十二，因为是总理诞辰，各校都放假一天。这天下午，秋白和淑英来邀延龄同去游玩。延龄因想着桂香，心里烦闷，没有兴趣，遂推自己另有别事不去了，在房中坐了一会儿，便慢慢地到阅报室去。翻了一会儿报纸，忽见第五张本埠新闻中登着几个大黑字：前任湖北省驻军总司令杨伯柴被刺身死。另有小字道：凶手由翩翩少年而变为美貌女郎。因想：杨伯柴这人和自己在艳仙家中曾会过一面，他现在已经下野，尚有人去行刺，可知以前军阀作恶多端，终没有好结果的。因又看其下，道：

> 前湖北省驻军总司令杨伯柴昨夜乘自备汽车由戏院回寓，经过爱里西爱路，忽有一西装少年驾驶机汽脚踏车尾随追至，突出手枪向车厢猛击。杨肺部重伤，未至医院，即行毙命。凶手当场未获，今晨自投法院。经开庭审判，知少年实一美貌女郎，自白为谈子卿女桂香，谓报父仇，至今已十有一载。当庭侃侃而谈，声颇激烈悲壮，一时旁听无不为之动容。现定十五日再行续审云。

延龄瞧完了后，跳起来叫道："这是香妹，这是香妹。"说着，便急急地跑出了校门，也不问东西南北，向前一直走去。忽然听得有人道："喂，你眼睛生了没有，别人让了你，你只是乱冲着什么！"延龄一见，知道又踏痛了别人的脚，因忙说了一声对不起，自己定了定神，心想：是了，这一定是香妹，香妹曾告诉我过，她爸爸的仇人是姓杨的，原来就是这个杨伯柴。妹妹弱不禁风的体质，竟有如此的胆量，真不愧乎是个巾帼丈夫，令人可爱可敬。因又想起她说"本当一死以表其清白，但我生平还有一件事未了……"延龄想到这里，眼泪已扑簌簌而下，忙去坐了一辆汽车到法院里去。

到了法院，延龄自称是桂香表兄，特来探监。谏官知他是徐哲生的公子，遂让他进去。法警伴他到了女牢，见里面阴森森的，铁窗里面都是可怕的人影，延龄不觉叹了一声。到了第十二号，见里面草堆上坐着一人，身穿青绒旗袍，脚踏一双软底咖色毡鞋，头上烫着水波云发。延龄一见，不是别人，正是自己日夜所思的香妹，因急忙走上前去，两手握着铁档子，叫道："香妹，香妹！"桂香抬起头来，一见延龄，便呆呆地望了许久，站起来指着延龄问道："咦，你……不是……龄哥吗？"延龄早已滴下泪来，点头泣道："香妹，请你恕了我吧。"桂香见他这样说，也淌泪道："我不想今生能再和你见一面了……"延龄听了，心如刀割，两手从铁档中伸进去，半抱她身子，哭道："妹妹是死，我决不能独生。"桂香把纤手弹着延龄颊上的泪珠，微笑道："哥哥既已明白妹身纯洁，妹死无恨了。"说着，又下泪道，"哥哥，我对不住你，我死后，愿哥哥切勿悲伤，哥哥待我的恩，我只有来生报答你吧。"延龄道："妹妹，你切勿说这些话，我当极力设法，如果妹……我决跟你同去……"延龄说着又哭。桂香道："我的死正大光明，又何足惜，哥哥只要心中有我妹妹一人，那就是了，又何苦说这些话呢？妹愿哥哥早寻佳侣，一面努力上进，妹心慰了。"

延龄泣不成声，桂香却笑道："哥哥别伤心了，我们谈谈别后的事情吧。你上学期是可以毕业了，现在什么学校里读书呢？"延龄忽见她这样温柔而关心自己，忍不住又哭道："妹妹，我终觉对不住你，我负心了你，我已完全明白，我虽一死，不足以报妹妹的情。"桂香见他如此，忍不住又淌下泪，道："哥哥，你快别如此，我心碎了。"延龄收泪道："妹妹，你怎又到上海来了呢？"桂香道："当我妈终七后，我就离开了杭州。"延龄忙道："这我都知道，我曾到过你的家，那晚王大嫂告诉我的。"桂香道："我到上海后，暂时住在旅馆内，但是一个年轻的姑娘，单身地老在旅馆内住着，也许为引人注意，所以常翻看报纸，想有什么职业可找。那天就给我找到了，是一家聘请家庭教师的，是教一个十岁的孩子，我想这大概能够得上我的资格，果然终算侥幸录取了，想不到那主人家还是政府里办事的，我想这要探听姓杨的倒是个好机会。那家主妇也是个很温和的女子，名叫新珠，和我十分相得。过了两月，才知道姓杨的已在上海做寓公了，我候了好几次，终算昨天给我结果了，想我爸爸在天之灵，也许得到一些安慰吧。”桂香说到此，又淌下泪来，道，“我昨天进这里，多承新珠美意，亲自来探望我一次，并带来我衣服。她说她一定设法，可是我也不想这些，我只要父仇已报，死又怕什么呢？人生终有一死的，不过我太对不住哥哥了……”延龄听到这里亦哭。

两人抱着淌了一会儿泪，延龄遂把自己的经过也大略说了一遍，又流泪道：“妹妹，你能恕我吗？”桂香道：“我始终能谅解你的。”桂香说着，想起过去种种伤心处，也不觉滚滚泪下。

这时法警过来，道：“很多时候了，你明天再来吧。”延龄点头，又向桂香纤手上吻了一下，道：“妹妹，你放心，我一定设法……”说到这里，喉间已哽咽住。桂香两手握着铁档，脸儿凑在空隙中，眼角边挂着两滴泪水，望着延龄远去。

光阴匆匆，已是到了十五日，延龄早已预备一张旁听券，看怎样判决香妹。想不到庭上宣判道：“谈桂香杀人之所为，处徒刑三年，褫夺公权全部五年，因系为父报仇，减轻一等，改判处徒刑一年六个月，褫夺公权全部三年。”其时刑庭义务律师宋平当即起立，道：“谓谈桂香，替父报仇投案自首，法无可恕，情实可原，民族纲纪，以孝为先，应请庭上注意，格外宽宥，再为减等。”推事把头点了点，道：“谓自首部分，再减轻一等，改判处徒刑六个月，褫夺公权全部一年。”一时旁听的人没有不欢形于色，谓此真是破天荒的刑事犯。延龄更喜得直跳了起来。

自此以后，延龄天天往法院里去看桂香一次，而且这件案子判决在报上登载以后，轰动了全国社会上人士，无有不赞美一声，真是一个光明正大的孝女，各报界记者也都纷纷前去访问。因此“谈桂香”三字，倒连五六岁的孩子都知道了。

光阴荏苒，又是杏花的时节了，西湖丁家山谈老太的坟前，立着一对少年的夫妻，献着花圈，同对墓鞠了躬。那个少妇说道：“妈，爸爸的大仇，儿已把姓杨的杀了，想妈在天的灵魂，也可稍慰了吧。”这对少年夫妻正是延龄和桂香。

桂香自出狱后，延龄禀明父母，即正式结婚。此时延龄回身，又握着她手，笑道：“妹妹，我愿天下有情人都能成眷属。”桂香闻说，嫣然一笑，忽又淌下一滴泪来。

时夕阳已在水平线上慢慢地下去，延龄扶着桂香的肩，道：“妹妹，过去的事别想了，咱们回去吧。”但见这对少年夫妻，携手在桃花底下、湖堤旁边，缓缓地踱着。那六桥的春色，依旧是含笑迎人呢！

斧魄冰魂

第一回

失斧　遭虐

太阳睁大了两只铜铃般可怕的眼睛，射出来像火样热的强烈的光芒，自早至晚，终日地威逼着大地。稻田里的泥土，干燥得已呈现出一条一条龟裂的花纹。小河里的水流，涸得和岸的距离是相当远了。河底里高低不平的尖石块，也可以在那水面上露出它们的头顶来。

天空是蔚蓝得像洗过了一样清洁，没有一片一片的白云在浮，简直连一丝儿的云霓都瞧不见。只有像病人口中吐出来热气一样的熏风，不停地吹拂着树枝条上的绿叶儿。已被烈日压迫得透不过气的绿叶，经过了几阵熏风的吹送，这才把它垂下的枯黄脸颊，略为抬起来摇摆几下。奏出来那瑟瑟的音调，是含了无限哀怨的成分，仿佛在极度炎热的压力之下，正在向那老天做最后迫切的呼吁。

离萧山城十五里的路程，那是一个山明水秀的黄叶村。黄叶村是由黄姓和叶姓两家大族组织而成，里面也有两三百户人家。大半居民都耕农为业。因为黄叶村中人心厚道，素来俭朴，所以年年丰收，倒也可说是安居乐业，逍遥自在，大有世外桃源之风味。不料今年自入夏以来，老天爷却从来也不曾落过一场雨。天空中老是蔚蓝一色，连一朵云儿都没有。有人形容心中的焦急，总是说“如大旱之望云霓”，可见旱荒为生实在是很可怕，因为它能够影响整个的民生问题。尤其是黄叶村中的人民，都以耕农为生，那么对于旱荒两字，每个人的心头怎不要引起绝大恐怖呢？所以一班村夫村妇自不免愁眉苦脸，忧形于色。大家跪在尘埃，焚香祈祷，叩头求雨。有一班年老的甚至痛哭流涕，希望天老爷的垂怜，赐给他们几场大雨，俾将插秧种稻。但是茫茫无知的天空，除了几阵熏风流动中发出了一阵呼呼的声音外，却是默默地并没有给他们一个确实的答复。

斜阳慢慢地偏西了，它在狞恶的脸上还显现着娇媚的微笑。它已失却威力的余晖，反映在碧青的天空中，呈现出片片的桃霞，这无限美好的色彩是富有诗情且带有画意。但黄叶村里的人民是并不会用艺术的目光，来欣赏这一块大自然幽美的境界。在他们的心头，对于那斜阳是只会感到可憎可恨，最好希望太阳的光明天早上再不要它从东方升起来。

这是离黄叶村三里路的一座小山，说小也不小，它矗立在天际，站在山脚下，抬头望上去，也许会瞧不见山顶，但是老远地望着，却好像是个平坦的土馒头。山半有一条荆棘丛生曲折的小径，这小径并不是天生的道路，大概由于几个樵夫开辟而成的。暮色是已笼罩了大地，从那条曲折的小径上，彳亍着几个樵夫，踏上了归家的路途。

“小毛，怎么啦？你又回转身来了。”

走在后面的那个年约五十多岁的老樵夫，瞧见前面正在赶回家去的同伴黄小毛忽然又转过身子来了，心里感到了奇怪，这就向他含笑地问。黄小毛是个十八岁的小伙子，生得挺高大的身材。皮肤虽然因太阳光终日地逼晒，已变成了棕黑的颜色，但肌肉是相当结实，显然是个体魄健全的少年。他听同伴李阿祥这样问他，脸上显出十分惊慌的神气，把肩儿挑着的柴担耸了一耸，很着急地答道：

“李伯伯，啊哟，这可糟糕了，我因要紧回家，竟把斫柴的斧头忘记在山上了。这可怎么办？这可怎么办？”

李阿祥见小毛急得几乎要哭出来的模样，心里亦很替他忧急。望着小毛涨红了的脸儿，他的眉毛也皱了起来，说道：

“那么你再打算上山去找寻吗？但是天色已夜了，山上不免有豺狼出现，这是非常危险。况且你又不知道把斧头放在什么地方，在夜色苍茫中一时里又怎么能够找得着呢？……”

“不过我遗失了斧头，还可以回家去见娘的面吗？唉，反正总是没有了性命，我还管得了豺狼虎豹吗？我得上去找寻……”

黄小毛的话声带有些儿哽咽的成分，他长叹了一声，便头也不回地向山上又直奔了。李阿祥听了他几句话，心头真有无限的感慨。可怜这孩子见他的娘，竟比豺狼虎豹还怕哩！但是一想起小毛娘那一副凶狠神气，真会使人吓得心胆俱碎的。李阿祥这样想着，连连叹息了一会儿，眼瞧着小毛的身子被蓬蓬的树梢所遮掩了，方才拖着沉重的步伐，但又不得不很快地挑着柴担，下山向黄叶村里走回家去了。

小毛是村中黄大毛的儿子，很可怜的，四岁的时候，不幸就死了亲娘。大毛中年丧偶，心里自然非常悲伤。因为他和前妻的感情很好，所以原不预备续娶，但自己要到田里去工作，家中固然没有人料理，就是四岁孩子的小毛，又叫谁去抚养呢？在这样环境之中，大毛万不得已地只好续娶了一个姓柴的女儿做妻子。结婚以后，夫妇感情尚称融合。柴氏对待小毛也很疼爱。这样不到一年，柴氏产了一个女儿，命名阿兰。自从阿兰落地后，小毛的命运便转变了。在柴氏眼中瞧来，仿佛小毛是个讨债鬼，动没有动开口骂动手打。黄大毛瞧了心里虽然很不受用，但是他生成是个忠厚的老实人，见了柴氏的凶相，心里就会害怕，因此久而久之，更加变成一个怯内的人了。柴氏原是个凶悍泼辣的女人，在起初是竭力地忍耐着做人，后来见大毛可欺，因此一改本来的面目，得寸进尺，差不多要爬到大毛头上撒粪来了。大毛心中这一气，郁郁成病，不到五年，便即一瞑不视。

那时候小毛只有十岁，阿兰只有六岁。柴氏把阿兰疼爱得像个珍宝一样，但是把小毛却当作奴仆一般看待。仅仅只有十岁的孩子，要他提水、洗菜、劈柴，再过两年，就叫他去斫柴，稍有不称柴氏的心，就拿棒敲打不算，还要不许吃饭。小毛在打、骂、饿、跪种种非人生活的地狱里生活着，到现在整整也度过八个年头了。

黄大毛自己有三十亩田，自耕自食，平日还雇了一个长工赵阿四一同帮着工作，再说一生俭朴，所以颇有积蓄，生活着实可以过得下去。照理小毛也可以到私塾里去读两年书，但在柴氏淫恶的势力之下，读书固然谈不到，除了终日劳苦外，连衣服鞋子都是破旧得像叫花子一样哩。

自从黄大毛一死，整个的家便成了柴氏所有，她要怎样就是怎样，随心所欲，真是非常得意。但在这得意之中，未免也有美中不足的事情。原因是柴氏今年还只不过三十六岁的中年妇人，春闺冰冷，锦衾独抱，这是一件多么苦闷的事儿。所以在黄大毛死后一年，便和长工赵阿四搭上了手。赵阿四今年虽然还只有二十八岁，而且家里也有妻子的人，但主妇能够另眼相待，这种移尊就教的便宜货也就乐得尝试。况且她又有钱财，真所谓人财两得。人家说:赌可长赢，天下经营第一；嫖能倒贴，人间乐事无双。虽然自己原不是在嫖，但这比嫖还要好。鬼不知神不觉，几年以后，我也就是黄家的主人了。

小毛、阿兰在幼年时，对于娘的不贞节事情当然不会晓得。或是晓得，他们也不知道是怎么一回事。后来两人年龄渐长，人事渐省。小毛是只敢怒而不敢言，就是阿兰一个十四岁的姑娘，也觉得妈的行为未免是太对不住已死的爸爸了。

柴氏对待小毛虽然这样凶恶，但是阿兰却不肯仗着娘的势力去欺侮哥哥，有时候对于哥哥被娘的责打，而且还引起了无限伤心的同情。至于赵阿四呢？因为小毛并不来干涉自己，所以对于他日常的生活倒反而引起了可怜。有时候柴氏痛打小毛，他也会从中求情劝开。不过柴氏泼辣凶悍成性，因了赵阿四的劝说，往往连赵阿四也打进在内。赵阿四虽然是占了柴氏的身体，但他并没有一些权力，柴氏一发怒，赵阿四也等于像儿子一般地不敢响。柴氏高兴了，就眉花眼笑地要赵阿四一块儿喝酒作乐。在这一种的情形之下，说赵阿四是占了主妇身子吧，这也许是不对，应该说柴氏占了赵阿四的身子，可怜赵阿四也只好算为是柴氏的玩物罢了。

柴氏的凶悍是全村皆知。那么小毛既有了这样一个淫毒的晚娘，他的胆子自小就吓得小到极点了。见了柴氏，说也可怜，真会比豺狼虎豹还害怕。所以当他一觉察斧头遗忘在山上了，他的心头惊慌真非作者一支秃笔所能形容其万一的了。

小毛急急地奔上了半山，放下柴担，东找西寻地觅斧头。那颗心儿是别别地跳跃得厉害，愈是心慌意乱，愈是找寻不着。而且夜色也已整个地侵袭了大地，四周已模糊得瞧不清楚。小毛的心头，无限的恐怖激动了无限的悲痛，他的眼泪已向颊上大颗儿地滚下来，暗自细想：要找那柄斧头，恐怕是再也找不到了，尽在这儿干着急，那也没有用处。天色既已这样昏黑，万一真的蹿出一只凶兽来，那我手无寸铁，自己性命难免要牺牲在凶兽的利爪之下。娘虽然凶恶，但说起来到底是我的娘，大概终不会因我遗失了一柄斧头而置我于死地吧？最多也只不过给娘骂一顿、打一顿罢了。小毛这样打定主意，遂挑起柴担，又急匆匆地赶下山路回家里去了。

小毛家的隔壁是住着李阿祥。阿祥虽然不是本村的人，但他的外甥女儿却是本村叶姓的人。那么阿祥为什么要住到黄叶村里来呢？这其中当然有一个原因。阿祥的妹子是嫁给叶天德为妻，结婚后单养一女，名叫凤仙。天德是一个穷读书人，在庙宇里也曾开过一个学堂，因为读书人少，收入不够开支，因此由读书人而改变到种田人的生活。三年前的夏天里，不料天德夫妇都相继而亡。那时凤仙还只有十三岁，一团的孩子气，见爸妈都死了，除了哭泣之外，什么全都不晓得。李阿祥这个没有妻没有儿女的老头子，因为可怜外甥女儿幼失怙恃，所以迁居到黄叶村里来，和凤仙合居一处。凤仙虽然年幼，但描红刺绣，已在她妈妈在着时学习得十分精细，到如今十六岁，早已长得一副好模样儿了。

小毛挑了柴担，一路匆匆赶路，一路抬头望着天空中那轮光圆的明月，心中想着妈妈的死、爸爸的死……只觉得有股酸楚冲上鼻端，因此满眶子的眼泪忍不住又扑簌簌地滚下了满颊。

“小毛哥，我听舅父说你把斧头遗忘在山上了，不知道你可曾找到了吗？”

忽然一阵清脆柔软的呼声把小毛从回忆中惊觉过来，连忙低头向前一望，虽在月光依稀之下，但瞧得清楚这是一个适中的身材，短短的头发，鹅蛋的脸儿，乌圆的眸珠……是个很秀丽的姑娘。遂慌忙用手背擦干了眼泪，带了失望的口气，叹息说道：

“没有找到，凤仙妹，天夜了，你站在门外做什么呀？”

“哟，没有找到吗？那你怎么办呀？我听了舅父的告诉，忍不住就给你出了一身冷汗。因为放心不下，所以候在门口，原是听你的消息，不料却找不到了，那你娘怎能饶过你？”

小毛说着话，已是走到凤仙的身旁。因为院子外是静悄悄的，凤仙一个人站在门口出神，引起了小毛的好奇心，所以望着粉颊儿，向她低声地问。凤仙姑娘是素来同情小毛身世的一个人，在小毛的心里，也认为凤仙确实是自己的一个知心人。所以两人由同情而生出爱素作用，早已很亲热地以兄妹称呼了。

小毛听她这样说，同时见她颦蹙翠眉，微凝杏眼，仿佛焦急得要淌下泪来的意态，一时心头真有说不出的感激，情不自禁地走上一步，握住了她的手儿，反劝她说道：

“凤仙，你别难过，娘虽然要责骂我，大概终不会置我于死地的吧。这是我命中的厄难，我想总有那么一天，会脱离这个活地狱似的家庭。”

凤仙的眼皮儿有些红晕，明眸中含了无限的柔情蜜意，脉脉地向小毛凝望了一会儿，忽然两颊也娇红了，好像不胜娇羞地轻声说道：

“你假使脱离家庭远去了，那我一定跟你一块儿走……”

小毛听了凤仙这两句话，一时倒不禁为之愕然。凤仙既说出了口，一颗芳心倒又害起难为情来。尤其瞧了小毛惊奇的神情，更觉不好意思，抿嘴对他露齿嫣然一笑，却慢慢地垂下头儿来。就在这低头的当儿，忽然瞥见小毛握着自己的手背上是显着丝丝的血痕，一时又激起内心无限的怜惜，这就把右手抬到他的手背上去抚摸，很凄凉地问道：

“小毛……你这是被柴枝刺破的吧？”

“这一些儿伤痕原算不了什么。凤仙，你放心，好好儿回进屋子里去，也许妈能够饶恕我这一遭儿，那也说不定的。唉……”

小毛说到这里，摇了摇头，却是长叹了一声。他自己知道这些希望是梦想，也无非是安慰安慰凤仙的一颗芳心罢了。凤仙是何等聪敏的姑娘，对于小毛这一声长叹哪有个不知道的理由，无限哀怨的两颊，竟沾上了几滴亮晶晶的泪水。小毛瞧她这个意态，心里既伤心又喜欢。虽然自己也很情愿和她多站一会儿，但太晚了回去，恐怕责骂一定要更厉害，所以不得不硬起心肠，放脱了她手，推了她一下身子，叫她回进屋子里去。

凤仙的身子虽然是被小毛推进屋子里去了，但是她的一颗芳心里怎么能够放心得下？所以就在院子里转了转，立刻又回到外面来。小毛的身子已不在了，凤仙的心里是怀了无限的恐怕和疼痛，全身的血液是流动得快速，她移着轻缓的脚步，走到小毛家的院子外的竹篱笆旁，细细察听里面的动静。凤仙虽然表面上是察听着，但内心却是默默地祈祷，但愿能够这样平静地过去，永远不要让我听到里面有什么可怕的响声。但是事实偏偏和她的理想相反着，正在这个时候，忽听屋子里一阵咆哮的声音从夜风中吹送到凤仙的耳中来：

"你这没出息的畜生！斫了这一些些的柴枝，竟丢了一把斧头，那我还叫你斫什么柴去？不是叫你坐在家里做太公好吗？我知道你是说着谎，你这没爷娘的小鬼，一定和人家在赌钱，所以把那柄斧头押给人家了，我这话可猜得是不是？你若不给我从实说出，我今夜不要你的命！唉！这孽畜竟胆子大到这个样儿了……"

凤仙听了这一阵咆哮的骂声，心头真有说不出的愤怒。哼！小毛他是黄家的主人，就是他坐在家里吃，也是享他爸爸的福气。你是什么人？不要脸的，倒是赵阿四可以坐在家里做太公吃现成饭吗？凤仙心里是这样默默地代那小毛抗议着，但是听到"我今夜不要你的命"这句话直把凤仙吓得粉脸失色，一颗心儿的跳跃几乎要从口腔奔出来了。这时候便听小毛带着哀求的口吻，辩白着道：

"妈！我并没有说着谎，你不相信，可以问隔壁李伯伯的。"

"放你的狗屁！人家管你这些闲事？你这小鬼做错了事还要强辩，那么难道是我冤枉你了不成？这杂种养的鬼子，愈大愈不成样了……啊！我还没打哩！就只骂几句，委屈了你吗？你竟哭了！好！好！你哭！你哭！我就叫你大哭一哭……自己不争气，莫怪我晚娘手段凶……"

噼噼！嗒嗒！

接着就听到一阵家生落在肉身上激发出来的声音，这大概是用扁担在做行凶的武器吧。凤仙的脸儿是涨得血红，她是心仿佛有什么东西在刺一样地难受。这狠抽的声音，似乎一下一下地都打在自己身上一样疼痛。她全身每个细胞都觉得紧张，她很想立刻奔进去做证明，说那柄斧头确实是掉落在山中了，小毛是并没有和人家赌过钱。但是她那颗处女脆弱的心灵，却又始终鼓不起勇气。于是她觉得痛苦极了，她难受极了，再也制不住她满眶子里的热泪，滚滚地掉了下来。

“好！好！你敢违抗我？我今夜打死你……我情愿给你抵命……你这畜生，你这猪猡！贼养的……”

“妈……妈呀！我怎么敢违抗呢？但是我真没有赌过钱……不过掉落在山上了，总也是我的错，你就饶我这一遭儿吧！”

一强一弱的话声在空中流动了后，那嗒嗒的打声更加有劲了。同时听到柴氏咯咯咬牙的声音，显然她是打得那份儿厉害。小毛的哭声已成了凄惨的尾音，他似乎已痛倒在地上了。凤仙的心是碎了，凤仙除了淌泪外，她几乎也要昏厥在地上了。于是在她的眼前，立刻展现了惨无人道恐怖的一幕。

柴氏的面目一定是显出无限的狠毒，拿了扁担，狠狠地向小毛身上打下去。小毛他跪在地上求饶吧，但是不能引起柴氏同情的，扁担依然像雨点那么落下去。可怜小毛身上一定已有无数的伤痕了吧……这样再打下去，也许会真的把小毛打死了……凤仙想象到这里，她已站脚不住，只觉得一颗心儿整个已被人挖去了一样地疼痛了。

“妈！妈！你不能这样……你快放手……你……快……放手……”

突然间只听柴氏呜呜气呼呼地响着，同时又听小毛惨叫的声音。“啊呀！这是做什么啦？”在凤仙处女恐怖的心灵中开始有了这个疑问以后，立刻就听阿兰尖锐迫切的叫声在空气中流动了。接着又听阿兰说道：

“哥哥！你还不快走！你还不快走！待妈气平了，你再回来吧！”

凤仙猜想着，柴氏一定被阿兰抱住着吧？这妹子真好。唉，柴氏的良心大概黑的，否则也是生在胁下了。就在这时候，一阵脚步的声音响出来。凤仙急向竹篱笆的孔洞内望进去。只见小毛在前，阿兰匆匆在后面跟出来，似乎尚欲和小毛说什么话，但柴氏在屋子里高喊道：

“阿兰！你进来呀！这畜生叫他今夜不许回来，让他去做路倒尸好了！”

阿兰不敢再跟出来了，她停止了脚步，低声地叫了一声哥哥。小毛很感激地回过头去，向阿兰挥了挥手，拖着沉重的步伐，走出了院子的大门。

凤仙等在院子的外面，眼瞧着小毛一拐一拐地走出来，心头是充满了无限的悲伤和喜悦，她迫不及待地迎上去。两人骤见之下，各人的眼泪便像雨点一般地落下来。

“凤仙，你为什么……又出来了？我……”

小毛见凤仙满颊是泪，仿佛是着雨海棠那样楚楚可怜，为了不愿她因自己而太伤心，所以不得不装作毫不介意的模样，向她低声地问着。凤仙一颗创痛的心灵是已熬得不能再热了，她猛可伸开两臂，环住了小毛的脖子，脸儿倚在小毛的肩上，竟是呜呜咽咽地哭起来了。

“小毛！你被打得好苦啊！”

“凤仙，其实我没有痛，我所以叫喊，是希望妈住手……”

凤仙抽抽噎噎中挣扎出这一句话来，她微抬了粉颊，明眸脉脉地凝望着小毛英俊的脸庞，她的眼泪又像泉水般地涌上了。小毛觉得自己在这种家庭下过活，可说是在活地狱里受苦。不过在这人海茫茫之中，究竟还有这样秀丽的一个姑娘来同情我的身世，这在我的心灵上，的确也可说是得到了无上的安慰。今夜虽然已被打得体无完肤，不过在凤仙这个可怜可爱的姑娘面前，我总不能显出十分痛苦的样子，使她一颗善感的心儿更增加悲痛。因此不得不假装出一副笑脸，来安慰他心中唯一安慰着的凤仙。

“唉！小毛，你太可怜了，你不能太愚孝呀！她已没有了母子之情，难道你就这样束手待毙了吗？”

凤仙听他说出这两句话，当然很明白小毛是怕我伤心而所以这样地掩饰着。她知道小毛是勇敢的，是刚强的，假使没有剧烈的重打，他绝不会大声地叫喊。显然今夜的责打是比往日厉害得多，虽然我是并没有亲眼目睹。无限的伤心激起她心头无限的愤怒，圆睁了杏眼，咬紧了银齿，向小毛激动着强有力的呐喊。

“但是……我不识字……我没有一些儿赚钱的本事。我假使不在这黑暗势力下生活，叫我又到什么地方去好？唉，环境逼得我这样，我不能不在恶势力下消灭我的残生……”

小毛这两句话沉痛极了，凤仙的心头是只感到悲愤。她知道小毛是个有用的青年，但是柴氏把他的命运改变了，她不希望儿子像春天的草那样蓬勃地长起来，她只希望儿子像冬天的树叶一般枯萎下去。她切齿地痛恨，她很想和柴氏去拼命，但自己究竟是第三者，人家究竟是母子。他能孝母亲，总是一件令人崇仰的事，我不能劝他做个大逆不孝的儿子啊！这是我的罪恶，我绝不能这样做。但是小毛有用的身子将永远被他慈母残害了吗？难道小毛命中注定是这样苦吗？愤怒抵不住她心头的伤心，握住小毛的手儿，眼泪又大颗儿地滚下来。

“凤仙，你别伤心。我相信，我没有错待母亲，我将来总有好日子过。”

小毛眼瞧着凤仙泪人儿那样的脸颊，他始终是安慰着她，手儿慢慢地抬到凤仙的头上，理着她被夜风吹乱的云发，明眸脉脉地兀是含了一丝欣慰的微笑。凤仙不好意思老引起他的难受，于是她也破涕了，频频地点了一下头，柔声儿地说道：

“我知道，我恳切地知道，你将来一定有好日子过。你瞧……你瞧……天空的月亮是那么圆，不久的将来，光明准会降临到我们的头上……”

小毛和凤仙的脸儿都向天空望了，真的，一轮光圆的皓月在他们头顶展现了一缕缕异样的光彩。良久，两人的头儿又慢慢地下垂。凤仙绕过无限媚意的俏眼儿，脉脉含情地向小毛瞟了一眼，齐巧小毛的视线也正掠过凤仙的娇靥四道明眸成了一个直角度，小毛在万分痛苦之余，他笑了，凤仙也笑起来。

“小毛哥，你到我家里去坐会儿，再说你还不曾吃过饭哩。”

“其实我也吃不下饭……”

小毛口里是这样说，但腹中是雷鸣般地怪叫。他的身子已被凤仙拖着走，一步一步地已跨进了凤仙家的院子，踏上了凤仙家的屋子里。

“小毛，你那柄斧头没有找到吧？我本想过来劝劝你娘，但我已睡在床上了，听着你娘的骂声，我心中就觉怪难过的。”

凤仙的舅父李阿祥躺在东首壁角里的一张木床上，还未说话，先来了一阵苍老的咳嗽，扬着他满头皱纹的黄脸，向小毛低低地说。从他这脸部上的表情看来，显然他的心头对于小毛的痛打，是激起了无限悲哀的同情。

“李伯伯，今天的事，原是我太不小心，倒也怪不了娘的……你老人家怎么这样早睡了？身子有没有不舒服呀？”

在那一盏豆火样的油灯光芒之下，那室中一切的物件是更呈现出死沉沉凄凉的意味。小毛瞧着阿祥苍白的脸色，心头也会感到十分可怜，慢步地走到阿祥的床边，很开怀地问着。李阿祥摇了摇头，却并没有说话，其实他的全身感觉得有些发烧。凤仙的心头也有些怀疑，她很快地伏到舅父的身上去，把她的手儿按到阿祥额角上去摸着，于是她惊慌地喊起来：

“舅父！舅父！你额角烫手得很，你可不是病了吗？”

“没有！没有！你别大惊小怪，我睡一忽儿也就好了。”

李阿祥竭力镇静了态度，被生活磨折得已成枯黄的脸颊，犹含了嗔怪凤仙淘气的笑意。凤仙的心头隐隐地有些作痛，舅父的病几乎震碎了她处女脆弱的心灵。小毛似乎也晓得凤仙又加重了一桩心事，遂不得不安慰着道：

“伯伯既然要静躺一会儿，那么我们就别惊扰他了。李伯伯，你别忧急，睡过夜明天就好了。”

阿祥“嗯嗯”应了两声，小毛、凤仙两人轻轻地离开了床边，慢步地走到那张破桌的旁边，两眼望着那盏跳跃不停的灯火，却是呆呆地出了一会子神。

“小毛哥，大热的天，怪不舒服的，你先净一个身吧。”

凤仙忽然有了一个感觉，她立刻匆匆地到院子里去，约莫两分钟后，她便端了一盆温水进来，放在桌子上，凝眸向他望了一眼，含笑地说。小毛自然是十分感激的，遂点了一下头，说声“多谢你”，便拧了一把手巾擦脸，却并不揩身。凤仙瞅住了他，奇怪道：

“好好儿的一盆水，你干吗不净身？要不我给你揩背？”

“不！不！我洗一个脸得了……”

小毛听凤仙要给自己擦身，这举动显然是贤妻的责分，心里不免是荡漾了一下，但他微红了双颊，却摇了摇头。凤仙见他支支吾吾的神气，心中愈加奇怪，凝眸沉思了一会儿，这才猛可理会了，无限的悲伤忍不住又激起她的心头，叹了一声，含泪说道：

“小毛哥，不要紧，你衣服脱下来，我可以给你揩得轻一些儿的。你若不揩干净，汗沾着伤痕，是更要作痛的呢！”

“痛我倒不怕，只是你瞧了，要引起你的伤心。我想，就别擦了……”

小毛见凤仙心细如发，真也可谓是聪敏的了，但自己的身上，恐怕累累的都是伤痕，她瞧了一定要伤心，所以他只是摇了摇头。凤仙走上一步，伸手要解他的衣纽，意思是一定要给他揩身。小毛对于她这一份儿多情的举动，自然是不忍过分地拂她，但又怕她伤心哭了，要惊动李伯伯，遂叮嘱她说道：

“凤仙妹，你这份儿深情待我，我到死都忘不了你……但你瞧了千万别哭，哭醒了李伯伯，不是叫我心里不安吗？”

“我知道，我绝不伤心就是了。好好儿的干吗又说死说活呢？你这人就真……”

凤仙听他这样说，芳心里虽然是万分喜悦，但表面上却含了妩媚的娇嗔，逗给了他一个媚眼。小毛这才把衣服脱去，凤仙早已拧了手巾，叫他回过身子去擦背。那盏豆火似的灯光虽然暗弱，但当凤仙的明眸接触到小毛的背部时，她辛酸极了，她惨痛极了。她不相信这是被母亲打伤的，这简直是狼心狗肺的恶盗残害一个不肯缴出钱财的客商。唉！凤仙长叹了一声，那泪是像雨点一般地滚下了满颊。小毛背着凤仙，好一会儿却不见凤仙给自己擦背，心里好生奇怪，遂又回过头儿来望她。谁知凤仙呆若木鸡般地只管淌泪，不觉“咦”了一声，低低地说道：

“凤仙，你发呆了吗？我不是关照你别伤心吗？”

“我又没有哭，你别管我吧。我给你擦背了，你快快地回转身子去。”

凤仙这才醒来似的，慌忙用手背在眼皮上揉擦了一下，挥了挥手，叫小毛回过身子去。小毛只得把背脊又朝了凤仙，凤仙瞧了他满背脊一条红一条青的伤痕，真叫自己擦不下手，含了无限的辛酸，只好把手巾在他背脊上浮面地按了按。只见小毛全身肌肉一跳，显然他是感到多么疼痛，一时愈加不敢揩了。单给他臂膀擦了擦，带了哽咽的口吻说道：

“小毛哥，你把衣服就披上了吧。”

小毛也知道没有一块好的皮肤可以给凤仙揩擦，遂披上衣服，回身去望凤仙时，只见她把那盆面水已端着到院子外去了。不多一会儿，只见凤仙端了一壶开水进来。走到屋子里西首角上，在竹树里取出了一只碗儿，盛了一碗冷饭，用开水泡了，并端着一碗青菜放到桌上。又在筷筒里取出一双毛竹筷，放在小毛的面前。秋波盈盈地向他一瞟，不知怎的，那两颊却会红晕起来，娇羞不胜地说道：

“可怜你辛苦了一整日，饭没有吃，却受了这一顿委屈……坐下来快吃饭吧。”

“凤仙，我没有饿，你收拾过去吧。”

“什么？你没有饿？这你是打哪儿说起？像你以劳力工作的人，最要紧一天三餐饭，怎么你说没有饿？我既这样对待你，你难道还当我外人看待吗？”

凤仙见他不肯吃饭，猛可挨近了他的身子，粉颊上的红晕淡然了，同时却又浮起了失望的意态，明眸里含了无限哀怨的成分，向小毛血痕丝丝的脸颊逗了那么的一瞥。忽然泪水夺眶而出了，忙又垂下了粉脸。

“凤仙……唉，你不要伤心，你也不要误会我的意思。你是一个柔弱的姑娘，李伯伯又是一个衰老的老年人，平日你俩的生活，是全仗李伯伯的斫柴，和你一针上一针下地刺绣而成。这是汗血所得的代价啊！我没有帮助你一些生产的能力，我怎好意思吃你们汗血所得来的饭呢？况且现在天又不下雨，这样下去，势必要闹成荒年。一碗饭是多么可宝贵，剩着你们明天可以吃。我一个年轻的人，饿一顿怕什么？明天回家不是仍可以吃的吗？”

小毛瞧了她无限哀怨的脸色，知道她是误会了自己的意思，遂不得不把内心的苦衷向凤仙表白一下。凤仙听他这样说，可见小毛是多么开怀着我俩的生活，情不自禁地抬起头来，泪眼盈盈地凝望着小毛，频频地点了一下头，说道：

“我知道你是一个血性的男儿，你的思虑未始不对。但是我相信天无绝人之路，天老爷他会可怜我们，也许不久就会下雨了。至于这一碗饭，你虽然不吃，就是荒年了，一碗饭能救得活我两个人吗？唉，这你是太会替我着想了，假使你不吃，倒反叫我心里悲伤……”

凤仙说到这里，泪又盈盈而下。小毛听了，也觉伤心，握了她白嫩的纤手，摇撼了一阵，含泪说道：

“你不用悲伤，我吃就是了。”

凤仙听了，方才收束泪痕，两人在桌旁坐下。凤仙凝眸望着小毛吃饭，好一会儿，忽然想起刚才小毛惨叫的声音，遂开口问道：

“小毛哥，你妈除了痛打你外，还有什么意外的虐待你吗？为什么你惨声叫得这样伤心？我在门外听了，真急得心儿也几乎碎了呢！”

“没有什么……没有呀！”

小毛听凤仙这样问，他的两颊一层一层通红了，暗想：天下竟真有这样淫毒的妇人，可称是创见了。凤仙见他说话的意态显然是瞒骗着我，心里纳闷儿，这是一件最难受的事情。这就站起身子，走到小毛的旁边，不依道：

“你得告诉我，你得告诉我……”

“我告诉你原可以，但是你听了，也许会不相信有这一种事……”

小毛见她一定要追问，叹了一口气，叫她低下头儿，自己嘴唇附到凤仙的耳边去，低声地说道：

“娘不停地用扁担打我，我被打得痛倒在地上去了。娘说我装死，忽然她也扑到我的身子来了，竟伸手捏我的……唉，你一定不相信吧？假使没有阿兰妹妹把我娘拖开了，我也许真会死在娘的手里。”

凤仙听完了这几句话，她既羞得绯红了脸，同时又恨得咬紧牙，脸色由红已气得变成了青，她全身有些发抖，暗想：我曾听舅父讲故事，说从前某村中有婆和儿子逼媳与公成奸，媳不允，阿婆竟以剪刀刺媳腹。此等荒唐之谈，我以为是人家虚构的。不料今日瞧柴氏的行为，和上述又有何异？冷僻乡村中的村妇，其手段的淫毒真是令人骇闻的了。凤仙因为爸爸是个读书人，她的知识自然比较开通，她痛恨这种野蛮的妇人，觉得实在是杀不可赦。正在气得又要淌下泪来，忽然听得院子外有人低声地唤道：“凤仙姊姊，凤仙姊姊，你给我开门。”

第二回

争席　说亲

阿兰跟着小毛出来的意思，原是叮嘱他暂时到阿祥伯伯那儿去坐一会儿，叫他千万别起厌世之念，去自寻短见。因为爸爸是只有你这一滴骨血，哥哥也可说是黄家的根脉，万一哥哥死了，那黄家不是要绝了后代吗？谁知道阿兰还只有跨出室门，就被柴氏叫住了。妈妈虽然是疼爱着阿兰，但是阿兰瞧着妈妈这种凶恶的神气，她也会感到十分害怕，同时在害怕之中，稍许也带有些儿怨恨的成分。当时她只好停止了脚步，连忙回身走进到屋子里。只见妈妈犹怒气冲冲的样子，赵阿四坐在椅子上，却是装样地一声儿也不敢响。柴氏见阿兰进来了，便问道：

"你跟他做什么去？这畜生生成是个贱骨，你千万不要看他的样子。"

"妈，我不会看他的样子，但是哥哥到底是我爸爸的儿子，万一他去寻了死路，那么将来还有谁给你们做祭祀羹饭吃呢？"

有人说,迷信愈是相信的人，他和她的心肠一定愈是毒辣的。这句话倒也不错，掉转头来说，也就是愈狠毒的人，他或她也愈迷信的。尤其在这种乡村里的妇人，柴氏就是其中一个绝好的典型人物。柴氏再也想不到却被一个十四岁的女儿问住了，一时倒也愣住了一会子，心中暗想：这话倒也不错。阿兰可惜是个女儿，假使是个儿子的话，那我把小毛这个讨债鬼就真的弄死了清爽。现在阿兰是个女儿，将来就难免要给人家做媳妇去，那么我死后，羹饭到底也要紧，若没有人给我做祭祀，那我在阴间里不是活活地要饿死了吗？柴氏这样一想，把满腔的怒气渐渐平了下来，但表面上兀是装作很愤恨的模样，说道：

"这小鬼叫他死，他也不肯死哩！阿兰，你这是不用替他担心的。"

阿兰没有回答她娘，她在娘的脸上逗了一瞥无限哀怨的目光，便低了头儿，走到西面一间自己的卧房里去了。

阿兰坐在床边，心里默默地想着娘打哥哥的惨状，心中一阵酸楚，眼皮儿一红，那泪水便在她颊上晶莹莹地展露了。哥哥真可怜，这次遭娘的毒打，恐怕是要遍体皆伤了。唉，既然哥哥已打倒在地上了，我万万也想不到娘又会伏下身子去下这个毒手。那我真也有些奇怪，我简直不相信她便是我亲生的母亲。哥哥晚饭还没有吃哩，他不知到什么地方去了？假使他心中一气，真的不要做人了，那可怎么办呢？阿兰想到这里，脸部的表情是显现了相当恐怖和悲哀。

阿兰虽然还只有十四岁的姑娘，但个子生得很高，同时因为成熟得快，所以她已是做大人的了。她想到妈妈夜夜和赵阿四睡在一块儿，这究竟是丢脸的事。不过她是我的娘，叫我又有什么法子好想呢？于是在阿兰的脸上，也会浮现一层羞惭和怨恨交织的颜色。

她望着床旁桌上那一盏闪烁的油灯，心里是只管记挂着哥哥到底会不会去寻死路。因为有了这一个疑问在她脑海里盘旋，她便不得不又迷信起来，还是问问自来火菩萨，也许他能给自己一个确实的答复。于是她伸手把那一盒自来火拿来，放在眼前，双手合在一起，微闭了眼睛，默默地而且十分虔心地先做了一个祷告。

"自来火菩萨，我的哥哥到底会不会因受委屈而自寻短见？假使平安无事，那我抽出的火柴一定成双。不然，定是成单的了。"

阿兰做毕祷告，当伸手去取火柴时候，她那颗心儿是跳跃得厉害，暗暗地又在祝告：但愿给我取出的火柴是成双，哥哥能够平安无事，这我心中是多么快乐啊！所以当阿兰微微睁开眼睛，数那取出来的火柴时，她的一颗芳心实在是到了极度紧张。待她数完了最后的一根，口里念出的是个"八"字，于是她一颗紧张的心儿立刻又放宽了，脸上是展现了欣慰的微笑。两手怀抱着自己的胸怀，微昂起了脸儿，明眸望着窗外那一片清辉的月色，情不自禁地念道："我深深感谢自来火菩萨，我的哥哥一定没有什么意外的危险吧。"阿兰念毕，脑海里顿时又浮上了一个疑问:那么哥哥他到什么地方去宿夜呢？但是眸珠一转，她立刻又自己回答道:“那除非是凤仙姊姊家里去了，因为我瞧凤仙平日对待哥哥的情形，似乎很爱怜着哥哥，那么在两人之间至少有些儿感情作用。假使真在凤仙的家里，回头待妈睡了，我不妨偷偷地瞧上一瞧，也好叫我心里放下一块大石。况且哥哥还没有吃过饭，虽然凤仙姊姊一定会盛给他吃，但是她家里是多么贫穷，自己的吃饭问题还发生非常的困难，哥哥怎么能够再去吃他们的饭呢？回头我总得盛一大碗去。”阿兰这样想着，于是便静静地等待着妈妈睡觉。

大约有了一个钟点以后，阿兰听到东首房门砰的一声合上了。于是她明白妈已进房睡了，遂端着桌上的油灯，蹑手蹑脚地出了房门，走到草堂里。先是待了一会儿，然后方到竹橱旁取出大碗，偷偷地盛了一碗冷饭，三脚两步地跨出了院子，忽听妈的房中传来一阵嬉笑的声音。这声音触在阿兰的耳鼓，是觉得怪刺心的，两颊微微地罩上了一层红晕，却是深深地叹了一声，似乎她有些不愿听见这种嬉笑的声音，遂掩着耳朵，很快地开了篱笆门，到隔壁凤仙的家里去了。

凤仙听了小毛的告诉，心里正在不胜地愤恨，就在这个当儿，忽听院子外有人喊凤仙姊姊。这声音分明是阿兰的口吻，凤仙心中大吃一惊，粉脸顿时变了颜色。小毛见她吓得这个样儿，遂安慰她道:

“你别害怕，我妹妹是可怜同情我的人，她绝不会帮着娘来欺侮我，我知道她心中一定很放心不下，所以来这儿找我了。让我出去和她说几句话吧。”

“不，你慢着，让我先去见她，看她到底是做什么来?”

凤仙见小毛放下筷子，已是站起身来，因为她是一个心细的姑娘，所以她不得不加以郑重的考虑，连忙又把小毛的身子按下，她自己匆匆地到院子外去了。

阿兰站在院子外，眼睛是张在竹篱笆的小孔里。她见凤仙从屋子里走出来，便迫不及待地低声儿先喊了一声凤仙姊，说道:

“哥哥可是在你的家里吗?”

“阿兰妹，你问哥哥做什么啦?”

凤仙这时已走到竹篱笆的旁边，且先不开门，脸儿凑近一些，向她低声儿地问。阿兰听了，便也凑过脸儿来，很轻地说道：

“凤姊，哥哥假使在你家里的话，那你快开门。因为哥哥是还没有吃过夜饭，我是送饭来的呀。”

阿兰说着话，把那碗冷饭提高了向她一闪，虽然是在黑夜，但凤仙在月光依稀之下，尚看得清楚阿兰手中果然端着一碗白饭。这才知道阿兰真是同情小毛的一个好妹子，心中仿佛轻得放下了一块大石，立刻开了院子门，让她走进来，说道：

“不错，你哥哥我舅父留在家里，既然你妈妈叫他今夜不许回家，就在我家宿一夜也不要紧的。唉，阿兰妹，你哥哥被打得真可怜，假使你瞧见了他满身的伤痕，那你一定也会伤心得淌眼泪呢！”

凤仙为了要避去自己的嫌疑，不得不把这个面情推到舅父身上去。但阿兰却并不曾注意到这一层，她听了凤仙后面这两句话，她的眼皮儿已经红润起来。就在这时候，小毛也从屋子里走出来。阿兰一见哥哥，便把手中那碗饭交给了凤仙，情不自禁地奔上去，一个叫声哥哥，一个叫声妹妹，兄妹抱在一起，便呜呜咽咽地哭起来了。凤仙站在旁边，瞧他们兄妹之情竟有如此弥笃，一颗芳心当然深以为奇。但眼前这一幕真挚的手足之爱，足以使自己感动得淌下泪来，因此也不免附和着哭了。

夜是这样静悄，仿佛已死过去了一样凄清。虽然三人的哭声是那样轻微，但是为了静寂的缘故，这抽噎的声音在夜风的流动中，凄凄切切地更觉酸鼻得悲惨了。

“妹妹，你别哭了，快回去吧。不要妈妈发觉了，你不是要挨骂了吗？”

经过了良久的呜咽，小毛觉得这样下去恐怕继续有什么不幸的事情发生，遂停止了哭泣，手儿拍着阿兰的肩胛，低声地催她回去。阿兰很想拿什么话去安慰哥哥，但是满腹中要说的话却是一句也说不出来。只把她那无限哀怨的目光，在哥哥带着丝丝血痕的颊上脉脉地凝望。好一会儿，长叹了一声，她的眼泪又从眼眶子里涌了出来。

“哟，妹妹，凤仙手中拿着的那碗饭是你送来吗？明天妈妈知道了，那可怎么办？我不能因了我而累妹妹受骂，妹妹，你仍给我拿回去吧。”

小毛回眸过去望凤仙，忽然发觉凤仙手中拿了一碗饭，使他意识到这一定是妹妹送来的。阿兰听哥哥这样说，心头更觉难受，哭着道：

“哥哥，你快不要说这一种话，我的心头好像有什么尖刀在割一般地痛。唉，你放心，妈不会知道，即使知道了，我也会设法瞒过她……”

“那么你还是早些儿回去，别让妈知道了，倒要妹妹去挨骂。”

小毛听阿兰这样说，同时又见她海棠着雨般的脸颊，心里既感激，又觉得楚楚可怜。他明白妹妹所以显出这样哀怨的神色，并不单为了自己的痛打，她心头一定尚有说不出的痛苦。这痛苦在妈的心中，却认为是一件得意快乐的事。于是他的眼前，不免又显现了爸老实的面孔，他眼睛里有些冒出火光，但是他愤怒抵不住满腔的悲哀，望着阿兰泪人儿般的面颊，他也只会扑簌簌地淌眼泪。两人相对流了一会儿泪，默默地并不说话，所谓自家心事自家知，凤仙站在旁边，当然理会不到这许多。

“哥哥，我走了，你别伤心吧。我们总希望有那么的一天，妈能够有个完全的醒觉。”

阿兰的心中当然也有些怕被妈发觉自己今夜的行动，遂向哥哥说了这几句话，回过身子，预备要走了。小毛频频地点了一下头，含泪说声“但愿如此，那真是我们的大幸了”。说着，眼睛瞧着妹妹的娇小身影在竹篱笆门外消失了，他忍不住又深深地吐了一口怨气。

“我奇怪，这样淫毒的妇人，却会有一个这样慈爱的女儿。”

凤仙微昂住了脸儿，仰望着黑漆漆天空中那轮光圆的明月，却自言自语地说出了这一句话。但她立刻又回眸望了小毛一眼，小毛却是摇摇头，两人这就不约而同地叹了一声，慢步地走进屋子里，小毛坐到桌旁，继续吃他碗里剩着的半碗饭。凤仙把开水在阿兰送来的那碗冷饭里泡了一泡，放在桌上，秋波脉脉含情地瞟他一眼，低声地说道：

“你妹妹真好，现在你只管吃吧。”

“我吃一碗够了，妹妹送来的一碗，你就留着明天吃好了。”

“这是什么话？小毛哥，那我可不依你，我只有盛给你一小碗哩，难道你倒还给我一大碗吗？”

凤仙听他这样说，便似嗔非嗔地睃他一眼，却把大碗拿起，自行把羹匙分到饭碗里去。小毛见她这样多情，心里在万分痛苦之余，到底又掺和了一半甜蜜，忍不住望着她娇媚的脸颊，微微地笑了。

“小毛哥，你痴了，目不转睛地老盯住了我做什么？好吃饭了呀！”

凤仙给他盛上了饭，回身退到他的对面椅上坐下，偶然望着小毛，不料小毛的两眼却只管呆望着自己出神，一颗芳心真是又喜又羞，乌圆的眸珠一转，向他盈盈地一笑，却逗给了他一个妩媚的娇嗔。小毛被她这样一问，虽然愈加神往了，但心里究竟也感到十分难为情，因此低下头儿，也哧哧地笑起来。

“小毛哥，吃好饭，你洗脸吧。时候不早，你辛苦了一整天，也应该休息了。”

凤仙见他将要吃毕，遂站起身子，又给他倒上一盆面水，一面把碗筷收拾过去，一面笑盈盈地说着。小毛猛可从椅上站起，握住了她的手儿，恳切地说道：

“凤仙，你这份儿情义对待我，真不知叫我如何报答你才好呢！”

“其实我俩之间也用不到什么‘报答’两字了，我是个父母双亡的弱女子，你也是个孤苦的可怜人。虽然你是尚有这个后母不过这个后母，对于你是并没有什么好处，只有增加你的不幸。可怜的人是应该同情可怜的人，只要你不忘记我这个和你一样可怜的女子，也就是了。”

小毛这突如其来的举动，当然使凤仙吃了一惊。及至听他说出了这几句话，一颗芳心不免又像小鹿般地乱撞。明眸里含了无限的柔情蜜意，向小毛望了一会儿，方才回答出这几句赤裸裸真挚的话儿。不过既然说出了口，她却又害起羞涩来，两颊是娇红得好看，乌圆的眼珠，在长睫毛里滴溜圆地一转，却是默默地垂在小毛的胸前。小毛听了这话，同时又见她这样妩媚的意态，真是感到心头，爱入骨髓，不禁脱口说道：

“凤仙，你放心，我爱你，我终身爱你，我到死都爱你……”

凤仙听了这话，惊喜得立刻又抬起粉颊儿来，虽然满脸是含了喜气洋洋的春色，但她灵活得像秋水正被微风吹动得荡漾的眼儿却犹含了嗔怪的成分，向他白了一眼。这意思是怪他不该说出一个“死”字来，但她又难为情极了，挣脱了小毛的手儿，一骨碌翻身，却是逃到院子里去了。小毛到此，已不禁为之神往，微微地笑了一笑，遂走到桌旁，伸手到盆水里去拧面巾。待小毛擦好了脸儿，凤仙又从院子里若无其事一般地走进来，在壁角落里取出一条被席铺在地上，向小毛微笑说道：

“小毛哥，你别客气，就睡在我那一张板床上吧。”

“哟，凤仙妹，你自己太客气了，怎么还叫我别客气呢？承你的盛情，留我住宿，我假使能够坐一夜，已经是感恩不尽，如何好意思累你睡在地下呢？这我无论如何不答应的。否则，那地下就给我睡。”

小毛听她这样说，便走到凤仙的面前，又诚恳地说。凤仙却噘了小嘴儿，“嗯”了一声，秋波恨恨地又白了他一眼，仿佛撒娇似的说道：

“你是客人啦！哪里叫客人睡在地上的吗？你不答应，我可也不答应你哩！”

“那么谁先抢着那儿，就谁睡在那儿可好？”

小毛见她薄怒微嗔的意态，这是更增加她的妩媚，遂也装作孩子一般的神情，话还没有说完，他的身子却坐到地下铺着的席子上去了。凤仙到底也只是一个才十六岁的姑娘，当然也脱不了孩子气，所以听了他的话，也很快地要抢坐到席子上去。为了太快速的缘故，她的身子不免倾斜过去，竟直倒向小毛的怀里了。小毛一面很快地把她身子扶住，一面很得意地笑道：

“可不是！我先抢坐在席子上，这儿应该是我睡的。”

“你这人偏喜欢闹客气……我最不高……”

凤仙被小毛抱住了身子，她的两颊更红晕了，撇了撇鲜红的小嘴，似乎很生气的模样。但是她说到这里，却没有再说下去，很快地从席子上站起，却忍不住抿着嘴儿又笑起来。便不再和他客气，自管端着桌上的脸盆水，到院子外去倾了。

凤仙这次回进屋子里来，只见小毛已躺在地下的破席上了。但是他的睡着姿势很奇怪有趣，既不是仰卧，又不是侧卧，却是覆着身子躺着。凤仙瞧此情景，倒是怔怔地愣住了一会子，抿着小嘴，几乎扑哧一声笑出来。但她灵敏的感觉猛可地理会了，顿时只觉得有股辛酸冲上鼻端，泪水不禁又夺眶而出。情不自禁地走到他旁边，蹲下身子，轻轻拍着小毛的肩胛，柔声叫道：

“小毛哥，你还是睡到我的床上去吧。我知道你满背脊的全是伤痕，擦在硬邦邦的地上，自然是不能睡。不过这样覆面躺着，那是多么不舒服啊！假使你认为我果真是你的知音，那你就该听从我的话……”

凤仙这话是多么体贴温存，委婉多情，不但是带着贤妻的口吻，而且还含有慈母爱护孩子那样的成分。小毛听进在耳朵，他是感动极了。他奇怪着凤仙竟有这样细心和聪敏，他再也想不到凤仙会说出这样真挚性情的话来。这就忍不住翻身从地上坐起，两人视线便成了一个直角。小毛就在这一瞧之下，同时发觉凤仙的颊上还沾着晶莹莹的泪水，一时心中愈加感激得不知如何是好，猛可握住了凤仙的纤手，明眸凝望着她良久良久，最后仍是说不出一句话，却把他两眶子的热泪，来代表他所有一切的一切了。凤仙瞧他这个情形，她的心头是得了无上的安慰。她明白小毛所以淌泪，是完全感动得太厉害了的缘故，一时反以姊姊那样的态度对待他了，向他露齿嫣然一笑，说道：

“好弟弟，你得听从姊姊的话，就给我睡到床上去吧。”

凤仙说这话，手儿已扶到小毛的胁下去。小毛在她这样柔媚的手腕之下，哪还有什么话儿好说呢？真的好像小弟弟一般毫无反抗的能力，站起身子，默默地跟她走到上床去睡了。板床的下面是垫着被褥，当然比睡地板要柔软得多。小毛心中这就想到凤仙睡在地上，同样地要感到不舒服，遂拉了她手，十分感谢地道：

“我的好姊姊，你这份儿恩情对待我，真叫我刻骨难忘了。”

凤仙听他真的也喊自己作姊姊了，一颗芳心又喜又羞，绯红了两颊，秋波似嗔非嗔地向他瞟了一瞟，又啐他一口，便抿嘴哧哧地笑着逃到对面桌旁去了。小毛瞧了她这样可爱的神情，自不免向她呆了一会子。凤仙两手抚摩着桌子的沿边，微昂了脸儿，也向小毛娇憨地笑了一会儿。忽然她说了一声“睡吧”，便把小嘴儿凑到灯罩上去吹了一口，那全个的房间里便也呈现出一片漆黑的了。小毛这才躺倒床上，因为这是凤仙一个美丽姑娘睡的床上，在小毛的心里，无形中不免有些儿想入非非。但这感觉不到三分钟后，小毛已是呼呼地入梦乡里去了。

次日醒来，凤仙早已先起身了。这时听到一阵咳嗽的声音，同时又听凤仙柔和而带哀怨的口吻，低声地说道：

“舅父，你的额角是发烧得厉害，你除了头疼外，还有什么不舒服吗?”

“凤仙，唉，我想起床，可是却不能够了。”

李阿祥的话声是带着哽咽的成分，触入小毛的耳里，猛可理会凤仙的舅父昨夜有了病，今日却真的病倒了。心里一急，连忙翻身坐起，穿上草结的鞋子，走到阿祥的床边。只见阿祥瘦黄的脸上是带了一层死灰的颜色，眼角旁涌着一颗晶莹莹的泪水，见了自己和凤仙俩站在一起，他的泪便直淌到颊上来。小毛心中一阵难受，眼皮儿也微红了，遂低声地安慰道：

“李伯伯，你放心，只要静静地养息着，明后天自然会好起来。昨天你斫来的那担柴，今天我给你带上到市镇卖好了。”

阿祥听了，频频地点了一下头。两眼已失了神的目光，犹含了万分的谢意，向小毛默视了良久，说道：

“多谢你……好在以后叫你帮忙的地方尽多着，我也感激不得这许多了。”

阿祥说到这里，回眸又在凤仙着雨海棠似的脸颊上逗了那瞥哀怨的目光，却是微微地叹了一口气。小毛和凤仙听了他这几句话，觉得其中至少是含有了悲酸的成分，自己也不知道为什么究竟要这样伤心，两人的眼泪会扑簌簌地滚了下来。

“你们不用伤心，年纪老了，就难免要病的，但是也许我不会立刻就病死……不过与其活着使可怜的凤儿受累，那倒还是早死了干净。”

“舅父，你还会好起来呢，怎么你却说出这个话来?”

凤仙伤心地伏在阿祥的身上，已是抽抽噎噎地哭了。阿祥枯槁的手儿抚着凤仙短短的云发，也不免老泪纵横了。小毛含泪拉了拉她的衣襟，低低地劝道：

“凤仙，你快不要这样子了，有病的人，怎能够老引起他的伤心？我此刻回家里去一次，你应该热一些稀粥给伯伯润润喉咙，也许他已饿了。”

凤仙这才收束泪痕，连忙回身把小毛拉住，泪眼盈盈地瞟了他一下，微咬着嘴唇皮子，低低地说道：

“那么你慢着走，大家一块儿吃些稀粥吧。”

“不，我回家就可以去吃的。凤仙，我和你还用得着客气吗？你的心就是我的心，我的心就是你的心，我们环境虽然恶劣，但我们要活，我们要生存，我们终能坚持着忍痛着活下去，活下去！”

凤仙没有说话，她的眼泪只管向颊上淌，直挂到她的嘴角旁去。小毛放脱了她的手，他的身子已是跨出院子外去了。

小毛到了自己的家里，只见妹妹阿兰正在院子里屋檐下煮稀粥，遂三脚两步地走上去，轻声儿问道：

“妹妹，妈妈可有起来了吗？”

阿兰向屋子里努了努嘴，说道：“才起来。”正在这时，就见柴氏端着脸盆水走出来。小毛连忙很恭敬地叫声：“妈，你早。”柴氏为想着昨夜阿兰的一句话，遂也不追究他了，向他略为点了一下头，说道：

“一个年轻的人，第一要紧就是做事小心，假使你天天掉落一柄斧头，那斫来的柴恐怕还不够抵失掉的斧头价钱呢。现在你回头吃好了早粥，就把那担柴去卖了，卖来的钱就在铁店里买斧头了吧。若不够，阿兰，你等会儿给你哥哥再带半块钱去。”

小毛从来也没见娘对自己说过这样真像慈母对儿子那样劝告的话，一时便忙连声地答应了两个“是”字。阿兰的心里同样也感到了奇怪，不过这奇怪不必假以思索，因为那是一件求之不得的喜欢事情。遂把俏眼儿向小毛瞟了一眼，含笑道：

“哥哥，等会儿我拿给你吧。你这时快给我竹橱里去拿四只饭碗来吧。”

小毛答应一声，便很快地把碗取来。阿兰已把一锅子稀粥端放在桌上，盛了四碗，小毛用盘端进屋子里，柴氏道：

“你去喊叔叔一块儿来吃饭。”

柴氏叫小毛和阿兰呼赵阿四为叔叔，两人虽然心有未愿，但迫于母命，不敢违拗，只好以四叔称呼。小毛听柴氏这样吩咐，心中虽恨，表面上不得不装出很情愿的样子，到柴氏房中喊赵阿四去吃饭了。

饭毕，阿兰在房中取五角钱给小毛，小毛挑着那担柴枝，便到镇上去叫卖。他先到凤仙家里，见凤仙坐在床边，端着碗粥，正在喂阿祥吃粥，见了小毛便问道：

“小毛哥，你可曾吃过稀粥吗？”

“我吃过了。凤仙，你舅父的那担柴枝放在什么地方？我此刻就到镇里去了。”

“哦，在院子里，小毛哥，我指给你看。”

凤仙听了，把粥碗在床边的凳子上一放，便站起身子，和小毛一同步到院子里西首的屋檐下。小毛把那担柴枝并到自己柴枝上去，挑在肩上，望了凤仙一眼，说道：

“我走了，你好生在家里侍候着舅父，他有病的人，最怕是引他伤心，所以你应该安慰他才对。”

“我知道的……小毛哥，叫你挑着两担柴枝，可是累苦你了。”

凤仙听他这样说，点头答应，同时走近一步，明眸里含了无限的柔情蜜意，向他脉脉地望，显然是十二分的感激。小毛笑道：

“你又说这种话了，我们的心都已变成一个了，那你的舅父不也是等于我的舅父吗？”

小毛说到这里，似乎也感到有些儿难为情，把那担柴枝在肩上挑着耸了一耸，红着脸儿向她微微一笑，便跨大了步伐，直向院子外走出去了。凤仙雪白的牙齿微微地咬了一会儿嘴唇皮子，两眼望着自己的脚尖在地上画着圈子，忽然不知有了个什么感觉，她立刻又回身到屋子里去了。

“舅父，你只吃两三羹匙呀！怎么不要吃了呢？多少再吃一些儿吧!”

凤仙回到阿祥的床边，拿起了碗儿，仍喂给舅父吃粥。不料阿祥却摇了摇头，说不要吃了。凤仙心中当然是十分忧愁，望着阿祥的枯黄脸颊，柔和地劝着。阿祥伸出骨瘦如柴的手儿，去握着凤仙白胖的纤手，说道：

“凤仙，我不想吃，因为我很饱……小毛这人真热心，真好!”

阿祥说到这里，脸上浮着了微笑。凤仙觉得舅父这笑至少是含有些儿作用的，两颊红了一红，却是低头无语。阿祥觉得自己的病是怕不会好，剩下凤仙这个孤苦的孩子，将如何安摆呢？趁着自己这一口气没有断绝之前，还不如明白些和她说一说好。阿祥这样想着，便轻轻地说道：

“凤仙，我这病是恐怕不中用了，剩下你这个柔弱的孩子，我心里自然十分放不下。我看小毛这孩子很好，将来一定有出头的日子。况且你们两人平日的感情又很不错，所以我想在临死之前，就做好这一头婚事，不知你心中的意思怎样？”

这几句话听进凤仙的耳里，一颗芳心，虽然是感到无限羞涩和喜悦，而且同时又感到无限伤心。但是羞涩和喜悦的两种成分，还不抵住她内心的悲痛。她慢慢地低下头来，眼泪仿佛是泉水样地涌出，哽咽着道：

“舅父啊，你为什么要说这一种话？你的病是会好的……”

凤仙说到这里，捧着李阿祥的手儿忍不住呜咽而泣。阿祥的眼泪也纷纷地沾上了满颊，凄凉地说道：

“好孩子，别伤心吧！生老病死，这是每个人必经过的路途。人生本来是等于一个梦，不过我们穷人的梦，未免是太辛酸一些罢了。”

凤仙除了默默地淌着辛酸的悲泪外，她说不出一句话。因为她想起了爸爸的死、妈妈的死，瞧着奄奄一息的舅父，她空虚的心灵已失却了现实的安慰。经过良久地淌泪，她方才哽咽着道：

“舅父，你快不要这样说，我相信穷人虽然没钱请医生，但病魔它自然而然会逃跑的。难道世界上是只许有钱人活着，穷人是只好死了的吗？”

“但是……但是……这是穷人的命……”

阿祥的话声是有些儿颤抖，凤仙觉得舅父是太懦弱一些，“穷人的命”四个字，在她心头引起了一阵强烈的反感，不过她始终没有表示什么。她心里十分敬虔地默默地只管祈祷，舅父的病是会好起来的。

“凤仙姊姊……呀！怎么啦？你舅父生了病吗？”

阿兰在家里料理舒齐了事务，匆匆到凤仙屋子里来闲谈。当她一脚跨进室内，就见凤仙满颊挂泪地坐在阿祥床边，显然她的舅父是生了病，一时忍不住惊讶地问着。

“阿兰妹，我舅父昨晚上就有些寒热了，今天更烫手得厉害。”

凤仙回眸过去回答，阿兰已走到了床边，瞧着阿祥本来已经瘦黄的脸色，此刻再加上了一层病态，那自然更枯槁得怕人。阿祥见了阿兰，心中灵机一动，伸手向她招了一招，嘴唇翕动了一下，仿佛有什么话说似的。阿兰似乎有些理会他的意思，走近了一步，低声儿问道：

“李伯伯，你有什么话儿对我说吗？”

“是的……阿兰……我是快死的人了……丢下你这个可怜的凤仙姊姊，我真有些不忍死。不过人要死了，那自己是做不得主的……唉，我想……把凤仙给你做了嫂子……你……能不能把我这一层意思，向你妈妈去告诉一遍吗？假使你妈妈喜欢的话，这真叫我感激不尽了……”

凤仙听舅父说出这个话来，心头自然是万分羞涩。阿兰却是很欢喜，便点了点头，说道：

“凤仙姊姊给我做嫂子，不但我喜欢，哥哥当然一定更喜欢。至于妈妈呢，她瞧着凤仙姊姊这样人才儿，当然也不会不赞成的吧。那么李伯伯你且等会儿，让我立刻和妈去说好吗？”

阿兰笑盈盈地说，说到这里，还向凤仙故意逗了一个淘气而有趣的媚眼，便转身匆匆地奔回家里去了。

“妈妈，我告诉你一件事，不知道你心里可喜欢吗？”

阿兰到了家里，只见妈妈坐在草堂里正在吸水烟，便偎到柴氏身边去，笑盈盈地问着。柴氏嘴里抽着水烟筒，呼噜噜地吸了一筒，白她一眼，似嗔非嗔地笑道：

“这傻丫头又说呆话了，你没说出怎样的一回事，叫我心里如何知道呢？假使你这丫头要跟人逃走了，难道也叫我心里喜欢吗？”

“妈！你怎的说这个话……那我可不依你……”

阿兰的两颊陡然飞起了两朵红晕，“嗯”了一声，偎在柴氏的身上缠着不依。柴氏见女儿这样不胜娇羞的意态，忍不住呵呵笑起来，说道：

“这是你自己不好，惹娘说出这两句话来。好了好了，算娘说错了你，那么你快告诉我呀，究竟是什么事情呢？”

“妈，隔壁李伯伯病了，你知道没有？可怜他病得很厉害，刚才我和凤仙姊去聊天，李伯伯对我说，他的病恐怕是不会好了，他死后，对于凤仙姊姊十分放心不下，所以他意思要给妈做媳妇，叫我来问问妈，可喜欢吗？”

阿兰方才站正了身子，向柴氏絮絮地告诉。柴氏听了，把水烟筒放在桌上，两手在自己膝踝之上按了一按，凝眸良久，做个沉思的样子。阿兰见妈并不说话，便又笑着说道：

“妈妈，我瞧李伯伯意思，就把凤仙姊姊这个人送了过来，根本也不用聘礼，这样现成娶个媳妇，不是很便宜吗？再说凤仙姊姊又是个好模样儿，明年若能养个孩子，妈妈不是可以抱孙子官儿了吗？”

柴氏听了，心中一动。其实她早已暗暗盘算着，李阿祥死了，给他草草下葬，那么他家里到底还有许多家具呢。现成得了一个媳妇，又有这许多物件，那当然是件乐意的事。但不晓得凤仙这姑娘平日的饭量怎么样。这个年头儿，假使要吃三碗四碗的饭一顿，那可不得了。柴氏这样想着，便啐了一口说道：

“现在是什么时候？还谈得到聘礼和结婚吗？天又不下雨，已经是成旱荒啦！人还值钱吗？她送过来，也只好算为童养媳，暂时倒也不许他们结亲呢。你以为养个孩子我喜欢吗？要知道多一个人就多一笔费用呢！”

“那么依妈的意思是不要了？不过我家比不得别人家穷苦，到底还不至于愁饭没有吃吧！”

阿兰听妈这样说，心里很不以为然，乌圆的眸珠瞅住了妈妈，显然她喜欢凤仙给自己做嫂子。柴氏笑道：

“我也没有完全不喜欢，小毛年龄倒也不小了，不过这孩子太惹人讨厌……你且走开了，让我考虑一会儿，反正李阿祥也不会立刻就死哩！”

“那么我等一刻儿来听你回话。”

阿兰听了妈妈说出这样话来，心里虽然很不受用，但嘴里却不得不这样回答，同样转身便到自己房里去了。

第三回

托孤　永诀

柴氏待阿兰走后，自己心中暗暗盘算了一会儿。忽见赵阿四从后园子里回来，柴氏便向他招了招手，同时站起身子，先走到卧室里去。赵阿四不知她有什么事情，瞧她意态并没有十分不快乐，心里放下一块大石，遂也跟她步入房中。只见柴氏已坐在床边，遂也在她的身旁坐下，眼睁睁地望着她脸儿，显出很怀疑的神气，问道：

"我的娘，你叫我到房中来，有什么事情跟我说呀？"

"小鬼，谁和你涎脸？我正经地和你商量一件事情，你的意思以为怎样？"

柴氏听他喊我的娘，心里忍不住好笑，便白了他一眼，虽然是四十相近，但她犹逗给了他一个媚人的娇嗔。赵阿四听有正经事商量，心中倒是别别一跳，忙又问道：

"我的好嫂子，你快告诉我，到底是件什么正经事呢？"

柴氏听他又喊好嫂子了，便把一排微黄的牙齿，微咬着那两片红红的用人工化妆后的厚嘴唇，恨恨地打了他一下肩胛，却忍不住又嫣然笑起来。接着方才把嘴儿又凑到赵阿四的耳旁，低低地告诉一声，说道：

"你瞧瞧这事情怎么样？这凤丫头收留过来，我的阿兰自然可以快活一些，同时后园子里什么种菜的工作，你也不用去劳苦了，这样倒是多了一个手脚。不过我俩的事情，不知会不会发生什么阻碍吗？"

柴氏在黄叶村里也可说是个小康之家，至于怕多一个人吃饭的话，这原是柴氏对阿兰的掩饰之词。她所考虑的就是凤仙究竟是人家的姑娘，见婆婆干这种的事，难免要传扬开去。不过凤仙这姑娘粗细活儿一把抓，而且还有这许多家具随过来，至于容貌丑美，那却根本不成问题。这样一个好机会，若失之交臂，那岂不是很可惜吗？柴氏心中委决不下，所以悄悄地和赵阿四来商量。赵阿四听了，沉思了一会儿，笑道：

“我想也不至于会发生什么问题，她只管和小毛去睡觉，我们也只管一块儿睡觉，小毛阿兰不敢说一句话，凤仙她难道倒敢响一声儿吗？”

柴氏听他这样说，便啐了他一口，伸手在他大腿上拧了一把，笑道：

“你倒说得好，凤仙虽然要来了，但就给他们立刻同床吗？这别梦想，至少再挨三五年，才给他们去同床睡呢！”

赵阿四听了，倒是愕住了一会子。那么凤仙叫她做什么来？但不到一分钟后，立刻有根神经告诉他，柴氏并不希望凤仙来给他们养儿女，只希望凤仙来给他们做牛马奴隶。赵阿四的良心却并不完全抹杀，他虽然庆幸自己的环境，但他可怜小毛的遭遇，娶老婆是件喜欢的事情，但他却挂了一个虚名。柴氏见他呆若木鸡，仿佛有什么考虑的样子，便又问道：

“怎么啦？你做呆子了吗？究竟你看如何呢？”

“我想给小毛娶了亲也好，不过不给他们同床，这可有些儿不行。小毛他的年纪也不小了，他见我们每夜在一块儿快乐，他们却不能够踏入幸福乐园，这就难免要引起他见人吃饭喉咙痒，所以你这个主意未免是太厉害了一些，不是被小毛要怨‘只许官兵放火，不许百姓点灯’了吗？”

赵阿四这几句话倒是推己及人的一番好意，但是却引起柴氏的不快，恨恨地白他一眼，冷笑了一声，说道：

“小毛这畜生他敢怨我？我要他死，他就死；我要他活，他就活。他敢说半句不是，我也不做他的娘了……你这小鬼倒是个慈悲心肠的人，要你给小毛做说客吗？”

“我的亲娘！亲娘！你不要动气好吗？我怎么会替小毛做说客？因为你问我的意思，我当然不得不贡献一些儿意见。”

柴氏板起了面孔，那一副凶恶的神气直把赵阿四吓得连忙赔错，几乎要跪倒地上去求饶。柴氏见他这样丑态，心里又忍不住好笑，打他一记光头，笑道：

“谁叫你贡献什么意见？我只问你究竟把凤仙收留了还是不收留好？”

“我想收留也不要紧，既多了一个做事的人，又可以得她家里的家具。再说人家说起来，总要称赞一声你好福气，媳妇也有了。”

赵阿四这几句话倒是说在柴氏的心坎里，但表面上犹显出踌躇不决的样子，沉吟了一会儿，说道：

“只怕凤仙把我俩的事情传扬开去，那不是很难为情吗？”

“你这话有趣了，你以为人家还不知道吗？我们这许多年数的老相好，村中人还有哪个人不晓得呢？”

“啊呀！你这个话可真的吗？阿兰她是我的亲生女儿，她一定不会告诉人，小毛我知道他不敢说，那么村中人他们怎样知道呢？哦……莫非你小鬼在向人自鸣得意吗？哟！这没天良的种子，你得了我这许多好处，你在外面还在宣扬我的丑事吗？”

柴氏虽然是个十足淫毒的妇人，但她的面子上却还是要显出假仁假义的样子。她以为村中人大家还都把她当作是个好人，其实她这种淫毒的行为，黄叶村里的居民差不多是没有一个人不晓得的。柴氏今听阿四这样说，心中自然十分怨恨，伸手把阿四耳朵一把抓来，啪啪地就是两记耳光。这回赵阿四真的在她面前跪下来，赔着笑脸说道：

“你别冤枉好人吧。我要如在外面自鸣得意，一定没好结果的。你想，大毛死了差不多相近十年，我在你家里生活这样安闲，不是谁也会起这个疑心吗？”

“我知道了，人家起疑心，那班浮尸和你开玩笑，你就老实地告诉人家了是不是？”

“我的好姊姊！你别认什么真了，我和你又不是才一年两年，已经是十年八年的事情了，还怕谁来说话？你假使恨我讨厌我，我明天就回家里去是了，反正我的老婆也欢迎我得了不得哩！”

赵阿四见她凶狠的意态，便也索性故意地刁难她了。柴氏一听，真的吃了一惊，暗想：现在我再要物色像赵阿四那样一个年强力壮的男子来做大毛的代表，这倒的确不是一件容易的事。万一他真的辞职了，那可不是玩的。柴氏这样一想，立刻又变换了眉花眼笑的神情，伸手扶他笑道：

“我叫你嘴儿别太快，这究竟不是一件公开的事情。就是这样劝了你两句，你就搭架子了，谁稀罕你这个活宝贝吗？你只管伴你的妻子去，要走立刻就走好了……”

柴氏用的是一擒一纵的方法，假使太迁就了，未免失了主妇的身份，所以她在眉花眼笑之后，立刻又薄怒含嗔，装作很生气的模样。赵阿四家里很穷，妻子也是个童养媳，比他要大七八年，而且是个面目丑陋的女子。同时所谓家花哪有野花香，原因是家花不会献媚做功夫，野花就不同了，你贪我爱，什么丑态都做得出。所以男子心理，大都是人家的妻子好。不过分析内容的理由，当然人心都是喜新厌旧的多。赵阿四原是为难柴氏，其实打他走他也不肯走。今听柴氏这样说，又见她这个一喜一怒的意态，当然也理会她作用的所在，这是一个调笑的机会，岂肯轻易错过？趁此便站起身子，竟向柴氏扑了上去。柴氏猝不及防，竟被他压倒床上，赵阿四不知在她身上有了一个什么动作，也许是投其所好，竟引逗得柴氏哧哧地笑起来。

“我的好姊姊！亲姊姊！只要你不讨厌我，我情愿死在你的身上，也不回家去了……”

“呸！我要你死人压在身上吗？小鬼！快起来，阿兰进来了瞧见算什么意思？”

柴氏伸手拧赵阿四的脸颊，一面推他起来，一面又咯咯地笑。赵阿四因为是白天里，万一真被阿兰瞧见，到底有些不好意思，遂也站起身子，望着她哧哧地笑。

“那么你既然同意，我就和阿兰和李阿祥说妥去，这老头子就要死了呢！”

柴氏从床上坐起，回眸望了赵阿四一眼。阿四点了点头，柴氏便走出房外去，站在草堂上，向阿兰房内喊道：

“阿兰，你在房内做什么？快走出来，我此刻和你就到凤仙家里去吧！”

“妈，你想定主意，可是喜欢凤姊姊给我做嫂子了吗？”

阿兰一听妈在外面高声地喊，心里喜欢得了不得，立刻三脚两步地从房内跳出来，笑盈盈地向妈问。柴氏点头道：

“我想凤仙这孩子真也怪可怜的，三年前死了爸妈，现在舅父又要不中用的，我若不收留她，她孤零零的一个姑娘，叫她怎么生活好呢？”

阿兰对于妈这两句话倒是说得很中听，转着乌圆的眼珠，小脸上的笑容，这就没有平静的时候，拉了柴氏的手，很快地到隔壁凤仙家里去了。

凤仙坐在舅父的床边，见他的脸色是枯槁得可怕，病势似乎真的很危险，一颗芳心自然是很悲伤。李阿祥望着默默地正在垂泪的凤仙，心头同样地感到难受，但他犹抚着凤仙的手儿，柔和地安慰道：

“凤仙，你别伤心，只要柴氏肯答应讨你做媳，那你就有归宿之地了。”

“舅父，我这人真太命苦了，三年前死了爸妈，多亏舅父来抚养我，不料又只有三年，你……不过我相信，你是会好起来的。”

无限的伤心涌上了她那一颗脆弱的心灵，她默默地淌着无限痛伤的眼泪，她再也说不下去辛酸的话儿了。就在这时候，阿兰携着柴氏的手儿，匆匆地走进来。凤仙见了，明知是为了自己的婚姻问题，芳心除了羞涩外，却没有一分喜悦，因为喜悦已被伤心的成分所驱逐尽了。但是她不得不站起身子，装作毫不介意的神气，向柴氏招呼，一面倒茶，一面让座。柴氏走到阿祥病床旁边，轻轻地说道：

“李伯伯，阿兰说你病得厉害，我所以来望望你，昨天还好好儿的，怎么今天就病起来了？”

“黄大嫂……多谢你……恕我有病，不能……起来迎接……昨天我在山上斫柴枝，想是中了暑……也许平日劳苦过了度，老年人不中用，所以一病就病倒了……你请坐……你请坐……”

李阿祥见了柴氏，枯黄的脸上犹含了一丝苦笑。他见柴氏会来，显然事情是十有九成功了。他微仰着身子，似乎欲招待她，表示感激的神气，但是他咳嗽了一阵，却支撑不住，这就又倒下床来，只好连说了两声请坐。凤仙听了，遂端过一只方凳，放在床边，让柴氏坐下。柴氏望了凤仙一眼，觉得和阿兰生得一样秀丽，爱美是人之天性，心里似乎也有些喜欢，便向李阿祥安慰道：

“李伯伯，你的病也许会好起来，古人老话，‘人无千日好，花无百日红’，一个人小病小痛难免总有的，你怎么就想到死一层上去呢?”

“黄大嫂，你不知道，我两年前就有心脏病，走了路常喘气……我听人家说这病是很危险的，现在我这病是越弄越厉害了……最奇怪昨夜我梦见凤仙的爸妈俩……唉，我知道这病不中用了，我自己没有妻，没有儿女，也可说是无牵无挂，不过凤仙这可怜的孩子，我真放不下心。刚才我曾和阿兰表明一些意思，想黄大嫂也已知道了吧……不知道黄大嫂能不能可怜我这苦命的孩子……”

李阿祥说到这里，已是上气不接下气，一面连连咳嗽，一面不觉声泪俱坠。柴氏瞧此情形，不免也动了恻隐之心，说道：

“你的意思，已由阿兰告诉我了。凤仙的爸妈在日，和我感情也很不错，况且李伯伯为人也热心十分。你既然这样托付我，我自然不能袖手旁观，就决定遵照你的意思是了。”

阿祥一听柴氏已经答应，感激得头儿在枕上连连泥首，一面向凤仙招手，一面气吁吁地叫着道：

“凤仙……你……快快来叩拜婆婆……”

凤仙到此，一颗芳心是充满了酸甜苦辣的滋味，也不知道是笑好，还是哭好。绯红了双颊，挂满了泪水，只得移动着脚步，走到柴氏的面前，跪了下去，拜了八拜，口里又亲亲热热地叫了一声妈妈。

柴氏听她喊自己妈妈，可见她是要显出特别亲热的样子，心里倒也很喜欢，连忙伸手把她扶起，说声罢了。阿兰站在旁边，瞧着凤仙羞人答答的意态，一时也早笑盈盈地走上前来，向凤仙鞠了一个躬，叫道：

“现在你可是我的嫂子啦，我不喊你姊姊了。”

凤仙见她说着又哧哧地笑，那两颊忍不住便涨得血红，一面还礼不迭，一面也喊了一声兰姑。李阿祥见了这个情形，心中非常安慰，脸上只是浮了欣慰的笑。柴氏遂站起来，向阿祥望了一眼，安慰道：

“李伯伯，那么你静心地养养神吧，也许明天就好了。阿凤，你好生侍候着，回头我再来看望。”

李阿祥听了，要想略欠身子来表示送客，但是却一些儿也没有气力，只好点头含笑，说了一声“恕我不送了”。柴氏笑道：

“你是有病的人，况且我们成了亲戚哩，你还客气做什么？”

于是凤仙送着柴氏娘儿俩出了院子，阿兰推着凤仙的身子，俏眼儿向她瞟了一下，哧哧地笑道：

“我的嫂子，快别送了，我们是成了自己人啦！”

凤仙并不回答，秋波盈盈的媚眼在阿兰淘气的小脸儿上逗给了她一个妩媚的娇嗔。但羞涩掩不住她内心的喜悦，忍不住她玫瑰花般娇艳的颊上，挂上了无限得意欢喜的微笑。

凤仙回身进屋子里的时候，李阿祥是咳嗽得厉害，便慌忙步到床边，低声儿地问道：

“舅父，你怎么啦？可要喝一杯开水润润喉咙？”

李阿祥摇了摇头，伸过手来，拉着凤仙在床沿旁坐下。望着她红晕未退的娇容，微微地笑了一笑，说道：

“凤仙，你现在有了归宿之地了，我心里很安心，而且也很快乐，真可说是死亦瞑目的了……”

这几句话儿听进凤仙的耳中，在喜悦中不免又掺和了悲哀的成分。眼皮慢慢地润湿了，那晶莹莹的眼泪终于又夺眶淌到颊上来。阿祥见凤仙哭了，在他心里当然也未始不知道她所以伤心的原因，忍不住又叹了一声，柔和地道：

“凤仙，你别伤心了，我听你爸在着的时候，常自念着人生百年，等于白驹过隙，早死迟死，也无非时间问题罢了。尤其活着的时候是这样痛苦，为了三餐吃不饱的饭，高兴固然要干，不高兴也得干，在生活巨轮的重重压迫之下而受苦，何不如早死了干净吗。唉，做人，做人，究竟有些什么意思呢？凤仙，所以你别难过，我脱离这痛苦的世界，也许从此能够踏上无忧无愁无牵无挂的幸福乐园哩！不过话又得说回来，我死了，我心里原不过只有一时的痛苦，你还活着的人，当然是要有长时间的难受。但是你应该明白彻底地想一想，我既然这样无情地丢你去了，你还为我伤心什么呢？凤仙，你说是不是？”

李阿祥忍着万分的痛苦，说出了这几句话。凤仙是个绝顶聪敏的姑娘，她觉得舅父这几句话中是包含了无数的泪血混合而成。她的心头是只感到无限的疼痛。她想哭一场，但是她为了恐怕因此而增加舅父的病，所以她又不敢哭。世界上最最痛苦的事情，就是要哭而又不能哭。凤仙难受极了，她除了泪水像泉涌般地涌出来，她默默地再也说不出一句话。李阿祥瞧凤仙这样伤心的意态，他再也忍不住淌泪了，叹了一声说：

“凤仙，我叫你别伤心，你怎么反而哭起来了？你放心，也许我还能够好起来。”

“舅父，你这句话不错，你一定会好起来的，我不伤心了，那么你老人家也别伤心吧。”

凤仙也理会自己是不能老引起舅父的难受，连忙用手背揉擦了一下面孔，把泪水都拭去了，然后伸出食指，在阿祥颊上沾着的眼泪也抹去了。阿祥点了点头，望着她沾着泪痕的脸颊，说道：

“你还不曾吃过早饭吧？快去吃吧。”

凤仙答应，把他吃剩的半碗粥儿端着到院子外去。待凤仙吃好早粥，洗好碗筷，烧熟开水，淘米煮饭，时已正午。只见小毛掮着一根扁担，并拿了一柄新斧头，笑嘻嘻地一跳一跳进来，见了凤仙，便直向她的面前走。凤仙因为已经说明自己是他的妻子，虽然小毛他是并不晓得，但在凤仙一颗处女的心灵中，终是感到了万分的难为情。所以此刻见了小毛，反而要避一层嫌疑，低了头儿只装不瞧见，回身自管向屋子里走。小毛却还以为她真的没理会，还就加快了几步，同时情不自禁地喊道：

“凤仙，你舅父的病可有好些儿了吗？”

“咦！小毛哥，你回来了吗？我舅父的病总是这个样儿。”

凤仙经小毛这样一喊，当然再也不好意思假装含糊了，只得回转身子，仿佛还只有发觉的一般，向他笑盈盈地回答了这几句话。这时小毛已走到了凤仙的面前，瞧她的意态似乎有不胜娇羞的神气，一时望着她不免愣住了一会子。不料凤仙原是心虚的人，被他这样呆望，心里便也愈加感到难为情，同时她那两颊也更娇艳得好看了。小毛当然非常奇怪，笑问道：

“你做什么？这样害羞？”

“谁害羞？你别胡说。这柄新斧头几个钱买来的？”

凤仙的一颗芳心是跳跃得厉害，但她表面上犹竭力镇静了态度，扬着眉儿，乌圆的眸球在长睫毛里滴溜圆地一转，十分妩媚地还逗给了他一个媚眼。小毛心里未免荡漾了一下，望着她哧哧地一笑，说道：

“你猜猜看，大约要多少钱？”

“这我又不是铁店里伙计，怎么能够猜得出？恐怕要一元多吧？”

“你说猜不出，可是偏给你猜着了。我认为妈妈今天对我最表示好感了，她交我五角钱，说把那担柴枝卖去，连同五角钱去买新斧头。柴枝每担一元，这里一元钱是你们的，我再补两角钱，买了这柄新斧头。”

小毛似乎很得意，含了满面的笑容，向凤仙说着。同时在衣袋里摸出一张钞票，要塞到她的手里去。凤仙却并不来接，明眸脉脉地睃了他一眼，抿嘴笑道：

“我不管，你亲自交给我舅父去是了。”

凤仙说着，把身儿一转，便笑着奔到屋檐下的炉子旁去了。小毛暗想：奇怪，为什么要我亲自交给她舅父去？望着她娇小的身儿，自不免愣住了一会子，但他立刻又放下扁担，轻轻地走到屋子里去了。

“小毛，你回来了吗？可曾碰见凤仙？”

小毛一脚跨进屋内，李阿祥枯黄的颊上浮着了微笑，向自己低声地问。小毛连忙步到床边，也向他问道：

“李伯伯，你可是要什么东西吗？凤仙在院子里做饭，你要拿什么，我给你拿是了……李伯伯，这儿一元钱是给你柴枝卖去了的钱，你拿着。”

阿祥对于小毛这几句话，好像一些儿也并不加以注意。他向小毛招了招手，只叫他在床边挨得坐近一些，很喜欢地说道：

“小毛，我告诉你一件事，我的凤仙已给你做妻子了，你的娘也已承认了……”

“哟，这话打哪儿说起？”

这个意外的消息，小毛自然是万分惊异。虽然在惊异之中至少总还带有喜悦的成分，不过也未始没有带着了忧怕的成分。阿祥见小毛的态度是并不显出十分欢喜的神气，一时心中倒也不禁为之愕然，暗想：照你俩平日的感情看来，能够给你们结成一对，这实在是求之不得的事，但照小毛此刻这副意态猜测，显然他还有些不乐意的模样。眼睁睁地望着小毛，这就忍不住开口问道：

“小毛，怎么啦？你不喜欢我的凤仙吗？”

“不不，并不是……但……这到底是怎么一回事？你老人家得明白地告诉我知道……”

小毛听阿祥这样问，那明明是误会了自己的意思，情不禁地连说了三个不字，但他微红了脸颊，还不懂这婚事的进行是怎样开始。阿祥用了怀疑的目光向小毛凝望了一会儿，方才告诉道：

“事情是这样的，我因为恐怕自己是不中用了，剩下凤仙这个无父无母的可怜姑娘，我自然是放心不下，所以我的心里是非常不安。不过我想着了你，你平日和凤仙不是很说得来吗？所以我便托你妹子阿兰去征求你妈的同意，不料你妈果然答应了，刚才到我这儿来，亲自允许我收留凤仙，并且凤仙亦已向你妈行了婆媳之礼……小毛，你的意思怎么啦？难道还有什么地方以为不对吗？”

小毛听了阿祥这一篇话，方才明白了，暗想：原来他们已说妥了，怪不得凤仙瞧见我，显出这样怕难为情的样子……凤仙果然能够给我做妻子，这自然是一件使人喜欢的事，不过……唉！小毛想到这里，心中隐隐有些作痛，他忍不住叹了一声。谁知就在这时候，小毛忽然听得有个女子的声音已经哭了出来，而又立刻扪住了嘴儿似的，便急忙回眸向屋外望去，只见凤仙娇小的身影在太阳光笼罩下的地上一闪后，便不见了。小毛这就猛可理会凤仙是在门外窃听，自己这个神气不但使阿祥要误会，凤仙一颗善感的芳心自然更要感到失望的伤心了。一时急得了不得，立刻离开床边，先到院子外和凤仙去解释自己内心的苦衷了。

小毛步到院子，只见凤仙站在炭炉子的旁边，背着身子，掩了脸儿，似乎正在啜泣，便慌忙三脚两步地走到凤仙跟前。凤仙也似乎听到了有人脚步的声音，很快地在拭泪，竭力要装出没有事儿的样子。果然小毛的手儿已把凤仙的肩胛慢慢地扳了转来，两人的面孔就瞧了一个正着。小毛柔和的目光带着万分歉意，脉脉地凝望凤仙的粉脸，低声儿说道：

“凤仙，你哭过吗？唉，你千万别伤心……你千万不要误会我的意思吧。我告诉了你……你才知道我心里的苦……”

凤仙听他这样说，明明他已晓得自己是在门外窃听，同时他亦已知道自己所以哭泣的原因。既然他已完全赤裸裸地向我直说，那我当然不必再假惺惺地作不理会。带了无限哀怨的目光，在小毛的脸上，逗了那一瞥后，立刻又垂下头来，默默地并不作答。这种娇媚而带有楚楚可怜的意态，实在是惹人可爱并怜惜。小毛这就情不自禁地把她手儿握起，温和地抚了一会儿。凤仙并不拒绝，却柔顺得像头驯服的羊羔。小毛当然更有说不出的为难，两人呆住了一会儿，小毛方才说道：

“凤仙，你听了我和李伯伯的说话，以为我心中是不爱着你吗？要知道我所以这个样子，真是为了爱着你啊！”

小毛这几句话听进在凤仙的耳朵，倒不禁为之愕然。因为既然大家已很明显地表白，那也就无羞涩之必要。慢慢地抬起头来，含着泪水的明眸向小毛瞟了一眼。小毛虽然没听她开口问话，但他晓得她那秋波一转，就是代表她心头的疑问，遂忙又低低地说道：

“当然我这几句话在未解释之前，你会弄得莫名其妙，不过我可以告诉你一个理由，你知道我是多么爱你呀！”

凤仙听他并不立刻就解释究竟为什么缘故，却只管“爱你呀”“爱你呀”，一时既羞涩又喜悦，把哀怨早已消灭得没了影儿，几乎露齿嫣然笑起来。不过刚才是曾经哭过的，此刻在自己认为理想丈夫的小毛面前，经了他两句的爱我，自己立刻又会笑起来，这一个女孩儿家到底是太不好意思了一些，而且也未免是失了姑娘的身份。因此她竭力绷住了脸颊，始终是保持她的静默，等待小毛说出一个缘由来。小毛瞧她的芳容，是并没有十二分哀怨的神气了，显然自己这两句爱你的话，把她一颗悲伤的芳心又引逗得高兴了。可见凤仙姑娘她是完全真心地爱我，一时心头真感激得无可形容，温和地说道：

“凤仙，以你我俩的感情来说，我是只希望你能给我做个妻子，因为你是我生命中唯一安慰的人。所以我在听到李伯伯告诉我这个消息后，我的心里是充满了甜蜜和喜悦。但是……就在不到一分钟后，忧愁和恐怖同时侵袭了我的心房。因为我想着了我这个家庭是充满了十足淫恶不平等的空气，我在这活地狱似的家庭里生长着，是吃了多少的苦楚。种种不平的遭遇，那你是均所目睹的。现在你是个活泼而自由的小鸟，将来一步入我的家庭，势必同样要遭到不幸的虐待……我为了这一个问题，所以在我未脱离家庭之前，我是实在不忍心来爱你。因为爱你，不等于是反害了你吗？凤仙，我心中具有了这一些苦衷，你大概终能够谅解我吧？”

凤仙听完了小毛这一大篇的话，心中方始有了一个恍然，觉得小毛真可谓是我唯一的知音了，一时感到心头，大概是太喜悦了的缘故，倒反而淌下泪来。身子不由自主地挨近了小毛，明眸中含了无限的柔情蜜意，向他凝望了良久，说道：

“我明白哥哥的苦衷……但是我为了爱你……我俩能够达到如愿以偿的一日，我就是受了你娘种种的委屈，我心里亦甘心情愿的……况且人心究竟是肉做的，我们既没有什么大错，她总不能过分地来虐待我们吧……小毛，我觉得你是我唯一的安慰人，当然你对于我，也未始不是和我一样地感觉着。所以我俩是永远不能离开着，只要我们可以一起活着，无论痛苦到如何地步，我终还是很高兴地活下去，活下去！哥哥……你的意思……难道不以为然吗？”

凤仙微昂了粉颊儿，两手按在小毛的肩胛上，一面絮絮地说，一面她的眼泪已是像雨点一般滚下来。小毛听了她这样血淋淋的话儿，他的心头是感动极了。他觉得凤仙和自己真正可说是精诚之爱，那是多么伟大啊！他情不自禁地猛可伸开两手，环住了她的脖子，紧紧地抱住了。

两人抱在一起，各人的脸上是并不浮现着热情得意的笑容。他们的眼泪，不停地扑簌簌地滚下了满颊，你的泪流在我的脸上，我的泪流在你的颊旁，两人的泪并不像眼眶子里涌出来，好像是从各人的心坎儿上直喷出来的一样。所以他们的泪并不是懦弱的表示，也并不是伤心的透露，他们是发挥两人心头的热情，可以胜过一切一切情人脸上甜蜜的笑容。

“凤仙，我的妹妹！不，不，你简直就是我，你我的身子合成了一个，你我的心儿合成了一个，我们为了爱，我们决不怕四周一切的魔鬼来打击我们。不错，只要我俩能够月圆在一起，无论痛苦得每日只有吃烂泥生活着，我们也得很高兴地活下去，活下去！”

经过了良久的拥抱，小毛轻轻推开了凤仙的身子，十分兴奋地说着。凤仙觉得小毛这几句话是打倒了“柴米夫妻”四个字的“不情”名词，她内心的热血，是像火样地沸滚。她的两颊也慢慢地红晕了，绕过无限媚意的俏眼儿，向小毛脉脉含情地瞟，同时频频地点了一下头，挂着眼泪竟是笑了。小毛瞧了她这种娇羞的意态，他也不禁为之破涕笑起来。

“凤仙！凤仙！你来呀！你在做什么啦！”

李阿祥虽然是在病中，但他的感觉却并不因此而稍有迟钝，依然是相当灵敏。他听院子外小毛和凤仙俩一会儿絮絮地说话，一会儿又抽抽噎噎地哭着，一时心中好生纳闷，经过了许久许久的时间，于是他再也忍不住高声地喊起来。

两人正在默默相对，挂着眼泪微笑的时候，忽听舅父这一声叫喊，遂慌忙收束泪痕，匆匆地奔进房中。两人同时伏到阿祥的床边，含笑问：“什么事，舅父?”阿祥见两人的脸上都有喜色，心里愈加不解，意欲开口动问，但又不知道怎样问他是好，因此望着两人，却是愕住了一会子。

小毛心头似乎有些理会阿祥发呆的原因，他要凤仙向舅父解释自己的苦衷，所以他拿了斧头和扁担便先回家里去了。果然待小毛走后，阿祥向凤仙问小毛的意思究竟怎样了，凤仙红晕了脸儿，羞人答答地把小毛的苦衷向舅父告诉了，同时又说："小毛现在他赞同了，就是我们苦到只有吃烂泥度生活，我们也得很高兴地活下去。"阿祥见他俩人爱到如此地步，瘦黄的脸上也不免浮了一丝笑意，点头赞道：

"你能和小毛配成一对，我放心了，我安慰了……"

阿祥说了这两句话，脸上的笑痕是并没有平复过。但是凤仙心头有了永诀的恐怖，她是蕴藏着无限的隐痛，粉红的两颊上又展现了那亮晶晶的泪珠了。

这是阿祥病后第五天的一个黄昏里，忽然间天空中聚拢来朵朵的云霓。啊！这云霓是有两三个月不见了，如今瞧在黄叶村里众农民的眼里，心里是多么快乐呀！大家几乎要喜欢得雀跃起来。

但是阿祥的病势已到了最危险的时期。他仿佛是一具已失修的机器，慢慢地已将停止他的呼吸。站在床前的凤仙和小毛，脸上都挂着辛酸的悲泪，望着奄奄一息的阿祥，各人都有无限的沉痛。阿祥已失了神的目光向两人默默地凝望，良久良久，方掀动着嘴唇说道：

"你们……别伤心……外面怎么高呼下雨了？……真的下雨了吗？"

阿祥说到这里，忽然又听到院子外面人声鼎沸，高呼下雨了。虽然自己已到奄奄一息，但是他心中是关怀着全村的吃饭问题，几个月的不下雨，也是使他郁闷成病的一种原因。现在忽然听有人说下雨了，他心头会感到无限的欣喜，脸上现出了惊喜的颜色。小毛点了点头，说道：

"不错，老天可怜着我们全村的数千人口的生命，他是应该要落雨的了。"

"哈……天也会可怜着我们了，我……很安心……我死……我很瞑目了……"

李阿祥听了，脸上只是浮着笑，但他的话声是上气不接下气，而且渐渐地低沉了，眼皮也慢慢地合上。凤仙伤心地连喊着舅父，这时阿兰匆匆进来道：

“哥哥，妈妈来问问李伯伯，究竟怎么样了？”

阿兰说着话，已是走到床边，只见阿祥似尚有知识状，微开眼睛，向三人脸上逗了那一瞥恋恋不舍的目光，但立刻又合上了。他一缕孤苦的幽魂，便也永远离别了世界。凤仙等三人正在欲放声大哭，忽然天空中刮起一阵大风，洒洒的雨点已整个倾泻到黄叶村里来了。

第四回

嬉春　逅兰

光阴如水一般地流着，一会儿秋，一会儿冬，只觉一转眼间，早又是桃红柳绿、草长莺飞的春的季节了。黄叶村本是一个富有诗情画意的风景区，经过了那热情的、美丽的、柔软的春之神的渲染，当然更显得亭亭玉立，仿佛是二八女郎那样不胜娇媚而使人可爱。

尝到了将近一年童养媳滋味的凤仙姑娘，虽然觉得在这个打、骂、操作等于牛马那样不平的环境生活下，肉体是非常痛苦，但偷空的时候，能够和小毛相倚相偎地拥抱，两人还是纯洁、玉雪、可爱的精神之爱。

这是一个美丽的春的黄昏里，凤仙兀是蹲在院子内的大木桶旁，洗着那一满桶柴氏、阿四、阿兰、小毛以及自己换下来的衣服。四周是静悄悄的，一丝儿喧闹的声音都没有。凤仙微昂了她圆圆像剥出鸡蛋那样可爱的脸蛋儿，凝眸望着西首花坞里缠绕在竹竿上的牵牛花，那红红的花朵、绿绿的嫩叶，经过那正欲向大地作别的斜阳余晖的笼映，愈显得妩媚鲜艳。这好像是个嫁后的新娘，芙蓉帐暖，芍药花开，两性生活开始后的脸庞，是更觉得容光焕发。春风是不停地荡漾，吮吻着凤仙的脸颊，吮吻着牵牛花的苞蕾。凤仙鬓边乌黑的美发是纷纷地飞舞，牵牛花的花朵也前后地摇摆。阳光像摄影机似的，把牵牛花的轮廓在灰白的墙上，照着那含有画意的黑影，真有些像银幕上活动电影那样的风味。

凤仙瞧着那一角含有美术意味的景物，知道时候是已近黄昏了。想到了黄昏，不免又想起在山上劳苦了一下午的小毛，大概就可以回来了吧？小毛一回家，虽然两人是并不可以有亲热的举动，但是在凤仙的一颗芳心里，好像能够得到无上的安慰。这在小毛的心中，也未始不是和凤仙一样的。

“凤仙，时候是快晚了，你衣服还没有洗好吗？可要我给你帮着洗吗？”

四周是静悄悄的，凤仙正在想念着小毛，忽然耳旁流动了那轻轻讨好的声音。抬头回眸望去，原来是赵阿四。阿四对于凤仙，始终是非常客气，有好的东西吃，总要省一些下来给凤仙吃。凤仙见他贼秃嘻嘻的样子，想来绝非好意，所以起初便婉言谢绝。后来凤仙觉得这种瘟生，乐得把他吃的东西收下来，自己并不吃，晚上小毛回家，便悄悄地给小毛吃。在赵阿四的心里，还以为凤仙亦有爱他之意，因此愈加增强了他野心的发展。

“谢谢你，我怎么敢劳动你帮助着洗？”

“不要紧，反正我左右无事，你婆睡在床上，她是不会知道的。”

凤仙见是赵阿四，很随便地望了他一眼，冷冷地回答。谁知厚脸的赵阿四却也在木桶旁边蹲了下来，把手伸到桶里去撩衣服。凤仙瞧此情景，心里自然很不好意思，红了脸颊，站起身子，说道：

“你这样不对的，回头给婆瞧见了，不是又害我挨打吗？”

“凤仙，你放心，你这断命的婆早已睡在床上死去了，你害怕她做什么？”

赵阿四见凤仙站起，他便也立起了身子，两眼含了非常同情凤仙的目光，脉脉地向她凝望。凤仙心中暗想：婆待你这样好，不料你这黑心的还咒骂婆死了，可见天下的事情都是在报应着。赵阿四见她垂了头儿出神，以为她是害羞，其实心中也爱着自己，只不过说不出口罢了，遂先把话儿打动她道：

“凤仙，你和小毛结婚不是也有一年了吗？可是在这一年之中，你们两人却始终没有享受过夫妻的权利。你婆自己却天天夜里少不了我，这样不平等的事情，我瞧了真替你难受。尤其现在是春天的季节了，在这样热情的日子下，累你一个人睡觉，我真可怜着你。”

凤仙再也想不到他会说出这样不伦不类的话儿来，一时把两颊涨得血红，颦蹙了双眉，秋波微含嗔意，瞅住了他，说道：

“赵大叔，你可是喝醉了酒吗？怎的说出这样疯癫的话儿来呢？”

“凤仙，我是并没喝醉什么酒，我是真心地替你可怜着身世。你知道婆为什么天天夜里少不了我，因为我身上有法宝，能够使她乐得心花儿都开起来。凤仙，可怜你还没尝过这种甜蜜的滋味，当然不晓得其中的神秘和奥妙。我是非常爱你，所以我想解放你的痛苦，趁着你婆睡着，我们就到柴房里去……”

赵阿四见她薄怒含嗔的意态，不但并没一些儿害怕，而且更觉凤仙的妩媚可爱，一面絮絮地说着，一面竟去拉凤仙的手。凤仙听了他这一篇话，羞涩之心完全变成了愤怒，气得柳眉倒竖，杏眼圆睁，说道：

“你你你……这是打那儿说起？你到底是人还是畜生啦？”

“凤仙，你别不识好人心吧！我是这样地为你着想，可怜你的身世，所以特地牺牲精神，偷看给你去乐一乐，怎么你反开口骂我了？亲爱的凤仙，你快不要假惺惺了，回头准叫你喜欢是了。”

凤仙狠命地去摔脱他的手，怎知阿四却是拉得非常牢，不但没有摔脱，而且他第二步动作已去拥抱她的身子。凤仙心中又急又羞，又愤又恨，真是充满了无限的恐怖，说道：

“你胡闹，我可喊了……”

“你喊好了，回头你婆知道，我说你因为没和小毛同床，所以来勾引我，怕你不给她打个半死……”

赵阿四用威吓的手段来控制凤仙的叫喊，凤仙想着了被柴氏的毒打，真的又不敢高声地叫喊，心中这一焦急，几乎要哭起来。赵阿四利用这点，见她果然不敢响出声来，心中大喜，暗想：柴氏熟睡着，此刻绝不会醒来，这个机会如何能够轻易地错过。于是一手搂住她的腰肢，一手环住凤仙的脖子，要凑过嘴去闻她香。凤仙腾出右手，抵住了阿四的丑嘴，左手握紧了小拳，在他背脊上乱敲了一阵，气呼呼地道：

“你真无礼，我不怕婆打，要高声喊了！你……你……”

“你喊……你喊……我为了你，就是死了也情愿……你难道真的这样心狠看我死吗？”

凤仙并没回答，她气红了两颊，把脚儿只管在地上乱顿。在这野蛮强暴的势力之下，凤仙拼了性命显然在做最后的挣扎。

“赵大叔，你这算什么意思?”

正在千钧一发之间，阿兰齐巧从后园子里匆匆地出来，一见赵阿四这种穷凶极恶的神气，便气得鼓起了脸腮，娇声地喊着。赵阿四到此，也不免吓了一跳，慌忙放开了手儿，急急地逃到外面去了。

“嫂嫂，这是怎么一回事啦?”

阿兰见凤仙撞散了头发，呆若木鸡的样子，便走到她的面前，握住了她的手儿很惊奇地问着。凤仙刚才的心里是只有愤怒和痛恨，此刻见了阿兰，立刻又掺和了伤心和羞涩，通红了两颊，忍不住她满腔的悲愤，化作了滚滚的泪珠，直向眼眶子外淌了下来。良久，方叹了一声，说道:

“我真想不到他这无赖有此禽兽的行为。兰姑，我告诉了你，你准会气得一个半死哩!”

凤仙说着，遂把赵阿四的话儿向阿兰直告诉了一遍。阿兰听到妈妈天天夜里少不了他的话时，一颗芳心真是怨恨与羞惭直充满了心头，忍不住也淌下泪来。凤仙见她淌泪，更觉酸楚，便凄然说道:

“我高声地吓他要叫喊了，谁知他反吓我回头婆知道了，说我勾引他，要打我一个半死，我想着了打的时候痛苦，我真的被他吓住了。唉，兰姑，要不是你来了，我真不晓得如何对付他好呢!”

凤仙说到这里，忍不住又扑簌簌地淌下泪来。阿兰心中也很难受，陪着嫂子淌了许多眼泪。凤仙因衣服没有洗完，回头柴氏醒来要责骂，遂放了阿兰的手，蹲下身儿又去洗衣服了。

阿兰今年是十五岁了，个子又长得不少，胸部是高耸耸的，臀儿是圆胖胖的，十足地已富有处女曲线的美妙。她想着妈的淫恶，赵阿四的无赖，心里自然也在十二分地痛恨。如今又瞧见阿四调戏嫂子的丑态，说不定这畜生明天也会调戏到我的头上来……阿兰这样想着，因为心里是气闷得了不得，所以一步一步地已踱到村里去散步了。

前面是一条小河，河的两岸长着一棵一棵柳条，春风翻动着碧绿绿的柳丝，纷纷地飘舞不息。远远望去，如烟如雾，娇媚得有些弱不禁风的意态，令人感到了有些楚楚可怜的模样。中间也夹杂了几株桃树，斜阳从远处笼映到桃柳的顶盖上，红得娇艳，绿得可爱。的确，黄叶村是个含有艺术风味的地方。阿兰一步一步地走到小河的旁边，慢慢地在一块大青石上坐下了，两手托着香腮，明眸脉脉地凝望着那条不疾不徐的流水，呆呆地想了一会子心事。

我的年纪是一年一年地大了，论这里的风俗，早应该有许多人来作伐了。因为乡村的地方，没钱人家的姑娘，十二三岁都给人家做童养媳，十五六岁的都也出嫁了。但是现在我为什么却没有人来作伐呢？难道说我家穷吗？这绝没有这一句话。那么说我的模样儿丑吗？这再要美丽，除非到天上去找安琪儿了。既然不是穷也不是丑，到底为了什么缘故呢？不还是为了娘做不名誉的事情吗？娘的丑事是全村都知道的了。乡村的地方比不得都市里，以为娘做丑事，女儿终也不会安分的了，你想，谁愿意娶一个不安分的姑娘来做妻子呢？唉，这样说来，娘简直是害了女儿的终身……阿兰想到这里，一颗芳心真有说不出的怨恨，望着那水面上慢慢漂浮的落花，不免深深地叹了一口气。

阿兰是这样静悄悄地沉思着，不料在这沉思之中，阿兰的整个身子的轮廓，却被一个年轻的画家用灵敏的手腕、艺术的技巧，好像摄影机似的照到画里去了。但是阿兰并不注意，依然呆呆地坐在石上，悲哀她的身世，伤心她的处境。

这个年轻的画家姓薛名松涛，原是萧山城里人。父亲薛梅舫，乃是一个丝绸商，在萧山城中也可算是一个大族。松涛今年十八岁，是在上海中学里读书，春假回里，因心好美术，所以时常独个儿带了画具，做野外游玩。

今天松涛到黄叶村里来写生，瞧着青山绿水，果然是个风景幽美的地方，心中十分喜欢，遂展开画架，开始他的写生。谁知正在这时候，对面小河旁边却又添了一个美丽的村姑。于是他运用生花妙笔，把个阿兰的娇容也画进在里面了。

松涛画好了这一幅美丽的、热情的、含有春意的油画，他得意极了，脸上是含满了笑容回眸去瞧阿兰，谁知她兀是出神，心里这就忍不住又感到好笑和有趣，便细细向她打量了一会儿。虽然她的距离至少有二三丈远，但可以辨出这个姑娘确实是美丽可爱的。想不到简陋的乡村里，竟有这样秀气的姑娘。被了好奇心的冲动，松涛预备有了一个企图。于是他收拾画具，背了三脚架，从那边板桥上直绕到阿兰的面前来。

“这位姑娘，请问此地是叫什么村呀？”

松涛既到了阿兰的身后，觉得应该怎样来招呼比较合理，于是他又沉吟了一会儿，但是聪敏的人终不至于会想不出一个恰当的主意，觉得问路实在是个绝好的烟幕弹。

阿兰骤然听到有个人来向自己问路，遂慌忙回过头去瞧。就在这一回头之间，两人的视线就接触了一个正着，阿兰的一颗芳心顿时别别地一跳。松涛的脸蛋儿是相当俊美，更因为头上是梳着光亮的西发式样，因此愈加增了美的优点。身上是穿着一套淡青花条子呢的西服，脚下黑漆的革履。这种带着欧化的年轻的男子，不要说黄叶村里是从来没有瞧见过，就是自己进城里去的时候，也很少有这一种男子映到自己的眼帘来。当然在阿兰一个乡村姑娘的心里，对于这个洋人式的少年面前，是完全惊呆得窘住了。她红着脸儿，只管发怔。她怕自己回答的话儿，也许那少年会听不懂，因为他是穿着洋人的服装。虽然松涛的问话，阿兰是很听得懂，但是她却并不曾想到这一层。

阿兰这种呆住了的神情，却是给松涛一个细瞧的好机会，觉得这个姑娘的脸儿、眉毛、俏眼、鼻梁、小嘴……没有一样不是合乎美的条件，真是愈看愈好看，愈看愈可爱。但老是这样地相对呆瞧着，这又不是庙里泥塑木雕的童男童女，那算什么意思？松涛这样想着，对她微微一笑，说道：

“这位姑娘，想是没听清楚我的问话吧？请问这儿是叫什么地方呀？”

“哦，这儿是叫黄叶村……”

阿兰觉得事情是已到不能不回答的时候了，乌圆的眸珠一转，她竭力镇静了态度回答。同时她已从大青石上站起来了，她恐怕自己是失了礼仪，准会被人家笑话，说乡村里的姑娘究竟是没有知识的了。于是她内心开始有些怨恨，为什么我会生长在乡村里？她不晓得应该如何举动和说话，方才是合乎城里姑娘的条件。

“叫黄叶村……奇怪，为什么要叫黄叶，不名叫绿叶？绿叶不是比黄叶要有生气得多了吗？”

松涛瞧着阿兰站着的姿势有些忸怩，雪白的牙齿微咬着鲜红的嘴唇皮子，她的脚尖在草地上踢着小石块。乡村里的姑娘，是另有一种妩媚而有趣的风姿。她那黄叶村三个字是特别地说得清脆动听，松涛因为要她多说一句话，故意拿黄叶村三字来做一个疑问。

阿兰听他这样问，心里自然是感到了这个少年有趣得好笑，其实这种疑问有何问清之必要，秋波向他瞟了一眼，忍不住抿着嘴儿噗的一声笑出来。松涛觉得她这笑多少不免是含有些儿意思，一时脸儿忍不住也红了红。不过这位姑娘会向自己娇笑，显然对于自己是并没有十分讨厌，这又是一个说话的好机会，忙也笑道：

“为什么好笑？可是我说的意思不对吗？”

“这儿住的居民，是黄姓和叶姓两家大族组织而成，所以名为黄叶村，你要改作绿叶村，不是把人家的姓字都改掉了吗？”

阿兰絮絮地回答，她粉颊上的笑容却忍不住微微地露了出来。松涛想不到其中还有这一层意思，不禁“哦哦”地响了两声，说道：

“原来如此，那么这位姑娘不是姓黄，定是姓叶的了，对不对？”

“不错，我姓黄，这位先生好像不是本村的人。”

阿兰听他这样问，心里暗想：我既告诉他这儿居民是黄叶两姓组织而成，那么我当然是占有其中的一个姓字了，你不猜这个话也得。心中虽然这样想，但表面上却是频频地点了一下头。爱美原是人之天性，况且阿兰是个正在怀春的姑娘，对于一个这样俊美的少年，一颗芳心里自然而然会感到十分可观。在这个情景之下，可见不但是松涛愿意和阿兰多说一句话，就是在阿兰的心中，也未始不希望和松涛多闲谈一会儿。松涛见她大有一直谈下去的样子，暗想：今天这无意之中的艳遇，也许会变成将来固定的事实。心里一欢喜，便先来了一个自我介绍，说道：

“这位原来是黄小姐，失敬失敬！我果然不是这村里的人，萧山城里是我的家，离这儿也只不过十五里路程，也不算远。我姓薛，名叫松涛，今年才十八岁，是在上海强民中学里读书，平日是不常回家的，春假里没有事情，所以回里来望望父母。今天真可说是个巧事，无意中竟和黄小姐相识了。”

阿兰听他絮絮地告诉了一大套，连年纪名字都说了出来，一时心里又喜又羞，低了粉颊，不免盘算了一会儿。像他这样华贵的神气，家境当然要好过我万倍，论年龄，他比我大三年，也可说是恰到好处。真奇怪得很，他为什么要这样详细地报告我呢？难道他真的已爱上了我吗？想到这里，脸上一阵热燥，全身的血液仿佛会沸滚起来。松涛见她听了自己的话，并不回答，垂了螓首，好像有不胜娇羞之意，遂走上一步，很柔和地说道：

“黄小姐，你能不能告诉我一个芳名吗？”

“没有好的名儿，你听了别见笑，我的名儿叫阿兰……”

阿兰听了，便略为抬起粉脸儿，绕过无限媚意的俏眼儿向他脉脉地瞟了一下。谁知松涛的明眸也全力凝望着自己的脸颊，因为两人距离是相当近了，阿兰的一颗心儿也愈加跳跃得厉害。在她的脑海里，立刻有两个问题，就是在一个陌生的少年面前，究竟把自己名字告诉了好，还是不告诉的好？但是他瞧着松涛可爱的脸颊上是浮现着柔情蜜意的甜笑，从这甜笑中猜测，那少年是个多情的人。其实表面上是瞧不出什么好歹的，这当然大半还是为了心理作用的缘故。阿兰心中既然已是爱上了那个松涛，这就感到松涛的一举一动，是没有一处不显出令人可爱，当然对于这一个请求是没有拒绝的可能。即使要拒绝的话，自己实在也有些不忍，所以她情不自禁地把阿兰两个字告诉了出来。

“阿兰，这名儿很好，兰为王者之香，若没有你这样好模样儿，怎配得这样清高幽雅的名字？”

阿兰虽然不懂“兰为王者之香”这一句话究竟是什么意思，不过从他后面这两句话儿猜想，显然他是在赞美我的清高。其实一个乡村里的姑娘也有什么清高的地方吗？那未免反而被他赞美得有些不好意思，这就在她的粉颊上立刻又笼上了一层红云，嫣然笑道：

"薛先生，我不懂你这个话，名儿难道也有配不配吗？"

"当然有配不配的，譬如'阿兰'这两字，就很像是你的名儿。"

松涛这两句话近乎带有些儿滑稽，听进阿兰的耳里，忍不住弯了腰肢，咯咯地笑了起来，明眸瞅他一眼，笑道：

"阿兰本来是我的名字，你怎么说很像两字呢？"

松涛当然也觉到自己这话未免是滑稽一些，因此望着她娇容，忍不住也笑起来。两人经过了这一番谈话，显然由不认识而达到了友谊的阶段。阿兰那一颗芳心，跳跃的速度似乎是缓慢了许多。羞涩的成分渐渐减少，她的内心是只觉得甜蜜的滋味。松涛忽然想着了一件事，他觉得借此也许可以做进一步之认识，于是他又装出很抱歉的神气，向阿兰深深地鞠了一个躬，说道：

"黄小姐，我们既然认识了，在这儿我要请你饶恕我的不是，因为我并不曾征求你的同意，在我实在是非常冒昧。"

阿兰在未晓得缘故之前，骤然听他说出这个话来，当然要不禁为之愕然。微蹙了眉尖，凝眸睃住了松涛，很怀疑地问道：

"薛先生，你这个话我更不懂了，也许我是乡村里的姑娘，所以对于你深奥的话儿我不能十分了解，最好请你说得浅近一些好吗？"

松涛听她说得这样有趣，忍不住耸着肩儿笑起来。阿兰被他这样一笑，因为葫芦是闷着，当然是更觉得难为情，意欲回身走了，但是又觉得不舍得。松涛似乎也瞧出她娇羞之中，还带着了局促不安的样子。不要她误会了我有什么侮辱她的意思，这事情可不是弄僵了吗？所以他立刻又收束了笑容，很正经地道：

"黄小姐，你这话不对，乡村里的姑娘也许比都市的姑娘要聪敏得多，像黄小姐就是一个好典型。我这话说得藏头藏尾，不要说你听不懂，就是我自己也不懂。不过我给你瞧一样东西，你就会晓得了。黄小姐，你来，我们一块儿坐着瞧吧。"

阿兰觉得他这话愈说愈神秘了，心里有了疑窦，神情自然呆住了一会儿。只见他走到大石的旁边坐下，放下手中的皮包，里面取出一张图画，又向自己招了招手。因为要知道一个底细，便移步走到他的身旁，不过要和他在大石上一块儿坐下来，这到底有些不好意思。松涛似乎也理会她，把那幅油画交到她的手里，说道：

“你瞧这画中那个姑娘，像不像你？”

阿兰慌忙仔细一瞧，只见画中以一条小河作为中区，小河的对面，那株柳树下的一块大石上，坐着一个姑娘，手托香腮，凝眸含颦，仿佛正在做个沉思的样子。阿兰猛可理会那块大石就是现在这个地方。奇怪极了，这是什么时候给他画进在里面的？怎么我竟会一些儿也不知道呢？忍不住急急地问道：

“咦咦，你这是什么时候画进去的呀？我刚才在这儿也只不过坐一会儿工夫罢了。”

“我告诉黄小姐吧，因为我这个人最爱美术，所以空下来的时候，总喜欢到野外去写生。今天所以到黄叶村里来，当然也是为了这个原因。不料我刚落笔的时候，就见对面岸旁的大石上坐着一位姑娘。这位姑娘坐的姿势是合乎美的条件，所以我便偷偷地绘上了。不过事先我并没有得到你的许可，那不是要向你深深地表示抱歉吗？”

阿兰这才明白自己坐在大石上的时候，他一定在对河的树叶丛中，所以他瞧见我，我却并不曾注意他。今听他当面赞美自己，一颗芳心真有说不出的喜悦，眉毛儿一扬，乌圆眸珠在长睫毛里滴溜圆地一转，忍不住娇媚地笑了。这也许一半是为了情人眼里出西施的缘故，虽然阿兰也并不是松涛的情人，但是在松涛的眼里看来，觉得这阿兰一笑是足以倾城，假使再一笑的话，也许可以倾国。这就情不自禁伸手把她的纤手握住了，望着她又喜又羞的娇容，说道：

“黄小姐，怎么啦？你能不能饶恕我的冒昧吗？”

“画也已经画上了，其实饶恕你也是这个天气，不饶恕你也是这个天气，难道你还情愿给我责罚吗？”

阿兰被他握住了手儿，虽然是十分羞涩，但是她知道爱的萌芽是需要彼此热情的灌溉，所以她并不挣脱，她望着他只是憨憨地笑，同时又逗给了他一个妩媚的娇嗔。这娇嗔在松涛的心里，给予一个深刻的影像，他懂得这就爱的发展之初步。他笑起来道：

“黄小姐，只要你不嗔恨我，那我情愿给你责罚，你要骂也好，你要打也好，我总不敢哼了一声儿……”

阿兰听了，一颗芳心又不免荡漾了一下，但立刻却向他啐了一口，抿嘴笑了起来，一会儿又道：

“你这话显然是矛盾，要我不嗔恨你，又情愿要我打你骂你，你其实这两句话是不能分开来说的。假使我嗔恨你，我一定要骂你打你；假使不嗔恨你，那还用得了打吗？”

“你这话不错，那么你究竟骂不骂我，打不打我呢？”

松涛听了她的话，心里是甜蜜极了，明眸脉脉地含了无限的柔情蜜意，凝望着她的娇容，却只是微微地傻笑。阿兰被他这一句话倒是问住了。说打你骂你吗？那显然是嗔恨他了；那么不打不骂吧，这明明是不嗔恨他。换句话说，不嗔恨就是爱上了他。这我一个年轻的姑娘，对于他一个陌生的男子面前，到底是太不好意思了一些。因此她想出一个两全其美的办法，别转了脸儿，哧地笑道：

“我不知道……”

松涛见她并不肯表示意见，其实这情景就是她不嗔恨我的表示，一时心里对于阿兰更增加了一份爱的力量，拉住她的手儿，要她回转身子来，笑道：

“黄小姐，凭你这一句不知道的话，我已晓得你是并不嗔恨我的冒昧，那我心里自然是万分喜悦和感激。黄小姐，你请坐下来，我和你虽然是初见，而且是第一次认识，不过我相信这也绝不是偶然的事情。我很希望和您结一个朋友，不知你心里愿意有像我这一种朋友吗？假使你愿意的话，那么请你坐下来大家谈一谈，以便做更进一步的认识。”

松涛这几句话儿听进到阿兰的耳朵，她再也没有勇气不回转身子来了，而且回身的速度是相当快，她转着乌圆的眸球，哧地笑道：

“薛先生，你别说这样客气的话，我是一个没有知识的乡村姑娘，怎样配得上和你做朋友吗？承蒙你瞧得起，我哪儿还有个不情愿的吗？”

阿兰说着话，已是柔顺得像头驯服的羔羊一般，慢慢地挨身在大石上和他并肩坐下了。但是她全身细胞开始又紧张起来，血液流动的快速几乎超出了平时的三分之二。她一颗处女脆弱的心灵里，喜悦的成分中也掺和一半的恐惧。她低了头儿，两眼只管向地上自己的脚尖望着出神。松涛听她这两句话，显然阿兰也是一个善于说话的姑娘，便微笑着道：

“黄小姐，请你别太自视低微，乡村里的姑娘不也是一个人吗？我告诉你，一个人的见识和性情并不是可以学得来的，那完全是天然生成。所以学校里受过相当教育的姑娘，她的见识和理性也许不及一个不识字的姑娘。我从你谈话之中猜测所得，我已晓得黄小姐是个聪敏的姑娘。”

“哪里谈得上聪敏两字，你别说我太好，我反而感觉难为情。”

阿兰听他这样说，心里虽然觉得他这个观察是很表同情，但她表面上不得不装出自歉的神情，绕过不胜娇媚的俏眼，在她脸部上逗了一个欣喜的甜笑。松涛望着她笑痕没有平静过的玉容，他也忍不住微微地笑起来。

“黄小姐，你今年几岁了，家里有什么人？”

“比你小三岁，家里有妈妈，有叔……不不……有哥哥……有嫂嫂……”

经过了三分钟的静默，松涛忍不住那久塞在喉咙口的两句话，终于又问了出来。因为有多年的相聚和称呼，阿兰有些忘其所以。但她刚说出了口，她猛可理会了，觉得赵阿四这贼，我如何可以承认他是我的叔叔呢？因此慌忙缩住了，连连说了两声不字。松涛是并不会注意到这许多，凝望着她粉颊，低声儿问道：

“那么你的爸爸呢？他……他难道已死了吗？”

“可不是，我爸爸在着的话，那就好得多哩！唉，我爸爸这人就太老实。”

阿兰听他问起爸爸，心里有了一阵感触，忍不住深深地叹了一口气。松涛当然不会晓得她叹气的原因，以为她是在伤心她爸的早死，遂慌忙拿话来打岔了说道：

“你哥哥几岁了？嫂嫂可曾养过孩子吗？”

松涛所以这样问，他的本意是要避免阿兰的伤心，不料这两句话，更引起了阿兰代替哥哥嫂嫂遭遇不幸而悲哀。她暗暗叹息，哥哥嫂嫂还根本不曾同过床，孩子打哪儿去养出来？她心中有些恨母亲，母亲所做的事在她心头激起了强烈的反感。松涛见她并不回答，只略为摇了摇头，同时窥察她脸部的表情，似乎含有无限哀怨的样子，心里有些奇怪，说道：

“黄小姐，你干吗不高兴？可是有些讨厌我吗？”

“不不，谁不高兴？你怎么老喜欢多心……”

阿兰听他这样说，显然是误会了自己的意思，一时急得连说了两个不字。但说到末了一句，芳心又感到万分的羞涩，觉得自己这一句话，不像是对付一个初交的异性朋友，简直彼此已达上了情人的阶段……这样一想，那两颊就一层一层地添起娇红来。松涛见她这份儿焦急的意态，同时又显现出羞涩的模样，心里只觉得像春风那样地荡漾着，忍不住笑道：

“我怎么会多心你？因为我瞧你脸部的表情好像有些不乐意，所以我是很发愁……”

阿兰听他这样说，方才又露齿嫣然地笑了。两人默默地凝望了一会儿，春风吮吻着两人的脸庞，大家是都感到热辣辣的有些刺人。

太阳是整个地西斜了，宇宙间是笼上了一层薄暮。蔚蓝的天空中，是渲染了五彩的浮云。三五成群的小鸟儿，括着它美丽的羽毛，歌着它美妙的清曲，慢慢地飞向树林中去。松涛见了归鸟，感到时候已经不早，自己赶到城里，也许要来不及，所以急急地站起身子，拎了皮包，说道：

“黄小姐，时候不早，我要回去了。最好请你告诉我一个府上的住址，改天我可以来拜望你……”

“这……这个请你原谅……因为我们家庭是纯粹的古派，你到舍间来，也许有很多的不便。我想……你准定在哪一天来见我，我就准定在哪一天依旧这儿等着你……”

阿兰的脸上有些儿红，显然是窘住了，秋波脉脉地瞟了他一眼，在万分情急之下，给他想出这个办法来。松涛沉吟了一会儿，频频点了一下头，说道：

“这样也好，明天没有空，准定后天下午吧，大概一点钟光景，请你等在这儿，不要失约……”

“我不会失约，但是你不能给我白等半天……”

阿兰乌圆的眸珠转了转，显出娇憨的神情。松涛有些神往，伸手把她的纤手握住了，轻轻地摇撼了一阵，笑道：

“你放心，我绝不会不来的……不过你母亲难道不情愿你有个朋友吗？其实我又不会引坏你……”

“我知道你不会引坏我，但是老人家的心思就不同……你生气吗？”

阿兰微昂了脸儿，显然她唯恐松涛因此而生气，所以她脸部表情是显现了无限娇媚而柔和的颜色。松涛摇了摇头，笑道：

“我哪里会生气，这可是你多心了……那么准定后天下午一时。我走了，我走了，时候真不早了。再见！再见！”

松涛说着话，已是放了阿兰的手，身子向前匆匆地走。阿兰一步一步地在后面跟随着，在一家竹篱笆的旁边停住了。她见松涛将转弯的时候，又回过头来向自己招招手，阿兰情不自禁地举起手来，也向他摇了一摇，但不到一分钟之间，松涛的身影已在树梢蓬里消失了。

阿兰是一个乡村里的姑娘，平日眼所见的男子差不多个个都是赤脚裸背、面目乌黑的。除了自己的哥哥比较英俊外，其他男子没有一个可以给自己认为是满意的。今天居然给自己遇到了这样一个俊美的少年，这可说是上界金童下凡的了。所以她痴心地要想能够有嫁给他的一日，当然对他是特别显出亲热的样子。阿兰瞧着新月已是上了柳梢，她怀着一颗无限欢喜的心儿匆匆地回到家里。不料她一脚跨进院子，就听妈妈咆哮的声音大骂道：

“小毛，你这孽种，还不给我打得重，还不给我打得重！”

第五回

反噬　捶凤

赵阿四心存不良，先以甜言蜜语引诱凤仙，见初步计划未能见效，索性施展其第二步强行非礼的计划。不料正在千钧一发之间，齐巧被阿兰撞破，赵阿四心中这一吃惊，真是非同小可，连忙放了凤仙，溜到院子外去避一避了。赵阿四的一颗心儿是跳跃得厉害，他暗暗地细想：阿兰这妮子表面上看来和我很好，其实等娘一转背，她便会给我白眼看，那么今天的事情，凤仙本身她也许不敢声张，倒是阿兰这妮子尖嘴薄舌的，一定要去告诉柴氏。柴氏得知了这个事情，她一定要醋心勃发，给她打了一顿、骂一顿倒也罢了。万一她把自己辞歇不用了，那可不是玩的事，那么我要保留自己的地位，不得不来了一个先落手为强，至于凤仙的委屈，那我也顾不得许多了。本来是她自己作孽，好好地答应我一同到柴间里去玩上一会子，哪儿还有这一种事情发生吗？赵阿四这样想着，他的良心完全被狗咬去了，悄悄地又回到屋子里去，向柴氏去献一个丧尽天良的恶计。

“走路为什么鬼鬼祟祟的，一些儿声音也没有，可不是想偷我什么东西吗？”

“我以为你睡熟着，所以不敢惊醒你，偷什么东西呢？除非是偷你的人了。”

赵阿四蹑着脚儿，轻步地走进柴氏房内，只见柴氏躺在床上，并没睡着。她见赵阿四小心的样子，便瞅了他一眼娇嗔着。阿四涎皮嬉脸地挨近了床边坐下，望着她憨憨地笑。柴氏身上的那条绸被是只盖在胸前。她的乳部虽不及处女那样结实，但是她因为生育不多的缘故，两乳依旧高耸耸的，显出丰腴美满的样子。柴氏见他目不转睛地只管呆望自己出神，遂伸出手来，在他大腿上拧了一把，笑道：

“你这时候进来做什么？难道真想来偷些我什么吗？”

柴氏说了这句话，自己也嫣然笑起来。赵阿四觉得这话是含有深刻的意思，心里荡漾了一下，便把手儿按到她的胸前去，笑道：

“不错，我因为有些肚饿，想想偷你这两只热馒头吃。”

柴氏水盈盈的秋波向他斜乜了一下。她并不拒绝阿四的摸奶，抿了嘴儿，只是憨憨地媚笑。同时她把被儿掀开了一些，脚后便露出那两条白嫩的腿肚来。赵阿四瞧着她春色横眉，骚形的意态似乎是在撩拨自己的情动，这就覆下身去，捧住她的脸儿，先吻了一个够。柴氏搂着他的脖子，却只是哧哧地浪笑。

“房门还开着哩，你睡畅了，精神充足，可是我怎守得住？”

柴氏生成是个淫毒的妇人，赵阿四被她搂得紧紧的，同时发觉柴氏的手在自己下部有了一个动作，便回头向房外努努嘴笑。柴氏这才放了手，恨恨地打了他一眼，娇媚地嗔道：

“小鬼！快去关上了房门，别假惺惺作态，我的命令你敢违拗？”

“我才从后园里种好菜哩！你要我的命，我可不答应你……”

赵阿四离开了床边，走到房门口，手儿扶着门框子，昂着脸儿，望着床上的柴氏笑，显然有些故意刁难她。柴氏脸颊有些儿发烧起来，恨恨地啐他一口，骂道：

“小鬼！贼养的！你给我滚，给我滚，我难道真少不了你吗？”

“好姊姊，你别生气吧！我为了你，总之就是死了也甘心的了，你不要骂了。”

赵阿四见她发了急，便砰的一声把门关闭了。

房中是笼上了一层暮霭，赵阿四有些精疲力竭，但柴氏却是心满意足。两人平坦地躺着，柴氏脸上浮着胜利的笑，赵阿四乘机说道：

“做婆的自己这样爱吃，却偏不许媳妇吃，这就无怪凤仙要喉咙痒起来，拉了我也要给她吃，你想，叫我做公好，还是做儿子好？”

“什么？你这话打哪儿说起？凤仙已和你……这馋猫儿，你要死快了！”

柴氏一听赵阿四这样说，心中只觉有股酸溜溜的气味直冲鼻管，猛可从床上坐起，伸手啪的一声就在赵阿四脸上打了一个耳刮子。赵阿四慌忙把她手儿拉住，急道：

“你别不问三七廿一地打人，我说完了话，你再动手也不迟。”

“你说……你说……凤仙到底给你偷了吗？”

“这又何苦来，要你这样着急？我倒不会去偷她，谁知她却来偷我哩！”

“什么？她会来偷你？你得告诉我，她怎么样勾引你？”

柴氏脸上是绷得紧紧的，在她那两道充满醋意的目光中，显然有着“这蹄子好大胆，敢抢我的相好”的意思。赵阿四也从床上坐起来，把她的身子纳到怀中搂抱着，手儿在她的身上还有了一个肉麻的动作，但这是投她的所好，柴氏并没有拒绝，她连声催他快说。于是赵阿四不得不说一个谎，只不过委屈了凤仙遭一顿毒打。

“下午你睡着了，我在后园里种好菜，见凤仙坐在院子里，一面洗衣一面淌泪。我心里奇怪，问她为什么哭。她叹了一口气，并不回答。后来不晓得怎样，她突然站起来，猛可扑到我的身上，说要我救救她。我听了愈加奇怪，问她救什么。她红了脸儿，却把我拖到柴房里走。我到此方才恍然了，但是我不敢这样做，我知道你家法的厉害，所以我挣脱了她的手，便脱逃到你的房中来了。虽然我是很乏力，但我要死也死到你的身上来，因为你是待我多么好啊！”

“哟哟！这话可真的吗？凤仙这丫头竟痒到这个地步了吗？好好！我不给她一顿生活吃，也不显我的厉害了！”

柴氏听到这里，真是气得两颊发烧，立刻大吼一声，从床上跳下，披上衣服，穿上鞋子，开门走出去。

“你……你这不要脸的贱货，你会去勾引赵大叔吗？啊哟！你这不要脸的东西，我不和你拼命……你简直抢我的饭碗……”

柴氏一脚跨出房门，齐巧凤仙洗好衣服进来，她一见凤仙，便好像猛虎遇了绵羊一般凶恶，一面大骂，一面扑上去挥手就打。凤仙冷不防她有这个举动，心中大吃一惊，立刻把身儿一让，柴氏站脚不住，竟跌倒地上，脸儿齐巧碰在凳脚上，只觉疼痛非常，手儿一摸，竟是高起了一块。柴氏心中这一愤怒，几乎头顶上要冒出火星来。

柴氏这几句话，可说是并没有带着一些儿虚构。在她立场上说，的确也是为了吃饭问题而引起她竭力地抵抗，虽然这和吃饭问题是绝不能相提并论，不过在柴氏饱暖的环境中，于是淫欲也许比吃饭问题更重要，这就无怪她要说和凤仙拼命的话了。

凤仙见婆婆打不着自己反而跌了一跤，虽然是报应，但自己回头也许更要受苦，所以连忙蹲下身子，抱着柴氏身子，哭出来道：

“婆婆，到底为了什么事情啦？我并没有做错什么呀！”

柴氏正在恨得切骨，今见凤仙来抱自己，便狠命地用手在她身上拧着。凤仙痛得双泪直流，但却又不敢喊痛。正在这个当儿，齐巧小毛从山上挑了柴枝回来，一见柴氏按着凤仙在地上乱打，心中吓得别别乱跳。柴氏见了小毛，便索性号啕大哭，从地上站起，拉住小毛，说道：

“好好！我给你娶了女人，她反而敢来打我，你瞧瞧我的额角，竟被她打伤了。你做儿子的说一句话，谁家媳妇是应该可以打婆婆的？……啊！反了反了，现在世界不同，也没有做媳妇的可以打婆婆的呀！”

柴氏扭住了小毛，大哭小骂。小毛急得跪在地上，淌泪不已地求饶。凤仙见了，也只好走上来跪下，哭道：

“婆婆，我怎么敢打你呀？那不是要遭天打的吗？唉，我究竟有了什么错？婆婆说出一个原因来，我就死了也甘心的。”

“什么？照你这样说，我是冤了你吗？好好！我死在你手里也不要紧，我死……我死……”

柴氏听凤仙这样说，便又像疯狂般地乱撞乱颠。这时赵阿四也从房里走出来了，他瞧柴氏这个情景，便把她扶到椅子上坐下，说道：

“你是长辈啦！这个样儿干什么？该打该骂，只要你说一句话，谁敢说一句不是？何苦来伤自己身子？”

“赵大叔，你瞧瞧我额上的青块，天下哪里有媳妇打婆婆的吗？”

“呀！真的有这么一大块青的，那还了得，真是反了，反了。这个小毛做儿子的该说一句话，如何对得住你的娘？”

赵阿四板住了面孔，恶狠狠地望着小毛。小毛回头向凤仙泪人儿般的面孔望了一眼，叹了一声道：

“凤仙，你怎么如此胆大，竟敢打妈了呀？”

“唉，天晓得，我若打妈，绝没好结果的。况且我又不是发狂了，难道连长辈也不认识了吗？”

凤仙说着话，那泪便像雨点一般掉下来。柴氏听了，又要在椅上直跳，大骂：“我冤枉你，我死给你看。”小毛一见，忙又走到柴氏面前，连喊“妈妈息怒”。柴氏又哭道：

“小毛，我告诉你，你这女人竟有这样淫贱，我所以不给你们同床，是因为你的年纪尚轻，爱惜你的身子。不料这贱骨竟勾引赵大叔，要他到柴房间里去寻欢，你想，这女人该怎样处置？”

小毛听娘说出这话，一时不觉狐疑起来。凤妹难道果然会做出这种事情来吗？这就不免回过头去，用了猜疑的目光又向凤仙望了一眼。凤仙这才恍然，原来今天这事情的发生完全是赵阿四在作怪。他侮辱了我，还要反咬一口，不要小毛听了信以为真，那倒不是玩的事。凤仙心中这一急，脸儿由红变青，一时也怒目切齿地向赵阿四骂道：

“哼！你这狼心狗肺的畜生，你调戏了我，你还要在婆婆面前反咬我一口，你算我家什么人？你给我滚……”

赵阿四被凤仙这样一顿骂，他又羞又恼，待要发作，自己究竟算什么人？因此恨得连声说好，回身要走。柴氏听凤仙竟胆敢骂起自己的相好，这真是吃了豹子胆，便大吼一声，从椅上跳起，走到凤仙面前，一把抓住她的头发，一面打，一面叫阿四拿绳子。赵阿四原是激怒柴氏，今听柴氏这样吩咐，早已一声答应，在抽屉里取出麻绳，将凤仙双手缚住。小毛站在旁边，瞧此情景，心如刀割，却是一些儿不敢声张。柴氏在房中又拿出两条皮鞭，一条交给小毛，一条交给阿四，说道：

“小毛，你这妻子胆敢打我，本当送官究办，现在家法从事，你给我痛打一顿，你若不打，阿四，你给我痛打小毛！”

小毛听了这话，心中这一气，真是手足冰阴，呆若木鸡，望着凤仙海棠着雨般的脸颊，忍不住也泪似泉涌，说道：

“凤仙，你真好大胆，怎么敢冲撞娘呢?”

凤仙见小毛手拿皮鞭，真像千斤那样重，当然他怎样能忍心打他心爱的人呢？一时也不禁泪下如雨，向柴氏跪下求饶，说道：

“婆婆，一切总是媳妇的错，大人不记小人过，婆婆就饶了我吧!”

“你也知道错了吗？哼！这一顿打，无论如何逃不过！小毛，你打不打？你若不动手，阿四，你先给我打小毛!”

赵阿四听说，便狠狠地向小毛先抽打一皮鞭。小毛虽然疼痛，但要自己亲手去打没有过错的爱妻，无论如何总不忍心，因此望着凤仙只是淌泪。柴氏瞧此情景，火星穿顶，大喊阿四痛打小毛。赵阿四得令，皮鞭便向小毛身上像雨点一般落下去。凤仙瞧着，心如刀割，一面哭一面大叫阿四停手，她走到小毛身旁，哭道：

“小毛，你硬着心肠打吧！你不能为了我，而使你受苦……”

“但是……我怎么能够忍心打得下手……”

小毛说着，伸开两手，竟是抱着凤仙哭起来。两人这样悲惨的神情是不会得到柴氏的同情和可怜，那是更添她心头的怒火，猛可奔上去，握紧拳头，向两人面部痛击。一面扯破了凤仙的衣衫，露出了白嫩的酥胸，一面逼着小毛打下去。小毛在她这样淫威之下，他是没有了办法，忍了无限的痛苦，提起皮鞭，向凤仙身上抽下去，只见凤仙白嫩的酥胸顿时一条一条红起来。小毛不忍极了，他走上前去，立刻把凤仙衣服又掩上了。柴氏一见小毛虽然在打，而肉痛的样子甚过于打，她是狠毒成性，觉得这方法很好，便索性把凤仙衣服统扯破了，凤仙当着阿四面前，体肤全裸，又羞又恨，又气又急，遂向小毛高声道：

“你快打呀！索性把我打死了干净!”

“小毛！你动手不动手？你不给我痛打，我打你……”

柴氏恨得咬牙切齿，伸手抢过赵阿四的皮鞭，一面向小毛狠抽，一面逼着小毛打凤仙。凤仙不舍得小毛挨苦，便跳脚淌泪道：

“小毛，你打吧！你不打，我回头终也免不了，那你自己不是多受苦吗?”

小毛听凤仙这样说，方才下了一个决心，咬紧了牙齿，把皮鞭向凤仙身上落下去。凤仙身上的白肉都显出花纹来。小毛内心惨痛极了，他的手是在颤抖。凤仙不喊痛，闭了眼睛，咬着牙齿，咯咯作响。赵阿四站在旁边，瞧着凤仙雨雪可爱的体肤，经过皮鞭的摩擦，起了一条一条印子，心里也肉痛起来。但是柴氏并不怜惜，口中犹高声地喊道:

“小毛，你不给我打得重?你不给我打得重?”

就在这个时候，阿兰满心欢喜地走回家里来。不料一听到这个骂声打声，心中立刻大吃一惊，三脚二步奔到屋子里，一见这幕悲惨的情景，她便急忙把小毛手中皮鞭抢过了。但这时凤仙已痛得跌倒在地上了，小毛他有些发狂，他痛恨极了，他痛恨自己太懦弱，他不相信自己在打的就是自己唯一安慰的凤仙，他神经有些错乱，似飞般地奔出院子，奔出大门，他自己也不知道要奔到什么地方去是好。

“哟!妈妈!这到底是怎么一回事?打死了究竟要抵命的呀!”

阿兰瞧着凤仙光着上身，雪嫩肉体上红一条青一条，真有些惨不忍睹。她觉得这不是一份家庭之中的生活，那简直是监狱里犯人的生活。在她心灵之中，也激起了无限的愤怒。柴氏指着自己的额角，口里兀是骂道:

“你瞧瞧，她把我额角都打伤了，媳妇是应该可以打婆的吗?况且她还勾引赵大叔，你想，这种女子可算得来是人吗?”

“妈，嫂嫂她会勾引赵大叔吗?你听谁说的?女儿亲眼瞧见，刚才赵大叔调戏嫂子，要不是我瞧见，这不要脸的东西还不肯放松哩!”

赵阿四一听阿兰直说了出来，心中大吃一惊，掉转屁股，早已溜到后园子里去了。柴氏听了，连忙回头去问赵阿四，不料阿四早已没有了影儿，方才知道阿四畏罪，所以先向我告诉凤仙勾引他了，一时没话可说，便自管回房里休息去了。

阿兰待众人走后，见凤仙犹昏厥在地上，遂连忙蹲下身去，把她抱起。只见她肉手尚被绳缚着，阿兰心中一酸，不免也淌下泪来，便给她解开绳子，一面把手腕给她揉搓了一会儿，低低唤道:

“嫂嫂！嫂嫂！”

经过了好一会儿，凤仙方才悠悠醒来。微睁星眸，只见自己上身全裸，青红紊乱，疼痛非凡，心中无限悲酸，不免呜咽而泣。阿兰被她一哭，泪也泉涌，便扶她起来，一面拿破衫去掩她的胸部，说道：

“嫂嫂，我扶你到房中去躺会儿好吗？唉，到底是怎么一回事呀？”

凤仙睡的地方就是柴房间里，除了一张板床，一只破箱子外，此外一无他物。阿兰扶凤仙躺到板床，凤仙已是气吁喘喘。她拉了阿兰的手儿，抽抽噎噎地泣道：

“兰姑，我若没有你来，我被你哥哥真的要打死了。”

“哥哥他怎么会忍心帮着娘打你？”

“兰姑，你……不知道，他也是没有办法的呀！我虽然皮肉受痛，我知道你哥哥的心一定像摘落一样痛……唉，可怜他的背脊，也未始不挨着皮鞭抽打呀！兰姑，事情是这样的，赵阿四这贼子绝没有好结果的……”

凤仙拉了阿兰的手，断断续续地向她告诉着，说到这里，又连连地咳嗽起来。阿兰已经明白一半的事实，她抚着凤仙的手儿，她伤心得只会扑簌簌地落眼泪。过了一会儿，凤仙方才把被打的事情详细地告诉了阿兰。阿兰的心头是充满了无限的愤怒和伤心，她恨母亲的野蛮，她有些不相信自己竟会是她养出来的女儿。说什么话来安慰她好呢？除了阿兰眼眶子里淌出来的滚滚同情的热泪。

小毛奔出了院子，他心里是痛得厉害，他脑海里只浮着凤仙满身青红的伤痕。他抬头望着黑漆漆天空中那一轮光圆的明月，已忍不住呜呜咽咽地哭出声音来。

“哟！你……是小毛吗？怎么在哭啦？你跑到哪儿去？”

忽然背后有个人伸手把小毛拉住了。小毛这才从模糊中稍微清醒了一些，回头去看，原来是隔壁的叶大哥清根。清根见他满颊是泪，忍不住笑道：

“小毛，老大个子啦，怎么眼泪鼻涕哭起来？”

叶清根是在城里一家绸庄内做老司务，黄叶村里每个月回来一次，因为家里还丢着一个娘和一个大嫂，一方面可说是来望望娘，一方面是来圆夫妇的好梦。小毛听他这样说，仔细一想，也觉得不错。一个男子汉，怎么可以哭呢？遂慌忙收束泪痕，叹了一口气，说道：

“叶大哥，你不知道，我是气糊涂了，唉……你今天才回来吗？”

“有什么大事，气得这个样儿，快跟我到家里去坐坐吧。”

清根不征求小毛有否同意，拉了他的手，就向自己家里走。只见叶大嫂已烫好一壶酒，叶老太盛了两碗饭，见清根拖小毛进来，便招呼了坐下，叶大嫂道：

“小毛哥来得正好，快也喝一杯酒吧。”

清根早已拉了小毛在桌旁坐下，握起酒壶在他面前的杯子里筛了一满杯，望着他说道：

“小伙子年纪轻，应该吃些苦，我猜你可不是又受了你娘的委屈了吗？”

“叶大哥？不要说起，这样狠毒的女人，我活了这十八九年，却是从来也没有瞧见过。”

小毛气得全身有些发抖，两颊是通红的。叶老太和叶大嫂也在桌旁坐下了，听小毛这样说，几乎要笑出来。叶老太但立刻又叹了一口气，说道：

“你活了十八九年有什么稀奇，我今年六十三岁了，不是在你跟前说你娘不好，这种女人实在也只有第一次见。唉，真可怜了你这个孩子。”

“小毛哥，今天又为了什么事啦？”

叶大嫂握着竹筷，在碗里划着饭粒，她终于也开口了。小毛想着刚才的怨气，此刻不禁气得咬牙切齿，恨恨地把经过的事情向大家告诉了一遍。三人听了这话，不免又替凤仙可怜起来，连连叹息。清根见小毛呆呆地坐着，也不喝酒，也不吃菜，这种呆木的神情实在是懦弱的表现，不免激起了无限的同情，便说道：

“小毛，你在这种环境之中，简直是在活地狱里受苦。假使有机会的话，我一定介绍你到城里做事去。”

小毛本来是呆木着，听了清根这几句话，他突然离开座位，向清根扑地跪了下来，连连叩头。急得清根慌忙把他扶起，说道：

“小毛，你发痴了，这算什么意思？”

“叶大哥，你若果然能够介绍我到城里做事去，那你等于救了我的一条性命，怎不要叫我心里感激得叩头呢？”

大家听小毛这样说，心里都觉伤感。清根仍旧叫他坐下，拍拍他的肩胛，说道：

“小毛，你放心，尽我的力，总使你早晚脱离这个黑暗的家庭。这时你且别伤心，陪我喝一杯酒吧。”

“谢谢你，酒我不喝……唉，我这样恶劣环境下，哪里还喝得下酒？”

“那么我也不和你客气，你就吃饭吧。”

叶大嫂听小毛这样说，遂站起来给他盛了一碗饭。小毛一面站起道谢，一面握筷划饭。不料小毛在划第二口饭的时候，他忽然又想着了凤仙。一想着了凤仙，他的眼前便显出凤仙白嫩的肉体，一条一条的伤痕，可怜的芳容，悲惨的意态……凤仙对他呜呜咽咽地悲泣。小毛想象到此，他的饭再也咽不落去，两眼的泪水仿佛泉水一般地直淌下来。他忽然又站起身子，向大家点头，说道：

“叨扰了你们，我得回家去了。叶大哥，我拜托着你，有什么事情，若不要紧，我总可以去做的。”

“咦，为什么连一碗饭也吃不下？”

清根的话还未完，但是小毛的身子已在黑暗里消逝了。叶大嫂叹道：

“我知道他心中一定想着了凤仙，他怎么还咽得下饭？”

“这孩子真怪可怜的，清根，那么你明天到城里去，就向绸庄主人求个小差使，薪水眼前倒也不论，只要有吃有住，不挨打骂，也就是了。”

叶老太望着清根，脸上浮了同情的样子。清根一面握起杯子来凑到嘴边喝着，一面连连地点着头。

小毛从清根家里走出，悄悄地回到家里，推进院子的门。只见阿兰拿了油灯，正从草堂出来关门似的，一见小毛，便眼睁睁地瞅住了他，说道：

“哥哥，你到哪儿去的？可曾吃过饭？”

“我在清根大哥家里吃的，你嫂子呢？”

阿兰把油灯提高了一些，照着小毛的脸颊，犹带着亮晶晶的眼泪。一时她心中也难受起来，眼皮儿有些湿润，低声儿说道：

“嫂嫂已躺在床上，刚才我端饭给她吃，她只吃两口，心里记挂你不知走到什么地方去……哥哥，你快去安慰她吧。睡去了，明天见。”

阿兰能够体贴哥嫂的心，她怕哥哥碍着自己，不敢到嫂子那儿去亲热一会儿，所以她说了一句我去睡了，便关上院子的门，和小毛点头，自回房中去了。

小毛待阿兰走远，方才三脚两步地走到柴房间里，在一盏豆火样的油灯光芒下，只见凤仙兀是扑簌簌地淌泪，遂急急步到床边。凤仙一见，真仿佛婴孩儿见了乳娘一样，早已投入小毛的怀中，两人搂抱在一起，伤心地哭起来。

“凤仙！凤仙！唉！可怜！你竟被我打得这个样儿……但是我的手虽然在拿上来打你，我的心是万柄尖刀在割一样地疼痛啊！”

“我知道，我知道你心中比我被打的人更痛。哥哥，你的背部不是也遭到他们的痛打吗？唉！这是我们命中的厄难，我相信……我相信……残恶的人，是绝没有好结果的。”

凤仙的颊儿是紧紧地偎到小毛脸上去，她一手环住小毛的脖子，明眸脉脉地凝望着他，仿佛她的心头，自己只要有丈夫爱惜着，虽然是遍体遭了痛打，犹可以得到一些安慰。小毛望着她海棠着雨般的粉颊，他伤心极了，慢慢地凑过嘴去，吻到她红润润的唇上去，默默地温存了一会儿。凤仙并不拒绝，她觉得这没有一些儿羞耻，我俩是已成夫妻啦，已做一年多的夫妻，而彼此依然还是一个童身，在我们是多么纯洁啊！她希望小毛多给她一些甜蜜，而遮掩她的痛苦，所以她把嘴唇紧紧地凑在小毛的唇旁，她微昂了脸儿，吹气如兰地尽让小毛柔情蜜意地吮吻。

"凤仙，你的话不错，我们绝不会给他们磨难死的。我相信……残恶的人，一定是没有好结果的。你给我瞧……"

"不！你别瞧了，瞧了也不是徒然使你伤心吗？"

经过了良久的吮吻，小毛慢慢地离开了凤仙的嘴唇，照着凤仙的口吻重念着，因为他心头是感到了无限的痛恨。但他又想到凤仙身上的伤痕了，慢慢地伸手去掀凤仙穿着的衣服。凤仙一半固然怕他瞧了伤心，一半还是害着难为情。她把小毛的手儿握住了，在跳跃不停的灯火光芒下，绕过无限娇媚的俏眼儿，脉脉含情地瞟了他一下，两颊是红晕得可爱。

"凤仙，我绝不会伤心，你一定要给我看一看这许多的伤痕。"

"不，不要瞧吧……"

"凤仙，你是我的爱妻啦，你怕难为情吗？"

小毛的手儿依旧去解她的纽襻，凤仙已没有拒绝的可能了。她的粉脸愈加红了，她躺在小毛的怀里，已变成了一头驯服的羔羊那样柔顺。

凤仙穿着的衣襟掀开了，两个挺结实还是处女的乳峰是富于弹性的，圆圆胖胖的，但是那小小像葡萄干一粒的乳头四周，已露着青的一条、红的一条，小毛的眼泪已一滴一滴落下来了。凤仙仰睡在小毛的膝踝上，却是羞得闭了眼。小毛他情不自禁低下头去，轻轻地吮吻。凤仙有些痒丝丝的感觉，她把衣襟拉拢了，秋波睃他一眼，娇媚地笑起来。

"凤仙，今夜我睡在这里了。"

"不！婆知道了，那还了得！"

凤仙这种娇媚不胜的意态，瞧在小毛的眼里，不禁有些神往，心中不住地荡漾，他红着了脸儿，终于说出了这一句话。凤仙的一颗芳心虽然是万分喜悦，但是柴氏的毒打的情形，仿佛魔鬼一样地抓住了凤仙处女脆弱的心灵。她觉得自己是失了自由的小鸟，没有得到柴氏的许可之前，她恐怖，她害怕，颦蹙了眉尖，在小毛的脸上逗了那一瞥无限哀怨的目光。

"但是我们是正式的夫妻，这不是苟且的行为。我们不能在她淫恶的黑暗势力下受苦，我们明天得起来反抗，挣扎！她……不要脸……怎么要管束我们的自由……”

小毛脸上起初是愤怒的表示，但说到后来，痛苦又涌上了他的脸容。他觉得这是被人家笑话的事情，他有些奇怪淫毒得不可思议的娘的心理。

“小毛，你别生气吧，我们的年纪轻啦，往后的日子可多着。你刚才到什么地方去？害得我担了许多时候的心。你要睡，我只许你躺一会儿……”

凤仙见小毛切齿痛恨的神情，她却反而对他嫣然笑起来，伸手拉着他的衣袖，摇晃了一下，掀着笑窝儿，逗给他一个倾人的媚眼。小毛见她雪白的牙齿，微咬着殷红的嘴唇，乌圆的眸珠一转，望着自己憨憨地傻笑，同时拍了拍床铺，意思是叫他并头躺下来。小毛心里是不住地荡漾，他跳到床上去，和凤仙并头躺下了。两人面对面地望了一会儿，因为这情景自落娘胎，彼此还只有破题儿第一遭，两人真不知应该如何是好。忽然大家都扑哧一声笑出来了。

“凤仙妹妹，你可曾敷过香粉？”

两人呆望了一会儿，小毛略为挨近一些身子，望着她玫瑰花朵儿般红润的粉脸，低声地问。凤仙听他突然问出这个话来，倒是愣住了一会儿，说道：

“成夜地操作，连擦一把脸的工夫都没有，哪里还有时候去敷香粉吗？况且今天挨吃了两口饭，还不曾洗过脸呢！怎么啦？你闻到了什么气味吗？”

“可不是，我这样躺着，只觉得有一阵一阵的细香从妹妹的身上发散出来。真奇怪，你身上藏着香袋儿吗？”

“啐！你别胡说吧！哪里会有什么香气？我的人又不是一朵花啦！”

凤仙听他这样说，啐了他一口，秋波盈盈地斜乜了他一眼，忍不住又抿嘴地笑。小毛不相信，伸过手去又要掀她的衣服，凤仙嗔着道：

“你动手动脚，我不许你躺了，正经的，我们谈一会儿。”

“那么你不好睡拢一些来的吗？你可不是祝英台，我也不是梁山伯，中间是用不着放一碗水的呀！”

凤仙忍不住又嫣然笑了，遂把她娇躯挨近了一些，两人身子这就依偎在一起。小毛是个年轻的小伙子，眼瞧着身旁这样一个美丽的姑娘，而且又是自己的爱妻，当然有情不自禁。但是凤仙要和自己说正经话，一时也只好呆望着她出神。

“小毛哥，我想……你这样一辈子地斫柴下去，那究竟不是你一个年轻人的出路。村中不是有好多人在城里做事吗？所以你应该向人家拜托拜托，假使城里商店内要添进学生子，那你不是可以去做做吗？”

“妹妹，你真是我的爱妻，你这话，不久的将来也许就可以成为事实。”

小毛听凤仙说出这个话儿，心里万分喜欢，遂把叶清根大哥的意思，向凤仙告诉了一遍。凤仙一颗芳心也甚欣慰。小毛忽然又凄凉地道：

“假使我真的有了生意，那当然是一件喜欢的事，不过在喜欢之中，我又非常忧愁。因为丢下你一个人在这种淫毒的家庭下，叫我又怎放得下心呢？”

“小毛哥，你放心，有兰姑在一块儿，她一定能够帮我的忙。也许婆婆听兰姑的话，她就不会虐待我了。”

凤仙心里虽然也有些儿忧愁，但是她表面上不得不装出倾人的笑脸，向小毛柔声儿安慰。小毛点了点头，他伸过手去，把凤仙软绵绵的身子抱在怀里了。你的嘴儿已凑到我的唇边，我的嘴儿已吮到你的唇上，两人默默地温存了良久良久，各人的心头是充满了甜蜜与辛酸混合的滋味。

“哥哥，时候不早了，你回去睡吧。不是妹子赶着你，但是在她恶势力的控制下，我们暂时是只好屈服着，屈服着。”

凤仙的话儿是多么委婉多情，小毛频频地点了一下头，他跳下床来，移步走到门口去。待他将跨出房门的时候，他又回头过来向凤仙望了一眼。在那盏闪烁的灯光之下，只见凤仙也从床上坐起来，明眸脉脉地追随着自己，这意态显然也有些依恋不舍。一时情不自禁地回转身子，奔了上去。凤仙似乎理会他的意思，也迎了上来。两人紧抱住了，嘴对了嘴儿，又接了一个甜蜜的长吻。好一会儿，小毛方才推开了凤仙，跨步走出房去。凤仙也跟着到房门口，小毛的身影已没有了，抬头望着院子里天空中那一轮光圆的明月，是放出了异样的光彩，凤仙的心头却是感到了有些儿凄凉。

第六回

约松　闹冰

春阳暖和和地悬挂在当空，时候是下午一时左右了，四周是静悄得一丝儿声音都没有，仿佛顽皮的孩子已熟睡在慈母的怀中一样了。微微的和风吹动着柳树的绿丝，波漾着可爱的柳浪。翡翠的小鸟括着它美丽的翅膀，在柳浪翻动中好像穿梭般地飞来飞去，活泼自由，春的季节，整个是它们的世界。

阿兰坐在小河旁的一块大石头上，默默地沉思了一会儿，眼瞧着那一瓣一瓣的落红，慢慢地随着流水漂浮去，心里想着前天凤仙的被打，真有说不出的难受。她轻轻地叹了一声，不由自主地摇了一下头。忽然一阵瑟瑟的声音送入了阿兰的耳中，使她意识到松涛一定是准时而到了，于是她把凤仙的不幸在心里又淡然了，整个的心灵完全注意到松涛的身上去，很快地回过身子，站了起来。但是映入阿兰眼帘下的，却是一个一个乡人挑着一担稻草在路上走过，草尾拖在地上，发散出来瑟瑟的声音。失望好像一盆凉水，浇在她火热的心灵里，立即有了一阵不自然的感觉。几个乡人都走远了，四周依旧恢复了原有的沉寂。阿兰倚在那株柳树旁，绿波在她头顶上翻动，随手捡了一条柳丝，拿到自己的嘴边去微咬着。等人本来是件焦急的事，更何况阿兰等的是个心里认为自己未来丈夫的人，因此她的心头开始有些儿怨恨。

松涛他一定是忘记了，唉，我这个人也太痴呆了。人家是个有钱人家的少爷，而且是个学生子，他什么小姐没有瞧见过，难道倒会爱上我乡村里一个无知无识的村姑吗？这种人说过完了，哪里还会记在心里呢？唉，那我未免老实得太可怜，要等他到来，也许到太阳落了山，月亮上了柳梢，恐怕也不见得有他影儿来的了。阿兰想到这里，整个心灵充满了失望的悲哀。自己虽然是长得一副好模样儿，但是觉得白狗要奔到羊群里去，终究是差得远了。唉，乡村里的姑娘是只能够嫁给耕夫樵子的了。阿兰慢慢地垂下头来，心里开始觉得有些儿不平。

“黄小姐，黄小姐，你等候好一会儿了吧？对不起！对不起！”

这是出乎阿兰的意料之外，她抬起头儿，瞧着前面匆匆奔来的那个俊美少年，她只道还是自己心理上的一种幻想。一个人在兴奋的时候得到快乐，那并不算快乐；要在失望的时候，骤然得到了现实的安慰，那才是真正的快乐。阿兰的一颗芳心是跳跃得厉害，她用手背揉擦着眼皮，再向前仔细望。只见松涛今天换了一身淡灰条子花呢的西服，一手提了一只皮包，一跳一跳地走来，显然这意态也还不脱是个孩子的成分。

这仿佛是空中掉下了一件珍宝来，阿兰展开了妩媚的笑靥，情不自禁地迎了上去。因为彼此奔的姿势是相当急促，待到了面前，两人几乎撞了一下。松涛毫不避嫌疑地握住了她纤手，摇撼了一阵，笑道：

“黄小姐，可不是，此刻还只有一点零五分吧？我终算没有误时。”

“嗯……嗯……薛先生……你真是不失信用的一个好青年……”

松涛说着话，又把他的手臂伸到阿兰眼前，给她瞧四方形的金表上的时刻。阿兰因为自己吃好午饭，只梳洗一下，就立刻来等候的。大概为了太兴奋的缘故，十一点半就开午饭，三刻吃好，梳洗完毕，也还只有十二点钟。遥长地等了一个钟点，当然是要使自己十分心焦。不过人家约自己，原在一点左右。这根本是自己太性急，怎么倒可以怪人家失信用呢？如今看了他手表上的时间，果然还只有一点零五分。一时想着刚才的怨恨他，实在有些不应该。因此明眸中含了无限的柔情蜜意，脉脉地凝望着他，表示万分的感激和喜悦。不过既说出了口，心里立刻又觉得非常难为情，两颊笼上了娇艳的红晕，秋波一转，低了头儿，不禁嫣然地笑了。

松涛听她赞美自己是个好青年，一时喜欢得扬着眉儿，忍不住也得意地笑起来。同时心里不住地荡漾，觉得阿兰这位姑娘虽然是生长在乡村里，但天赋她的聪明和灵慧，实在是个很有造就的少女。两眼瞧着她不胜娇羞的意态，不免又向她细细打量了一会儿。今天她换了一套花格子布的袄裤，是相当清洁。元色的布鞋，浅灰的线袜，都是微尘不染，仿佛还只有今天新换上似的。她虽然是低着头，不过她也把俏眼儿向上瞟上来。松涛觉察她的脸蛋儿是天然的本色，并不曾经过人工的修饰和化妆，一方面固然是没有好的化妆物来给她施用，一方面也可见小女孩儿家对于修饰，是并不十分加以注意。不过她已具有秀丽的脸庞，在她内心只要有了羞涩的成分，她的脸部自然会表现出比化妆后更美更艳的好看。

“黄小姐，我们到那块大石上去坐会儿吧。我知道你站了好多时候，一定已很吃力的了。”

“不，我也等候不多一会儿……”

阿兰灵敏的头脑感觉到，一个年轻的姑娘若老早地等候一个年轻的男子，这显然是十二分的难为情，所以她乌圆的眸珠一转，仿佛用外交上的手腕来了一个否认。不过她嘴里虽然否认，身子却是默默地跟着松涛走，而且自己的纤手也并不从他的手掌中挣出来。这个携手并走的情景，宛然是一对亲爱的情侣。

两人到了小河的旁边，松涛叫阿兰坐在大石上，自己却在旁边草地上盘膝坐下，微昂了头儿，望着阿兰的娇靥，微微地笑。阿兰觉得自己坐着地位高，他抬了头儿老向上望，这实在是非常难为情。于是她也移坐到草地上来，觉得彼此平视着，究竟比较要自然得多。

“黄小姐，我和你认识做了朋友，你妈没知道吗？”

松涛见她也移坐到草地上来，和自己的距离大约有两步光景，便回眸望了他一瞟，笑嘻嘻地问。阿兰把手只管玩弄地上长长的青草，并不加以回答，微微地摇了一下头。松涛笑道：

“那么你为什么不告诉呢？我想我们结一个朋友是纯洁的，是光明正大的，最好要给你妈知道，不是我以后可以到你府上来玩吗？”

“你这人说话有趣……”

阿兰听了，微咬着嘴唇，秋波盈盈地瞟了他一眼，抿嘴嫣然地笑了。松涛原也是个聪明的人，虽然没有听她说出以下的话儿，但是已经知道她以下的意思，是包含着我是一个女孩儿家，怎好意思向妈公开地宣布我在外面结交了一个男朋友呢？松涛的脑海里既然有了这样一个感觉，于是便连连地点头。不过这情景瞧在阿兰的眼里，忍不住又好笑起来，因为自己根本没有说什么，他难道已懂得我心里的意思了吗？松涛见她微笑，便也问道：

"黄小姐，你笑什么？不过你妈知道了你有我这样一个朋友，心里是否是喜欢，抑是愤怒，这我也并没有什么其他的意思。因为假使不会恼怒的话，我下次无论在哪一天，都可以到你府上来望你，不然老要约好了，那不是太麻烦了吗？"

阿兰听他说出了这一层意思，一颗芳心真是喜欢得了不得，不禁眉儿一扬，乌圆眸珠在长睫毛里转了转，笑道：

"薛先生，你……你难道以后还愿意和我一直交朋友下去吗？"

阿兰这一句话倒问得松涛不禁为之愕然，呆住了一会子，望着她笑起来，说道：

"黄小姐，你这话奇怪，你难道只希望和我交两三天的朋友吗？其实我不瞒您说，不但希望你永远是我的朋友，而且希望你一辈子是我的朋友。"

松涛说到这里，自己也不禁为之失笑，因为永远和一辈子在字眼上虽然不同，意思上不是一样的吗？永远已经是一辈子，在一辈子的上面再加上一辈子，那就是两辈子，也许连来生的一辈子，今生也预先付了定洋了吗？这样一想，在喜悦的成分中，不免又掺和了有趣的因素，松涛这就忍不住哈哈大笑起来。阿兰听他这样说，又见他这样情景，满颗芳心是充了甜蜜和羞涩，低了头儿，却是抬不起来。

"黄小姐，你得回答我，可愿意告诉我府上的住址吗？"

"其实我很愿意告诉你，不过我妈心中是否会恼怒，这我也没有把握。万一她不满我在外面有朋友，那彼此不是都很不好意思吗？"

经过了好一会儿，松涛停止了笑，又很正经地问。阿兰的芳心里似乎感到了相当为难，颦蹙了眉尖，凝住了杏眼，脉脉地凝望着他，仿佛要松涛了解她内心的苦衷。松涛当然知道她所以不告诉，还是顾虑着我俩友谊的进展，一方面固然是感激，一方面也有些恨阿兰这样美丽的一个姑娘，会生长在一个顽固的乡村家庭下。慢慢地低下头来，望着小河里的流水，自不免出了一会子神。

"薛先生，怎么啦？你生气了吗？"

松涛的静默无语引起了阿兰心头的误会，展开她倾人的笑靥，带了孩子淘气的口吻，来了一个娇憨的表情。

"没有没有，我生什么气？我知道你内心的苦衷，同时我也感激你的多情……"

松涛听她这样说，慌忙从静默中展开一丝儿笑容，明眸脉脉地含了无限的温情，向她瞟了一眼。阿兰笑了，松涛也笑起来。

"兰姑，兰姑，你独个儿坐在河边干什么呀？"

凤仙收拾了碗筷，料理舒齐一切，趁着柴氏到房中去睡午觉，便送着小毛出来到山上去斫柴。站在院子的门外，眼瞧着小毛的身影远去了。她慢慢地回过身子，低着头儿，一步一步地走。因为是想心事的缘故，她忘记了自己的家门，待她理会过来的时候，已经是走远了好一截路。偶然回眸四望了一下，忽然瞥见阿兰的身子坐在草丛里。松涛身子因为是被树干儿遮蔽着，所以凤仙是并没有注意到。

阿兰骤然听到了这个喊声，真是羞得无地自容。她以为嫂嫂说我一个儿坐在河边，那是完全故意的，但自己既不能装聋，又不能作哑，自然不得不站起身子。就在这个时候，凤仙笑盈盈地已是奔到了阿兰的面前。阿兰的两颊是发烧得厉害，红晕得可爱，她支支吾吾地说不出一句话儿来。凤仙见阿兰这个样子，心中不免有些奇怪，但是她的俏眼儿慢慢地也瞧到松涛的脸儿了，因为这是梦想不到的事情，芳心别别地一跳，那两颊也会红晕起来。

"黄小姐，请你介绍，这位小姐是谁呀？"

松涛忽然见又奔来一个姑娘，心里所奇怪的是那个姑娘竟又是个秀丽的人物。想不到陋僻的乡村里，却独产这样俊美的女子，那我也许是奔入仙女的境界了吗？心里这样想，身子也不由自主地站起来，含了满面的笑容，向阿兰轻轻地问。阿兰偎在凤仙的怀里，她羞得有些茫然了，心里真不知应该将如何对付是好。凤仙见阿兰原来和一个少年坐在一起，一时倒懊悔不该来撞破他们。阿兰既然会和人家坐在一起，当然绝不是陌生的了。但是现在瞧了阿兰的态度，竟偎在自己的怀里，连人家叫她介绍她都茫然不知所对，这就奇怪了，阿兰究竟因自己而害羞了，抑是因了他害羞了？因了他这当然是不会的，在我未到之前，他们俩不是很亲热地坐在一块儿吗？若因了我的到来吧，那么阿兰怎的又向我的怀里躲藏呢？这真有些不可思议的神秘和有趣。倒是凤仙老练一些，她手儿抚着阿兰的肩胛，秋波向松涛瞟了一眼，说道：

"我是阿兰的嫂子，这位先生您贵姓？"

"我姓薛名叫松涛，和黄小姐才只有前天认识的，事情是很巧。黄大嫂，我们坐下来，大家谈谈好吗？"

松涛再也想不到一个还带着十足姑娘成分的少女却会是阿兰的嫂子，那真使自己有些儿不相信。不过人家何必要说谎，因此也就深信了，含了笑容，把手在草地上摆了一摆，意思是叫两人重新坐下来。

凤仙以嫂子的地位，想知道一些关于阿兰和松涛两人友谊的程度，所以她频频地点了一下头，拉了阿兰的手，真的又在草地上坐下了。阿兰靠着凤仙的肩头，一味地还是显出稚气的模样。凤仙暗暗拉了她一下衣襟，白她一眼，低声儿笑嗔道：

"兰姑，你这算什么意思？自己不介绍介绍，怎么尽向我身上躲，你到底见了谁才怕难为情呀？"

凤仙这一句话把阿兰问醒了，觉得自己应该以做主的地位才对，怎么倒反让嫂子和松涛两人自己在问话呢？心里有些好笑，于是她开始竭力老起了脸儿，坐正了身子。不过她依然始终没有勇气说一句话，喉咙口只觉得有件什么物件塞住着一样。阿兰、凤仙固然说不出一句话，就是松涛亦觉一时里无从说起。不过老是这样子呆住着，到底有些儿不好意思。松涛忽然有了一个主意，他立刻把旁边放着的皮包打开，拿出一个精美的盒子并一只热水瓶、两只玻璃杯。因为他今天来赴阿兰的约会，心目中是只有两个人，当然不会带三只杯子。现在加上了一个阿兰的嫂子，于是他自己只好以热水瓶盖子来作茶杯，把两玻璃杯的茶送到凤仙阿兰的面前。又把盒子打开，放在三人中间，却是一盒五色的西点，笑道：

“黄小姐、黄大嫂，我们吃些，大家别客气。”

凤仙、阿兰觉得人家是城里来的客人，自己究竟可说是本地的主人。主人家要吃客人带来的茶和点心，这到底有些说不过去。因此两人的脸儿都不约而同地有些红晕。阿兰低了头儿只是不说话，凤仙“哟”了一声，说道：

“那才是个笑话，城里的客人，到乡下来请主人了。”

“这也没有什么关系，黄大嫂，你快不要说这种话，我和黄小姐结了朋友，彼此就像自己兄妹一样的了。你们吃，你们吃。”

凤仙听他说自己兄妹一样，这就忍不住对阿兰盈盈一笑。阿兰瞧了，在羞涩之中，自然也带了得意的成分，秋波似嗔似恨地白了她一眼，却仍是不说话。

“薛先生，别客气，我们才吃了中饭，哪里再吃得下这些点心呢？”

“正是，点心回头再吃，我们先吃些糖吧。”

松涛本来原预备和阿兰谈到三四点钟的时候，拿点心出来充饥，因为要借此来缓和这紧张的空气，所以不得不拿此先作个话柄。今听凤仙这样说，便点了点头，伸手又在皮包中取出一袋巧克力糖来，抓了两把，放到两人的面前去。凤仙、阿兰见那糖外面包着亮晶晶的锡纸，花花绿绿，真是非常好看。这种糖不要说黄叶村找不出，就是萧山城里也很少看见，那显然是他从上海带来的了。这糖叫什么名字，她们固然不晓得；就是连怎样吃法，她们也不知道。当然在茫无头绪之前，她们是不敢贸然动手的，所以松涛连连催她们吃，她们始终是不肯动手去拿。松涛见她们的意态是并没有十分拒绝，一时猛可理会，自己不先吃，人家自然不好意思动手的，遂把巧克力拿了一块，剥去了锡纸，放到自己嘴里，笑道：

“你们吃呀，瞧我不是一些儿也不做客的吗？”

松涛吃糖的动作，在她们眼里既然有了一个榜样，于是也照样剥去了锡纸，放在嘴里吃了。这糖是从来也没有尝过口，此刻吃了，当然是津津有味。

“薛先生大概还在学校里读书吧？家里不知道老伯和伯母都健在吗?”

春风是微微地吮吻着三人的脸颊，凤仙纤手掠拂着鬓边吹散的乱发，俏眼儿望了松涛一眼，笑盈盈地随口问。

“不错，我还在学校里读书。爸妈身体都很健康，多谢嫂子记挂。”

“那么薛先生今年几岁了呀?”

“我今年十八岁了，黄大嫂子，黄小姐和我认识的经过，她大概没有和您说过吧？现在我可以详细地告诉你一些知道。”

松涛见凤仙很关切地问着，遂索性把自己和阿兰认识的经过，并自己的身世，都告诉了她一遍。凤仙听了，觉得松涛的话中含着非常诚恳的意思，显然他的态度有爱上了阿兰的神气。假使他肯真心相爱的话，这的确是阿兰的幸福。所怕的是这种公子哥儿，没有诚心诚意的情分罢了，遂望着他说道：

“承蒙薛先生瞧得起我的兰姑，愿意和她结个朋友，这自然是一件令人喜欢的事。不过我们长在乡村里的姑娘，见识固然不广，举动方面自不免粗笨，恐怕有些高攀不上吧?”

“这是什么话？嫂子，你说得太客气，你说得太客气。”

松涛见凤仙最多也只不过十七八岁的年纪，居然以老嫂子的资格代小姑说这几句话，可见也着实厉害，遂立刻沉着脸色，表示一万分的正经。凤仙笑了一笑，又望着他说道：

“我们兰姑还是一团的孩子气，什么地方都不知道，假使有什么话儿得罪了薛先生，一切还请你原谅才好……兰姑，我回去了，你们多坐一会儿吧。薛先生，再见。”

凤仙说着话，身子已是站了起来，和松涛含笑点了点头，便一步挨一步地向前走了。就在这时候，阿兰从后面追上来，拉住了凤仙的衣袖，叫了一声嫂嫂。凤仙连忙回过身子，两人齐巧打了一个照面。阿兰脸儿娇红得可爱，却是呆住了一会子。凤仙见她欲语还停的神气，因低声儿问道：

“兰姑，你有什么话，只管和我说。”

“嫂嫂，这事情你给我保守着，别告诉我妈妈知道。”

“你放心，我理会得，但你早些儿回来吧。”

阿兰红着脸儿说出了这两句话，凤仙点了点头，瞟她一眼，只是憨憨地微笑。一会儿，把她身儿推了推，便一个转身，匆匆地跑去了。

“黄小姐，你和嫂嫂说些什么话儿啊？”

阿兰慢步地回到大石旁，依旧在草地上坐下来。松涛又剥好一块巧克力糖，一面问一面送到阿兰的口边来。阿兰瞧此情景，芳心可可，但觉得用口去接，这到底是太不好意思了，遂伸手接过，道了一声“多谢你”，一面又嫣然笑道：

“没有和嫂嫂说什么话，我叫她走得好。”

这回答显然是构造的谎话，松涛忍不住扑哧一声笑了出来。阿兰被他一笑，自然愈加感到不好意思。雪白的牙齿微咬着红润润的嘴唇皮子，瞅他一眼，故作娇嗔，说道：

“你笑什么？”

“没有什么，我心里觉得有趣，所以我忍不住要笑出来。黄小姐，我俩的友谊会不会引起你嫂子的搬弄是非？”

“不不，嫂嫂和我比亲姊妹都要好，她绝不会妒忌我的。”

松涛见她回答得这样快速，可见是她内心自然的表现。心里是不住地荡漾，望着她红晕的粉颊儿，很真挚地说道：

“黄小姐，春假的日子是很短促，所以我们见面的机会当然也不会多。况且你住在乡村，我住在城里，将来我到了上海，便隔开得还要远了。不过我自从见了你，我心中就有了你一个影子，就是我在上海，也会想到你的人。不过此后我再来找你，因为既不晓得你的住址，当然找起来比较困难。我想你只管告诉我，我来的时候，可以在屋子外面徘徊，你终有出来的时候，那我们不是可以遇见了吗？假使你不出来，你的嫂嫂终也有出来的时光。她既和你非常亲密，她见了我，她不是也会悄悄地来告诉你知道吗？”

松涛这几句话儿听进阿兰的耳中，自然是感到心头，铭入肺腑，明眸中含了万分温情并感激之意，脉脉地凝望着他脸儿，说道：

“承蒙你如此相爱，我是非常感激。其实我家离这儿原很近，大约百多步路。房子是红墙头的，院子外的大门外，并植有数枝垂柳，这便是我的家。”

松涛听了，记在心里。两人因为各人的心灵里都已有了一个深刻的印象，在形式上方面大家便慢慢地亲热起来，偎在一起，情话喁喁，笑声莺莺。春天的季节，四周的景物虽然是非常热情，但两人心中的爱火，当然是更超过于大自然的景物了。

日薄西山，炊烟四起，阿兰方才和松涛握手分别。阿兰怀着一颗无限甜蜜的芳心，兴冲冲地回到家里。只见凤仙正在院子里煮饭，见她进来，便望着她粉颊儿只是憨憨地笑。阿兰红着娇靥，慢慢地挨近身子，低声儿笑道：

“嫂嫂，你发痴了，老望着我笑做什么？我和他原很平常的朋友，你……别告诉我妈……”

“我知道，我知道，我知道了。兰姑，你还只有十五岁啦，可不是五十岁呀，怎么竟有些耳背了呢？”

凤仙瞟她一眼，故意说了三个我知道，说完了，抿着嘴儿又哧哧地笑。阿兰“嗯”了一声，偎到凤仙的怀里来，要缠绕着不依。正在这个当儿，忽然见柴氏从里面走出来，于是凤仙、阿兰都不作声了，默默地各自走开。

这几天里，阿兰总在门口张望。有时候松涛果然来人，两人便到小河边悄悄地去谈了一会子。有一星期后，阿兰再不到门口去张望了，这原因是松涛春假完了，他和阿兰最后一次会面时，已经告诉她明天动身回上海去。从此以后，阿兰满心是怀着光明的希望，同时也怀了满腹忧愁的心事，因为一会儿怕松涛丢了自己，一会儿又怕松涛家庭不答应娶自己，所以每当遥长白昼的时候，她独个儿终是沉默着。吃饭的时候，不比以前那样有味；睡觉的时候，也不比以前那样甜蜜。可见谈恋爱这件事情，未必是真正属于快乐甜蜜方面的，阿兰本身就是一个很好的例子。

阿兰的静默，阿兰的心事，除了凤仙之外，当然没有一个人会知道。所以凤仙瞧着阿兰手托香腮，做个沉思的神情时候，她的心头也会常引起了楚楚的可怜，拍着阿兰的肩胛，说了几句打趣的俏皮话。阿兰红晕的脸上也会浮现了一丝笑容，同时又会逗给凤仙一个妩媚的娇嗔。

有人说："一个人仿佛是专为撕着壁上几张日历而因此做人似的。"真的，一会儿春，一会儿夏；一会儿秋，一会儿冬。一年过去了，又是一年。至于每个人呢，还是为了一日三餐饭，忙碌着奔波着。

这是一个初夏的黄昏，阿兰、凤仙、小毛、柴氏、阿四正在草堂上吃着饭。阿兰嫌屋子里太热，主张搬到院子里去。柴氏依从女儿的意思，于是大家又把桌子抬到院子里去。正在这时候，忽然见叶清根笑盈盈地进来，说道：

"你们吃饭了吗？"

"叶大哥，今天才从城里回来吗？请坐请坐，这儿便饭怎么样？"

大家见了，都笑着招呼他。小毛站起来，忙又到屋子里去斟了一杯茶出来给他喝。清根一面道谢，一面叫他们只管自己吃饭。柴氏望着他笑道：

"叶大哥，听说去年你们店里很赚钱，你也分到七八百元钱吧，你真是交红运的人，叶大嫂下半年又要养小弟弟了，红蛋分不分呀？"

天下再也没有比人还势利的了，叶清根是黄叶村里可算是个赚大钱的人，所以村中人莫不另眼相待。因此清根仿佛是瓶香水精，无论到什么人家去，总是喷喷香的了。柴氏这种妇人，当然是其中之一个。清根很得意地笑了一笑，却并不作答，大约有了三分钟后，他方才向柴氏轻轻地说道：

"黄家妈妈，今天我到这儿来，是有一桩事情的。就是我们老板家里有个仆人，因病辞职了，现在尚乏其人，我想小毛在家里就这样地斫柴下去，也没有什么出路，倒不如外面去做些事情。虽然这个职司是并不十分好，但只要做事勤力，为人诚恳，将来我们老板自然会提拔他的，不知道你们的意思以为如何？"

小毛一听这话，知道这是几个月前叶大哥答应我的事，不料现在果然有了事情做，心里这一喜欢，几乎直乐得跳起来。但是娘不知答不答应，所以小毛的目光，便移向到柴氏脸上去。柴氏当然也愿意小毛到外面去吃饭，将来阿兰一出嫁，我还有怕什么人？无论白昼黑夜，不是都可以随心所欲了吗？况且小毛出去做事，一面固然可以少一个人吃饭，而一面又可以去赚人家的钱，也许将来和叶大哥一样地会赚钱，那我就不怕小毛不把花花绿绿整百钞票拿回家里来。这样一想，满心欢喜，脸上立刻堆下笑容，说道：

“承蒙叶大哥这样开怀我的小毛，我们感激还来不及，怎么还会嫌事情好坏吗？谢谢叶大哥，那是再好也没有了。小毛，你快去拿水烟筒来，给叶大哥吸烟吧！”

“不不，你别客气，既然答应了，那么你们该整理一些随身衣服，明天早晨九点钟，就跟我一块儿到城里去好了。现在我回家了，明天见，明天见！”

叶清根见柴氏特别客气了，遂连忙站起身子，一面向小毛连连摇手，一面身子已是向院子外走了。凤仙听明天就要去的，芳心里好像有些隐隐作痛，失声地说道：

“什么？明天就要去的吗？”

这句话猛可触入了小毛的耳中，顿时浮上了和凤仙同样吃惊的感觉，明眸向她脉脉地望了一眼，只见凤仙的秋波在自己脸上逗了无限哀怨的一瞥，似乎有些儿眼皮红。当然在小毛的心中，同样地感到十分悲酸。两人哀怨的神色瞧到柴氏的眼里，心中似乎有些理会了，这好像是强盗放出良心来，向两人微笑了一下，说道：

“一个男人家，终要到外面去找些事情做才是正经。凤仙，你回头给小毛收拾一只小皮箱吧，晚上你们就睡到一处去。”

凤仙和小毛骤然听了这几句话，那一颗心儿顿时跳得像小鹿般地乱撞了。两人的颊上同样地飞起了娇艳的红晕。柴氏、赵阿四自管回房里去了，阿兰向哥哥嫂嫂扮了一个有趣而淘气的兔子脸，娇憨地笑道：

“哥哥、嫂嫂，今夜你们可是洞房花烛之夜啦！睡得当心，别让妹子偷去了你们的衣裤吧！”

小毛凤仙听了阿兰的话，两颊更加红晕了。凤仙啐她一口，同时又把纤指划到脸上去羞她，笑道：

“兰姑，你是个女孩儿家啦！不怕难为情吗?”

阿兰被凤仙这样一说，真的羞涩得了不得，“嗯”了一声，伸手恨恨地向她一扬，做个要打的姿势。但她心里不知又有一个什么感觉，遂一个转身，匆匆地也逃进房中去了。小毛瞧此情景，笑起来说道：

“妹妹这人真有趣，她打趣我们，谁知被打趣的人倒没害羞，打趣人家的倒反而先怕难为情了。”

凤仙水汪汪的俏眼儿向小毛瞟了一眼，忍不住也抿嘴嫣然笑起来。一面急急地把碗筷收拾过去，一面把桌子和小毛又抬进屋子里。这时天已昏黑，小毛上了油灯，和凤仙两人携手走进柴房间里。凤仙一面给小毛整理衣服，一面眼眶子里已是淌下泪来。小毛瞧了，把她手儿拉来，同在板床边坐下，伸手在她颊上拭去了泪痕，叹了一声，低低地安慰道：

“妹妹，那天夜里，你自己不是也希望我到外面去做事情吗？怎么你又伤心了呢?”

“哥哥，我并不伤心，我很快乐，但是我自己也不晓得，为什么那眼泪竟只管扑簌簌地淌下来……”

凤仙含了无限辛酸的眼泪，脸上兀是浮着娇媚不胜的甜笑，她的娇躯已倒入小毛的怀里了。小毛搂住了她的脖子，偎着她的脸颊，微笑道：

“妹妹，我知道你的心，但是我们年纪轻啦，将来的日子长哩！今夜终算是我们新婚之初夜吧，虽然我俩的结婚日子已经是一年了。妹妹，我的爱妻，你别伤心了，今夜是值得纪念的，我们莫辜负这千金一刻的良宵，我们还是早些儿安睡吧。”

无限的喜悦和甜蜜，把凤仙心头的悲哀慢慢地驱逐尽了。她在小毛柔软的手腕之下，她是羞人答答地半推半就地脱去了外衣，和小毛一同钻进了薄薄的单被里。一个是轻怜蜜爱，一个是又惊又喜。真是说不尽的郎情如水，妾意如绵，万般恩爱，千般缠绵，演出了那无限旖旎的风光。

到了次早，凤仙不敢贪睡，匆匆起床。小毛望着她娇媚的粉脸，叫她再躺会儿。凤仙摇了摇头，赧赧然却报之以微笑。

八点五十分钟的时候，叶清根来伴小毛到城里去了。小毛提了皮箱，别了柴氏，别了爱妻和妹妹，跟着清根走了。凤仙和阿兰送出院子外面，小毛依恋不舍地又回过身子来，握着凤仙的手，叮嘱了几句。凤仙点头说："一切都知道，你在外面自管安心做事便了。"小毛听了，遂匆匆跟着清根就道。凤仙站在那枝柳树下，明眸脉脉地送着小毛远去了，终至于他的影儿在眼帘下消逝了。她想着了婆婆的痛打，她想着了昨天的欢娱，她想着了别离的悲哀，甜酸苦辣的滋味，一齐涌上了她的心头，再也制不住她满眶子里的眼泪占有了她整个的面目。

柴氏自小毛到城里去做事后，更加肆无忌惮，甚至开了房门，与阿四白昼宣淫。一日凤仙不知，进内撞见，以致触怒柴氏，常常皮鞭痛打。阿兰虽然怨恨，但又不敢强谏，也只好代为求情讨饶，凤仙得阿兰的爱护，实在是少吃了许多的苦楚。

流光如驶，一转眼间，初夏天气终至于又到盛夏的暑天了。这几天里，太阳热毒得十分厉害，人们在极度炎热的淫威之下，真的被压迫得透不过气来。凤仙额上身上的汗点，差不多一天到晚都没有干过。

这天午后，太阳逼得大地上仿佛像火烧，风是一些儿也没有。凤仙蹲在院子里，兀是洗着一木桶的衣服。她一面洗着，一面额上的汗点好像雨点一般落下去，心中想着小毛离家差不多也有两月了，他在外面的生活当然较之家里要好得多，不晓得他心中也忧愁着我在家里吃苦吗？凤仙这样想着，那眼泪便也和汗一样地落下来。这时院子外面的街上，有几个村童在高喊卖冷阴冰，凤仙暗想：这样热的天气，身子固然倦怠，口里又渴得了不得，外面既然在卖冰，何不去买块来吃，也好透一口气。于是凤仙甩了甩湿手，在袋内摸出了一分铜圆，匆匆奔到外面，买了一块冰来，放在嘴里吃着，果然凉爽非凡。不料正在这时，柴氏在屋子里好像狮吼地大叫凤仙。凤仙近来也被打怕了，心中一急，就把嘴里放着的那块冰吞了下去。冰块大喉咙小，一时呼吸停止。凤仙“啊哟”一声，“哟”字未完，身子竟直跌倒地上去了。这时阿兰齐巧从院子里奔出，骤然见凤仙脸白如纸，僵卧在地，蹲下身子去摸她额角，竟是冰冷了，心中这一吓，不禁竭声大叫起来，说道：

“啊呀，不好了！妈呀，嫂嫂中暑死过去了！”

第七回

抛棺　沉冤

阿兰这一声大喊，柴氏和赵阿四早已从屋子里赶了出来，一见凤仙的身子果然已倒在地上，而且双眼紧闭，脸色死灰。阿兰蹲在旁边，却拉着她的手儿要哭出声音来。柴氏心中这一急，慌忙抢步上前，把阿兰身子从地上拉起，含着嗔怪她的意思，跳脚急道：

“唉！你这孩子真太不懂事了！死了就死了，你怎么可以拉着她呀？她是害时疫病死了，你这样地蹲在她身旁，不是要传染了吗？”

柴氏说着话，按了自己和阿兰的口鼻，很快地就向后退步。阿兰再也想不到娘会说出这样狠心的话来，虽然娘是十二分地爱护我，不过在自己的心里，对于娘这十二分的爱护，会更引起内心廿四分的难过，忍不住眼皮儿一红，泪水夺眶而出，也急急地说道：

“嫂嫂她是中了暑，并不是发时疫病，也许能够救得活哩！怎么一刻儿工夫，难道就会传染了吗？”

“傻孩子！你懂得什么？这种急症还会救得及吗？你且别走过去靠近她，就让我去摸摸她的脸颊。”

柴氏把阿兰推过一旁，她捏着鼻子，走到凤仙身旁，伸手在她额角一摸，已是很凉了。遂立刻站起来，向赵阿四急急地吩咐道：

“死了！死了！阿四，你快到前村去买一具棺材来，价钱愈便宜愈好，质料不要好，就是四块木板敲拢的就行了。快去快去，别把尸身耽搁在这里害别人。唉，这种刁恶的媳妇，到底没有什么好结果的。”

柴氏说到这里，又深深地叹了一口气。阿兰真不明白娘这一声叹息，还是在伤心嫂嫂呢，抑是在嘲笑嫂嫂？对于嫂嫂的死，是否是我家庭中的不幸，还是算为欢悦的事？她简直有些儿茫然了。

赵阿四听了柴氏这一声吩咐，当然是不敢怠慢，立刻往前村去买棺材了。这时阿兰要想用办法急救凤仙，但是两手却被娘紧握着不放，望着凤仙直挺挺地僵卧在地，蛾眉含蹙，长睫毛连成一条线似的。想不到一个活泼的人忽然会暴病死了，从此以后，难道嫂嫂就这样完了吗？无限伤心陡上心头，那一满眶子的眼泪早已沾上了满颊。

不多一会儿，赵阿四领着棺材店里的伙计，扛了一具白坯子还未上漆的棺材，俗称所谓薄皮棺材，匆匆地走来了。阿兰见了棺材，心头愈加悲痛，忍不住放声大哭。因了阿兰这一哭，村中人家的老少妇孺便都被她引了出来。大家围拢来看究竟，问什么事情。柴氏吩咐快把凤仙的尸身抬进棺材里，草草入殓，一面也放声大哭，向众邻居们诉说道：

“唉！我这样一个好媳妇，竟会生时疫病死了……我真不舍得你啊！你真死得好伤心好悲惨啊！”

柴氏掩了脸儿，边说边哭，愈哭愈厉害，在棺材旁边撞撞颠颠，仿佛要和凤仙一块儿跟了去似的。村中人见了这种情景，心里都好生奇怪，凤仙早晨还好好儿的，瞧见她出来到河埠头去洗菜淘米，怎么就会死了？就是生时疫病，也没有这样快的。一时大家疑窦丛生，有一个年纪老的男子，是西邻的黄阿根，他就急忙阻止慢着盖棺，向柴氏说道：

“黄大嫂，你且不要啼哭，这到底是怎么一回事情呀？凤仙早晨还好好的啦，哪里会死得这样快的吗？日后小毛回来知道了，问起四邻来，大家不是都茫无头绪了吗？”

“你这话简直是放屁！凤仙她发时疫病死了，难道是我做婆害她的吗？亏你活了这一把年纪，竟说出这种话儿……”

柴氏一听阿根这样说，心中不觉大怒，立刻把掩了脸儿正在哭泣的手儿放下，恶狠狠地向阿根啐了一口，两眼里冒出了火光，便向他大骂起来。阿兰一见，深恐事情闹大，遂把柴氏拉开，向阿根说道：

“伯伯，嫂嫂是真的中暑死的。我们都在屋子里，忽然听到院子外砰的一声，走出来看时，谁知嫂嫂已跌在地上死了……”

阿兰说到这里，眼泪扑簌簌地仿佛是断线珍珠一般地滚了下来。村中人大家都知道阿兰是个好姑娘，而且平日和嫂子很要好，如今听她这样说，又瞧了她这样悲伤的情景，显然凤仙真中时疫病死了。柴氏见阿根听了阿兰的话，便默不作声，一时便大发起雌威来，身子向阿根直扑了过去，口里骂个不住地说道：

“啊呀！我真是愈想愈气了，天下哪有你这样老不死的东西。你这几句话问得妙极了，凤仙早晨好好儿的还瞧见，怎么就会死得这样快？……你这话是什么意思？你打量我做婆的会害死她吗？她为什么死，你该问死人去呀！我知道吗？一个人哪里晓得今天死明天死吗？也许你这断命的老头子也发时疫病立刻死了，这谁又料得到呢？唉！这真把我气死了，你算打抱不平，你是我家的什么人？你这老不死的东西，我和你评理！我和你评理！”

柴氏一面大骂，一面又想伸手去抓阿根的胡髭。阿根的媳妇见了，慌忙把阿根拉开了，一面劝住柴氏，一面回头又埋怨着阿根，说道：

“爷也真喜欢管闲事，别人家的媳妇，死活也由得你去过问吗？就是小毛问我们，只说不知道是了。何苦来？吃自己的饭，被人家骂老不死，一个人本来谁晓得谁会生时疫病？哼！良心好一些，生死是有命的，咒骂人家是没有用的。我爷活了这一把年纪，可也不曾吃过你家一粒饭，黄家嫂子，你就少骂几句吧！”

阿根的媳妇朱氏也是一个并不老实的女子，她虽然在埋怨阿爷多管人家闲事，但说到后面，她又回过头来，带了讽刺的口吻向柴氏说着。柴氏见他媳妇说话厉害，心里更加愤怒，便把两手一拍，叉在腰间，骂道：

“你家老头子不来管这个闲事，我会去骂他吗？这叫作讨骂，一个人不能生得太贱的，本来大家吃自己饭，谁又管得了谁呢？”

“对呀！这种生成的贱骨头，不要脸的臭货，不知是哪个呢！”

“放你的狗屁！我家死了人，倒还要你家公媳两人来欺侮吗？这真岂有此理极了！”

朱氏这几句比打还难受的话儿听进在柴氏的耳中，心中这一气愤，不免恼羞成怒，猛可走上一步，恶狠狠地向她啐了一口。朱氏哪肯示弱，抢上一步，两手叉在腰间，也啐她一口，说道：

“你预备怎么样？谁不晓你是黄叶村里的雌老虎，不过别人家怕你，我却不会怕你的。哼！你真笑话，你能吃得了人吗？”

“妈妈，你别和人家吵了。大嫂子，你也气耐耐吧。大家日朝见面的邻舍，何苦来？不是很难为情吗？”

阿兰见妈和朱氏两人好像动手要打的神气，心里很是着急，遂也忙走上来插嘴劝解。不料柴氏听她又骂自己雌老虎，一时火星透顶，再也顾不到什么了，早已伸过拳头去，向朱氏的头上便打。朱氏是早已防备好的，见她来势凶猛，一手挡住她，一手扭住柴氏衣襟，两人便大打大骂起来。

阿兰瞧了这个情形，心里真是又急又伤心，自己气力小，又拉不开两人，一时便只管扑簌簌地淌眼泪。瞧着两人一个抓头发，一个扯胸襟，打得非常厉害，遂急急地喊道：

“妈妈和大嫂子你们快放手吧！有话好说的，干吗要动武呢？那被人家瞧见了，也是个笑话哩！”

“蕊芬，蕊芬，你快快放手吧！别打别打！黄大嫂，算我老头儿错了，那总好啦！”

阿根心里也有些害怕，听阿兰这样说，便也喊着朱氏的名字，叫她停手。但两人哪里肯放手，打得愈加厉害。众人因为知道朱氏是个二十几岁年强力壮的少妇，气力当然比柴氏大，所以心里很希望柴氏今天吃些苦，大家不说话，也不开口劝解，围在旁边，眼睁睁地瞧着两人撕打着。

柴氏朱氏扭住着打了一会儿，慢慢地终于打到地上去了。柴氏究竟不及朱氏力大，身子竟被朱氏压倒在下面。朱氏跨在她身上，伸手在她的胸部胯下恨恨拧个不住。柴氏虽然疼痛，也只好咬着牙齿，死命抵抗。这时赵阿四瞧着，意欲上前帮忙，但村中人大家又围成了圈子，不让任何人前去帮助。大约有了十分钟的撕打，众人这才上前去把两人拉开。只见两人早已披头散发，连衣服也扯破了，口里彼此兀是大骂不休。阿兰紧紧拉住柴氏的手，不肯再给她赶拢去撕打，哭着道：

“妈，算了吧！相打有什么好处，我们可不是靠相打吃饭的呀！”

柴氏料想自己不是她的对手，也就虚张声势地骂了一阵，只见朱氏的身子也早被阿根拖回家里去了。众人瞧此情景，心头暗暗称快，一场风波既已平静，于是大家便也一哄而散。柴氏吃了这一次大亏，心中对于凤仙愈加恨入骨髓，连声吩咐快快盖棺，去抛到荒野的山林里去。赵阿四答应一声，便即叫棺材店里的伙计动手。不多一会儿，早已舒齐。柴氏叫赵阿四前去办理，她自己便回屋子里休息去了。

棺材店里伙计扛着棺材走在后面，赵阿四在前领路。阿兰却随在棺材的后面，呜呜咽咽地哭着。约莫走了五里路，那边是一个荒林，赵阿四遂吩咐伙计在荒林中放下，一面在袋内摸出钞票，付去了棺材钱并酒资。阿兰淌泪道：

“赵大叔，那么我们就多给他们一些酒资，叫他们掘一个土坑埋了吧。这样抛在外面，究竟太对不起嫂嫂了。”

“阿兰，并不是我不答应，因为你娘是这样吩咐的。回头我交账去，若多花费了钱，不是又要挨她的骂了吗？”

阿兰听他这样说，心里真有说不出的哀怨，一时伤心已极，伏在棺材上面，忍不住号啕大哭。赵阿四被她这样悲恸，想起凤仙一个这样娇滴滴的人儿，一旦死于非命，因此要挥泪不已。

“阿兰，别哭了，时候不早，我们回去吧。你娘也许在记挂哩！”

赵阿四望着奄奄一息的落日已告别了宇宙，大地上笼罩了一层薄暮，见阿兰兀是哀哀地哭着，便含泪劝着她回去了。阿兰一则怕娘责骂，一则见天色果已不早，四周冷气森森，虽然时正仲夏天气，亦觉阴风惨惨，砭人肌骨，因此在万分依恋不舍之下，只得离开了荒林，跟着赵阿四走回家里去。

两人回到家里，只听柴氏在房中，一个人正在大骂。两个人倒都吃了一惊，暗想：这是和谁在吵架啦？便急急步入房内，见柴氏躺在床上，怒目切齿，简直有些恨声不绝的模样。见了两人，方才停止了骂声，问道：

“你们回来了，为什么要有这许多时候呀？”

“来回有十多里路，阿兰伤心以后，走不动路，所以在半途曾歇过一会儿力的。你……刚才可被这泼辣货打痛了吗？”

赵阿四恐怕柴氏骂他，遂借阿兰名义圆了一个谎。一面又问她刚才可吃了亏，在赵阿四心中是讨好，不料柴氏听了，便骂道：

“你是死人？站在旁边，看我被这烂腐货痛打吗？怎么不来帮忙呢？我吃了她苦，你心里高兴吗？”

“这是什么话？你别冤枉我好人吧！谁不想上来帮你打她一个半死啦！因为村中人大家都围拢着，不许旁人动手，我想假使帮了你忙，恐怕大家又要打抱不平，所以我又不敢上前。你不信，你可以问阿兰的，可是这样的情形吗？”

赵阿四听柴氏这样责骂自己，吓得倒退两步，急急地解释其中的苦衷，一面回头向阿兰望了一眼，意思是要阿兰证明一声。阿兰走近床边，点了点头，摸着娘的手儿，心里虽然有些怨恨，但自己究竟是她的亲生女儿，不得不关心地问道：

“妈，你有什么地方被她打坏了？女儿不是劝你不要和这种女人一样见识吗？像妈这样身子，和她去打，也犯不着呀！”

“阿兰，你放心，我没有什么地方被她打伤，只不过我心里实在气愤极了。无缘无故地来寻事，那真岂有此理。你也辛苦了半日，还是歇息去吧。”

柴氏听阿兰这样说，便也握住了她手，抚摩了一会儿，轻轻地安慰她。阿兰道：

“我得做饭去，那么你休养一会儿。”

阿兰说着，身子便走到房外去，一面煮饭，一面忍不住又想着了凤仙，好好儿的会暴病死了。唉，这真奇怪得很！难道嫂嫂真的有这样命薄吗？从此以后，世界上是不再有凤仙这个人了。将来哥哥得知了这个消息，心中不知又要感到如何伤悲呢。一会儿又想：照我意思，把嫂嫂刮一刮痧，吃些天工水，让她透一口气，也许可以有还魂的希望，偏妈说她患时疫病死了，要传染人的，急急就要把她成殓。唉，对于这一点，妈未免是太心狠了一些。阿兰想到这里，一颗芳心真有说不出的怨恨，同时也有说不出的伤心，忍不住她满眶子的眼泪又扑簌簌地滚了下来。

“你这人真是死坯！还呆在这儿干什么？快过来给我抚摸被打痛的伤处吧！”

柴氏见阿兰走出了卧房，赵阿四却仍呆呆地站在旁边，遂把媚眼儿似嗔非嗔瞟了他一眼，向他招了招手。赵阿四巴不得她有这一句话，遂立刻走到床边坐下，伸手到她的胸口，故意碰了她一下乳部，笑道：

“你的伤在哪里？快告诉了我，我才可以给你揉擦呀！”

“小鬼！我打伤了，你倒还笑得出吗？”

柴氏见他嬉皮笑脸的神气，便撩上手来，在他颊上狠狠地拧着不放。赵阿四痛得哼起来，连声地就道：

“我肉疼还来不及，怎么还会喜欢吗？你别老冤我了，当你被这贱货骑在身上痛打时，我心头就像刀割一般疼痛。假使骑在身上的是我，那你不是会乐得心花怒放了吗？”

“呸！你这杀千刀的黑良心，我给人家这样地欺侮，你倒还寻我的开心。”

柴氏听了这话，顺手在他颊上又打了一下耳刮子，恨恨地啐了一口，忍不住抿着嘴儿又笑起来。赵阿四在柴氏的面前，那耳光是不值钱的。在他心里，也许柴氏这一下耳光打下去，还是亲热的表示，真所谓肉麻当有趣的一句话了。遂索性贼秃嘻嘻地和柴氏并头躺下，伸手在她浑身上下只管抚摸着。柴氏怕痒，笑得弯了腰肢，恨恨地嗔他道：

“你又不知道我什么地方受了伤，就这样瞎抚摸做什么？害得我痒丝丝的怪难受哩。”

“我刚才原问过你，你自己不回答我呀。”

赵阿四忙又缩回了手，向她笑嘻嘻地说。柴氏因为怕阿兰进来撞见不便，遂推他起来，横眸对他嫣然一笑，说道：

“这时候不要你抚摸了，你出去帮着阿兰料理料理，晚上好好儿地叫你抚摸……”

柴氏说到这里，却也不好意思起来，便把身子转了一个侧，脸儿朝床里去了。赵阿四觉得从“抚摸”两个字中，还含有一些神秘的意思。他心里荡漾了一下，知道晚上又可以尝温柔的滋味了，含了满脸的笑容，慢步地踱了出去。

夜已整个踏上了宇宙，黑暗已侵袭了整个的大地，一钩眉毛儿般的新月，也从淡灰的浮云堆里钻出来。它那微弱的光芒，照射进那一片阴森森的树林里。只见黑魆魆的浓叶丛中，赫然显露着一具棺材。夜风是一阵一阵地吹送，那树叶儿互相摩擦，发出窸窸窣窣的声音。这声音在热情的仲夏之夜空气中流动，本来是含有些音乐的成分，但为了景物的惨然，这音韵却仿佛有些在呜咽在吞泣，令人心惊胆寒，毛骨悚然。

四周是静悄悄的，仿佛是死过去了一样沉寂。这是一座荒僻的森林，除了远处的犬吠的声音，一切是埋没在恐怖的景象中。

这时在前面有一个黑影子，好像幽灵一般地默默地移动着。他手里握着一段电筒，一圈圈的电光不时地在草地上吐着白带子。在月光依稀之下，只见那黑影是个年约四十六七的男子，他身穿一件淡浅印度绸的长衫，脚下一双元色的纱鞋，显然是个商人的装束。

“救命！救命！救命啊！”

那商人慢慢地经过森林的面前，忽然从夜风中吹送来一阵低沉的呼救命之声，猛可触入了他的耳中。“荒郊僻野，何来呼救命之声，莫非是遇到了鬼吗?”在他的脑海里浮上了这一个感觉后，他心中这一吃惊，顿时浑身抖了一抖，仿佛兜头浇了一盆冷水。幸而这个商人是走惯夜路的，并且胆子也很大，所以他停步不前，拿了电筒，四处照射，回眸四顾。当他把电筒移到树林中的时候，他的视线从那圈强烈的电光中，发现了那具灰白色的棺材。这呼救的声音正是从棺材里发出来。心中这一吃惊，不禁倒退两步，却是呆住了一会子。

诸位当然明白凤仙姑娘是并没有发时疫病死了，她的昏厥也不是中暑，完全是因为冰块吞了下去，哽住在喉咙口，一时气闭，所以竟像死过去一样了。假使能够听从阿兰的话，把凤仙用法子救一救，慢慢地自然会醒了过来。谁知柴氏良心狠毒，好像对于凤仙这个人的存殁是不足以表示轻重，她肯死去，当然是很好，因此她一口咬定凤仙是时疫病，恐怕要传染人，所以立刻急急地将她成殓了。

柴氏的狠毒，险些儿丧了凤仙的一条小性命，但就是为了她的狠毒之心，因此又救了凤仙这一条命。这两句话作何解？原来柴氏为了要省钱，叫赵阿四买一具四块木板钉成的所谓薄皮棺材给她成殓。要知道薄皮棺材是四角漏孔，都是出气洞。所以凤仙虽然被闷在里面，却没有给她闷死。

冰块这样东西，可并不是铁石可比，经过了相当的时间，自然慢慢地会融化了。只要冰块一融化，凤仙的人儿也就悠悠地醒转了。当凤仙醒来的时候，她觉得是气闷得厉害，睁眼一看，竟是黑漆漆的一片，只有暗角里透那么一点点光线进来。伸手向旁边一摸，这才明白自己竟被人家装在木箱里。一时心中奇怪得了不得，这到底是怎么一回事呀？细细想着过去的事情，自己是在院子里洗衣服，因为天气实在热，所以在门外偷买了一块冰吃。不料正在这时候，婆在屋子里高声地喊起来。我因为被她打怕了，心中一急，所以把冰块在无意中竟吞下了。以后的事情，却茫无头绪了。凤仙这样想了一会儿，不觉“哦哦”起来，自语着道：

“啊哟！我明白了，你们一定当我急病死了，这样看来，我睡的不是木箱，竟是棺材了。呀！这……怎么办好呢？”

凤仙这样一想，心中实在急得了不得，自言自语地说出了这几句话，身子不免坐了起来，伸手向上推了一推，但是哪里推得动。况且昏厥之后，全身软绵无力，虽有小孔，里面到底气闷得很，只好把口鼻凑到小孔旁边，借此呼吸空气。约莫三个钟点以后，夏日虽长，黑夜也终于要降临到人间。凤仙本来觉得小孔外射进的光线是透着一些儿明亮，后来辨不出什么光线，那显然外面的天色已经夜了。这样荒僻的地方，白天里固然行人很少，那黑夜里当然不必说了。若这样延迟下去，我纵然不被闷死，恐怕也要饿死在里面了。凤仙想到这里，心头是激起了无限的恐怖。一时心里又想着了小毛，可怜和小毛虽然做了一年多的夫妻，但享受夫妻的权利仅仅只有那临别的一天。唉，难道我的命就这样薄吗？我和小毛的缘分，也就是这一些些儿吗？凤仙的眼泪又淌下了，湿了她衣襟上一大堆。

大约又有了半个钟点以后，风仙的感觉，似乎听到外面一阵瑟瑟走路的声音。她灵敏的感觉可以辨别出这瑟瑟的音韵，和那夜风吹动树叶儿的声音显然有些儿不同。于是她肯定这一定有人在这儿经过，忍不住高声地呼着救命了。

当时那商人突然觉察这呼救的声音竟是从那具灰白色的棺材里透出，一时把他浑身的汗毛孔吓得直竖了起来，意欲回身急急奔逃，但是他的两条腿仿佛生了根一样，连一步路的移动也不能够了。在他最好有个地洞，让他立刻钻了下去。这时他的耳旁，只是隐隐的闷声儿浮动着呼救的声音，这声音而且还是女子的口吻。他一时也被好奇心打动了，暗想：我自落娘胎四十七年以来，从不曾遇见过什么鬼怪，这事情显然有些儿蹊跷。在这月白风清的夜里，哪里来什么鬼怪吗？我倒可以壮一壮胆量，去瞧一个究竟。他这样下了一个决心，也不知从哪儿来了一股子勇气，把两手搓了一搓，慢慢地踱到树林里，大约离棺材尚有十几步路光景，他就大声地喝问道：

“你这到底是人还是鬼……啊？”

他虽然喝问得很响亮，但余音却尚有些儿颤抖。风仙在棺材里听有人这样问她，心里这一喜欢，真仿佛黑海大洋里一叶迷途的孤舟，骤然遇到了灯塔一般快乐，连忙伸手在木板上敲了两下，高声地又道：

“我是人呀！我是人呀！我并不是鬼，那一位先生做做好事，快救救我吧！”

那商人隐隐地听了这句话，同时又听棺材里砰砰蓬蓬地响起来，一面吓了一跳，但一面理智告诉他，这棺材里果然是一个女人。一时胆子又大了一半，慢慢地又移近了五步。为了要壮自己的胆量，所以说话的声音，喉咙是更加地提高了一些。

“你既然是人，为什么却藏在棺材里面呀？这究竟是怎么一回事呀？你得给我说出一个原因来。”

“我实在是闷得透不过气了，你先生行行慈悲心，先把我救了出来，我再详细地告诉你吧。”

那商人听她这样说，心中有些豫疑不决，这女子究竟是什么路数？莫非是盗匪设的计谋吗？既然是盗匪，她就早该跳出来劫财了。从这一点猜想，显然是并不盗匪。那么她何以不肯告诉我缘故呢？他这样沉思了一会儿，自然是并没有作答。凤仙这就急得了不得，连声地又喊道：

“你这位先生走了吗？啊哟！你千万走不得，你可怜我，你就救救我吧！我并不是什么鬼怪，那你可以放心的。”

“我没有走……我没有走……那么……你……你莫非是死后还魂的吗？”

他听凤仙的声音是非常迫切，同时在迫切之中，还带了轻柔的成分。这就猛可理会那姑娘一定是穷苦人家的女儿，不知得了什么急症死了，穷人没钱医治，所以草草成殓，想不到她是没有死绝哩，一时倒也起了恻隐之心，忍不住又急急地回答。这意思显然是安慰她别着急，我一定可以救你出来。凤仙听了，遂又连声地说道：

“不错，我的确是死后还魂的。先生若救我出来，那真是恩同再造了。”

那商人听了，心中一动，暗想：这话果然是个好人家女儿的口吻，想来绝非什么鬼怪了。遂大胆走到棺材旁边，要想把棺盖揭开，但一时又哪儿能够揭得开，心里也有些着急，说道：

“我很想救你，但是没有开棺的家具，那可怎么办呢？”

“先生，你不会找块尖石头来撞吗？”

凤仙听他这样说，一颗芳心也焦急得了不得，凝眸沉思了一会儿，便很快地想出这个法子来。那商人在地上找了一会儿，有的石块太大，自已搬不动，有的太小了，又无济于事。正在无法可想的当儿，忽然从夜风中吹送来一阵粗重喉咙的唱歌声音触入了他的耳鼓，只听唱道：

“左手锣，右手鼓，奔走着街坊打花鼓。别人家老婆描红会刺绣，我家老婆一双大臭脚……”

这高低不匀的哼声有些不入调子。那商人见有人来了，心里倒一喜欢，暗想：有了两个人，那事情就好办了。遂急忙回身走出树林外来，只见那面一条道上很快地走着一个身穿衣裤的男子。虽在月光依稀之下，尚可辨出那男子是个木匠，因为他的肩上尚掮着一柄斧头。那商人心里喜欢万分，暗想：可见吉人天相，那姑娘准是有性命的了。遂大声地招呼道：

“喂！老哥！老哥！快过来吧！请你救救人家的性命。”

那木匠姓张名大诚，原是附近小村里的人，妻子陆氏，在五年前不幸死去，因为并未生育，大诚又因无钱续娶，所以过着孤独的生活。今天他在一家主人家里做工，因为主人家里有些儿喜事，所以他也喝上一两杯酒，回家自然是晚了一些。

大诚喝得脸儿红红的，掮着斧头，一面哼着小调，一面兴冲冲地踏上了归家的道路。谁知正在这时候，忽听有人向自己招呼，而且还是叫自己去救性命，一时仗着几分酒量，便大踏步地奔了过来，握着斧头，大骂道：

“哪儿来的狗强盗，可是欲劫人钱财吗？这位先生别怕，强盗在何处？让老张来斫他几斧头。”

“不是强盗，不是强盗，老哥不要误会了。我告诉你，那具棺材里竟有人喊救命哩！”

大诚急急地奔到了面前，听那商人这样说，心中倒是一跳，睁大了眼睛，凝望着他说道：

“什么？棺材里有人喊救命？你这位先生莫不是见了鬼吗？”

“哪里哪里！你不信，你可以去问她话的，也许是死后还魂的吧！我因没法救她，今你有了斧头，那事情不是好办了吗？”

大诚听他认真地说着，想来不会骗自己的，遂和他一同步入林中，走到那具棺材的旁边。大诚因为是喝了酒，而且平日胆子也很大，所以他并不害怕，扶着棺材，低头问道：

“喂！喂！你果然是人吗？”

“我当然是人，你快快救救我吧！我在里面可有些儿闷得受不住。”

大诚一听还是一个女子的声音，心里十分兴奋，暗想：即使是鬼的话，我倒也要瞧瞧这女鬼究竟是个什么样儿。大诚这样想着，遂举斧就劈了。

这时那商人站在旁边瞧着，这颗心儿是跳跃得厉害，而且又怀了无限的恐怖，暗想：回头跳出来的不要是个女僵尸吗？这……想到这里，浑身仿佛有冷水在浇一样，顿觉毛发悚然了。

大诚既把棺材劈开，两人不约而同地倒退了一步。就在这时候，凤仙从棺材里早已跳了出来。两人在清辉的月光下，睁眼瞧了一瞧，只见是个挺好模样儿的女儿。同为心中都存着了有个女僵尸的恐怖，所以两人只管向后面退步，同时眼睛都吓得呆住了。

“多谢两位先生救了我小女子的性命，那真是我的重生父母了。”

凤仙见两人吓得这个样儿，便抢步上前，跪倒在地，向两人连连叩头。那商人和大诚瞧此情形，方才知道这人果然是还魂的，胆子就大了，便叫她起来，问她说道：

“这位姑娘是哪儿人？不知患了什么病死的？”

“我是黄叶村里的人，想是天热中了暑昏厥了，家里还道我发时疫病死了。这位先生贵姓大名？小妇人心中永不敢有忘恩公救命的大德。”

凤仙见那商人问着，便也很感激地又向他道谢，一面站起身子，一面含笑问他姓名。那商人听了，便告诉她道：

“我姓薛，名叫连雄，原在西乡收账回来，路过这里，不想竟救了你的性命，这真也可说是件巧事了。原来这位姑娘是黄叶村里的人，离这儿很近，我倒可以送你回去。”

连雄说到这里，伸手在袋内又摸出一只皮夹，取出一张五元钱的钞票，回身交给大诚，回他谢道：

“老哥，这五元钱谢谢你的劈棺材，一些儿小意思，请你不必客气。”

大诚醉眼模糊地瞧着凤仙这样一个美人儿，心里已经有些想入非非，现在又见连雄的皮夹中厚厚的两叠钞票，一时心中更有些不能自主。暗想：这老头子一定存着歹心肠，要把那少女带回家里去了，所以他故意给我五元钱。其实这少女是全靠我的斧头把棺材劈开，她方才有性命，照理那少女应该归我所有。可怜我妻子死了五年，在这遥长的五年中，我是并没有亲近过女色。如今有这样一个少女给我做妻子，那不是艳福无穷了吗？大诚这样想着，意欲不接受这五块钱，但他的脑海里立刻又浮上了一个万恶的感觉。他想：这样荒僻的野外，除了我们三个人，连鬼也不见一个，我何不来这么一个举动，不是人财两得了吗？大诚这时的理智已被“财色”两字迷住了，他笑嘻嘻地向连雄摇了摇手，说道：

“薛先生，救人性命，大家都是应尽义务，你可以不用客气。咦，那边又有人来了……”

大诚说到这里，忽然把脸儿向西，手儿向那边指了一指。连雄信以为真，遂回头望去。就在这个当儿，大诚良心一抹，便举起手中拿着的斧头，向连雄直劈了下去。只听连雄大叫一声“啊呀”，身子早已倒在血泊泊的地上了。

凤仙做梦也想不到大诚竟会下这一种毒手，心中这一吓，不禁竭声地叫喊起来。大诚见凤仙叫喊，便把手中斧头向她一扬，喝道：

“不许声张！你响了一声儿，可要性命吗？”

凤仙见了亮闪闪的斧头，哪里还敢响了一声儿，眼瞧着大诚把连雄身上的皮夹拿了，又将他尸身抱进棺材里，盖了棺材盖儿。回身来拉凤仙的纤手，嬉皮笑脸地说道：

“别怕，好姑娘，跟我一块儿回去。你倔强，我马上杀死你；不然，我是非常地爱你。”

大诚说着话，又把斧头架在凤仙的脖子上。凤仙的小灵魂儿都吓掉了，她想着这位薛连雄为了救自己，反累他伤了性命，心中又害怕又伤悲，身子虽然一步一步地跟着大诚走，但两眼的泪水却是雨点一般滚下来了。

第八回

闻耗 渴慰

壁上钟敲下午两点了，盛夏的季节，太阳光是最热烈的当儿。它照射到玻璃窗子上，因为是玻璃清洁的缘故，所以反映出耀人眼睛的光彩。这是一间书室的摆设，窗明几净，不染微尘。院子外植着高大绿绿的芭蕉，好像是天然的凉棚，使室内不受到太阳光的威胁，依然感到十分凉爽。

“小毛，你家里有人来看你了，你快出去吧。”

忽然一阵嗒嗒的脚步声，从外面走进来一个仆婢李妈，她向正在室内打扫的一个小厮说着。原来这个小厮就是凤仙的丈夫小毛，小毛一听家里有人来看自己，便放下扫帚，直起身子，望了李妈一眼，说道：

“我家里有人来看我吗？你不要骗我吧。”

“谁骗你？你这人就多疑心，人家正经来告诉你，你不谢谢我，却反来冤我，可不是气杀人吗？”

李妈是个二十一岁的少妇，倒也生得细皮白肤，很有几分姿色。听说丈夫出远门在上海经商，直到现在，差不多有五年没回家了。家里的婆是非常凶恶，因为李妈也是一个童养媳。幸而李妈并不像凤仙那样柔弱，她便愤愤脱离家庭，给薛家来帮佣了。她见新来的小厮黄小毛生得面目俊秀，体格强健，所以一颗芳心对他便发生了好感，时常和小毛开玩笑。小毛一方面固然年轻嫩脸，一方面自己有着心爱的凤仙，对于李妈的多情，也只好算为落花有意、流水无情的了。

小毛见李妈笑盈盈地进来说，还以为她又是开玩笑，所以有些儿不相信。李妈听他说自己骗他，便噘起那片薄薄的嘴唇，啐他一口，绕过媚意的俏眼儿，向他瞅了一下，这意态显然是有些儿娇嗔。小毛笑了一笑，却不说话，仍旧弯了腰肢扫地。李妈见他这个情景，便走上前来，把他手里握着的扫帚抢来，又推着他的身子，说道：

“这回我可没有骗你啦！你不信，快到外面去看吧！他说有要紧事情跟你说哩！”

小毛见她很认真的神气，想来也许不会是假的，但家里有谁会来看望我呢？娘是绝不会来的，凤仙和阿兰也不见得会来找我，那么除非是赵阿四了。不过赵阿四他找我做什么呢？难道家里又发生了什么意外的事情了吗？因为昨天和今日，我的眼睛是只管跳跃着，莫非果然应着了吗？

小毛这样想着，一颗心儿别别的是跳跃得厉害。他很快地把扫帚交给了李妈，身子就直向厅堂上奔去了。到了外面厅上，只见等在偏房里的正是赵阿四。两人相见之下，便各招呼，小毛问道：

“赵大叔，你到镇上来买东西吗？家里妈妈和妹妹们都好？”

“你娘和阿兰很好……只是你的妻子……昨天下午竟发时疫症死了。你娘叫我来关照你一声，叫你不用伤心，也不必回家看望，只管在外面好好儿地做事。将来像叶大哥那样地会赚钱，妻子要多少，所以你一些儿也不要忧愁的，我还有别的事情，要走了，你……好生在这儿做事吧！”

这种迅雷不及掩耳的恶消息，听到小毛的耳鼓，仿佛一枚尖锐的利箭，骤然戳穿了他的心灵。因为是太快速的缘故，所以在小毛的心里，惊奇的成分要占伤心成分百分之七十。他见赵阿四回身要走的模样，便猛可伸手把他拖住，急急问道：

“什么？你这话可真的吗？昨日下午死……死……哪有死得这样快呀？她……到底怎么死的呢？”

“小毛，你这话有趣了，我和凤仙无冤无仇，为什么好好儿的要去咒骂她死呢？况且我又不是大夫，怎能够知道她为什么死呢？”

赵阿四见小毛脸色是惨白的了，眼眶子里是含满了泪水，但是他竭力地熬住着，却始终没有淌下来。小毛这样可怜的神情，在赵阿四眼中瞧来，是只感到了好笑。所以他回眸过来，带着很有趣的目光，在小毛无限骇异而带悲惨的脸上，逗了那么的一瞥。小毛眼角旁已涌上眼泪了，他全身有些儿颤抖，说道：

“凤仙死了，她几时得病？几时殁的？一共病了多少天？你为什么不在她病中的时候来告诉我呢？唉，凤仙，她难道真的死了吗？”

“什么得病？什么病了多少天？她昨天下午好好儿地在院子里洗衣服，忽然跌倒在地上昏厥了，从此以后，便再也不醒了。前后只不过三分钟之间，请大夫也来不及，哪里还有工夫喊你呢？”

小毛听他这样说，心中将信将疑，暗想：凤仙平日是个多么健美的姑娘，她怎么会无疾而死呢？这事情显然有些儿奇怪，莫非凤仙是被他们谋死了不成？不觉凝眸沉思了半晌，睁着眼睛，说道：

“既然凤仙她急病死了，那么你们也该早来通知我一声，让我们俩做最后的一面。现在她的尸身可已经成殓了吗？但棺材放在什么地方，我今天想告假回去瞧瞧……”

“不但成了殓，而且是早已埋在地下了。就是回家去，也瞧不见什么了。你要知道，活着时候是你的妻子，死了也许早已不认识你了。况且你娘叫我来关照你，叫你不用回家，今你不听她的话，回家不是又去挨打吗？这就太不犯着了，我瞧你还是不去的好。”

赵阿四因为凤仙的棺材是抛置在荒僻的森林里，今听小毛要回家去看望，心中倒暗吃一惊，便只好拿柴氏要打的话来威胁他。小毛听娘不许自己回家，这事情愈加蹊跷了。他明白娘的心比豺狼虎豹还要狠毒到十分，她要用惨恶的手段，硬生生地把我夫妻生离死别地拆开。现在凤仙是活活地磨折死了，假使我定要回去的话，少不得也要被她害死。唉，算了吧，从此我不回家乡了，反正我的爱妻已经在淫恶的家庭下牺牲了，我终不能再做无谓的牺牲吧……小毛想到这里，他把拖着赵阿四衣袖的那只手慢慢地放下了，眼瞧着赵阿四的身子在自己的眼帘下消失了。小毛昂着头儿，望着满空白白的青天，他的脑海里浮上了凤仙娇小的身材儿、倾人的容颜。他的心儿隐隐地有些作痛，眼泪便像雨点一般地滚了下来。

"小毛，我可曾哄骗你吗？是不是你家里人来找你了？他和你说些什么话？"

李妈含了满面的娇笑，慢慢地挨近小毛身边来。小毛觉得自己的肩胛上，已按上了一只女人柔软的手，他意识到李妈已在自己的背后，慌忙抬起手来，在自己眼皮上来回揉擦了一下，装出毫无事儿一般，回过身子，答道：

"没有什么事情，因为我在这里也有好多个月了，他来望望我。"

"哦！我可有些儿不信，你眼皮儿红红的，莫非哭过了吗？"

李妈明眸脉脉地凝望着小毛的脸颊，抿了嘴儿，向他逗了一个神秘的微笑。小毛两颊愈加红晕了，摇了摇头，勉强绷住了脸儿，说道：

"你别老和我开玩笑，我这么老大个子了，难道还会哭吗？"

"你瞒不过我，你颊上调了小花脸，可不是淌了泪，拿手去揉擦的吗？"

小毛见自己秘密被她瞧穿了，心里自然更感到不好意思，向她呸了一声，便一个转身，匆匆地逃进里面去了。

晚上，夜是清静的，天空是带着紫褐的颜色，一朵一朵灰白的浮云，随着风力的推动，不停地毫无目的地来去飘飞。小毛慢步地在院子里踱着，微抬了头儿，凝望着那一钩新月，心头是充满了无限的悲哀。往事是不堪回首的，和凤仙的结合，是经过了多少的苦楚，受尽了多少磨折，仅仅在临别的一夜，享受了人生一次的甜蜜。但这甜蜜多半还是辛酸的，谁又料得到我们享受夫妻恩爱开始第一次，也就是我们将要永诀的最后一次。唉！凤仙！凤仙！"不久的将来，光明准会降临到我们的头上"，这一句话还是在耳旁隐隐地流动，但是理想的美梦，终究是成了泡影了。凤仙，难道我俩的缘分就是只有这一些些吗？小毛一面想，一面已是踱到一朵牵牛花的面前，在月光下笼映着花朵的影子，这仿佛象征着凤仙的命运，无限伤心勾引起他无限的悲思，站在花坞的旁边，忍不住暗暗地啜泣起来。

"哟！小毛，老大个子了，怎么倒又会哭起来啦？"

静悄悄的，忽然来了一阵柔和的话声，触入了小毛的耳鼓。小毛慌忙拭去泪痕，回眸望去，原来又是李妈。一时陡然想起白天的话，那被李妈真问得好难为情，红着脸儿，回身又要走开。谁知李妈抢步上前，猛可把小毛拉住，说道：

“你瞧见我老跑开做什么？我可不会吞吃了你呀！”

“因为你太会和我开玩笑了，我心里难受得厉害，你就放了我吧！”

“谁和你开玩笑？老大个子不会哭了，这不是你自己说的吗？”

小毛被她问住了，两眼的泪水只管向颊上淌到嘴角旁来。李妈见他这样伤心，心头也激起了同情，低声儿道：

“我绝不和你开玩笑，但是你到底为什么这样悲伤，你告诉了我，也许我可以给你一些安慰。”

小毛听她这样说，并不作答，望着她颦蹙的柳眉，却是长长地叹了一口气。但他不知又有了一个什么感觉，立刻挣脱了她的手，直向自己睡的室中去了。李妈望不见了他的影儿，忍不住呆呆地愣住了一会子，暗想：今天小毛家里来的这个人，不知和小毛说些什么话？为什么他竟如此伤心呢？说他娘死了吗？这可不对，娘死了，他是应该回家去奔丧的。说他妻子死了吗？但我问他年纪，他不是说还只有十九岁吗？而且我问他有没有结婚的时候，他也老是含笑不答。我从他这笑的意态中猜想，显然他是怕难为情，一个怕难为情的男子，他当然是没有娶妻子哩。这就奇怪，那么他到底为什么伤心呢？李妈想到这里，一手环抱着自己的胸口，一手摸着自己的下巴。觉得小毛这人是很使自己感到可爱，现在又很使自己感到可怜。我总应该想个法子，去安慰安慰他才好。她既然这样存着心，所以等到夜漏更尽的时候，她便暗暗地溜到小毛睡的房中去了。

小毛是薛家主人的随身童仆，因为平日做事勤劳，服侍小心，所以甚为得宠，平日陪伴主人睡在书房间里的。今日因主人出外去收账未回，白天里他在薛老太房中做差使，夜里独个儿依然睡在书房间里。李妈当然晓得老爷是没有在家，所以她大着胆子偷偷地去找小毛了。

书房间里是黑漆漆的一片，没有灯光在照耀。李妈轻轻地走到门口，侧耳听了一会儿，看小毛有睡着了没有。却不听见有鼻鼾的声音，显然小毛是还不曾入睡。不过有些人睡着，鼻息声是很低沉的，也许小毛也是这样的一个人吧？正在这时，忽然听得小毛喃喃自语道：

“奇怪！凤仙活泼泼的一个姑娘，她怎么会死了呀？我不信，我不信，这一定是在做梦。凤仙，你来呀！你是我的心肝儿啊！你是我的灵魂儿啊！我们环境太恶劣，我们遭遇太可怜了。虽然我明白人生本来是一个梦，但我俩的梦到底是太辛酸沉痛了。凤仙，你不能死！你不能死！你要死的话，我们就一块儿死吧……”

小毛说到后来，话声在喉间哽住了，他忍不住又呜呜咽咽地泣个不休。李妈暗暗听到这里，一颗芳心这才理会了，暗想：原来小毛是有一个情人，大概就是名叫凤仙吧？听了他痴痴颠颠的这一篇话，显然他和凤仙的情爱真是所谓海枯石烂，此情总不可变的了。所以他得知了凤仙死了的消息，他情愿和凤仙一块儿死。唉，这样有情的男子，实在是不可多得。他的话是多么惨痛，而且又多么真心。我知道他内心受了极度的刺激，也许有疯狂的可能，那么我既然是同情他的一个人，我总应该设法安慰他的心灵吧。

李妈想到这里，也就情不自禁地蹑脚地步入了室内，慢慢地移近到小毛的床边，轻轻地坐下，低声儿唤道：

“小毛，小毛，你的凤仙没有死呀！你快不要哭了，我不是来望你了吗？”

小毛伏在枕上，正在暗暗地啜泣，忽然听到了这个话声果是女子的口吻，一时停止了哭泣，呆了一会儿，说道：

“凤仙，你的灵魂果然投到我的梦中来了吗？唉，凤仙，你真的还没有死吗？那么他们怎么给我你死的消息呢？唉，他们冤你吧？我也这样想，凤仙你好好儿的怎么会死呀？凤仙，你快给我抱一抱，你来了，我的灵魂也来了。不然我真会发疯，可怜的凤仙！你快给我一些儿甜的吧！”

小毛伸开了两手，向前扑着。李妈知道小毛的神经真有些儿模糊，他这失了常态的样子是更激起了内心的可怜和同情。于是她真的以凤仙自居了，情不自禁地把身子投入小毛的怀里，让他紧紧地搂着。但是她心中暗想：小毛要我给他一些儿甜的，那我身边既没有带着糖，怎么能够有甜的东西给他吃呢？就在这个时候他的嘴唇，也热热地凑到李妈的唇边来了。李妈被他这一吻，心头是不住地荡漾，面颊一阵通红，全身便会怪热燥起来，而且每个细胞会起了异样的感觉。这感觉使李妈一颗芳心跳跃的速度会增加了百分之五十，同时呼吸更会急促起来。

“凤仙，你是我真的凤仙吗？那么我们不是梦中了。”

李妈躲在小毛的怀里，是柔顺得没有一些儿抵抗的能力，尽让小毛默默地温存。小毛有些奇怪，他的脑海里是深印着凤仙已经死了，所以他相信这时的会晤一定是在梦中。但事实告诉他，一个软绵绵的身子真的搂在自己的怀中，因此使他已经过刺激的神经，更加模糊起来。李妈听他这样问，在万分羞涩之中是掺和了喜悦的成分，她的娇躯虽然是长得那么柔软，纤纤的柳腰，高高的奶峰，但是已经有了五年那么悠久的时间，没有给男子那么地搂了一搂。今夜被小毛这样地搂着吻着，她方才体会出小毛所说甜的大概就是指点这个吧。她情不自禁地含笑答道：

“小毛哥，这绝不是在梦中，我是你真的凤仙妹妹啊！”

“凤仙妹妹，你真的没有死吗？啊！我高兴极了！记得你被打的夜里，我们是曾经这样搂抱过。后来在临别的一夜，我们是实践了夫妻的权利。妹妹，这是值得纪念的一幕啊！我是永远不会忘记，你大概也不会不记得吧！”

“小毛哥”三个字，在小毛的脑海里留下的印象太深刻了，所以他完全相信自己怀抱里的确实是自己的爱妻。他把李妈的身子搂得更紧了，脸儿也偎得更牢了。李妈听他这样说，心中方才又明白凤仙还是他的妻子。同时她猜测凤仙一定也是个童养媳，所以他们虽然是做了夫妻，但是却没有享受过夫妻的权利。想不到小毛的娘，较之自己的婆，更要凶恶到十分。唉，童养媳终不是人做的。当然在同样地位的李妈，想起了做童养媳的苦楚，她会更感到了同情的悲哀，眼皮有些儿红润，泪水也沾到颊上来。

经过了良久的拥抱，李妈很希望小毛有更进一步的亲热，但是小毛脆弱的神经经过极度的刺激，又经过极度的兴奋，他是感到了相当的疲乏。他搂着自己认为爱妻的李妈，心灵上仿佛得到了无上的安慰，于是他开始鼾鼾地入梦了。李妈再也想不到他会睡熟了，方才知道小毛的神经直到现在还是模糊着，一时心里也真的爱惜起来，同时也感到十分难为情起来。小毛他的心里是只把我当作凤仙，那么明天被他一发觉，这是多么难为情啊！想到这里，觉得一个女人家对于一个陌生的男子，这样贴肌亲肤地搂抱着，这到底是太不好意思了。李妈的两颊热辣辣地发烧得厉害，她一颗芳心是深深地感到了羞惭。于是她想推开小毛，逃到自己的卧房里去。但是小毛的两手是搂得很紧，她知道小毛所以会熟睡，就是因为我在他的怀里，他得到了一百二十个的放心。假使我把他推开了，让他独个儿留在这里，使他意识到刚才的情景依然是一个梦，也许他的神经又会糊涂，因此而发了痴病，这叫我心中又如何能忍？李妈既然这样爱惜小毛，自然她是没有离开他的怀里。

这一夜里，小毛是睡得非常甜蜜，可怜李妈胡思乱想，却是一夜不曾合眼。直到东方发白，李妈这才疲倦极了，沉沉地睡去了。李妈睡熟不到半个钟点，小毛却已一觉醒来。因为他有了这一整夜的休养，精神方面早已回复了原状，睁眼一瞧，顿时大吃了一惊，暗想：这事情就奇怪了，怎么我抱着睡的却是李妈啦？一时凝眸含颦地沉思了一会儿，方才慢慢想起昨夜的事情来。我是正在想念凤仙，后来凤仙不是倒在我的怀中了吗？当时我以为是做梦，后来凤仙百般地安慰我，说真的没有死。现在想来，昨夜的事情，竟是李妈冒充凤仙了。小毛想到这里，心中羞惭万分，人家是个有夫之妇，我怎么可以搂着人家睡一夜呢？该死！该死！那我真罪大恶极了！便慌忙把李妈推醒，低声儿说道：

“哟，李妈，这是怎么一回事啦？回头给老太太发觉，那还了得！”

“问你自己呀！你为什么要紧紧搂抱着我呢？害得我一夜不曾好睡哩！”

李妈微开星眸，不胜娇媚地脉脉地瞟了他一眼，却逗给了他一个妩媚的娇嗔。小毛听她责怪自己，遂忙又坐起身子，正色道：

“这是我睡的地方，论理你不应该到我的床边来呀！”

“唉，你说得出这个话，那你真是一个没良心的种子。昨夜我见你独个儿在院子中哭泣，我知道你一定有万分的伤心事，因为我是很同情你的一个人，所以到你房中来问你究竟是为了何事而伤心。不料你正在喊凤仙的名字，我听了好久，方知凤仙便是你的爱妻，可是不幸死了。我当然也很伤心，原是坐到床边来安慰你的，不料你把我抱住就当凤仙了。我恐怕你神经受了刺激因此而发疯，所以我不忍拒绝你，我是因为要医你的心病啦！唉，想不到你不感谢我，还要说出这样没情的话，那我到底是个女人家啦，难道喜欢让你这样地搂抱着睡一夜吗?”

李妈听他这样说，泪水便扑簌簌地沾上了满颊，含了无限哀怨而伤心的目光，在小毛严肃的脸上逗了那么一瞥，却是呜呜咽咽地哭了起来。小毛原是一个富于感情的人，听了李妈这一篇话，同时又瞧着她这样楚楚可怜的意态，一时也深悔自己的不该。人家究竟是个女人，无论怎样不知廉耻，也绝不会跳到男子床上去的，自己一定把她当作凤仙了，她为了可怜我这失了常态的神情，所以柔顺得一头驯服羔羊似的给我搂抱着。可怜李妈牺牲了自己，为的是医我病啊！小毛想到这里，良心是感到了极度不安，忍不住也垂下泪来，说道：

“我原错怪了你，你慈悲的心肠，完全是为了可怜我吧，但是你要原谅我的苦衷，我也并不是故意地调戏你啊!”

李妈虽然是呜咽着，但她的俏眼儿却是偷偷地只管向小毛瞟，只见小毛的颊上也会沾上了泪水。从这一点猜想，小毛的确是个多情的人。芳心暗暗喜欢，但表面上却又深深地叹了一口气，说道：

“你错怪我也好，你没有错怪我也好，总之，是我自己多事，牺牲了清白女人家的身子，还要给你轻视我是个淫贱的女人。唉……”

李妈说到这里，又长叹了一声，匆匆地跳下了床，穿上鞋子，便急急地奔出书房间去了。小毛听了她这几句话，心头对她引起了十分的可怜，意欲喊住了她，向她说几句抱歉的话，但是人家一个女子，给你搂抱了一夜，这岂是说几句话可以算了吗？不过叫我又怎么样向她感激呢？我虽然已没有了妻子，但人家可是有夫之妇啦。况且凤仙刚才死去，我就忘记了她，和别人发生恋爱，那么凤仙魂而有知，不是也要怨恨我薄幸吗？小毛这样想着，泪眼模糊地望着远去了李妈的身影，也只好暗暗地叹息了几声。

李妈是管理厨房的仆妇，今天李妈精神不对，饭煮得三层楼，上面生的，下面焦的，当中煳的。而且小菜有的太咸，有的太淡。薛老太生成是个慈和的人，望着李妈，笑道：

“你今天煮了这样饭，烧了这样菜，幸亏老爷收账还没有回来，不然他一定要发脾气了。李妈，你昨夜在做什么啦？可是没有睡畅吗？”

“不错，我心头有些不好过……”

李妈站在旁边，听薛老太这样问，心中别别一跳，两颊就通红起来，垂了粉颊，轻轻地回答。薛老太还以为她女人家的特种病来了，所以弄得精神不振，懒倦无力，遂向她说道：

“你身子既然不太适意，那么你下午就去躺会儿，反正小毛也很会做事，他暂时代你做一天好了。”

薛老太这两句话听进在李妈的耳中，当然是很感激，遂连连地点了一下头。待薛老太饭毕，便收拾出去，和小毛吃完饭，洗好筷碗，她便回房自去睡了。下午薛老太把小毛喊进上房来，向他吩咐说道：

“小毛，李妈她有些不舒服，让她去躺会儿休息，晚饭你做一做。反正老爷不在家，单我一个人，就马虎一些也不要紧。还有你少爷本来是早放暑假了，后来和同学们到普渡去旅行，昨天有信来，说明后天大概就可以回家，你把西首书房间去收拾收拾清洁，好安顿少爷睡处。”

小毛听了，速速答应了两声知道，便匆匆地到西首书房间里自去收拾了。一面打扫房间，一面想着李妈忽然不适意了，这明明是她昨夜被自己搂着，所以没有好睡。唉，那我真有些儿对不住她。小毛的心里是暗暗地抱歉着。谁知李妈这一睡下去，却是真的病了起来。薛老太见李妈发起寒热了，心里也很着急，她的意思，要李妈回家去休养。李妈抵死也不肯，苦苦哀求在这儿睡两天，说就会好的。薛老太道：

“我并不是不肯给你睡在这儿，因为你病了，就没有人做事情。若再喊一个仆妇，可没有睡处。但不喊吧，难道叫小毛成天地煮饭烧菜吗？那他是一个男孩子，怎么做得惯呢？”

薛老太对李妈说话的时候，齐巧小毛也在旁边。他见李妈两颊红红的，明眸中含了亮晶晶的泪水，同时还不停地凝望自己，在这凝望之中，是带了无限哀怨的神色。这就猛可想着李妈的病到底是为了自己而起的，可怜她因为要医治我的痴病，所以不顾一切牺牲，并不拒绝于我。现在我代她料理几天厨房，这也是分内之事。假使她搬回家里去休养，不多几天，竟病死了，那不是我完全地害了她吗？小毛这样想着，便向薛老太说道：

"老太太，李妈既然不愿回家，那么你老人家发个慈悲心，就给她睡在这里吧。至于厨房里的事情，老太太若不嫌我料理得不好，我倒情愿给她担任几天的。"

"我是怕你不高兴做女人家的事，既然你情愿帮她的忙，那是再好没有了。李妈，你静静地养息吧，一些儿寒热，过几天就好了。"

薛老太说着，便含笑回到上房里去。小毛也跟着跨进门档，忽然李妈喊住了他。小毛被李妈一喊，把那已跨出的一只脚不得不又回了进来。

"李妈，你要我拿什么？可是要喝一口开水吗？"

小毛走到她的床边，又很柔和地问着。李妈却并没有回答，明眸脉脉地含了无限的柔情蜜意，向小毛凝望了许久，忽然她的眼泪滚滚地掉下来了。小毛见她这个模样，心头亦觉凄然，便说道：

"好好儿的干吗又伤心了？你只不过受一些儿感冒，睡两天也就好了。"

"我很感激你……"

"其实你这次的病，我觉得很对不起你。现在我给你代做几天事，这也是应该的，你别老放在心里吧。"

小毛见她欲语还停的神气，最后只说得这一句话，那眼泪又淌个不停。在小毛心中，也未始不晓得李妈所以淌泪的缘故是因为感激我，不过自己在表面上，是不得不假装含糊着的。李妈似乎还想说些什么，但小毛的身子已是第二次向房外出去了。小毛一面向厨房里走，一面心中暗暗地想：前夜的事情，虽然是我的全错，但李妈自己究竟也有不是，照平日对待我的态度猜想，她未免是有些意思的。那么她这次的病，也许不是纯粹为了受风寒所致，至少是带些儿神秘的成分。假使果然这样，那病就有些讨厌了。唉，这事情可怎么办？这事情可怎么办？小毛想到这里，胸中不免加重了一桩心事。

晚上，小毛服侍薛老太吃过饭，自己也草草用毕。忽然想起李妈中饭没有吃，下午又不曾吃什么点心，此刻一定有些饿了。遂盛了一碗饭，端着两碟子小菜并一碗汤，匆匆地拿进李妈的房中。只见李妈懒懒地躺在床上，只管叹气，便轻轻地喊道：

“李妈，我给你端了饭菜来，你可以稍许吃一些儿吧。”

李妈的脸儿本来是向里，听了小毛的声音，便回了过来。小毛见她的两颊，在那盏闪烁的灯光笼映下，是娇红得厉害，眼皮有些秋波样地动荡着。她见了站在床前的小毛，便不禁嫣然一笑，摇头说道：

“我不想吃，多谢你为我这样关心着，我到死也忘不了你。”

“你早晨中午都没有东西沾过唇，晚饭怎能不吃？不想吃也得吃些儿，尽饿着，那不是更伤身子吗？”

小毛听她这样说，心中一动，情不自禁地走上一步，向她轻轻地说。李妈听了，却是叹了一口气，眼角旁涌着一颗泪水，说道：

“反正我这病是难好了，吃饭不吃饭也没有什么问题吧。”

“李妈，你这话奇怪了，你又不是什么大病，怎就知道难好了呢？明天要不去瞧瞧大夫呢？”

李妈这几句话，和这样楚楚可怜的意态，瞧在小毛的眼里，心中更吃了一惊，忍不住又走上了一步，向她征求同意。李妈慢慢地伸过手来，把小毛的手儿握住了，拍了拍床沿，叫他坐下了。小毛心儿是跳跃得厉害，但是他不忍拒绝，只好在床沿边坐了下来。李妈的颊儿愈加娇红了，她秋波脉脉地瞟着小毛，说道：

“瞧大夫也许没有什么用，我这病除了你能……恐怕是没有救的了。但是你不晓得能够可怜我，而救一救我这条性命吗？”

李妈既说了出来，她立刻又害起难为情来了，垂下了眼皮，却是不敢向小毛正视。小毛想不到她会老实地向自己直说，一时弄得面红耳赤，半晌回答不出一句话儿。李妈见他不答，遂又微睁星眸，同时眼泪也淌了下来，叹道：

“我知道你是一个多情的人，同时我也知道你是一个正直的人。对于我这几句话，我晓得你一定要轻视我，说我太不知廉耻了吧？唉，我自从……”

李妈说到这里，她再也说不下去，她只会娇羞万状地淌眼泪。小毛知道她有说不出口的隐情，虽然她有些不知廉耻，但到底也痴得可怜。不过她是有夫之妇，我怎么能够去爱上她呢？我固然对不住她的丈夫，而且也对不住自己的良心。因为虽然同情她，但却没有勇气给她现实的安慰。李妈见他始终不开口，心里更加觉得羞惭，忍不住拉了小毛手儿，呜咽而泣。

“李妈，我知道你是真正地爱我，不过你是有丈夫的人啦，我也未始不爱着你，正因为爱你，而所以不忍爱你，李妈，你懂得我这个意思吗？我知道你误解了爱的真意，爱是纯洁伟大的，并不是肉欲上的肤浅，就是爱的实现。譬如我想到你有两餐不曾吃了，此刻就端饭来给你吃，这也不是为了爱你吗？譬如前天的夜里，我为了想念爱妻凤仙而神经有些模糊，你为了要医我的病，情愿给我紧紧地搂抱，虽然这是越礼的事情，不过你并没有恼怒我，这你也不是为了爱我吗？我觉得像这两件事，就是爱的伟大的表现，这是光明的，这是可颂的！李妈，你应该有一个彻底的了解，假使你能够明白爱的真意，我极愿意和你结为一个姊妹的爱，不知你的心中以为怎样？”

小毛见她竟伤心地哭起来，可见她知羞之心还未完全抹杀。这种女子其情堪怜，若能善言相助，还未必堕入邪途。这样想着，于是便滔滔不绝地说出这一篇话来。李妈虽然是在呜咽，但好容易小毛开口了，自然要听个仔细，所以小毛说一句，她听一句。只听到后来，直把她说得顽石点头，一时邪念全消，连忙停止了哭泣，抬起了粉颊儿，秋波向她瞟了一眼，笑道：

“小毛，我听了你这些话，真好像读了十年的书。啊！我知道了，我明白了。小毛，你保全了我的贞节，你救治了我的邪病，我实在太感激你了。很好，你愿意做我的弟弟吗？但是我枉为做了姊姊，唉，我真好难为情啊！”

小毛猛然见她破涕笑起来，同时又听她说出这几句醒悟的话，一时也喜欢得了不得，猛可握住了她的手儿，连连摇撼了一阵，笑道：

“哈哈！你真明白了吗？那不但是你的大幸，而且也是我的大幸。其实你不用怕难为情，这并不是你的过失，这是欲魔的权威，但是我们正义的理智确实是战胜了欲魔，所以你不是又成个明亮的人了吗？只要我们有伟大的爱，论年龄你该是我的姊姊，姊姊，那么你既承认我是救治了你的邪病，你总应该是可以吃我这碗盛来的饭了吧？”

李妈听他亲亲密密地喊着自己姊姊，自然是喜悦万分，听到后来，又见他把饭碗移近了一些，要自己吃饭，一时猛可想着女人家竟会害着这种羞人答答的病儿，这实在是太不好意思了。因此她忽然挣脱了小毛的手儿，一个转身，却背着小毛，把脸儿藏向床里去了。

第九回

言归　赠芍

小毛见她忽然显出这样娇羞不胜的意态，一时倒不禁为之愕然。及至仔细一想，方才有些理会李妈所以害羞的原因，还是为了自己叫她总应该吃饭了的一句话。因为这一句话是包含着你既然想明白了，自然可以不必再自作践身子了的意思。李妈知道小毛已经明白自己不吃饭，就是要小毛答应我的爱他，否则便情愿不吃饭饿死。这个病儿，俗称就叫相思病。一个女人家，竟害着了相思病，这是多么难为情呢！李妈心头既清醒了一些，所以她要羞得背过身子怕见人了。

“姊姊，你怎么啦？快回过身子来吃饭吧，已经是冷了，回头吃下肚子去，倒是真的要生病哩！”

说的原属无心，听的倒是有意。小毛这两句话，听进李妈的耳中，一时更羞得红晕满颊，全身发臊，暗想：小毛这句“倒是真的要生病哩”的一句话就说得有些奇怪，难道我现在这个病，不能算为病症中的一种吗？为什么加上了真的两个字？可见他认为我现在这病是装出来的了。为什么要装生病？就是希望小毛可怜我来爱我吗？想到这里，愈想愈不好意思，当然愈加怕见小毛的脸儿了。小毛见她不答话，也不回过头来，知道她是害羞的缘故，遂悄悄地溜到房外去了。

大约有了二十分钟的时间，小毛端着洗脸水，第二次走进房中来。只见李妈已把那碗饭吃完了，身子也坐了起来，靠在床栏旁，明眸脉脉地望着那盏跳跃不停油灯的光芒，却是呆呆地出神。小毛把面盆放在那张板桌上，向她望了一眼，含笑说道：

“姊姊，你可要再添半碗儿吗？”

说起来真也奇怪，李妈原是一些也不饿的，此刻吃下了一碗饭，肚子里似乎倒反而有些不够饱起来。不过刚才自己坚决地回答不想吃，现在若再要添饭，那到底太矛盾了一些。因此红晕了两颊，摇了一下头，心里虽然是难为情，表面上也只好装作毫不介意的神气，答道：

“谢谢你，弟弟，我已很饱了。”

李妈的话声是非常低沉，小毛听了忍不住要笑出来。但又怕李妈因此更羞涩，只得竭力忍住了态度，回身拧了面巾，拿到床边，递给李妈擦脸。李妈见小毛处处举动是温文多情得令人可爱，但是他的理智却特别坚强，品格与旁人相较，的确也可说特别高尚。自己生得这一副模样儿，也不能说十分错，但是却嫁不到这样一个少年，思想起来，不免又暗暗伤神。李妈这时的情景，大有“还君明珠双泪垂，恨不相逢未嫁时”了。

小毛见她眼皮儿又微微地红润起来，好像盈盈泪下的神气，遂微笑道：

“姊姊，你现在病可好多了，也许明天可以起床了吧？”

小毛这两句话，原是引逗她的高兴，不料却遭了李妈一个白眼，啐他一口，雪白的牙齿微咬着嘴唇皮子，忍不住羞涩地笑了。但是她的粉颊上，却显现了无限哀怨的神色。

“弟弟，你过来，姊姊和你说话。”

李妈把手巾抿了一下嘴唇，放在凳上，秋波盈盈地在他脸上逗了又笑又嗔的一瞥，向他招了招手。小毛这就毫不避嫌疑地坐到她的床边，摸着她的手，说道：

“姊姊，你有什么话？你只管说吧。”

小毛他知道姊弟间是绝没有肉欲上的爱的理由，所以他不假思索地问她要说什么话，因为他放心李妈说出来的话是绝不会再使自己为难的事情了。但是出乎小毛意料之外的，李妈却是一句话也没有说出来，两眼望着小毛英俊的脸颊，出了一会子神，方说道：

“我原有千言万语要想和你说，但是我不知道为什么缘故，我却会一句话也说不出来……”

“那么你就别说了，反正你的话，我至少已经可以知道你一半以上了。”

李妈的话固然是说得有趣，不料小毛的回答更神秘得有趣，因此连他们自己都忍不住哧哧地笑起来。过了一会儿，小毛望着她红晕的娇靥，又微笑道：

“我握着你手，你这时的热度是完全没有了。”

“不但手里热度没有，你摸摸我的额角看，可也没有热了吗？”

李妈听他这样说，绕过无限媚意的俏眼儿，瞟他一眼，又把头儿凑了过来，意思当然是要叫他摸一摸。小毛这就不得不伸过手去，按到她的额角上，觉得和常人一样。其实她原没有什么大病，遂含笑点了点头，说道：

“真的，已完全好了。奇怪，想不到我真会做医生治病哩！”

李妈被他这样一说，这就羞得摔脱了他的手，慌忙回过头去。小毛虽然没有见到她脸部的表情，但是他猜想李妈一定在笑，因为她的两肩是一颠一动不停地颤抖哩。大概有了三分钟的时候，李妈又回过脸儿，恨恨地白了他一眼，但立刻却又露齿嫣然笑了。李妈这种娇媚不胜的意态，瞧在小毛的眼里，自然不免也荡漾了一下，情不自禁地偎过身子去，搂着李妈的脖子，笑道：

“姊姊，你为什么用眼睛白我呀？莫不是心里恨我吗？”

小毛突然的举动，在李妈的心里当然引起了无限的疑窦，暗自想道：小毛这人可说是奇怪的了，我爱上了他，他却偏装出十分老成的样子，劝我结为姊弟的爱，但是此刻这种亲密的举动，可不是又在撩拨我的情思吗？一时她心中对于小毛的老成，是否是真，抑是假装出来的，到此开始有了一个疑问。小毛见她翠眉颦蹙，杏眼微凝，仿佛有无限怀疑的神气，猛可理会自己在她柔媚的意态下，几乎也有些儿忘了情，遂慌忙放开手儿，又笑道：

“姊姊，我以为姊弟间对于拥抱的爱，是应该有的表示吧？”

“不错，弟弟，我很希望你多给我搂抱一会儿吧。”

李妈听小毛这样说，顿时眉毛儿一扬，竟张开了她两条的玉臂，把小毛的身子紧紧地搂到怀里去了，同时她那热辣辣的粉脸也贴到小毛的颊上来。小毛一颗心儿好像小鹿般地乱撞。他懊悔自己不该有这样的举动，又去撩拨她已熄灭下去火样的热情。他知道李妈的热情是完全被自己的正气压制着。她假使忘去了“正义”两个字，欲魔立刻又会进袭她的心房。他知道李妈这个举动是慰情聊胜于无的表示，实在是够人可怜的。自己的凤仙是死了，在这种境遇之下，照理对于李妈的苦闷是表示万分的同情。不过小毛的理智是很明白地告诉他，别人家是有夫之妇，你不应该为了自己的丧偶而拆散了人家的夫妻，同时更不应该破坏人家的贞节。所以他很快地又把李妈身子推开了，伸手在凳上拿起放着的那条冷手巾，向李妈额角上一按。李妈着了冷手巾，心中一惊，脸上的红晕又淡然了。小毛望着她笑，李妈用她那无限哀怨的目光在他脸上逗了那么一瞥，也只好娇羞万状笑起来。

“姊姊，你叫什么名儿，我直到现在可还不知道。你想，姊姊的名字，做弟弟的会不晓得，这人不是太糊涂了吗?”

“我娘家姓陈，名字叫作凤英。和你的妻子，倒好像是个姊妹。”

小毛因为要李妈忘怀了悲哀，所以又笑嘻嘻地和她搭讪，不料李妈回答的话儿，反而勾引起了小毛的伤心。他想起了凤仙的娇小身材儿，倾人的容貌儿。可怜她在这黑暗势力下的家庭中，受尽了多少的苦楚。她所以忍痛偷生，是希望我有得意的日子，那么她也有出头的一天。不料我的眉毛儿还没有扬起，可怜她竟死去了。她的死是否是含冤而死，这在我的心中还是一个问题。将来见了妹妹，她是素来同情我俩的人，大概肯老实地告诉我吧。总之，凤仙的死，在我心头是遭到一个重大的打击，也可说在我生命中是失却了一盏明灯。凤仙是死了，她将永远地幻灭在这个世界，唉，她的人生竟是这样短促啊！小毛想到这里，长叹一声，也不管李妈在旁，他忍不住已是泪下如雨。

李妈见他听了自己的话，脸儿便陡然变色，两颊笼罩了一层惨淡，眼皮儿渐渐红润，泪水竟沾上了他整个的面目。一时也深悔孟浪，勾引起他的哀思，意欲安慰他几句，但又不知道说什么好。想着人家夫妻之情多么深厚，自己丈夫一别五载，却是信息全无，虽然活着，也不是等于死过一样的吗？李妈这样一想，芳心中激起了无限同情的悲哀，那泪水也早已跟着滚滚掉下来了。

“咦！姊姊，你才好些儿，我怎能引起你的伤心呢？快别哭了吧，我们谈些快乐的事情，让大家一开笑脸才对哩！”

一个是痴男，一个是怨女，两个人默默地淌了一会儿泪。小毛忽然瞥见李妈的粉颊上也是沾满了泪，显然自己的伤心是勾引起她无限同情的悲哀，遂反而自己先收束了泪痕，拿过面巾去给她拭眼泪。李妈因为小毛愈多情体贴，自己也愈悲痛难受，所以她一方面固然不哭了，但一方面却是熬它不住不哭出来。她忽然伸开了两手，把小毛的身子又抱住了，说道：

“亲爱的弟弟！我真恨老天太会作弄人，你固然有个好妻子，但她竟性急十分地丢着你走了。我虽然有个丈夫，虽不能说好，到底尚称和睦，不料恶婆硬生生地要拆开我们，偏叫他出远门去。这没良心的汉子，外面一定有了女人，所以怎么悠久的五年，他竟压根儿地把我忘记了。唉，倒叫我给他守一辈子的活孤孀。”

李妈说到这里，她不管一切地把嘴唇凑到小毛口边去狂吻。小毛知道这是她经过五年孤独生活性需要迫切的现象，他的心头是激起了无限的恐怖，因为他给李妈这样热狂的一吻，他那一颗心儿竟有些摇摇不能自主。他明白照此下去，自己将不免又卷入了爱的旋涡中，而做了欲魔的俘虏。于是他竭力压制着内心爱火的爆发，很快地推开了李妈的身子，仿佛并不理会她的话儿，含笑问道：

“姊姊，姊夫不知叫什么名儿啊？”

小毛他所以这样问，是惊醒李妈的感觉，叫她理会我俩是个什么关系，对于某种的工作是否合于情理的范围。李妈见他身子慢慢地离开了床旁，同时听他问出这个话来，心头仿佛泼了一盆冷水，叹了一声，懒洋洋地答道：

“他叫李更生。”

李妈口里说着这五个字，精神是非常颓唐，简直有气无力，似乎感到十分失望。小毛端着饭碗和菜碟，向她弯了弯腰，说声“姊姊早些儿睡”，于是他便悄悄地溜出了房门。从天空中迎面送过来一阵微微的凉风，全身顿时感到轻松了许多，抬头望着浮云堆里掩映的那一钩美月，却是忍不住深深地叹了一口气。

第二天早晨，李妈果然起床了。薛老太见李妈依然起来做事了，在她脑海里似乎感觉李妈这病未免好得太快一些，不过这原也没有加以注意的必要，能够好得快，这当然是件喜悦的事情。

太阳光猛烈地晒着人间，时候是午后一时半了。四周是静悄悄的，除了枝头上正在呐喊的鸣蝉。李妈坐在树荫下的竹椅子上，两手托着香腮，似乎在想什么心事。忽然听得笃笃的一阵敲门的声音，猛可惊醒了她，于是她站了起来，手儿拍了拍屁股，懒懒地问了一声“谁呀”，外面敲门的人好像听得出李妈的声音，便高声地答道：

“李妈，是我，快给我开门。”

这明明是少爷的口吻，李妈这就把颓唐的精神又振奋了一些，身子很快地向门前奔，一面开了门，一面笑盈盈地喊道：

“少爷，你回来了，我给你提皮箱。”

李妈说着话，伸手提过松涛手中的小皮箱，一面关上了大门，一面便急急地向上房里走，口里还高声嚷着“少爷回来了”。薛老太正在睡觉中，一听儿子回来了，因为有四五个月不见了，当然是感觉特别兴奋，早已一骨碌地翻身坐起，两手揉擦了一下眼皮。只见李妈提着皮箱在前，松涛笑盈盈地跟在后面，开口先高喊了一声“妈”，同时身子已偎到妈的旁边，拉了妈的手，相对望着只是笑，母子天性，流露着伟大的爱。

“你和同学们旅行普渡，那边可好玩的吗？”

“妈，那边真是避暑的好地方，一天到晚，凉风拂拂，我们不是到海滨去游泳，便是到寺院里去闲逛。妈，那边寺院可多着啦！”

薛老太抚着松涛的手，终于先笑着问了。松涛跳了跳脚，十足还显出孩子的成分，他回忆着这次旅行，心头似乎还感到了津津有味。薛老太瞅了他一眼，带了嗔怪他的意思，说道：

“哦，原来你是在游泳，怪不得人儿这样黑了。好好的一副白净儿脸孔，倒变成了一个印度人了。”

“妈，黑白有什么关系，孩子游了泳，身体现在可强健得多啦!”

松涛眨了两眨眼睛，显然在慈母的面前是还带着了顽皮的神情。李妈笑着拧了一把面巾，给松涛拭脸上的汗点，俏眼儿瞟他一眼，抿嘴笑道：

“少爷现在可真变成客人哩！到了自己家里，干吗上褂子还不脱去？大热的天，你可还是怕着了风受寒吗?”

李妈这两句话，说得母子两人都笑起来。松涛一面脱了白哔叽的上褂，一面接过李妈的手巾擦脸。就在这时候，小毛走进来。松涛因为是没在家，自然不认识，不过似乎有些面熟，便问妈妈他是谁。薛老太忙道：

“这是你爸用着的，叫黄小毛。小毛，这就是你的少爷。”

小毛一听，慌忙走上前来，很恭敬地行了一个礼，叫声少爷。松涛点了点头，连说罢了。众人见他和少爷这样客气，大家又好笑起来。松涛和小毛被两人一笑，都感到有些儿不好意思，薛老太道：

“小毛，你把少爷皮箱拿到书房间去，地方去收拾得清洁些儿吧。”

小毛答应一声，便提着皮箱，匆匆自去。松涛便问爸爸呢，薛老太道：

“你爸到西乡收账去了，大约明后天就可以回家了。你这次回来，有多少日子可以住呀?”

“这次假期可多着，本来有两个月，现在到普渡去耽搁了十多天，大约还有四十五六天光景哩。妈，我热得要命，西瓜有没有？快劈一只来给我解渴吧!”

松涛偎着母亲，有些儿撒娇的模样。薛老太笑着连说：“有有，你还只有才回来不到一刻哩，哪有这样性急的吗?”李妈早已捧来一只大西瓜，用刀切开，望了松涛一眼，抿嘴笑道：

“少爷，你要不拿只羹匙来掏着吃吗?”

“很好！很好！李妈，你给我想得不错。”

松涛说着，把纺绸衬衫的袖子卷到膀子上，接过李妈的白铜羹匙，掏着西瓜心子吃着。李妈又去倒了一盆热水，预备给他洗手。松涛吃好西瓜，又和薛老太谈了一会儿家庭琐屑的事情，方才自回到西书房间里去。

松涛一脚跨进西书房间，齐巧小毛端着畚箕出来，两人险些撞个满怀。小毛忙把身子躲过一旁，含笑叫声：“少爷，可撞痛了你？”松涛摇了摇头，自管到房中，把皮箱打开，先将几本书籍拿出，放在桌子上，一面在箱子底下又取出一只精美的盒子。他拿这盒子的时候，脸上是含了笑容，仿佛内心是感到了无限的得意。就在这时候，李妈把他脱在上房里的西服褂子送来了，她一见少爷拿着一只这样精美的盒子，便笑着问道：

“少爷，你从上海带来了什么好东西啦？快让我看看。”

松涛再也想不到李妈这时候会走进来，被她这样地一问，那两颊顿时绯红起来，同时那颗心儿也像小鹿般地乱撞，手儿拿着盒子紧紧不放，似乎深恐被人抢去的神气。李妈见少爷这样又慌张又羞涩的意态，一时好生奇怪，走到松涛的面前，不免向他呆住了一会子。

松涛也感觉到自己这态度不对，遂把盒子放在桌上，向李妈望了一眼，眸珠一转，微笑道：

“是我穿的西服衬衫，没有什么好瞧的。”

“是什么料子做的？颜色怎么样？给我瞧瞧也不要紧呀。”

从松涛的表情和语气中瞧来猜想，李妈可以肯定他是说着谎。少爷为什么不肯给我瞧？这盒子里究竟放着什么东西？其中秘密不知道，心儿似乎有些不肯死。凭着自己在薛家已有了三年的历史，对于这位少年，可说是瞧着他大起来。因为在这三年中，松涛经过相当地发育，个子儿也是高得最快的期间。所以她一面假意问着什么料子做的、什么颜色，一面伸过手去，早已把盒子拿过来了。松涛心中这一急，真有些哭出来，一时也管不得许多，把盒盖儿按住着，红晕了两颊，瞟了她一眼，央求道：

“李妈，你瞧只管瞧，可是千万别告诉我妈知道。”

“我知道了，你尽放心吧，我准定不会告诉老太太的。”

李妈听少爷这样说，心中益发奇怪。这葫芦里到底卖的什么药？对于揭开这个盒盖儿的需要，更有些迫不及待的神气。松涛只好放了手，让李妈去揭这个盒盖儿了。当李妈揭开盒盖，心中这就有了一个恍然，秋波水盈盈地向松涛瞟了一眼，忍不住嫣然笑起来。原来盒子内放着两双粉红色的丝袜和半打彩色的绢帕。此外尚有香粉儿、胭脂盒儿、香水儿、圆圆的小镜子、木梳儿，都是些女孩儿家用的化妆什物。李妈“哦哦”响了两声，笑着道：

“少爷，这些都是女人家用的东西，你买了来做什么用？莫不是少爷去送一位姑娘吗？不知谁家的姑娘，你说了出来，索性让我去做一个月下老好不好？”

松涛听李妈这样嚷着，深恐被妈听见了。其实薛老太在上房里，哪儿有这样长的耳朵，当然是他虚心的缘故，急得伸手把李妈的嘴儿按了一按，但既按着，倒又难为情起来，急忙退后一步，笑道：

“李妈，你别声张，千万不要给我说开去吧！”

李妈对于少爷这个举动，心里倒是荡漾了一下，便也赶上一步，笑道：

“不给你说开去也可以，但你得告诉我，这是谁家的姑娘？”

松涛见她斜乜了眼儿瞅着自己，只管逼问下去。因为阿兰是个村姑，万一李妈在妈面前露了口风，妈认为门第有些不相称的话，这事情不是有些弄糟了吗？松涛这样想着，便望着李妈只管憨憨地笑。李妈见少爷的两颊是娇红得可爱，心里未免有些想入非非，便故意放刁，回身转去向外就走，说道：

“你不说，你不说，我告诉老太太去。”

“李妈！我的好李妈！你别去告诉吧！我一定给你好处……”

李妈这个动作，吓得松涛心儿别别乱跳，猛可抢步上前，拉住了她手儿不放。李妈听少爷这样喊着，早又回身向他扑哧一笑，说道：

“好处……什么好处？你倒给我说出来听听。”

李妈斜乜了俏眼儿，含了神秘性并带有引诱的目光，凝望着松涛，显然李妈对于松涛的话是有些儿误会了。松涛听着，便在袋内摸出一张簇新的钞票，塞到李妈的手里去，低声说道：

“你给我保守秘密，明天我还可以给你好处。”

李妈低头一瞧，心中虽然有些失望，但是在失望之中，她又存了一线希望，秋波脉脉地凝望了松涛一会儿。她在回味着“还可以给你好处”的一句话，也许这个好处是不同了吧，这就忍不住向他娇媚地一笑，点了点头，不说什么了。

这时候小毛也走进来了，松涛向李妈丢了一个眼色。李妈因为有了一种希望，她便笑着自管走到外面去了。松涛早已把盒盖儿又盖上了，拿了一张报纸包好。小毛在茶壶里倒了一杯凉开水，送到松涛面前，叫声“少爷用茶”。松涛见小毛虽然身穿短衣衫裤，但举动文雅，相貌也很不错，终不像是个低三下四的仆人，便打量了他一会儿，问道：

“你到我家已有多少日子了？”

“已有三个多月了，我来的时候，少爷正在上海求学吧？”

“不错，我在上海读书。小毛，你几岁了？可曾念过书？”

“我十九岁了，唉，不瞒少爷说，假使我认得字的话，还会做仆人吗？”

小毛垂手站在旁边，听松涛这样说，心里当然勾引起十分的感触，忍不住深深地叹了一口气。他恨他的娘，自己的一生命运完全在娘淫毒的手段下丢送了，他觉得有些儿愤恨。松涛见他很悲伤的神情，在自己的善感的心灵中也会激起了同情，颦蹙了眉毛，沉吟了一会儿，说道：

“难道你连很浅近的文字都不认得吗？”

“我没有读过书，不过凭我自己的要求知的迫切，所以常问人的字，对于普通文字稍为认识几个，但……这只可以说是不认得字的。”

“稍为认得几个普通文字，那就不要紧。我觉得你这个人很不错，暑假中反正没有事，我很乐意给你补习一下，不知道你还有读书的心思吗？”

小毛听少爷这几句话儿，心中这一喜欢，真比获到了什么珍宝还要更甚一倍，情不自禁向松涛扑地跪了下去，叩头就拜，连声说道：

“少爷肯如此栽培于我，那真是我的再生父母了。从此我的生命也许可以变更得好一些儿吧！少爷，我真不知如何地要感谢你才好……”

松涛对于小毛这个骤然来的举动，这是出乎意料之外的，一时倒不禁为之愕然，急忙将他扶起，笑着道：

“你这人有趣，那算什么意思？也许我和你有些缘分，所以我觉得你这人很不错。小毛，这时我就找本书来给你读，回头再教你珠算，因为商界里对于珠算一项，实在是最要紧的。只要你用心学习，将来我可以介绍你到绸庄里做事去，因为这是我爸爸开的，到底比做一辈子仆人是要好得多了。”

小毛听他这样说，真要感激得淌下泪来。松涛却在抽屉内找出一本很浅近的小学教科书，叫小毛坐在写字台旁边，在这一整个下午的光阴里，松涛便完全做了小毛的教授了。从此以后，小毛也不再徒然地为凤仙伤心了，他全副的精神整个注意到书本上去，有志者事竟成，慢慢地小毛的腹中也开辟出一条道路来了。

第二天的下午，松涛胁下夹着那盆化妆品，兴冲冲地到黄叶村里去。虽然他是认识阿兰的家，但他遵守阿兰的吩咐，不敢贸然地到她家里去拜见，却只管在阿兰屋子外来回地踱着步，眼睛不时地向阿兰的屋子里望。在他的心中，当然希望能够在院子里给他发现阿兰或者是凤仙的身影，不料偏是静悄悄的一个人影子也不见，松涛的心中当然有些急得像热锅上的蚂蚁一样了。

天空是蔚蓝一色的，太阳的光热辣辣地威逼着大地，当然松涛的身子也是同样地感到难受，额角上的汗点好像珍珠一般地滚下来。那件纺绸衬衫被身上排泄出来的汗点，早已湿透了一大块。松涛一面拿手帕出来拭额角上的汗点，一面心中暗暗祈祷着，阿兰你快些走出来吧！就在这个当儿，果然有阵脚步声从阿兰屋子里响到松涛的耳中，心里这一喜欢，不禁向前直奔了过去。齐巧和出来的人打个照面，四目相对，松涛不免大失所望，原来却是个丑汉。

这个丑汉当然晓得就是赵阿四，阿四突然见一个漂亮的西服男子向自己直奔，但既瞧见了自己，却又停步不前了。对于这位少年奇怪的举动，似乎给自己引起了注意，不免向他望了一会儿。

松涛仿佛也理会自己是被人家注目了，一时不觉有些儿受窘，慌忙别转身子去，向那边一条小河旁匆匆地走了，心里真有说不出的苦闷，暗想：阿兰假使不出来，那我怎么办呢？不过有一根神经告诉他，阿兰虽然不出来，但她嫂嫂总有出来的时候。松涛既存了火样热的希望，虽然太阳光晒在身上是这样头脑涨痛，但他也很高兴地安之若素了。

夏天的树叶，是最最茂盛而且浓绿得可爱。松涛坐在小河旁的一块大青石上，手掌托着下颚，因为老远地和阿兰屋子门口是成个直角形，所以他的两眼呆呆地完全集中在那个竹院子的大门口。大约有了一个钟点以后，还是不见阿兰娇小的身子走出来。无论怎样好耐心的人，他也会感到有些儿怨恨。松涛皱了双眉，暗想：也许今天是不会出来的了……这样一想，精神立刻会感到疲倦，忍不住轻轻地叹了一口气，低下头儿来。

“薛先生，你从上海回来了吗？”

松涛两眼望着自己的脚尖，只管在草地上拨动着小石块，心中完全是充满了失望。不料就在这时候，忽然一阵瑟瑟的脚步声，同时发出了清脆柔软的话声。松涛猛可抬头，见站在面前的果然是阿兰，这就立刻站起身子，伸过手去，握住了她的纤手，简直有些儿捉人的姿势，笑道：

“阿兰，你什么时候走出屋子来的？真把我等苦了。”

“原来你已等候好多时候了吗？哟！真对不起！真对不起！薛先生，你跟我一块儿到老地方去吧，这里似乎有些不便。”

阿兰听他这样说，乌圆的眸珠一转，忍不住抿着嘴儿笑了。松涛遂在大石上拿起纸盒儿，携着阿兰的手，一同到往日会面的地方。两人相对凝望了许久，阿兰有些难为情，娇靥红晕得可爱，秋波滴溜圆地向他脉脉地瞟，若有不胜羞涩的意态，这意态是更加她的妩媚。松涛心里荡漾了一下，笑道：

“阿兰，我们有四个多月不见了吧，在这四个月里，不知你也有想念我的时候吗？”

“怎么不想念着你？我怕你……一定会忘记我……”

阿兰的话声是细微得很，同时她的意态更羞涩了，明眸中似乎含了有些怨恨成分的目光，向松涛逗了那么的一瞟。松涛听她这样说，跳着脚儿急起来，说道：

“你别冤枉我吧！我会忘记你，我就不该和你结朋友，既结了朋友，再忘记你，那我这个人就不会有好结果，你说对不对？”

“不！不！我不希望听你这么说，你一定是有好结果的……”

阿兰把眼珠溜到眼角旁去，显然是逗给了他一个白眼。松涛知道她这个白眼就是多情的表示，把她的手儿更握紧了一些，望着她粉颊儿笑了。阿兰垂了娇容，也哧哧地笑出声音来。

“阿兰，你说怕我会忘记你，可是我给你瞧一件东西，你就知道我身子虽然在上海，我的心儿却是在你的身上哩！”

两人微笑了一会儿，松涛拉着阿兰的手儿，同在石块上坐下了。他把纸盒儿外的报纸透开了，笑盈盈地送到阿兰膝踝上去。阿兰听了他这几句话，小心灵儿里是嵌满了甜蜜的滋味，回眸瞟了他一眼，抚着那只精美的盒儿，微笑道：

“这是什么东西？你送给我的吗？”

“你把盖儿开了一瞧，自然知道了。不送给你，还有送给谁？你别说傻话了。”

阿兰听他这样说，早已笑着把盒子揭开，一见里面这许多女孩儿家用的物件，芳心这一喜欢，直乐得把颊上的笑容这就始终不曾平复了，说道：

“薛先生，你真的全送给我吗？”

“你别说孩子话了，难道我还骗你不成？”

“薛先生，那……我真不知道要如何地感激你才好哩！”

阿兰因为从生以来也没瞧见过这样名贵的化妆用品，当然在她心头是感到无限的兴奋，猛可握住了他的手，很诚恳地说。松涛对于她这个突然的举动，似乎有些惊愕，但一会儿他笑着道：

“阿兰，我也不希望你怎样感激，我只要你喊我一声比薛先生亲热些儿的称呼，那我实在是很安慰的了。”

松涛这一个要求，在阿兰心里想，也并不是一件难的问题。不过她总觉得有些儿难为情开口，不过自己若不理他，又恐引起了他的误会，因此望着他的脸儿，只管娇憨地笑。在这甜笑的意思中，是很明白地告诉着松涛说:我并不是不情愿喊，实在是害着难为情。松涛当然也理会到这一层，不过这是一个放刁的好机会，岂肯轻易地错过，遂笑着道：

“你不情愿喊是不是？我知道我还没有资格够得到做你比先生更亲热的人儿对吗？”

“不是那样说，因为我想不出喊你什么好。”

“那么你以为还是喊薛先生比较妥当是吗？”

阿兰的回答固然是厉害，但松涛这一句问下去更是刁恶。这可把阿兰为难了，乌圆的眸珠一转，笑盈盈地说道：

“你说的也不对，我在想哩，不过你情愿要我喊你什么？我总可以依得你。”

“哪里有讨你喊叫什么吗？你心中认为我和你的关系是可以到什么程度，你就喊我什么好了。”

其实阿兰这几句话，已经表示和松涛好到一百二十分，但松涛却一定要她自己口里宣称出来。阿兰没法，娇憨地笑了一会儿，忽然把小嘴凑到松涛的耳边，低声地说道：

“你假使不讨厌我这个人粗笨的话，那我情愿做你的妹妹……”

阿兰喜欢说反话，她不肯直接向松涛喊一声哥哥，这当然为的是怕羞。松涛的心里已经是感到极度兴奋，他爱阿兰的聪明，实在可说是到了绝顶。他情不自禁挽着阿兰的脖子，连喊“我的妹妹”了。

“兰妹，刚才我等候你出来，心中真急得了不得，我以为你嫂嫂终会出来的，不料偏也不见她的影儿。”

两人拥抱了一会儿，阿兰在他的怀里，柔顺得像头驯服的羔羊。松涛慢慢地放开了手，又向她这样说。谁料这一句话，激起了阿兰内心无限的悲哀。她眼皮儿有些儿润湿了，脸上是笼罩了一层惨淡，叹着道：

“唉，我的嫂嫂是在前四天里死了。”

“什么？你嫂嫂死了吗？她生的是什么病？”

这出人意料之外的惊人消息，骤然听到松涛的耳中，也感到了万分的骇异。阿兰的泪水已经是夺眶而出了。松涛的脑海里，是浮现着凤仙倾人的笑脸。虽然和凤仙的认识仅仅是只有一次的会晤，但凤仙给他的影像是太深刻了，想不到这样秀丽的一个姑娘竟会如此不寿。他的心头开始有了恐怖，他想阿兰不知道会不会这样夭折，他紧紧地握住了阿兰的纤手，眼泪也在他颊上亮晶晶地展露。

阿兰很凄凉地告诉着嫂嫂死去的经过，她觉得嫂嫂的死至少是带着了冤枉的成分，良心是感到了极度不安。所以她说到后来，忍不住声泪俱坠。松涛见她这样伤心，反而收束自己泪痕，亲自给她拭泪，微笑道：

“生死有数，徒然伤心也没有什么用，兰妹，我们还是想想往后我俩快乐的事吧。”

阿兰被他这样一说，红晕了两颊，也不禁破涕为笑。两人的身子是紧偎在一起，虽然天气是盛夏的季节，但他们并不感到一些儿炎热，情话喁喁，笑声莺莺，一个郎情如水，一个妾意若绵，他们整个的身子是沉醉在爱河里面了。

日薄西山，炊烟四起，两人握了握手，约了后会的日子，方才匆匆作别。

第十回

疑测　推荐

阿兰自从得到松涛已回乡的消息后，她便常常在院子外面张望，所以松涛来望阿兰的时候，两人是总可以会面在一处的。经过了暑期里半个月的相聚，两人的感情是更加像寒暑表那样地增高。松涛是非阿兰不娶，阿兰是非松涛不嫁，两人心心相印，早已给下了海可枯石可烂此情终不可渝的鸳盟。

这天下午，阿兰洗过了脸儿，擦上了松涛买来的香粉，对镜照了照，觉得皮肤是格外细腻。再涂上了两圆圈的胭脂，更红晕得可爱。阿兰又换了一套白府绸的短衫裤，一双元色的布鞋，衬上粉红色的丝袜，显然是十分俏丽。她心中暗暗地盘算，昨天松涛没有来，今天他是无论如何要来的了。所以她打扮得整整齐齐，便悄悄地溜到院子外来等松涛。

夏天里的太阳，仿佛在吐火一样。阿兰虽然站在绿荫的下面，觉得四周阳光的威逼，使自己整个的身子也会感到热烘烘的难受。不多一会儿，松涛果然来了。阿兰一见，也不管外面是怎样热毒，早已奔出了绿叶荫里，笑盈盈地迎了上去。松涛的脸上本来似乎笼罩了一层忧愁，见了阿兰小鸟儿般的身子，在他忧虑的容光上又展现了一丝微笑，抢上一步，握了她的纤手，笑道：

"兰妹，你等候好久了吧？"

"也不多一会儿，我知道你今天一定来，不料果然给我猜中了。"

阿兰偎着他身子，眉毛儿一扬，乌圆的眸珠在长睫毛里滴溜地一转，频频地点着头，似乎很得意而且很娇媚地说着。那种可人的意态，当然使松涛满腹的心事都忘了。他携着阿兰的手儿，一步一步向黄叶村里风景最幽美的地方踱过去。前面有一片竹林，风吹竹叶，洒洒地发出一阵下雨那样的声浪。两人慢慢地在浓荫下站住了，松涛微昂了脸儿，望着蔚蓝天空中来去不停的浮云，呆呆地出了一会子神，仿佛若有所思的样子。

“涛哥，今天你为什么不高兴？莫不是我有什么地方得罪了你吗？”

阿兰见松涛沉默的意态，不比前时那样有说有笑，凝眸含颦，一颗芳心不免有些儿猜疑，伸手拉了拉他的臂膀。松涛回眸过来和她四目相触时，阿兰逗给他一个妩媚的娇笑。

“我才来了一会儿，就是你得罪我，也没有得罪得这样快呀。兰妹，你别多心吧。”

“那么既不是我得罪你，我想你一定是受了谁的气了。不然为什么脸上显出很不开心的样子？对不对？我知道你是一个明亮的人，就是有谁跟你怄气，你也不会和人家一样见识吧？”

松涛听她这样说，脸上慌忙又堆下笑容来，柔情蜜意地抚着她小手，摇着头儿向她解释着。阿兰又走上一步，右手按到他的肩上去，微昂了粉颊，明眸脉脉地凝望着他，这口吻显然是个多情的姑娘。松涛心儿荡漾了一下，他很想环住她的脖子，低下头去，在她殷红的樱唇上甜甜地吻她一下，但是他始终又鼓不起这个勇气。最后，他叫她同在青青的草地上坐下了，点头说道：

“你这话不错，不过我也没有受谁的气，只心里有件心事，真是很愁着哩！”

“不晓得是件什么心事？你能不能告诉出来给我听听吗？”

阿兰听他有心事，一颗芳心倒是别别乱跳。她怕松涛的父母给他定了亲，若然是这一头心事，那我的生命中不是受了一个极重大的打击了吗？因为有了这一层恐怖的意思，阿兰的粉颊有些儿惨然，她的话声当然也特别急促。松涛却并不曾理会到这一层，叹了一口气，说道：

“有什么不可以呢？我就告诉你。我从上海回家，差不多也有一个月光景了。每间一天来望你，不是也有十五六次了吗？我爸爸在我回家前四五天，是早已到西乡去收账，谁知一直到现在还不曾回家。我也着人到西乡问过，他们回答说我爸爸是早已回来了。你想，这样说来，我爸爸不是在路上发生了不幸的事情了吗？我妈天天想念，乱梦颠倒，说爸被人害死了。但究竟是怎么一回事，一时又到哪儿去打听？唉，这不是叫我心里忧愁吗？”

松涛说到这里，大有凄然泪下的神气。阿兰方才明白他的心事，是为了爸爸出外收账竟有一个多月的日子还没有回来。虽然并不是自己猜测那样恐怖，但代替松涛着想，当然也是一件担心的事情。眼瞧着松涛长吁短叹的样子，遂只好安慰着道：

“涛哥，你放心，路上是绝不会发生什么不幸的事情。我猜伯伯他一定另外有别的事，到外埠去转一转也说不定吧。”

“但愿能够如此，这当然是谢天谢地了。不过爸爸若有事到外埠去，也早应该先来一封信通知了。爸爸是个很仔细的人，他绝不会这样糊涂。所以这事情就透着有些儿奇怪。”

松涛听她这样地安慰自己，心里也放下了不少，但是仔细地猜测，终有无限的忧愁，垂下了脸儿，若有不胜伤感的模样，连声地叹气。阿兰颦蹙了眉尖，默默地也静寂了一会儿。她很想竭力安慰着松涛，但是要安慰的话都塞住在喉咙口，结果还是一句话也说不出来。大约有了十分钟的静默，阿兰的粉脸渐渐地倚靠到松涛的肩头上去，绕过无限媚意的俏眼儿，向松涛脉脉含情地瞟了一眼，低声儿道：

“涛哥，你别难受了吧，吉人天相，我猜老伯他一定很健康地在外面呢。徒然难受，也是没有用的。”

松涛慢慢回过头去，两人的脸儿就瞧了一个正着。因为距离是很近的缘故，所以阿兰又害起难为情来，红晕了两颊，意欲把颊儿离开他的肩头，别转头去。但松涛的手儿已环住了她的颈项，嘴儿凑到她的颊边去闻香，柔声地道：

“当然最好是应了你的话，那我真要深深地感谢你了。”

阿兰没有拒绝松涛的闻香，她的内心是满长着爱苗和情芽。她的身子已娇懒地依偎到松涛的怀里去，她简直没有自主的能力，她的全身仿佛被爱之火已经融化了那样软绵无力，同时她也需要松涛能够给她温柔的享受。松涛被她一阵一阵芬芳的处女的幽香已经熏陶得神迷心醉，火样的热情在他周身水样地沸滚。他再也熬不住爱的发展的力量，两手捧着阿兰红晕的两颊，嘴对嘴儿地紧紧吻住了。

经过了良久的甜吻，各人的心头是跳跃得厉害，同时呼吸也都有些急促。阿兰伸手把松涛的脸儿推开了，她娇羞万状地别转脸儿去，她的视线接触到四周一切的景物，她的感觉，仿佛一切的景物都在向自己发出神秘的微笑。她羞得微闭了星眸，却再也没有勇气去瞧那青的山绿的水了。松涛见她粉颊，本来是涂上了一圈胭脂，此刻又加了羞涩的成分，那就更娇艳得好看，遂伸手去扳住了她的肩头，要她回过头儿来。阿兰怕羞不答应，松涛却一定要她别转粉颊儿，两人忸怩了一会儿，松涛笑道：

"怎么啦？你难道一辈子也不瞧我了吗？"

"我便向着你，你又怎么样呢？"

阿兰拗不过他，只好回过娇红的粉颊儿来，秋波水盈盈地向他睃了一眼，显然是含了薄怒微嗔的娇态。松涛握着她手儿，笑道：

"我有话跟你说哩。你妈妈直到现在，还不知道你有我这样一个朋友吗？"

"我没告诉妈妈，她打哪儿去知道呢？"

阿兰听他这样问，抿着嘴儿哧哧地笑。松涛凝眸做个沉思的样子，望着她红白分明的娇容，微笑道：

"那么你干吗不向她告诉呢？我想你妈知道了，也许不会讨厌我吧？"

"我也知道妈不会讨厌你。不过我一个女孩儿家怎样向妈告诉呢？我可有些儿说不出口……"

阿兰水盈盈的秋波，在松涛英俊的脸上逗了那么羞人答答的一瞥。松涛听她这样说，觉得这话未始不是，但她妈不知道，我俩的友谊难道就到这里为止了吗？便想了一会儿，说道：

"你既然难为情开口，我明天就直接到你家里来吧。假使你妈瞧见，你就彼此一介绍，不是完了吗？”

“你所以要见我的妈，我当然知道你是有深刻的意思。不过我怕妈脑子固执，回头得罪了你，叫我心中怎么能够对得住你？”

阿兰明眸里含了无限的柔情蜜意，向松涛脉脉地望着。这意思当然是要松涛理会她的苦衷，并不是有别的作用。松涛搓了搓手，感到有些儿为难，过了好一会儿，说道：

“那么这事情总有一天要给你妈知道的呀！阿兰，你说对不对？”

松涛这句话听进阿兰的耳里，一颗芳心，真感到了无限的甜蜜，暗想：松涛这话是对的，我俩要结为一对夫妻，那么总有一天要给妈妈知道的，难道可以瞒着一辈子吗？阿兰这样想着，乌圆眸珠一转，频频地点了一下头，说道：

“也好，那么你下次就直接到我家里来吧。”

“何必要下次？今天这时候我们不是一块儿也可以去吗？”

“你这人倒也性急，多日子也挨下了，何必计较一两天的日子呢？今天等会儿我先和妈去说，假说在路上被人欺侮，幸亏你打抱不平救了我，明后天也许要来我家拜望妈，这样子才有一个因头呢，你说好不好？”

阿兰听松涛此刻就要一同去，便瞅他一眼，笑着阻止他。松涛听她想得这样仔细，忍不住点头称好，一会儿，又微笑道：

“兰妹，你心中一定知道你妈的脾气怎么样，明天见了我，到底会不会恼怒？”

“这我哪里知道？也许欢喜你也说不定……”

松涛因为阿兰这样顾虑着，显然她妈不但是个顽固的妇人，而且还是个凶恶的脾气，不然阿兰何以这样怕呢？所以心里也不免有些局促不安。阿兰似乎也有些理会他的意思，为了要安慰他起见，便娇媚地逗给他一个倾人的微笑。不过既说出了口，倒又害羞了，两颊绯红得可爱，忍不住又垂下了头。

“假使你妈能够喜欢我，那真是我的造化了。”

阿兰听他这样说，愈加羞得抬不起头来。松涛见她这样娇媚不胜的意态，心儿是不住地荡漾，伸手抬着她的下巴，阿兰斜乜了媚眼，四目相接，都忍不住会心扑哧一声笑了。

这天松涛和阿兰分手回家，时候还只有五点十分，夏季日长如年，太阳还没有落下西边去。小毛见松涛回来，便说道：

“少爷，刚才绸庄里经理杨世梅来见过你，因为你没在家，他和老太太谈了一会儿便回去了。”

“不知道有什么事情吗?”

松涛一面脱了衣服，丢在沙发背上，一面把西服衬衫卷高了袖子，坐到写字台旁去。小毛端了一杯凉开水，又拧上一把面巾，说道：

“大概有些儿事情，不过我没知道，你问老太太去，她一定晓得。”

松涛接过毛巾，在脸上擦去了汗点，把毛巾在桌上一丢，他便又急急地奔到上房去了。薛老太歪在榻上，手里拿了一柄蒲扇，正在不停地挥着。她见松涛进来，便坐起身子，问道：

“松涛，你在哪儿？杨世梅先生来过了。”

“我知道杨先生来过了，不知他有什么事情？对于爸爸的消息，他可曾得到一些吗?”

松涛很快地走到榻边，十分关心地问着。薛老太叹了一口气，摇了摇头，说道：

“他半月前向各往来客户询问拍出的电报，都有回音来了，说你爸并没有去过。所以这事情奇怪得很，我想你爸爸是个谨慎的人，他绝不会糊里糊涂在外面嫖妓宿娼竟有这样多的日子。昨夜我又做了一个梦，梦见你爸满身沾着血……这样看来，你爸一定被歹人害死了……”

薛老太脸上是笼罩了一层惨淡，眼皮儿有些红润，说到末了，话声是带着哽咽，同时泪水也夺眶而出了。松涛见妈妈哭了，自己心中一阵悲伤，也由不得掉下泪来。不过妈已经在伤心了，自己不能更引她难受，只好含泪劝解她道：

“妈妈，你这个梦境完全是你的心理作用，那是不能信以为真的。日有所思，夜有所梦，那是一定的道理。所以你千万不用伤心，我想爸爸虽然谨慎，一个人在外面交际朋友，逢场作戏，不免要到脂粉场中去玩玩。也许被一个妓女迷住了，竟使他乐而忘返，恐怕也说不定吧。”

“若果然这样，那你爸真也不能算人了。他在外面把收来的账款花天酒地地去快乐，害得家里人都担心事，这不是要把我活活地气死吗？”

薛老太听儿子这样说，拿帕儿拭着眼泪，心中暗想：春天里我给老头子算个命，瞎子说他还要交桃花运。一个男子，对于色的迷惑，是无论谁也逃不过的。这样想来，也许是应着了瞎子的话吗？薛老太这样一想，不免也引起了几分醋意。当然一个女人家，不管她已到发儿白牙儿脱，对于自己丈夫去问花探柳，总会感到心头的可恨。松涛听妈这样说，便破涕笑道：

“我倒希望爸爸果然在外面玩妓宿娼，那么将来金钱花尽，爸爸自然也有回来的日子了。”

薛老太听儿子的话，也只有连声地叹息着。这时李妈把做好的绿豆汤端进来，放在桌上，说道：

“已凉透了，老太太和少爷好吃了。”

“我此刻不想吃，松涛，你要吃只管去吃吧。”

薛老太摇了摇头，一面又向松涛望了一眼。于是松涛便坐到桌旁，拿着羹匙，稀里呼噜吃了。待松涛吃好了绿豆汤，小毛匆匆来喊，说：“浴水已经倒出，少爷快去洗澡吧。”松涛答应一声，便悄悄地走出了上房。

松涛浴后，换了一身纺绸衬裤，坐在书房前的院子里。昂着头儿，望着西方天空中落日的余晖，反映起金碧辉煌的五彩云霞，心中一会儿想爸爸，一会儿想阿兰，呆呆地只管出神。

“少爷，你今天下午又在会情人吧？老太太问我，我没给你告诉。”

正在静悄悄的当儿，李妈笑盈盈地走过来说。松涛抬头望了她一眼，假装很正经地道：

“你别胡说吧，我是瞧朋友去的，什么情人不情人呀！”

“少爷，你不用假撇清，我问你那西服上褂的肩胛上，那个女人红红的口印什么地方来的？”

李妈这一句话可把松涛问住了，呆了一呆，那两颊顿时红晕起来。

李妈瞧他这个情景，忍不住抿嘴笑起来，俏眼儿含了勾人魂灵那样诱惑性的目光，向松涛瞟了一眼，说道：

“少爷，你在我面前根本不用瞒的，一个月前那只盒子里的女人家用品已经是一个证据，你还假装什么正经呢？我给你瞒住着，你不谢谢我，还冤我胡说，好呀，我此刻就告诉老太太去，看你怎么样！”

李妈说着，把她雪白牙齿咬着薄薄的嘴唇皮，睃他一眼，扭转屁股，就要向上房里走。松涛这就不得不连声喊道：

“李妈、李妈！你回来，你回来，有话可以说的啦！你忙什么？”

李妈知道松涛已软化了，遂索性不理睬他，依然向前走。松涛急了，便很快地站起身子，赶上几步，伸手把李妈拖住，笑道：

“你难道一定要去告诉我妈吗？”

“我本来是很帮你的忙，谁叫你装假正经呀！”

李妈被松涛拉住，便猛可回过头来，因为是很快的缘故，几乎和松涛的脸儿撞了一下。

松涛的两颊愈加娇红了，李妈紧紧盯住了他一眼，却是憨憨地笑。松涛低声道：

“我不装假正经了，那总好了。我知道你很帮我的忙，明天我终可以给你好处的。皮匣不在旁边，回头给你好吗？”

松涛说到这里，伸手又摸到纺绸衫的袋里去，但皮匣没有放在袋内，只好又向李妈补说了两句。李妈把嘴儿一噘，斜乜了他一眼，娇嗔似的说道：

“谁要你的钱？好处好处，我可信不过你！”

松涛对于李妈这几句话，倒不禁为之愕然，暗想：你不要钱，你难道还有比钱更喜欢的东西吗？正想问她要什么好处，突然见小毛匆匆地进来。李妈一见小毛，便红着脸儿悄悄地走开了。小毛见少爷和李妈拉着手儿在说话，见了自己，好像都很局促的神气，而且李妈又溜走了，这事情猜想起来，就觉得蹊跷。因为自己是被李妈缠绕过的一个人，当然李妈她又在勾引少爷了。想不到一个女人着了欲魔以后，她的心儿从此便歪的了。小毛这样想着，自然很替李妈可惜。少爷是个未经世故人情的少年，也许要中她的圈套。我好容易地保全了她贞节，谁知她一而再地自暴自弃，这真也没法可想的了。

“小毛，这几天里你的珠算学得怎样了？乘除法也学会了没有？”

松涛为了要避免自己的不好意思，只得装作毫不介意的样子，向小毛含笑先招呼着。小毛听了，三脚两步走了上来，说道：

“全学会了。少爷，你倒瞧瞧我的指法，可纯熟了吗？”

小毛说着，松涛点了点头，两人于是走进房中。小毛把算盘取出，自己算着，叫松涛在旁边瞧他算得对不对。松涛见他一个月来，不但珠算全都学会，而且墨笔字也写得很好了，一时心里十分喜欢，望着小毛的脸儿，笑道：

“你果然是个可以造就的人才，回头我给你向妈去说，让你到绸庄里去办些儿事吧，那总强如在家里扫地抹桌好得多了。”

小毛对于松涛这几句话儿似乎是出于意料之外，既听到了之后，不免喜欢得呆住了一会子，猛可他又向松涛跪了下去，倒头便拜。松涛急得连忙把他扶起，唉了一声，带着嗔怪他的意思，说道：

“小毛，你老是闹这一套，不是要把我活活地折死了吗？”

“这是因为少爷的恩典太使我感动了啊！少爷，你这样加惠于我，叫我如何报答你才好？”

小毛被松涛拉起身子，他那双明眸中已是感激得淌下泪来。松涛见了，当然愈加欣慰，把他手儿紧紧握了一阵，微笑道：

“说什么报答两字，我们年纪可全不轻啦！说不定将来我也有叫你帮助的地方哩！”

小毛还有什么话好说呢？他除了深深地表示感激外，是只有两眶子的热泪来做他内心感激的表示了。

晚餐的时候，松涛悄悄地向薛老太说道：

“妈，你瞧小毛这人怎么样？”

“小毛这孩子可说是个刻苦勤俭的人，你问他做什么？”

薛老太端着饭碗，握着筷子，正在挑着碗内的饭粒向嘴里送去，忽然听他这样问，便偏着脸儿，眯起了那双老花眼，向松涛凝望着问意思。松涛耸着肩儿，一面舀了一匙羹汤向嘴里喝，一面很得意地笑起来，说道：

“妈，你不晓得，小毛现在可是我的学生子啦！我的学生，若再做扫地抹桌子的事情，却不是有关先生的颜面吗？所以我想提拔他一下子，不知道妈的意思以为怎样？”

“这个话儿，我可有些不大懂得，到底是怎么一回事？”

薛老太听儿子的说话和神情，心中愈加疑惑了，连眉毛儿也皱了起来。松涛这才笑着把自己的意思详细地向她告诉了一遍，并说道：

“妈，你肯不肯让小毛到绸庄里办事去呢？”

“你这是什么话？你愿意提拔小毛，我当然也很赞成。况且小毛这孩子，我也素来看重他的。人家真可怜，爸是早死了，后母又这样凶恶，好好一个孩子，连书也不肯给他读一年，成天到晚只叫他斫柴。现在难得你把他教会了珠算和写字，这也真是他的造化了。”

松涛听妈完全答应了，心里当然很欢喜。这时小毛齐巧端着洗脸水进来，松涛扬着脸儿，便笑着叫道：

“小毛，老太太已经答应你了，明天我就伴你去见经理杨先生去吧。”

小毛知道自己的生命可以到另一阶段里去生活了，这一个阶段，前途是展现着光明的希望。他心中这一快乐，几乎要手舞足蹈起来，走到老太太的面前，情不自禁地又叩下头去。薛老太笑呵呵地说道：

“小毛，快起来，快起来！只要你不辜负我们的一片热望，那也就是了。”

“老太太和少爷如此恩惠，我还敢不当当心心做一个人吗？我本来是一只无依的小鸟，现在我已有了高飞的希望；我本来是个亮眼瞎子，永远埋没在黑暗的苦海中，现在我的眼前，已放射出一道通明的灯光。我将努力我的新生命，从奋斗挣扎中做一个有用的人，以安慰老太太和少爷培植我的一番苦心。”

小毛这几句从血性中流露出来的话儿，听进两人的耳中，当然是万分欢喜，望着小毛连连点头，各人的脸上是浮现了欣慰的微笑。

一个人是不能太兴奋的，兴奋过了度，往往会失眠。小毛今夜里就是这个情景了。松涛从上海回家，小毛便从东书房移榻到西书房来和松涛做伴，所以两人相聚了一个多月，感情是相当好。今夜月色如昼，从玻璃外天空中射进到房里小毛的榻旁，他是翻来覆去愈加睡不着了。一会儿想这样，一会儿想那样，耳听着少爷的鼻息，却是酣酣地睡得很熟。一时索性跳下床来，悄悄地溜出了书房，到院子里去踱步了。

天空是紫蓝的颜色，但是浮动着无数朵灰白的云儿，不停地来回地飘飞，仿佛是个生活不安定的流浪者，自己也不晓得到底何处可算是自己的归宿。从浮云堆里钻出来的那大半轮的明月，似乎它的玉容较前几天是丰腴得多了，再过几天，当然它是更要圆胖得可爱了。柔软洁白的月光，它一缕一缕筛着院子西首那株高大银杏树的顶盖上，灰白的泥土地上是布满了浓黑的树叶儿的影子。大概是夜风微微吹动的缘故，那满地黑影子也不停地摇摆蠢动。夜是静悄悄的，清雅幽洁的，老远地望着，包含了艺术风味的画意。小毛踱在那株银杏树的下面，虽然他是体会不到这些，但他终也感觉到仲夏的景物究竟会使人有些恋恋。

微微地昂着头儿，望着那轮已将圆满的明月，当然在小毛善感的心头，又会想起苦命的爱妻凤仙。唉！凤仙是患时疫症死了，到现在差不多已有一个月了吧，我真不相信她竟会死得那样快，也许她的死是含着冤屈的吗？在过去种种事实猜想，后母至少是个谋害的凶手。我和凤仙和后母也许是前世结的冤家吧，否则天下的后母也尽多着，哪有像她这样淫毒的心呢！和凤仙结婚名义上是一年多了，但是享受夫妻的权利，是只有在离别那夜仅仅的一次。在当时终以为少年夫妻因恶劣环境虽暂时分手，将来总有长聚的日子。不料可怜的凤仙，柔弱的身子到底经不住后母似暴风雨那样地摧残，竟陷入了死亡的道路。这我是做梦也想不到的事情，唉，我和凤仙的缘分，就仅仅只有这一些儿啊！这简直是一个梦，凤仙她是死了，秀丽的面庞，娇小的身子……从此将永远地幻灭……小毛想到这里，心头是充满了悲痛的成分，再也忍不住他满眶子里的热泪滴湿了衣襟。时候虽是仲夏之夜，当微风扑面，也会感到无限凄凉。

“弟弟，你高升了啊！恭喜你，恭喜你！”

正在这个当儿，忽然小毛觉得背后有个人手按到自己的肩上来，同时又有一阵带笑声的话儿送进了自己的耳鼓。因为是冷不防之间，倒把小毛吓了一跳，慌忙收束泪痕，回过头去，原来是李妈，遂微笑道：

“我道是谁？原来是姊姊，怎么你还没睡觉？”

“我得知了你要到绸庄办事去的消息，我真代你喜欢得睡不着了。弟弟，你将来有了好日子过，可不要把我这个姊姊忘记了吧。”

李妈偎过身子来，在柔软的月光下，绕过娇媚不胜的俏眼儿，向小毛脉脉地瞟了一眼，娇憨地傻笑。小毛因为这一个月来，李妈虽然处处对于自己很多情，但却没有越礼的举动，人原是一种感情动物，李妈有时这种楚楚可怜的意态，真会令人感到可爱和可怜，所以只要李妈没有越礼的举动，小毛始终是很同情她。今听她这样说，便握住了她的手儿，微笑道：

“只要你心中真愿意有我那么一个弟弟，我总不会忘记姊姊的人。”

“你这是什么话？我俩结为姊弟也有一个多月的日子了，你瞧我哪一件事情不是以姊姊一样的态度来对待你？你说这个话，显然你不愿意我做你的姊姊对不对？唉，原来你是戴着假面具哄骗我，那你这人未免太没有情感了。”

李妈听他这样说，脸容上立刻涌现了失望的神色，深深地叹了一口气，那眼皮儿竟是润湿了。小毛见了她这个意态，一时也不禁为之心儿一动，很柔和地道：

“谁哄骗你？你瞧我平日不是也把弟弟的态度来对待你吗？不过我有一句话要和姊姊说一说，姊姊千万别见怪我。少爷是个年轻不懂事儿的人，你千万应该把对少爷的态度去对付他，这不但是少爷的大幸，而且更是姊姊的大幸。你既然是我的姊姊，我总希望自己姊姊做个纯洁可爱的人。况且姊姊是个年轻的人，姊夫虽然出外多年，但日后自然有回来的一天，你要晓得名誉为一个人的第二生命，名誉破产，也等于没有生命一样的了。”

小毛这一篇滔滔不绝的话儿，听到李妈的耳里，一时心中猛吃了一惊，暗想：小毛这话显然已经知道自己存了歪邪的心儿，预备去引诱少爷了。人心到底是肉做的，李妈羞惭交并，两颊涨得绯红，挣脱了小毛的手儿，别转身子，竟是呜呜咽咽地啜泣起来。小毛万万也想不到李妈会呜咽着哭了，心中倒着慌了，连忙把身子又绕到李妈的面前，握住她手，低低地叹道：

“姊姊，你心中恨我吗？但是……你……你要明白地想一想，你应该晓得弟弟对你并没半分儿的恶意……”

“我知道，我知道……我明白了，我为什么要恨你？我心中除了深深地感到惭愧外，我只有刻骨铭腑地感激你。唉，弟弟，你真是爱我唯一的弟弟。姊姊今后的生命，可说完全是你的所赐。弟弟，我真难为情见你啊！”

李妈说到这里，把头倚在小毛的肩上，忍不住又抽抽噎噎地哭个不停。小毛听李妈这样说，同时又见她哭得这样悲伤，知道这完全是她良心醒觉的表示，心头虽然是感到十分痛快，但是也感到一阵莫名的凄凉。

“姊姊，知过能改，这也没有什么难为情啊！好在姊姊还是一个纯洁的女子，将来和姊夫不难有团圆的日子。”

“弟弟，你有这样的好心，将来一定有好报的。夜深了，明天你得到店里去，早些睡吧。我心中默默地为你祈祷着，弟弟的前途，一定有光明的希望。”

李妈抬起头来，泪眼盈盈地在小毛的颊上逗了一瞥又感激又怕羞的目光。她把小毛身子推了一推，却把两手掩着脸儿，匆匆地逃到自己卧房里去了。小毛望着她的后影在眼帘下消失了后，忍不住深深地叹了一口气。这一口气，是包含了各种甜酸苦辣不同的感触。

第二天上午九时模样，松涛把自己那件竹布长衫取出，叫小毛穿上，齐巧合身。松涛忍不住好笑，说道：

“我们和老太太去说一声，此刻我就伴你去见杨先生吧。”

小毛感激得无话可说，只好跟着松涛到上房来辞别薛老太。薛老太见小毛穿了长衫，只觉清秀温文，并无一些儿俗气，心中很喜欢，遂叮嘱了他一会儿。小毛连连点头，于是和松涛两人一同走出大门口去。

“少爷、小毛，你们慢着走，我来送送你们。”

松涛和小毛齐巧一脚跨出大门，李妈从里面追出来。她扶了门框子，只见小毛犹回过头来，向自己招了一下手，但不到三分钟后，两人身子便转入大街里去了。

吃午饭的时候，松涛一个人兴冲冲地回来。薛老太忙问杨经理怎么说，松涛笑道：

“我介绍去的人，他怎敢不用？况且小毛的个子儿人样都长得很好，杨先生给他安排在账房间里，叫他助理助理。我想这样很好，小毛到底是没有经过商界的人，给他实习一下，不会很相宜吗？”

薛老太听了，笑着点头。不多一会儿，李妈开上饭来。松涛匆匆吃毕，便到自己房中去休息了一会儿。忽然想着了阿兰，一时两脚便熬不住要走出外面去。不料走到院子里时，李妈齐巧从上房里出来。松涛心虚，生恐李妈告诉，便忙在皮匣里取出两张钞票，塞到李妈的手中去。李妈却摇了一摇头，也不说话，自管向厨房里走。松涛瞧她如此模样，心中好生奇怪，不免愕住了一会儿，但他也没有去仔细想她究竟为什么原因改变了态度，遂急急到黄叶村里去。只见阿兰早已老远地等着，今天她头也没有梳，眼皮有些红肿，好像哭过的样子。松涛心中大吃一惊，抢步上前，握着她手儿，急问什么事。不料阿兰没有回答，却先哭起来了。

第十一回

背母　双逃

那天黄昏的时候，阿兰和松涛含笑分手，便匆匆回家。一面走着，一面心里想：松涛他要亲自和我妈认识一下，可见他的确是真心爱我的了，否则，他又何必一而再地要求到我家里来呢？真是一个多情的好青年。阿兰想到这里，把松涛这个人真是爱到心头，感入骨髓，情不自禁地说出这一句赞美的话来。但既说出了口，一颗芳心顿时又感到万分难为情，觉得一个姑娘家，对于一个年轻的男子，未免是太痴心了一些。偶然抬头发觉家里是就在眼前了，一时立刻又停步站住了，暗想：这种闲事别去想了，现在考虑的，就是明后天松涛直接就要到我家里来，我今天总要先向妈露一些口风，不过怎样说法呢？不是预先在肚里要起一个稿儿吗？阿兰这样想着，不免凝眸含颦，沉思了一会儿，忽然乌圆的眸珠一转，频频点了一下头，连说有了，这样这样，一定很合理。阿兰春风满面，自己忍不住也扑哧一声得意地笑了。

阿兰既然想定了主意，遂移动着轻松的脚步，很快地向自己屋子里直奔。还没到院子的门口，就听妈在里面笑着道：

“那么你明后天来听回音吧，让我和她商量商量好了。”

这口吻显然已在送客了，阿兰暗想：这客人是哪个？不知有什么事情？因为腹中有了这两个疑问，脚步更加快了，正欲跨进院子里去，不料里面那个人也走出来了，两人不约而同地“啊哟”了一声，竟是撞了一个满怀。

“哟，是兰姑娘吗？那就真正巧极了。可撞痛了你没有？对不起得很。啧啧，兰姑娘多天不见，现在是益发长得漂亮了。”

阿兰慌忙定睛一瞧，见是前村的叶妈妈。叶妈妈这人很喜欢多嘴，有些三姑六婆的风味，所以阿兰的心里对她是并不发生什么好感。不料这位叶妈妈偏拉了她的手，细细端详了一会儿，含了满脸皱纹的笑容，啧啧称美不已。阿兰一面固然害羞，一面对于她的马屁，似乎反而有些不入耳，因此红了脸儿，只微微地一笑，别转身子，自管向屋子里跑了。柴氏在院子里瞧着，便带着笑嗔的意思，这意思至少还带着疼爱的成分，说道：

“你瞧我的阿兰，还是一味孩子气，见了人也不招呼一声，怎么就向屋子里躲了？”

“兰姑娘真美丽极了，可见一个女孩儿家变起样来就真快，越长越漂亮。黄大嫂，你真是个好福气，将来女儿女婿还有外孙儿，一齐到外祖母家里来拜望你老人家，你这才要乐得嘴儿合不拢来呢！”

叶家妈妈笑嘻嘻地打了一个哈哈，便摇摆着屁股儿，很得意地走出去了。阿兰在屋子里听到了这个话，心中愈加不自在，啐了一口，面对着门框子，暗自骂道：

“老太婆吃饱了饭，管人家长得漂亮不漂亮，谁要你满口地胡嚼？”

阿兰鼓起了小嘴，正巧愤愤地说完了这两句话，柴氏翻身已回进屋子来，见了阿兰这意态，便望着她很神秘地笑了笑。阿兰似乎感到妈这个笑与平常有些不同，忍不住颦蹙了眉尖，奔过来拉了娘的手，问道：

“妈，你望着我有什么好笑呀？”

“你是一块香肉儿，竟有好几家都来看中你哩！可见你是大了，还能够成天地奔奔跳跳吗？”

“妈，你这是什么话？我可听不懂。嗯！我不要……”

柴氏这几句话听到阿兰的耳里，芳心猛可吃了一惊，那粉颊儿立时变了颜色。但她不得不竭力镇静着态度，假装含糊的样子，扭着腰身儿，向妈缠绕着不依。柴氏还以为女儿真的听不懂，拉着她白胖胖的小手，坐到椅子上去，笑道：

“要做人家的老婆去了，怎么还向娘一味地撒娇呢？我告诉你，叶家妈妈是来给你做媒的。她说有两份人家要想娶你做媳妇，一家是东村的张姓，公婆都有，儿子就是一个，年纪十九岁，家里自己有田五六十亩，吃着是不用愁的。还有一份陆姓，公有的，婆死了，兄弟两人，来说的是个老大，年纪二十一岁，家里田有一百亩，显然比第一家有钱，不过有兄弟两个人，分开来也等于只有五十亩，所以我的意思还是第一家姓张的。不晓得你的意思怎么样？”

阿兰听了柴氏这一篇话，心里因为只管忖心事，所以等于耳边风过一般。其实她是早已明白做媒的事了，现在柴氏这样地问着她，她当然不能不表示一些意见，摇了一下头儿，很快地说道：

“我都不喜欢……”

阿兰说了这一句话，身子已是离开柴氏的怀中，只管到卧房里去了。柴氏再也想不到女儿会有这一副意态来，一时倒不禁为之愕然。见她噘着小嘴儿，两脚走在地上，顿顿地作响，心里倒忍不住好笑，暗想：姑娘的脾气，就生得古怪有趣。遂也身不由主地跟她走进卧房里，阿兰已躺卧在床里了，便也在她床边坐下了，轻轻拍着她的腰肢，含了笑容，说道：

“阿兰，你别孩子气了。为什么都不喜欢？你得说出一个道理来。还是为了年龄不相称，抑是为了门第不对？但是这里有两家给你任意拣一家，那不是很好吗？”

阿兰躺在床上，是背儿向着她，听了柴氏的话，却静悄悄地并不作答。柴氏心中暗想：阿兰到底是个姑娘家，忽然和她提起婚姻的事情，当然谁也不能不怕难为情了。一个女孩儿家就是心里喜欢出嫁，嘴里总也不好意思说出来。柴氏这样思忖着，心里又以为阿兰是假惺惺作态，便也横倒了身子，把阿兰的脸儿捧过来，笑道：

“阿兰，假使你为了怕羞，这可以不必。你瞧哪一个女孩儿家是不出嫁的呀？”

“不过……我的年纪还轻啦，干吗就赶紧地要出嫁呢？”

“说轻也不轻了，今年说妥了，明春十六岁结婚，那年龄是最适当。你不瞧村中有几个姑娘，十三四岁就送过去了吗？”

阿兰听娘这样说，心里似乎有些气愤，一骨碌翻身从床上坐起，蹙了眉尖瞅着柴氏一眼，说道：

“妈你这个话……别人家因为家里穷，没有吃，所以才忍痛把自己女儿过去做童养媳。妈……难道……家里是多着我一个人吃饭吗？”

阿兰鼓着两腮，噘了小嘴儿，说完了这两句话儿，心里也不晓得为什么这样伤悲，忍不住眼泪扑簌簌地滚下来。柴氏听女儿说出这种话儿，心里想想也觉气愤，但是瞧了她这样楚楚可怜的意态，又觉得女儿年轻不懂事，遂把她娇躯纳入怀里，搂着她笑嗔道：

“阿兰，你说这话真把娘要气个半死，幸亏你是我的亲生女儿，要不然我不是又被人家要说心狠了吗？我怎么会多着你一个人吃饭？在娘的心里，是最好你能够一辈子伴着我不出嫁，可是我也要为着你终身幸福打算哩。女孩儿出嫁总是一件喜欢的事，娘是好意，你怎么说我多你一个人吃饭？那你不是把这件喜欢的事当作恶意了吗？唉，你真太孩子气了，妈这样疼着你，那你真叫我心灰……”

柴氏说到这里，觉得自己是白疼了她一场，忍不住也深深地叹了一口气。阿兰听了妈这一篇话，方才有些理会自己这话的确是说错了，这就无怪娘要生气，遂把脸儿偎到柴氏颊边去，显出十分亲热的样子，微笑道：

“妈，你不要误会了吧，女儿所以不愿出嫁，不也是为了舍不得离开妈吗？本来有嫂嫂会服侍你，现在嫂嫂死了，哥哥又远在外边，妈妈一个人，不是很冷清吗？况且我的年龄还很小，似乎女儿还没有做畅，有些不情愿做人家的媳妇去哩！”

阿兰这几句话，总算把柴氏又说得喜欢起来，手儿拍着她的背部，把她抱得更紧了一些，笑道：

“那么照你的意思，预备再过几年出嫁呢？”

“起码再三年……”

阿兰微仰着粉颊，望着柴氏娇媚地笑了。但既说出了口，心中又懊悔说得太迟了一些。因为自己根本并不是反对出嫁，假使说亲的对象是松涛的话，那自己不是早一百二十个地答应了吗？柴氏听她这样说，忍不住笑了笑，想不到女儿真会不喜欢出嫁，既然她嫌早，就再过两年也不要紧。想着，便放了阿兰的身子，站起来一面向房外走，一面说道：

“那么就随你的意思，娘不来勉强你，好在你是一个香人儿，看中你的人不知有多少，只要你愿意嫁人，总不难找一个好的夫婿。”

柴氏说到这里，一脚已跨出了房门，但她的脑海里忽然有个感觉告诉她说，一个女孩儿家哪里会不喜欢嫁人呢？莫非阿兰心中有了情人，所以假作推托之辞吗？对了，也许是吧，不过她爱上的情人不知是怎么样的一个人。假使人才儿好，家境好，那我也未始不喜欢的。柴氏这样想着，意欲再回身去探问阿兰，但是这种事情到底是自己猜想，并没有一些证据，似乎贸然地向女儿问着，那可有些不好意思。况且阿兰这妮子脾气古怪，她板起面孔又认真了，倒反而弄得不讨好。柴氏天不怕地不怕，说也奇怪，她倒有些怕一个十五岁的女儿，所以她把要缩回来的那只脚，立刻又跨出门框子外去。

阿兰眼瞧着娘走出房外去，虽然这个难关是过去了，不过对于我和松涛的进行，不免是受到了一种间接的打击，因为自己的话说得太以冠冕堂皇了。若现在又告诉自己是已有了情人的话，还不是要被娘瞧轻了吗？阿兰这样想着，心中真有说不出的怨恨。本来自己是兴冲冲地来告诉妈，明后天松涛也许要到自己家里来，现在又叫我怎好意思说上去呢？一时不免又痛恨这个三姑六婆型的叶妈妈，真是我的冤家一样，要她来做什么断命媒呢！无限郁抑陡上心头，嘴儿一撇，忍不住又淌下泪来。

晚上，阿兰本来不想吃饭，后来生恐妈妈见疑，所以只好装作毫不介意的样子，依旧和平常一样，有说有笑。柴氏见此，也以为女儿完全一片童心，年龄太小了，对于出嫁两字也许真要感到害怕，因此倒也不疑有他。

这一夜里，阿兰睡在床上，怎能够睡得着？一会儿想松涛明天不知来不来，他若来了，我一定先在外面等着他，不让他进来。他见了这情景，因为昨天说得好好的，他当然很疑惑，万一他起了误会，从此便不爱我了，那叫我如何是好？阿兰想到这里，忍不住暗暗泣了半夜。一会儿又想，我是一心地爱他到底了，那么我把这个事情索性直截地告诉了他，他假使真心爱我的话，当然会给我想办法的。阿兰决定了主意，方才沉沉地睡去了。

第二天阿兰真睡到钟鸣十下，方才起来。柴氏在院子里做饭，赵阿四蹲在地上洗菜，见了阿兰，便笑道：

“昨天夜里在做什么？怎的今天就忘了钟点哩？”

“别叫你信着嘴儿胡说。妈，我有些儿头疼，不帮你料理了。”

“既然有些不舒服，你起来干什么？快再去躺着吧，回头我饭端给你吃好了。”

阿兰听妈这样说，“嗯”地应了一声，便回身又向房里走了。一个人是不能有心事的，一有了心事，就什么都忘了。所以阿兰坐在床边，脸也不洗，头也不梳，只管呆呆地想心事。直到吃午饭的时候，柴氏走进房来，一见阿兰蓬着头痴颠的样子，遂向她笑道：

“阿兰，你怎的不睡？让我摸摸，可有热度吗？不出嫁就不出嫁，叶妈妈来我就回绝了她是了，你别发傻劲了，担什么心呢？”

柴氏听着，已挨到阿兰身旁，伸手按到她的额角上去。阿兰听妈这样说，便站起来偎着娘，笑道：

“我担什么心呢？妈别提这些吧。我倒有些儿饿，饭好了没有？到外面吃饭去。”

柴氏手儿按着女儿额角，也觉得并没有什么热度，遂携着她手儿，一同到外面去。饭后，柴氏又催她到房里去休息。阿兰心中这就有些焦虑，妈不要监视我的行动，那事情可有些糟了。身子虽然在房中，那颗心儿是早已飞向到松涛的身上去了。大约在一点半光景，阿兰听客堂里没有人声，打量妈到房内去睡午觉，赵阿四到后园子种菜去，于是她便悄悄地出了房门，蹑脚跨出院子，老远地先在松涛来的路上等着了。

当时阿兰见了松涛，真好像见了什么亲人一样，被他急急地一问，忍不住先哭了起来。松涛瞧此情景，还以为她娘不答应自己到她家里去，心中大吃一惊，连忙拉了她手，走到一丛树林里，明眸脉脉地凝望着她着雨海棠那样的娇容，柔声儿问着道：

“阿兰，你别哭呀！快告诉我吧！你妈是不喜欢你和我交朋友吗？”

“不是……妈没有知道……”

“既然你妈没有知道，那么到底为什么你这样伤心呢？你快告诉我，也好叫我知道，也许有什么办法，我总可以出力。现在你老是哭着，不是叫我瞧着心里也难受吗？”

阿兰见他说着话，脸上也浮了凄凉的颜色，这才把手背抬到颊上，来回揉擦了两下。还没有开口，颊儿先一阵一阵绯红了，支吾了一会儿，方羞涩地说道：

“妈要把我配给了人家……”

阿兰说到这里，俏眼儿向他一瞟，把脸儿略微又低了一低。松涛对于这一个消息，仿佛是个晴天中的霹雳，心中隐隐地有些作痛，急得直跳了起来，说道：

“已把你配人……她应该要征求你的同意，你你你……难道已经答应了吗？”

阿兰听他这份儿着急的话声，她便立刻又抬起头来望他，只见松涛的脸上是浮现了失望的悲哀，两眼有些定住着，仿佛要哭出来的神气。这至性的流露的表情，把阿兰一颗多情的芳心愈加深深地感动了。她情不自禁地伸开两手，猛可环住了松涛的脖子，亲热地叫道：

“松涛，我的哥哥！你放心，我怎么会答应妈呢？我到死都不答应的。”

“兰妹，你死不得，你死不得，要死大家一块儿死！”

松涛听她这样说，同时又见了她这个情景，一时把阿兰更爱到心头，也紧紧地搂抱着她。两人的脸儿偎在一起，虽然两人眼眶子里是不停地淌着眼泪，但各人的脸上却是掀起了同心的微笑。经过良久的拥抱，仿佛彼此心灵里是得到了无上的安慰。阿兰破涕为笑，说道：

“我不会死，你也不要死，大家都活着，永远地活着吧，我的涛！”

“不错，我们都得死里求生，我们不能让环境压迫着，我们应该牺牲一切，来求我们的同生同死。兰，你不答应你妈的婚姻，她她……难道不会用强吗？我想……我想……在这最后的关头，我们终得想个彻底的办法。”

松涛听她这样说，便慢慢地仰开了脸儿，含了无限诚恳的目光，向她脉脉地凝望。阿兰似乎理会他这话中是含有深刻的意思，遂摇了一下头，说道：

“妈倒不会相强，不过我俩的事情也许因此会受阻碍吧。”

阿兰说着，方才把昨日分手回家后的情形，向松涛告诉了一遍。松涛暗想：阿兰说还要再过三年，在这三年中也许有许多变化，虽然阿兰的话固然不是说了算准，但自己再十天光景又要到上海去了，这样一别又要半年。她妈暂时虽然不相强，万一明天被媒婆一说又变卦了呢？那么我既不在这儿，阿兰叫天不应，喊地不理，也不是只好委委屈屈地嫁过去了吗？况且乡村风气，还有抢亲的举动，这样延长下去总不是个道理。忍不住握了她手，很毅然地说道：

“阿兰，你妈的话是不能作准的，眼前虽答应你，但明儿他们做好圈套，把你嫁过去了。那时我既不在这儿，你一个人又没商量，这事情怎么是好？所以趁着我还没到上海之前，来一个彻底的解决，不知你肯牺牲你的一切吗？”

“嗯！嗯！你这话说得是，不过你预备怎样解决呢？只要我们俩人能够不离开，无论怎样的牺牲，我总可以答应你。”

阿兰频频地点了一下头，明眸脉脉地凝望着他，表示她的爱松涛是并没有一些儿虚伪的态度。松涛沉思了一会儿，脸上显出很严肃的神气，说道：

“你假使真心爱我的话，那么你就跟着我一块儿到上海去。”

“跟你一块儿到上海去？”

阿兰听他这样说，一颗芳心的跳跃几乎像小鹿般地乱撞。她情不自禁地照着松涛说了这一句话，显然她觉得这个行动是到了非常严重。松涛见她这样吃惊的意态，便淡淡地笑了一笑，说道：

“我知道你舍不得离开你这个家庭吧？假使你爱家庭的心较爱我还要浓厚的话，那我此刻就走了……”

松涛说着，回身要走的模样，阿兰慌忙伸手把他拉住了，但既拉住了，她的心头又感到非常悲酸和委屈，含了无限哀怨的目光，向他瞅了一眼，说道：

“我可还没有开口啦，你就拿这种话来怄我！唉，我昨夜一夜不睡，为的是谁？昨夜哭了一夜，又为的是谁？你假使认为我是不爱你的话，那你只管走好了，反正我也留你不住。”

阿兰说到这里，无限辛酸陡上心头，忍不住眼泪像雨点一般落下来，长叹了一声，便回过身子，也自管走了。松涛原想这样激动她，她会跟自己走，现在听她这样一说，也觉自己这个举动是太使她难堪，一时深悔孟浪。本来是阿兰拉住他，此刻只好自己抢上一步，把阿兰的肩儿扳住了。两人脸对脸儿凝望一会儿，阿兰的粉脸好像是雨后梨花，因为松涛感到了抱歉，良心被她的眼泪一激动，自己的泪水也不禁夺眶而出了，凄然说道：

“兰，你饶恕我这一遭儿吧！我原说错了。”

阿兰见他向自己赔不是，同时他也会淌泪，一时心里也不晓得为什么缘故，那眼泪更如泉涌，猛可扑到松涛的肩头上，呜咽而泣了。

“兰，你别哭了，你再哭，我的心儿也碎了。我所以叫你跟我一块儿到上海去，我当然有办法安排你，同时也并非叫你从此就脱离家庭了。到上海也原是暂时性质，我在下学期可以毕业了，那时我再带你回到家里，假说你是我的同学，妈见你人品不错，我们自然有结婚希望了。待我们结了婚，再双双到你妈那儿去请罪，她见女儿回来，欢喜还来不及，哪里会再来责骂你呢？”

“你说的虽好，但我又不认识多少字，怎么能假充你的同学呢？况且我到上海，你是可以住在学校里，叫我住到哪儿去呢？”

两人哭了一会儿，松涛抚着她的云发，方才劝她别哭，同时说出自己心中的预定计划。阿兰收束了泪痕，乌圆的眼珠，眨了两眨，又向他轻轻地问着。松涛听了，破涕为笑地说道：

“这个你不用忧愁，我们到了上海，在学校附近可以借一间房子，那你不是有住的地方了吗？我放学了，便可以和你在一起，教你念书写字，况且还有星期六星期日两天假期哩。我们不要玩，只管用功，那你是一个聪敏的姑娘，还怕学问不会好起来吗？”

阿兰听他这样说，一颗芳心真把他感激得无可形容，不禁眉毛儿一扬，脸儿就浮起笑容来。但凝眸沉思了一会儿，她忽然又想起了一件事，两颊红晕了，低声儿说道：

“那么晚上怎么办呢？”

“晚上我学校里有宿舍，我当然睡到宿舍里去，怎么啦？你难道怕我和你睡到一张床上去吗？”

松涛听她这样问，显然阿兰姑娘是十分细心，瞅住了她的娇靥，不禁扑哧一声笑出来。阿兰被他一笑，同时又听他这样回答，一时连耳根子都红起来，恨恨地啐他一口，秋波盈盈的俏眼儿，睃住他白净的脸儿，却逗给了他一个妩媚的娇嗔。松涛得意地笑了，阿兰也忍不住别转头去，抿着嘴儿笑起来。

“兰，你该仔细地考虑一下，究竟怎么样？还是今天决定了，还是明天再给我回话？不过你放心，我绝不是拐骗的歹徒。”

“好！那么我就准定跟你一块儿走，但是今天就走吗？”

阿兰听了他话，骤然回过身子，挺起了胸膛，表示抱着一万分的勇气，很坚决地回答。松涛自然乐得不知所云，向阿兰先深鞠一个躬。这举动当然使阿兰为之愕然，急问做什么。松涛微笑道：

“你这样倾心相爱，怎不叫我感激铭腑？阿兰，你真是我的爱妻啊！”

松涛说到这里，要伸手去搂她脖子，阿兰知道他这热狂的举动，就是内心兴奋的表示，假使让他抱住，一定要来一个羞人答答的亲吻。于是她把身子一闪，便躲到一株大树的后面去了，但她从树干旁又探出头来，望着松涛憨憨地娇笑。松涛见她刁得可爱，便奔过去捉她。两人一个逃东，一个追东；一个逃西，一个追西。阿兰起初以大树作为掩护，后来被松涛追得向后逃，这就被松涛捉住了。阿兰气吁吁地跌下草地上去，早被松涛纳入怀里。两人拥抱在草地上，接了一个甜蜜的热情的长吻。

“涛，够了吧？你快放手，我可透不过气。”

因为太兴奋的缘故，松涛不免搂得紧吻得紧，阿兰心儿是忐忑地跳着，血液是循环地流着，她轻轻地推开了松涛的脸，发出了急促的话声。松涛回头见她娇靥更红了，明眸中的目光含了三分喜悦的成分，向自己故意嗔了一眼。这也许是羞涩的遮掩，松涛于是又哧哧地笑了。

“阿兰，今天我们不会走，大概还有十天光景，好在你不用携带一些儿东西，说走你就可以光身走的，那不是可以避人耳目吗？”

“那么你索性约好了日子，在这十天中你也别来了，因为万一被妈瞧见了你，那事情不是糟了吗？你给我一个日子，我此刻就得回去了，因为妈还只道我睡在房中哩！”

两人笑了一会儿，松涛又正经地说着。阿兰凝眸想了一会儿，她又发表这一些意见，同时身子已从草地上站起来。松涛听了，觉得这话也是，便一面跟着站起，一面说道：

“好吧，准定这样，八月二十八日早晨九点钟，你在这儿等着我是了。”

“是那一天？你不会弄错吗？”

“不会不会，你放心是了，也许我八点三刻就来了。”

阿兰生恐他记错，便很郑重地叮他一句。松涛连连点头，握起阿兰的玉手，凑到自己嘴上，啧的一声，早已闻了一个香去。阿兰待要缩回，哪来得及，便恨恨地白了他一眼。松涛咯咯地笑着，身子向后退，同时又向阿兰连连招手。松涛因为是开倒车走，背后可没有生眼睛，脚跟被石子一绊，几乎跌了一跤。阿兰倒吓了一跳，待他站住了，方才弯了腰肢哧哧地笑起来。但不到一会儿，松涛的身子已被树梢的叶子儿遮蔽了。阿兰怀着一颗又喜悦又恐怖的心儿，方才三脚两步很快地回到家里装睡去了。

阿兰蹑手蹑脚地回到房里，躺在床上去装睡。谁知起初是装着睡，到后来蒙蒙眬眬地便真个睡去了。仿佛已经是到八月二十八日那天了，阿兰整理了几件随身要穿的衣服，满心充满了喜悦，脑海里是只映着松涛白净俊美的脸儿，她拎了一只小皮箱，一跳一跳便到院子外面去等松涛了。谁知她一脚跨出院子，后面就有个人把她拉住了。阿兰回眸一瞧，竟是妈妈，心中这一吃惊，粉脸不禁变了颜色。只见妈的脸上，一会儿显出愤怒的样子，一会儿又显出伤心的神情，问道：

“阿兰，你拎了皮箱，要到哪儿去呀？”

“我……我……我……到朋友家里去住两天……”

阿兰的心儿好像小鹿般地乱撞，她涨红了血一样的颊儿，话声是有些支支吾吾。柴氏听了，忽然冷笑一声，怒目切齿地骂道：

“什么？你想跟了人一块儿逃走吗？你竟做此不知廉耻的勾当吗？你这不要脸的姑娘。唉！阿兰，你太狠心了，娘辛辛苦苦把你抚养到这么大，你现在有了爱人，竟忍心丢下娘跟他一块儿逃了吗？阿兰，你……你的良心到哪儿去了？娘真白疼了你一场……”

柴氏说到后来，脸上的愤怒消失了，忽然脸儿惨白了，眼泪仿佛雨一般地滚下来。阿兰瞧此情景，一颗芳心好像有针在刺那样疼痛。她固然放不下娘，但为了自己终身的幸福关系，她又怎能放得下松涛？因此，她跪在娘的面前，也忍不住呜呜咽咽地哭起来了。

阿兰这一哭不打紧，却把正从房外走进来的柴氏吓了一跳，暗想：好好儿的这是做什么啦？及至仔细一听，方知阿兰是在做梦，心中好笑道：这妮子为了昨天来说亲竟把她弄得神魂颠倒。别人家姑娘听说可以嫁人，总会喜欢得笑脸常开，谁知阿兰却说女儿还没有做畅，可见阿兰到底是个好女儿，她舍不得离开娘呢！柴氏这样想着，便满脸含笑地坐到床边，拍着她的身子，喊道：

“阿兰！你醒醒吧！你梦魇了，快别哭呀！娘在你的身旁哩！”

阿兰被她从梦中喊醒，睁眼一瞧，只见房中已罩了一层薄暮，妈却坐在自己的身旁，方知自己是在做梦，但是心中似乎尚有余痛，喉间依然息息未停。柴氏见她哭得这样伤心，忍不住好笑，忙又问道：

“阿兰，你到底做什么梦，竟伤心得这份样儿呀？快告诉我吧！”

阿兰被她这样一问，方才醒过来般地慌忙从床上坐起，手儿揉擦着眼皮，装作毫没事情的样子，自语着道：

“不想这一睡下去，天色就夜了。妈，你进来了多少时候？听我梦中可说些什么来？”

“倒不听你说什么，却听你呜呜咽咽地哭，想是谁给你受了气？”

“可不是！妈打我骂我哩！”

阿兰知道自己梦中并没说什么，心中这才放下一块大石，便把秋水盈盈的俏眼儿瞟了柴氏一下，忍不住嫣然地笑了。柴氏听她说得淘气有趣，便将她抱在怀里，闻着她香，笑道：

“你别胡说，我这样一个心肝肉儿，肯骂你打你吗？阿兰，我老实地告诉你，你也别担着忧愁了，刚才叶妈妈已经来听过回音，我说阿兰年纪轻，她自己说要再过两年哩，叶妈妈听了，只好怏怏不乐地回去了。阿兰，那你不是可以放心了吗？快起来，我们到外面吃饭去。”

阿兰知道妈已回绝了叶妈妈，心中很是喜欢，便含笑跳下了床，跟着柴氏到外面来晚餐。夜里，阿兰睡在床上，想着日中的梦境，虽然原是自己的思虑过度所致，但仔细想着，自己若跟着松涛一走了事，对于妈妈，良心上实在有些说不过去，但是不跟松涛走吧，事情又这样为难。一时踌躇了一会儿，不免有些委决不下。但想着松涛说的一句话，“你能牺牲你所有的一切吗？”在这样环境之下，我当然是只好忍痛牺牲了。阿兰左思右想，不觉又暗暗泣了半夜。

从此以后，阿兰的心里，总好像是打了一个结，虽然是竭力镇静着态度，但心里总感到十二分的不自在。一天一天地过去，终于到了八月二十八日那天早晨了。阿兰一夜没有好睡，两点钟就醒来，眼瞧着黑漫漫的长夜从东方天空中慢慢地发白，阿兰的一颗芳心是愈跳愈快速，桌上的钟儿，时针愈近到七点八点，那心就更跳得厉害。披衣起身，穿上鞋子，悄悄走到外面，只见妈的房间是关得紧紧的，遂到院子里舀水洗个脸，匆匆再到房中，只见时钟已八点半了。这就想着松涛最后一句话，八点三刻他就来了，于是她不再留恋，很快地步出了房间，开了院子的门，当她走出院子时，她的内心受了情感竭力的打击，于是她淌下一滴眼泪下来。阿兰急急到旧时会晤地方，说也凑巧，没到三分钟时间，松涛提着皮箱也匆匆到了。两人相见之下，自然万分喜悦，也不及说话，就携着手儿一同到火车站乘车去了。

柴氏和阿四昨夜寻些欢娱，今天早晨直到九点敲过才起身。当阿兰、松涛被长蛇般的火车带到上海去时，柴氏方才发觉阿兰是失踪了，心里又焦急又奇怪，初以为阿兰到村中玩去了，后来直到中午了，阿兰没有回来，柴氏慌得了不得，叫阿四到各处找寻，结果没有一些影儿。柴氏心中虽然着急，但时间是无情的。一会儿太阳落山，一会儿月上眉梢，阿兰却仿佛石沉大海，依然没有回来。柴氏暗想，这事情显然阿兰外面有情人，一时觉得阿兰所以拒绝婚事，也绝非没有原因的。忍不住长叹了一声，自语道：

"想不到阿兰会丢我走了，这孩子不免是太心狠一些了。其实她有情人，她只管告诉我，我并不是不肯答应她啊！唉……"

柴氏说到这里，向赵阿四望了一眼，赵阿四呆呆地也在望她，柴氏又叹了一二声，她感到了有些心灰。阿兰会忍心走了，这是梦想不到的事。于是柴氏心中开始有些醒觉，女儿的出走，至少是自己酷待凤仙的一些报应。从此以后，柴氏的精神是不比从前那样充足了，长吁短叹的声音会从她口里不自然地吐露出来。

第十二回

冤释 钗合

凤仙吞冰气厥，幸遇薛连雄，方才脱离危险。不料张大诚见了凤仙这样一个美丽的姑娘，同时又见薛连雄皮匣内这许多的钞票，财色两字一时把大诚的心儿迷住了，猛可举起斧头，将连雄狠狠劈死，同时用武力威胁凤仙，叫她跟着自己回家。凤仙一个手无缚鸡之力的弱女子，在他野蛮强暴的手段之下，当然是毫无抵抗的能力，只好委委屈屈地跟他回家。大诚虽然是个木匠，但心儿却也很细。他想：自己是害了人命，况且又强占了姑娘，万一这事情闹开来，那还当了得，自己也就成个杀人犯了。为今之计，还是带了凤仙逃到上海去再说，反正身边有的是钱，上海地方，人地生疏，凤仙固然不敢相强，而且别人家也绝不会注意我们了。大诚想定主意，遂收拾细软，逼着凤仙连夜乘车赶到上海。

两人到了上海，因为没处安身，当然先借旅馆居住。大诚是曾经到过上海的，所以上海的门径倒也颇为熟悉。凤仙是早已弄得木人一样，大诚一面威胁，一面又甜言蜜语地安慰，引她到六马路振新旅馆三楼十八号房间住下。当下茶役阿更前来泡茶，见这一男一女的情景很有些异样。说他们是夫妻吧，年龄似乎不大相称，因为那男子至少有三十多岁，而女的最多只不过十七八岁。说他们是兄妹吧，但兄妹两人是不会来开房间的。不过他们口音好像是客边人，但说起来上海乃是各地人会集之处，也没有什么稀奇。这样想着，不免向两人注意一些。只见女的坐在沙发上，一言不发，仿佛有无限哀怨的神情。那男的却是满面春风，得意非常，瞧他服装，竟像工人模样。阿更打量过去，路道总有些不正当，遂暗暗留心，自管退了出去。

大诚见茶役走出，便在衣袋内摸出一包烟卷，取了一支，衔在口里，站起身子，走到桌旁，划着火柴燃了，吸了一口，嘴儿向上喷了一口烟，很得意地耸了两耸肩膀，移步到凤仙的沙发旁，并肩坐了下来。凤仙见他坐下，便要站起身子来，却早被大诚一把拉住了，望她一眼，笑道：

“你心中为什么和我老不高兴？你闷在棺材里，若不是我把斧头将棺材劈开，你此刻还想有性命吗？”

“你救我性命，我固然很感激你，但是你不该逼着我到上海来呀！”

凤仙被他拉住，一时只好又坐了下来，板住了面孔，明眸中含了微嗔的目光，向他瞅了一眼。大诚见她脸儿虽然是绷住着，但始终遮不住她美的展露，便嬉皮笑脸地把身子挨近了一些，偎住着凤仙，笑道：

“上海这样繁华的地方，你是从来也没有到过吧？我伴你出来见识见识，这是你的幸运，怎么倒反而怨我呢？”

“你放尊重些，我是有夫之妇，你不应该存着歹心肠呀！”

凤仙见他偎过身子来，便微蹙了眉尖，秋波含了怒意，向他狠视着。大诚听她这样说，便冷笑了一声，环眼圆睁，低低喝道：

“你自己想明白些儿吧！到了我的手掌之中，你还会敢倔强吗？我问你，你性命要不要？在萧山你对我怎么说？不是完全答应我了吗？怎的到了上海，你竟又反悔了？”

“我答应你，因为你要劈死我，这是强迫的呀，可是我的心儿可没有答应你呀！人心到底是肉做的，你应该放些良心出来，就饶了我，让我回乡去吧！”

凤仙见他这样凶狠的样子，已经有些害怕，身子瑟瑟地抖着，话声有些儿哀求的成分。不料大诚一听，猛可把凤仙身子掀倒，一只膝踝跪在凤仙身上，挥拳便要做打的姿势，吓她说道：

“你真不要性命了吗？我告诉你，上海地方是自管自的，没有人会来给你管闲账，你死了也只不过当只狗，你到底要命不要命？”

“我……不……要回乡了，你……别动手吧！”

蝼蚁尚且惜生，更何况是人呢？凤仙两手合在一起，只管向他拜着求饶着。大诚知道凤仙可欺，心里甚为喜欢，便更显出凶恶的神气，好像要扼凤仙喉管似的，喝道：

“那么你承不承认我是你的丈夫?”

凤仙没有回答，两颊由通红变成惨白了。她在不得已之下，只好点了一下头，但是她晶莹莹的眼泪早已在她灰白的颊上展现了。大诚见她屈服，显然是自己胜利了，方才含笑松了手，把丢在地上的烟尾拾起，依然衔到嘴里去猛吸。

“凤仙，你不要伤心，照理我救了你性命，你应该有所报答我。现在我没有妻子，你正巧来做替身。现在我的钱可多着，只有你依从我，我把你就像珍宝一样地爱护着。你瞧我很凶恶吧，其实我这人很有情，对于女人更是温柔。凤仙，我告诉你，上海旅馆里时常有工部局里人来调查，若有人哭泣，便要浸到药水缸里去淹死，所以你千万哭不得。”

大诚站在旁边，拿着烟卷不停地吸着，眼见凤仙垂了脸儿，只管扑簌簌地淌泪，遂把吸剩的烟底向痰盂里一掷，弯了腰儿，一面向凤仙笑盈盈地安慰，一面又用哄骗的手段吓她。可怜凤仙懂得什么，还以为这话是真的，遂把手儿抬到颊上，来回地揉擦了一下，只好收束了泪痕。大诚见了，忍不住暗暗好笑，但是也感到有些儿楚楚可怜，遂拉了她一下衣襟，说道：

“在路上一夜里没有好睡，你身子一定乏了，还是到床上去躺会儿休息吧。你放心，我并不十分凶恶，绝不会待亏你的。”

凤仙又听他这样说，一时也觉得精神疲乏，遂站起身子，自管躺到床上去休息了一会儿。大诚坐在沙发上，把右腿搁到左膝上去，不住地颠动着，这种神情显然是非常得意。他微昂了脸儿，右手托着下巴，两眼望着床上的凤仙，心儿是不停地荡漾，甜蜜的热狂的一幕一幕的幻象，他几乎有些儿想入非非。

大约有了两个小时的静默，室中的光线由薄暮而进至于昏暗。大诚这才意识到时候已经不早，离开自己整个销魂狂欢的举动是慢慢地近来了，心中乐得有些模糊了，他很快地站起身子，走到床边去。不料就在这时候，凤仙忽然一骨碌翻身坐起来了。这是冷不防之间的举动，大诚不免吓了一跳，慌忙说道：

“凤仙，你做什么啦？可曾睡着过没有？”

“我睡着很久了，但我忽然做梦了，梦见一个鬼，他要谋害我，我心中一吓，就情不自禁地直跳起来了。”

凤仙红晕了脸儿，两手揉擦着眼皮，一面用手拍着胸口，一面低低地说着，显出十分害怕的神气。其实凤仙说的全是谎话，她根本没有睡着过。她心头是怀了无限的恐怖，知道自己睡着了后，也许是给大诚一个实行非礼的机会，所以她默默地躺着只管在想心事，用什么方法才可以保全自己的贞节？谁知大诚还道她真睡着了，他的本意至少是去享受一些儿小温存，但凤仙的感觉是相当灵敏，身子早已坐了起来。

“凤仙，你别害怕，有我伴在你的身旁，什么鬼怪都不敢来。”

大诚听凤仙这样说，倒信以为真，含了满面的笑容，挨近着凤仙身旁坐下来。凤仙意欲站起身子让他，但自己的臂胳早已给他握住了。在大诚是显出无限的柔情蜜意，但凤仙心头是感到无限的憎厌，嗔他一眼，故意说道：

“你我既做了夫妻，那么也该好好地租房子住。在这儿拉拉扯扯算什么意思？被茶房们瞧见了，不是很不方便吗？”

“凤仙，你这傻子又不晓得了，上海地方的旅馆，原是租给男女两人住宿的呀，茶房他能管得着吗？有些人白天里也在房间内游玩，一些不受旁人注意。况且旅馆内床铺好，被褥好，设备又周到，玩起来真个有味哩！凤仙，反正我们是夫妻，那有什么要紧呢？”

大诚说到这里，伸手把凤仙搂在怀里，凑过头去，要向在凤仙的嘴唇上去亲吻。凤仙这一急，真非同小可，忙把纤手抵住了大诚的嘴儿，说道：

“白天里那像什么样儿？我不要，我不要！”

凤仙嘴里这样说，内心实在是痛恨得了不得，最好把大诚咬了几口。但大诚并不回答，他仿佛活猕见了桃子一样，一手在她身上乱摸，一手去拿开抵在自己口边凤仙的手。这样缠绕了一会儿，忽然房门开处，只见阿更走了进来。大诚慌忙放下了手，凤仙早已羞得连耳根也红了，垂下头儿再也抬不起来。大诚脸上有些愤怒，向阿更瞪了一眼，喝道：

“我没揿铃喊你，你进来干什么？”

“因为时已不早，我问你们吃些什么……不料……对不起！对不起！”

阿更弯着腰儿，连声地赔不是，心中可是暗想：他妈的，这小子不是好东西，这女人一定是他什么地方拐骗来的了。因为他瞧着大诚的举动是带有些儿野蛮，显然那女人是并不情愿。这样想来，那贼准是拐骗的歹徒了。

“吃什么吗？……拿两客什锦蛋炒饭……慢着慢着，可有酒吗？给我拿两斤花雕，两块兰花豆腐干，一包花生米。”

大诚听阿更这样说，一时也没有办法，只好向他吩咐。但他脑海里忽然涌上了一个感觉，遂立刻招手又把阿更叫住了，要他拿酒来喝。阿更听他说出兰花豆腐干和花生米，心中又好气又好笑，暗暗骂声去死，便说道：

“这儿旅馆里可没有卖豆腐干和花生米，你要吃，你拿钱来，我给你去买现成的吧。”

大诚听他这样说，脸儿倒是红了一红，遂伸手在袋内取出一张角票，交给阿更。阿更接过，用了很神秘的目光向他望了一目，便含笑退出去了。不多一会儿，阿更把花生米和豆腐干买来，同时厨房里将什锦蛋炒饭和酒也送上了。大诚装出很自然的态度，向凤仙招了一下手，说“吃饭吧”。阿更因没有什么事情，遂又退了出去。

阿更退到外面，和别的茶役彼此瞎七搭八地谈了一会儿。因时已不早，大家也开始吃饭。正在这个时候，从二楼扶梯上走来一个四十六七岁的男子，身穿印度绸的长衫，脸上似乎笼罩着忧愁，慢步地只管在走廊里踱着。大约有了一刻钟点，阿更吃好了饭，一抿嘴唇，立身站起，只见那男子兀是徘徊不停。阿更觉得这人有些形迹可疑，遂走上前去，向他盘问道：

“你找几号房间？姓什么的？”

“三百十八号，姓张的。”

“这不是三百十八号吗？为什么不走进去？”

“我不能进去，请你帮我一些儿忙。”

阿更听那男子这样说，一时倒不禁为之愕然，望着他灰白的脸儿愕住了一会子，奇怪地问道：

“你为什么不能进去呀？”

“因为他……”

阿更听他只说了三个字忽然眼花缭乱，天花板上的电灯光顿时闪闪烁烁地暗淡起来，同时有一阵凉风吹过，那男子竟是不知去向了。阿更目睹此情，浑身一阵寒冷，不禁毛发悚然，暗想：我竟遇见了鬼。回头去瞧同伴们，他们吃好饭也都早已四散，三楼走廊里静得一些声息都没有，阿更害怕得浑身有些发抖。他想移步往楼下逃，但是说也奇怪，两脚好像有绳缚住着一样，却是动也不敢动一动。忽然背后有人伸手在肩上一拍，喊道：

“阿更，你只管向着十八号房间出神做什么？”

因为这是冷不防之间，又况且阿更是惊弓之鸟，所以这一吃惊更非同小可。及至听了这话，方才理会那是同事阿盛的声音，一时胆子就大了，连忙回过身去，握住了他手，很紧张地说道：

“阿盛，这事情我从来也没有碰到过，真奇怪，真奇怪极了。”

“什么事情竟使你奇怪得这个样儿？”

阿盛见他两颊灰白、又怕又惊的神气，一时也皱起浓眉，向他笑着问。阿更方才把刚才所遇的情形，向他告诉了一遍。阿盛听了，把手又向他肩胛拍了一下，笑道：

“哪有这一种事？你别见鬼。”

“唉！你怎么说别见鬼？我真见了鬼呀！阿盛，这是明明白白的事情，这绝不是做梦，他说叫我帮忙……帮忙……帮什么忙呢？……哦哦！莫非十八号里的客人，是曾害死他的吗？”

阿更见他还以为和自己开玩笑，便很认真地又说着，说到“帮忙”两字，他又把手儿抬到额角上去拍了拍，凝眸沉思了一会儿，忽然给他想出这一层意思来。阿盛到此，也有些疑神疑鬼，谁知正在这时，突然十八号房间里有女子急促的声音呼道：

“你……你……你……不能如此……我不依……我不依……”

两人听了这些急促的话声，大家顿时清醒过来。阿更暗想：房内不是有一男一女在吃饭吗？这男子还叫我买花生米下酒，这是怎么一回事？莫非果然不出我之所料，在实行非礼了吗？阿更这样说着，把见鬼的事情早已忘得一个干净，便伸手握着门拳，意欲开门进去，不料房门已经上了锁插，一时更加肯定强奸无疑，遂回头向阿盛说道：

“你快去报捕，我到隔壁房间里开门进去，把这撞破了再说。”

阿盛也知道明明是件强奸案，便回身急急奔下楼去。这时阿更便到十七号房间，这两间本来可以打通，客人要套房便都可借去，租单间时便把隔门锁了，钥匙就在阿更的手里掌管。当阿更在十七号房间内开钥匙时，只听十八号房间内的情形是相当紧张。那女子是只管娇喘吁吁，似乎正在死命地挣扎。阿更心里也别别乱跳，暗想：不要已给他跨在身子上了吗？就在这转念之间，房门早已被阿更拉开，见十八号房内通门口是塞着一张沙发，阿更斜眼望去，只见那女子被男的按倒在床上，男的脱得上下精赤，伸手正在剥女的衣裤。一时心里不觉大怒，也不及推开沙发，就跳栏一般地纵身过去，猛可步到大诚背后，伸手早已把他拖下床来。这时候忽然又有一阵砰砰蓬蓬的敲门声音响入耳鼓。阿更知道阿盛定已鸣捕到来，遂急把房门插锁拉开，房门外早已拥进四五个探捕来。一见大诚满面酒气，全身精赤，凤仙羞得两颊绯红，手儿拉着裤子，正在系上。探捕们瞧此情景，心中又好气又好笑，早已抽出皮鞭，先向大诚抽了两下，因为是光身，所以嗒嗒作响。大诚想不到甜的没有尝，却吃了这样的苦楚，忍不住痛得大喊起来。探捕们一面叫他着上衣裤，一面问他为什么强奸人家妇女，这女子从何拐来。大诚穿好衣裤，犹强辩说道：

“这是我自己的妻子，刚从乡下出来，难道夫妻不能行房事的吗？”

探捕们听他这样说，心中倒是一愕，急问凤仙：“这男子可是你的丈夫？”凤仙这时除了害怕和羞涩外，哪里还说得出一句话，浑身瑟瑟地只是发抖。阿更站在旁边，瞧此情景，便对她说道：

“你放心，不用害怕，只管实说，你可不是给他拐出来的吗?”

“是的，他强逼我要做他的妻子，我若不答应，他便要用斧头劈死我，请你们快把这狼心狗肺的人办罪吧!”

凤仙听阿更这样对自己说，胆子便大了一半，气得涨红了脸儿，很勇敢地诉说着。探捕见大诚刁得如此可恶，遂伸出蒲扇那样大手，在大诚颊上早已狠狠打了下去。一面带了大诚、凤仙，并叫阿更做见证，一同到捕房里去。

阿盛见阿更一夜未回，心里倒是十分着急。直到次日午后一时，方见阿更带着凤仙来了。阿盛忙问事情怎样了，阿更笑着告诉道：

“因为捕房已过办公时间，所以在今天早晨方才解送法院，这张大诚犯了拐骗妇女强奸未遂罪，处徒刑六个月。这位大嫂因和我是同乡，我愿意帮助送她回乡，所以法院当局遂允许给我带来了。”

阿更说着，一面叫凤仙到一间空房间坐下，一面又去买了二十只小馒头，给自己和她充饥，因为两人还没有吃过饭。凤仙站起来，向阿更深深鞠了一躬，说道：

“李先生，为了我真叫你累苦了，我心里实在非常感激。”

“黄大嫂，你别客气，人类在世界上，总要互相帮助，那才好。况且我们又属同乡，那不是理所应该的吗?”

凤仙听他这样说，也只好含笑罢了。阿更一面请她吃馒头，一面又问她家里尚有什么人，预备何日动身，还喜欢在上海住几天。凤仙道：

“李先生为人这样热心，我不得不老实告诉你……”

凤仙说着，遂把自己的婆婆是个这样凶狠的人，终日虐待，那日因买块冰吃消热，不料婆婆在里面大喊，因为心中一急，吞了下去，以致昏厥。他们还道我死去了，所以成殓抛在野外，幸遇姓薛的搭救，不料大诚起了歹心，将姓薛的斫死，又要把自己强占为妻的话，详细诉说一遍。阿更听了，“咦咦”起来说道：

“啊哟！这样说来，我昨夜瞧见的那个四十六七岁的男子，竟真是姓薛的冤魂出现了。唉！你这人糊涂，那么在法院里，你为什么把这件事情不说出来？这不是太便宜了这个大诚了吗？”

凤仙听他这样说，一时真奇怪得很，便忙问姓薛的怎么冤魂出现了。阿更遂把昨夜所见也告诉一遍，凤仙听了，也深悔没有说出，忍不住长叹了一声，说道：

“姓薛的救了我性命，可是反累他丧命，本来我原该给他报仇……但我心中也有不得已的苦衷，因为这事情一闹开来，我就要仍旧陷到恶家庭里去受苦。反正一个人有气力做事，不是在上海也可以混口饭吃吗？”

阿更听她说出这个话儿，倒是愕住了一会子，望着她粉颊儿，奇怪道：

“什么？你不预备回家去了吗？”

“嗯，我想在上海给人家帮佣，你有没有东家给我介绍一份啦？”

凤仙频频点了一下头，秋波脉脉地向他瞟了一下，却是微微地笑。阿更见她这样娇媚的意态，心里也不免一动，说道：

“你不回乡去，难道你不想和你丈夫去团圆了吗？”

“我们年纪都轻，分开两年要什么紧？我知道丈夫很好，他不会立刻就娶妻子。将来这恶婆死了，我回去也不迟哩。”

凤仙听他这样问，两颊有些儿红晕，雪白的牙齿微咬着鲜红的嘴唇皮子，瞟他一眼，似乎羞涩中还带了愤恨的成分。阿更听她说她丈夫有这样好，一时不免也想起自己的妻子来。离家五年了，不知她是怎个样儿了。想着了妻子，对于凤仙自己比较诚恳一些了，遂点了点头，说道：

“既然你愿意这样，我总可以尽力地帮助你。”

凤仙当然是千恩万谢地感到心头。过了几天，阿更果然给她荐到一份人家去帮佣，主人是个四十多岁的男子，银行办事，有妻子女儿四五人。凤仙从此以后，便也安心地给人家料理厨房事了。

光阴是过得非常快，梧桐叶落，篱外菊残，转眼之间，不知不觉竟又到了雨雪纷飞寒冬的季节了。这是一个星期日的下午，凤仙因为主人家要吃点心，所以差到外面去买牛肉包子。正在人行道上走着，忽然见迎面走来一男一女，男的西装革履，外披厚呢大衣。女的身穿丝绒旗袍，海虎绒大衣，且头上烫发，脚下高跟皮鞋，实在是个都市里的摩登小姐。不过她的脸儿是太惹凤仙注意了，及至走近来一瞧，不但凤仙“哟”了一声叫起来，就是那摩登小姐也“咦咦”地响着。两人不约而同地指着问道：

“你是兰姑……你是兰姑吗?”

“哟！嫂嫂！你是人还是鬼？怎么你竟在上海呀?”

原来这个摩登小姐便是阿兰，那么这个西服少年当然是薛松涛了。阿兰自从跟松涛到上海，在学校附近租了房子住下，松涛果然照着预定的计划做去，在这五六个月中，阿兰经松涛尽心教书识字，知识着实开通了不少。最近大考完毕，学校将要放寒假了，松涛趁着今日暇日，便在阿兰住的屋子里闲谈，说起父亲消息，到现在还是石沉大海，想来总是凶多吉少，不免暗暗伤心。阿兰为了要解去松涛烦恼，所以劝他一同到外面来走走散心，不料无意中和凤仙相遇，这使阿兰的一颗芳心当然是惊喜交集的了。当时凤仙听阿兰问自己是人还是鬼，真觉非常沉痛，忍不住抢步上前，握住她手，眼泪夺眶而出，说道：

“兰姑，我实在已经死过去了，如今真可说是第二世做人了。唉……你怎也会在上海呀？这位先生可不就是姓薛的吗?”

凤仙说到这里，又叹了一声，含了猜疑的目光，向阿兰身上细细地打量，显然阿兰这样的服装使她有些儿奇怪。松涛听她向自己招呼，便忙也说道：

“不错，我们在黄叶村里不是见过面了吗？我听阿兰告诉，说你得急症死了，我倒代你伤心了多时，不料嫂子还在世上呢。”

“这事情说来话长，岂是一言能完，你们现在到哪儿去?”

“嫂嫂，对面有个小馆子，我们进去坐会儿谈吧。”

随了阿兰这一句话，于是三人走进那家小馆子，找了座桌坐下。伙计来问吃什么点心，松涛因为急于要说话，便胡乱点了三碗汤面。凤仙且不告诉，先向两人望了一眼，微笑道：

“薛先生和兰姑可不是已结了婚吗?”

阿兰被凤仙这样一问，羞得两颊绯红，低下头儿，默不作声。松涛不便隐瞒，只好厚着脸皮，向她从实告诉一遍。凤仙这才恍然大悟，便向阿兰笑道：

“不自由，毋宁死。为自己的终身幸福打算，你出此下策，我认为是很合理的。兰姑，你不用怕羞的。那么小毛的消息，你可有常得到吗？”

阿兰听嫂嫂很同情自己，心中当然十分感激，抬头正欲回答，忽然松涛凝眸望了凤仙一眼，奇怪地道：

“什么？你说的小毛是哪个呀？”

“小毛是我的哥哥，他在城里一家主人那儿做仆人，我自离开黄叶村，哥哥的消息却不甚详细。”

凤仙想着小毛得知自己已死消息，可怜他真不知要如何伤心，自然十分难受。不料松涛却咯咯笑起来，说道：

“小毛是不是十九岁了？他就是在我家里做仆人呀！暑假回家，见他这人很有造就，所以教他珠算写字，现在我早已把他介绍到爸开的绸庄里办事去了呀！阿兰，你真糊涂！为什么不在我面前提起你的哥哥名儿呢？不然不是可以早明白了吗？”

“你这话可真的吗？”

凤仙阿兰两人听他说小毛已介绍到绸庄里办事去，大家不约而同地问出了这一句，显然这意态两人内心是感到无限的喜悦。松涛眉毛儿一扬，转着眸珠，笑道：

“我骗你们干吗？哈哈！有情人终成眷属，嫂子，你不是和小毛哥又可以团圆了吗？”

凤仙被他这样一说，虽然是万分娇羞，但羞涩已抵不住喜悦的成分。她的颊儿红润了，久不见掀起来的笑窝儿这就始终不能平复了。松涛、阿兰见她这份儿得意神气，自然也非常快乐。过了一会儿，两人方才追问凤仙的经过情形。凤仙也就絮絮地告诉了一个详细，松涛听那商人名叫“薛连雄”三字，他的脸色顿时变成了惨白，叫了一声“啊哟”，竟倒向阿兰怀里昏厥了过去。阿兰似乎有些理会，凤仙弄得莫名其妙，一面又吓得了不得，两人急把松涛喊醒。松涛淌泪不已，叹了一声，说道：

“爸爸果然含冤而死了。唉！这张大诚简直杀不可赦，我现在立刻请律师告他去。嫂子，我想，你也别给人家去帮佣了，反正阿兰一个人住着，你不妨去和她做个伴，将来一同回乡不是很好吗？阿兰，你此刻伴你嫂子一同到主人那儿回绝生意去，我就立刻去请律师商量这事情。”

松涛说完这话，不及两人回答，收束泪痕，身子早已向外面奔了。这时伙计把三碗汤面端上，但凤仙、阿兰姑嫂两人哪里还吃得下面，遂付了面钱，也匆匆地走了。面店里伙计瞧了这个情景，真所谓弄得丈二和尚摸不着头脑，心里好笑，乐得把三碗汤面稀里呼噜吃了一个饱。

阿兰伴凤仙到主人家里去辞了职，然后两人携手回家，姑嫂两人谈着过去往事，大家不免又淌了一会儿泪。傍晚时候，松涛来说，海百平律师已向法院提起诉讼，明天前去听他回话。

到了明天，松涛便匆匆到海律师事务所去听回话，叫凤仙、阿兰候在家里，约莫一个钟点后，松涛便回来了，顿足叹道：

“唉！真便宜了他！真便宜了他！”

凤仙、阿兰忙问这是什么话，松涛眼皮儿一红，又淌下泪来，说道：

“海律师说，法院当局谓此犯于三个月前突然生了怪病，一会儿把头撞壁，一会儿以手抓颊，将自己身子作践得体无完肤，最后医治无效，竟七孔流血而死。死后经医师验尸，却验不出究系何病，这事情不是透着有些儿奇怪吗？”

“嗯！嗯！这一定是老伯有灵，把他万恶的人活捉去了。”

凤仙听他这样说，便很肯定地猜测着。松涛虽然不信有鬼有灵，但觉得此事终究稀奇，三人暗暗叹息一会儿，松涛又淌泪道：

“明天学校放假，我们就此回乡，也好早日去收拾爸爸的遗体哩。”

两人听说，一面点头答应，一面也淌下泪来。一宵易过，到了次日，凤仙先往阿更那里去辞行，阿更说道：“很好，你且先回去，今年我也想回乡一次，大概迟两三天动身。”于是两人分手别去，凤仙到了家里，只见阿兰、松涛已整理好皮箱，大家遂坐汽车开到火车站去。

三人到了家里，来开门的是李妈。李妈见少爷带了两个女子回来，心里自然十分奇怪，一面关门，一面大喊少爷回家了。就在这时候，只见小毛身穿别烟色的棉袍子，很快地从上房里先迎出来，口喊："少爷，今天真巧，齐巧我来拜望老太太……"不料话还未完，瞥眼瞧见凤仙和阿兰两人跟在松涛的后面，一时真稀奇得目定口呆，竟怔怔地愕住了。松涛忙说道：

"小毛哥，你的夫人没有死，给我从上海找回来了，你该怎样谢谢我?"

这时凤仙早已抢步上前，夫妻两人相对凝望良久，还道都在梦中，紧紧握着手儿，说不出一句话，只有那满眶子里的眼泪，让它大颗儿地滚下来。李妈站在旁边，方知小毛妻子回来了，一时想起自己丈夫，也不免有些伤心。薛老太在上房里，听儿子回来，便也走到客堂里，见小毛拉着一个女子，两人暗暗哭泣，松涛身旁，也有一个很秀丽的姑娘站着，一时也奇怪得呆住了。松涛见了妈妈，早已奔了上去，哭起来道：

"妈妈，我的爸……果然是被歹人……害死了……"

"哟！儿呀，你你你这是什么话？打哪儿来的消息啊?"

薛老太听了这个消息，仿佛是一支利箭穿过了心胸那样疼痛，话声是颤抖着，脸色本来是憔悴的，此刻更变得惨白，她的眼泪已像雨一般掉下来。松涛叹了一声，含泪说道：

"想不到我爸的死，和小毛哥夫人却有连带的关系。"

松涛说到这里，遂把经过的事统统告诉了一遍。小毛这才恍然了，薛老太也明白了，因为丈夫确实死了，伤心已极，忍不住呜咽不止。凤仙瞧此情景，离了小毛，早向薛老太跪倒，哭道：

"老伯为了救我性命，反害了他的自身，唉，这我是多么抱歉和心痛！现在所幸仇人已死，想老伯亦可安慰九泉。老太太若不嫌我粗笨，我愿认为义母，永远服侍你老人家，以报老伯救命之恩……"

薛老太听凤仙这样说，也只好收束泪痕，细瞧凤仙面目，果然秀丽可爱，遂伸手把她扶起，抚着她手儿，温和地说道：

"这都是前生结下的冤孽，所以今生有此事情的发生。姑娘，你也不必抱歉，我膝下真的没有一个女儿，小毛这孩子我也很喜欢，那么承你不弃，你就做我的女儿了吧！"

小毛一听，真是喜之不胜，早也抢上一步，和凤仙双双地又拜了下去，薛老太到此也不免破涕为笑。这时松涛见凤仙和妈认了母女，心里也很快乐，便和小毛夫妇两人见礼。薛老太又问阿兰是谁，松涛不好意思告诉，红了脸儿，以目视凤仙。凤仙知道他叫自己帮忙了，遂笑盈盈地告诉道：

"妈妈，她是小毛的妹子，是女儿的姑娘，哥哥和她的感情可不错，你老人家若喜欢的话，那么女儿的姑娘，也许就是女儿的嫂子哩！兰姑，别怕羞，先来叩见伯母再说吧。"

松涛听凤仙这样鼓吹，自然十分感激，掀起了笑容，只是微笑。阿兰两颊是娇红得可爱，芳心是只觉无限甜蜜，挨步过去，向薛老太亲亲热热叫声伯母。薛老太见阿兰秀丽脱俗，因为一日之间既得了一个女儿，又得了一个媳妇，所以把伤心连雄的心也略为减些。

晚上，薛老太主张明天就雇工人到那边去做大坟，将连雄安葬。并且宣布松涛阿兰既情投意合，于今夜结亲，因为明日大家都要披麻戴孝，这样连雄虽死，总算也有个媳妇女儿哭几声了。松涛心中是又悲又喜，脸上虽有喜色，却又挂了两行热泪。阿兰芳心虽喜，表面上是默不作声。这时候小毛以兄长的资格，遂一口允许。薛老太大喜，当夜便即举行婚礼，祭过祖先，方才送入洞房。光阴匆匆，过了三天，连雄的大坟早已筑好，松涛、阿兰、小毛、凤仙、薛老太等都亲自在三尺新坟之前，一一哭祭过了。这天下午，大家正在客堂里闲坐，忽然有人敲门，小毛抢先便去开了。只见进来一个男子，小毛正欲问找哪家，不料凤仙一眼瞧见，早已嚷起来道：

"咦！你不是李阿更先生吗？怎么知道我在这儿啊？"

"我昨天回家，母亲告诉我，说我妻子李妈在这儿帮佣，所以我来望望她，预备叫她回去。"

原来李阿更就是李妈的丈夫李更生，他一见凤仙也在，心里也很奇怪，便微笑着告诉。这时李妈从上房里出来，见了更生，心中也不免惊喜交集，望着他倒是愣住了。松涛、小毛等见凤仙竟和李妈的丈夫认识，大家茫无头绪，自然也不明白。凤仙遂忙把旅馆内幸亏一个茶房援救方才免辱，这个茶房就是李更生的话向大家说了一遍，众人这才恍然大悟。小毛心中暗暗思忖，淫人妻女，妻女淫人，这是不错的，如今我和更生两人，可说投我以桃、报之以李了。我保全他妻子贞节，想不到他也救了我妻子的贞操，这岂不是冥冥中的因果吗？一时十分得意，和更生握手问好。更生知道他是凤仙的丈夫，便也客气一会儿，并告诉自己来意。薛老太自然不便为难人家，遂叫李妈算清工资，让他们一对五年不见的夫妻团圆去了。

过了两天，小毛和阿兰想着了妈妈，便和薛老太商量要回家去探望一次。薛老太当然答应，并叫松涛一同前去拜见岳母，还备了许多礼品。

两对小两口子提了许多物件，一路上喜气洋洋，到了黄叶村里自己的家院。只见院子的门儿半掩着，四人跨步进内，都是寂寞无声，满院黄叶纷飞，瑟瑟作响，景象颇为凄凉。小毛和阿兰叫了两声妈妈，却并不听有人答应，大家心里好生奇怪。正在这时，忽然见草堂上走出一个白发老人，弯了背脊，向众人望了一眼，问找哪个。小毛、阿兰听他这样问，因为这是自己的家，当然不胜惊讶。小毛忙道：

“这儿是黄小毛的家里呀？你是谁啦？”

“不错，三个月前确实这屋子里是姓黄的住着，现在他们搬走了。你们不信，瞧瞧屋子里物件不是都换样了吗？”

小毛、阿兰、凤仙听了，探头向屋子里一望，果然景物全非。因问搬到什么地方去了，那老人摇了摇，表示并不晓得。小毛等没法，只好退出院子，预备去问熟悉的邻居。齐巧西邻的黄阿根匆匆走过，他一见凤仙，奇怪得跳起来，因为他亲眼瞧见凤仙在夏天里是中暑死了，为了自己多管闲事，还和柴氏吵了一场。小毛遂告诉缘由，并探问妈搬到什么地方去了。黄阿根叹了一声，说道：

“我听说赵阿四家里的女人死了，你妈把屋子里一切家具统统卖掉，竟跟着阿四去做赵家人了。”

阿根这两句话，直把四个人的脸儿都说得绯红了。大家面面相觑，小毛和阿兰的眼角旁，同时又展现了一颗晶莹莹的眼泪。

天空是这样灰暗，西北风一阵一阵不停地吹送，密密的彤云来回地飘浮，仿佛有落雪的光景。小毛、阿兰、凤仙、松涛手里提着一挈一挈的礼物，拖移着沉重的步伐，满心怀了沉重的悲哀，踏上回城的道路。当刺人的西风扑面的时候，各人都感到了一阵说不出凄凉的滋味。

附　　录

从鸳鸯蝴蝶派谈到冯玉奇小说

裴效维

《民国通俗小说典藏文库·冯玉奇卷》将收录冯玉奇的百余种小说作品，此举极其不易。现在，我愿以这篇文章给出版者呐喊助威。尽管我人微言轻，但我毕竟是一个中国文学的研究者，为鸳鸯蝴蝶派说些公道话是我的责任。

冯玉奇是一位鸳鸯蝴蝶派作家，因此我们要想了解冯玉奇，必须首先厘清有关鸳鸯蝴蝶派的一些问题。

一、何谓鸳鸯蝴蝶派

鸳鸯蝴蝶派作家平襟亚在《关于鸳鸯蝴蝶派》（署名宁远）一文中对鸳鸯蝴蝶派的来历说得很清楚：

> 鸳鸯蝴蝶派的名称是由群众起出来的，因为那些作品中常写爱情故事，离不开“卅六鸳鸯同命鸟，一双蝴蝶可怜虫”的范围，因而公赠了这个佳名。
>
> ——载香港《大公报》1960 年 7 月 20 日

可见鸳鸯蝴蝶派并不是一个有组织有宗旨的小说流派，而是因为当时流行的言情小说多写一对对恋人或夫妻如同鸳鸯蝴蝶般相亲相爱，形影不离，因而民间用鸳鸯蝴蝶小说来比喻这种言情小说，那么这种言情小说的作家群当然也就是鸳鸯蝴蝶派了。这种说法应该是可信的，因为民间常用鸳鸯和蝴蝶来比喻恋人或夫妻，很多民间文学作品中不乏其例。这一比喻非常形象生动，但并无褒贬之意，因此不胫而走。

传到新文学家那里，便加以利用，并赋予贬义，作为贬低对手的武器。但新文学家对鸳鸯蝴蝶派的界定并不一致，大致有两种看法。

一种看法认同民间的比喻说法，即将鸳鸯蝴蝶派小说局限为通俗小说中的言情小说，将鸳鸯蝴蝶派局限为言情小说作家群。鲁迅是这种看法的代表，他在1922年所写的《所谓“国学”》一文中说：“洋场上的文豪又作了几篇鸳鸯蝴蝶派体小说出版”，其内容无非是“‘卿卿我我’‘蝴蝶鸳鸯’”（载《晨报副刊》1922年10月4日）。又于1931年8月12日在社会科学研究会做了《上海文艺之一瞥》的长篇演讲，其中对鸳鸯蝴蝶派小说更做了形象而精辟的概括：

> 这时新的才子+佳人小说便又流行起来，但佳人已是良家女子了，和才子相悦相恋，分拆不开，柳阴花下，像一对蝴蝶、一双鸳鸯一样。
>
> ——连载于《文艺新闻》第20、21期

此外，周作人、钱玄同也持这种看法。周作人于1918年4月19日在北京大学文科研究所小说研究会做《日本近三十年小说之发达》的演讲中，就说现代中国小说“还有《玉梨魂》派的鸳鸯蝴蝶体”（载《新青年》第5卷第1号）。次年2月，周作人又发表《中国小说里的男女问题》（署名仲密）一文，认为“近时流行的《玉梨魂》，虽文章很是肉麻，（却）为鸳鸯蝴蝶派小说的鼻祖”（载《每周评论》第5卷第7号）。与周作人差不多同时，钱玄同在1919年1月9日所写的《“黑幕”书》一文中也说：“人人皆知‘黑幕’书为一种不正当之书籍，其实与‘黑幕’同类之书籍正复不少，如《艳情尺牍》《香闺韵语》及‘鸳鸯蝴蝶派小说’等等皆是。”（载《新青年》第6卷第1

号）这种看法后来被人称之为“狭义的鸳鸯蝴蝶派”看法。

另一种看法却将鸳鸯蝴蝶派无限扩大，认为民国年间新文学派之外的所有通俗小说作家都是鸳鸯蝴蝶派，他们的所有通俗小说都是鸳鸯蝴蝶派小说。这种看法的代表人物是瞿秋白和茅盾。瞿秋白从小说的内容方面来扩大鸳鸯蝴蝶派小说的范围，他在《财神还是反财神》一文中说，“什么武侠，什么神怪，什么侦探，什么言情，什么历史，什么家庭”小说，都是鸳鸯蝴蝶派小说（见人民文学出版社1953年10月版《瞿秋白文集》）。茅盾则从小说的形式方面来扩大鸳鸯蝴蝶派小说的范围，他在《自然主义与中国现代小说》一文中认定鸳鸯蝴蝶派小说包括“旧式章回体的长篇小说”“不分章回的旧式小说”“中西合璧的旧式小说”“文言白话都有”的短篇小说（载1922年7月《小说月报》第13卷第7号）。这种看法后来被人称之为“广义的鸳鸯蝴蝶派”看法，而且逐渐成为主流看法，以致后来的文学研究者都接受了这种看法。

新文学家不仅在鸳鸯蝴蝶派的界定问题上分成了两派，而且在鸳鸯蝴蝶派的名称上也花样百出。如罗家伦因为徐枕亚等人好用四六句的文言写小说，便称其为“滥调四六派”（见署名志希的《今日中国之小说界》，载1919年《新潮》第1卷第1号），但无人响应。郑振铎因为《礼拜六》杂志为鸳鸯蝴蝶派的主要刊物之一，便称其为“礼拜六派”（见署名西谛的《新文学观的建设》一文，载1922年5月21日《文学旬刊》第38号）。这一说法得到了周作人、茅盾、瞿秋白、朱自清、阿英、冯至、楼适夷等人的响应，纷纷采用，以致使用频率越来越高，知名度越来越大，终于成为鸳鸯蝴蝶派的别称了。于是“鸳鸯蝴蝶派”和“礼拜六派”两个名称便被新文学家所滥用。如郑振铎在《新文学观的建设》一文中称“礼拜六派”，而在《〈文学论争集〉导言》一文中却称“鸳鸯蝴蝶派”（见上海良友图书公司1935年10月出版的《新文学大系·文学论争集》卷首）。还有人在同一篇文章里既称鸳鸯蝴蝶派，又称礼拜六派。如阿英在1932年所写的《上海事变与鸳鸯蝴蝶派文艺》一文中说：张恨水的所谓“国难小说”，与“礼拜六派的作品一样，是鸳鸯蝴蝶派的一体”，“充分地说明了鸳鸯蝴蝶派的作家的本色而已”（见上海合众书店 1933 年 6 月出版的《现代中国文学论》）。

茅盾在 20 世纪 70 年代觉得统称鸳鸯蝴蝶派或礼拜六派都不合适，于是提出了一个折中的看法，他在《紧张而复杂的生活、学习与斗争（上）——回忆录（四）》中说：

> 我以为在“五四”以前，“鸳鸯蝴蝶派”这名称对这一派人是适用的。……但在“五四”以后，这一派中有不少人也来“赶潮流”了，他们不再老是某生某女，而居然写家庭冲突，甚至写劳动人民的悲惨生活了，因此，如果用他们那一派最老的刊物《礼拜六》来称呼他们，较为合式。
>
> ——载 1979 年 8 月《新文学史料》第 4 辑

事实是该派在“五四”前后没有根本变化，都是既写言情小说，又写其他小说，将其人为地腰斩为两段，既显得武断，又无法掩盖当时的混乱看法。

这些混乱的看法导致后来的文学研究者无所适从：或沿用“鸳鸯蝴蝶派”的说法（如北大本《中国文学史》和《中国小说史稿》、复旦本《中国文学史》和《中国近代文学史稿》等）；或沿用“礼拜六派”的说法（如山东师院本《中国现代文学史》等）；或干脆别出心裁地称之为“鸳鸯蝴蝶—礼拜六派”（见汤哲声《鸳鸯蝴蝶—礼拜六小说观念的价值取向及其评价》，载《苏州大学学报》1992 年第 2 期）。这可真算是中国小说史上的一出有趣的滑稽戏了。

二、如何评价鸳鸯蝴蝶派

鸳鸯蝴蝶派的开山作品是 1900 年陈蝶仙的言情小说《泪珠缘》，因此鸳鸯蝴蝶派应该是指言情小说派，这也就是后来的所谓“狭义的鸳鸯蝴蝶派”，但被新文学家扩大为“广义的鸳鸯蝴蝶派”，实际上也就是民国通俗小说派。

鸳鸯蝴蝶派与同时期的“南社”不同，既没有组织，也没有纲领，而是一个在思想倾向和艺术风格上大体相同或相近的小说流派，连“鸳鸯蝴蝶派”这一招牌也是别人强加给它的。然而客观地说，鸳鸯蝴蝶派确实是一个产生过巨大影响的小说流派。在“五四”以前的近二十年间，它几乎独占了中国文坛；在“五四”以后的三十年间，虽然产生了新文学，但新文学只是表面上风光，而鸳鸯蝴蝶派却一派兴旺发达景象。我对“广义的鸳鸯蝴蝶派”做过不完全的统计：该派作家达数百人，较著名者有一百余人，所办刊物、小报和大报副刊仅在上海就有三百四十种，所著中长篇小说两千多种，至于短篇小说、笔记等更难以计数。在此前的中国文学史上，还没有哪个文学流派有过如此宏大的规模，产生过如此巨大的影响。

鸳鸯蝴蝶派由于规模宏大，又处在历史的一个巨变时期，其成员的确鱼龙混杂，其作品也良莠不齐，但总体来说，它形象地记录了中国二十世纪前五十年的历史，为中国读者提供了丰富的精神食粮，对中国小说的传承起过积极作用，因此应该给予充分的肯定。

鸳鸯蝴蝶派小说已经不是中国传统通俗小说的复制，而是一种改良的通俗小说。在形式方面，它既采用章回体，也采用非章回体，甚至采用了西洋小说的日记体、书信体等，至于侦探小说则更是完全模仿自西洋小说。在艺术手法方面，受西洋小说的影响非常明显，如增加了人物形象和景物描写，结构与叙事方式也趋于多样化，单线和复线结构并用，第三人称和第一人称叙述法兼施，还采用了倒叙法和补叙法。在内容方面，鸳鸯蝴蝶派小说已经扩大了描写范围，反映了当时社会生活的各个方面，甚至已经紧跟时事，及时反映当前的社会现实，被称为“时事小说”。如李涵秋的《广陵潮》描写辛亥革命，而他的《战地莺花录》则描写五四运动，这种及时反映当时发生的重大政治事件的小说，与多写历史故事的古代小说完全不同，显然是一大进步。鸳鸯蝴蝶派的言情小说，也不同于古代的才子佳人小说，而是一种新才子佳人小说。

古代的才子佳人小说因面对森严的封建礼教，只能写才子与佳人偶尔一见钟情，以眉目传情或诗书传情的方式进行交流，最后皆是有情人终成眷属的大团圆结局。而这种大团圆结局完全是人为的：或出于巧合，或由于才子金榜题名，皇帝御赐完婚，这就完全回避了封建包办婚姻的问题。而民国年间的封建礼教已经在一定程度上松绑，尤其像上海、北京等大城市得风气之先，恋爱自由和婚姻自主思想已经渐入人心。因此有些鸳鸯蝴蝶派的言情小说也突破了古代才子佳人小说的窠臼，才子佳人已经敢于“相悦相恋，分拆不开，柳阴花下，像一对蝴蝶、一双鸳鸯一样”。其结局也不再全是有情人终成眷属的大团圆，而是“有时因为严亲，或者因为薄命，也竟至于偶见悲剧的结局……这实在不能不说是一个大进步”（鲁迅《上海文艺之一瞥》，连载于1931年7月27日、8月3日《文艺新闻》第20、21期）。言情小说由大团圆结局到悲剧结局的确是一个大进步，因为前者是回避封建包办婚姻礼制，而后者是控诉封建包办婚姻礼制。而这一进步的开创者是曹雪芹和高鹗，他们在《红楼梦》里所写的婚姻差不多都是悲剧。因此胡适称赞《红楼梦》不仅把一个个人物“都写作悲剧的下场”，而且最后“作一个大悲剧的结束，打破了中国小说的团圆迷信”（《〈红楼梦〉考证》，见1923年亚东图书馆版《胡适文存》）。可见鸳鸯蝴蝶派的言情小说在一定程度上继承了《红楼梦》开创的爱情婚姻悲剧模式，因而具有相当的反封建意义。我们可以徐枕亚的《玉梨魂》为例加以说明，因为该小说被新文学家指为鸳鸯蝴蝶派的代表性作品。

《玉梨魂》的故事很简单——清末宣统年间，小学教员何梦霞与年轻寡妇白梨影相爱，但两人均认为他们的这种行为是不道德的。为了得到感情的解脱，白梨影想出个“移花接木”的办法，即撮合何梦霞与自己的小姑崔筠倩订了婚。然而何梦霞既不能移情于崔筠倩，白梨影也无法忘情于何梦霞，结果造成了一连串的悲剧——白梨影在爱情与道德的激烈冲突下郁郁而死；崔筠倩因得不到何梦霞之爱而离开了人世；白梨影的公公因感伤女儿、儿媳之死而一病身亡；白梨影的十岁儿子鹏郎成了孤儿。何梦霞为排遣苦闷，先赴日本留学，继又回国参加了辛亥武昌起义（即辛亥革命），壮烈牺牲。

《玉梨魂》不仅描写了一个爱情婚姻悲剧，而且不同于一般的爱情婚姻悲剧。一般的爱情婚姻悲剧都是由封建势力造成的，即由包办婚姻造成的；而《玉梨魂》所写的爱情婚姻悲剧，其原因却是何梦霞和白梨影自身的封建道德。他们既渴望获得恋爱自由和婚姻自主的权利，又不能摆脱封建道德和封建礼教的束缚，两者激烈冲突，造成三死一孤的惨剧。从而揭露了封建道德和封建礼教的影响力是多么巨大，它已深入人们的骨髓，使其不能自拔。因此，它的反封建意义比一般的爱情婚姻悲剧更为深刻。

其实，新文学阵营也不是铁板一块，虽然大多数新文学家对鸳鸯蝴蝶派全盘否定，但也有少数新文学家态度比较客观，他们对鸳鸯蝴蝶派也给予一定的肯定。鲁迅是其中最突出的一位，他不仅认为某些鸳鸯蝴蝶派的悲剧言情小说是“一大进步”，而且不同意某些新文学家对鸳鸯蝴蝶派消极影响的夸大其词。他说：

> 至于说他流毒中国的青年，那似乎是过虑。倘有人能为这类小说所害，则即使没有这类东西也还是废物，无从挽救的。与社会，尤其不相干，气类相同的鼓词和唱本，国内非常多，品格也相像，所以这些作品也再不能“火上添油”，使中国人堕落得更厉害了。
>
> ——《关于〈小说世界〉》，载《晨报副刊》1923年1月15日

这种客观的观点与前述周作人无限夸大鸳鸯蝴蝶派作品能使国民生活陷入“完全动物的状态”乃至“非动物的状态”的观点形成了鲜明对比。当抗日战争爆发后，鲁迅更提倡文学界的抗日统一战线，主张团结鸳鸯蝴蝶派一起抗日。他说：

我以为文艺家在抗日问题上的联合是无条件的，只要他不是汉奸，愿意或赞成抗日，则不论叫哥哥妹妹，之乎者也，或鸳鸯蝴蝶都无妨。但在文学问题上我们仍可以互相批判。

——《答徐懋庸并关于抗日统一战线问题》，
载《作家》月刊第1卷第5期

鲁迅不仅提倡团结鸳鸯蝴蝶派一起抗日，而且主张新文学派与鸳鸯蝴蝶派在文学问题上“互相批判”，这种平等对待鸳鸯蝴蝶派的度量，也与那些视鸳鸯蝴蝶派如寇仇，必欲置诸死地而后快的新文学家形成了鲜明对比。

对鸳鸯蝴蝶派给予肯定的不只鲁迅，还有朱自清和茅盾。朱自清认为供人娱乐是中国传统小说的特点，因此不赞成将“消遣”作为罪状来批判鸳鸯蝴蝶派小说。他说：

在中国文学的传统里，小说……更是小道中的小道，就因为是消遣的，不严肃。不严肃也就是不正经，小说通常称为“闲书”，不是正经书。……鸳鸯蝴蝶派的小说意在供人们茶余酒后的消遣，倒是中国小说的正宗。

——《论严肃》，载《中国作家》创刊号

茅盾也承认鸳鸯蝴蝶派小说也“写家庭冲突，甚至写劳动人民的悲惨生活”。他还从艺术性方面对鸳鸯蝴蝶派小说给予一定肯定。他认为鸳鸯蝴蝶派的有些长篇小说“采用西洋小说的布局法”，如倒叙法、补叙法，以及人物出场免去套语、故事叙述“戛然收住”等等，这一切是对“旧章回体小说布局法的革命”。还认为鸳鸯蝴蝶派的有些短篇小说学习了西洋短篇小说“截取一段人生来描写，而人生的全体因之以见”的方法：“叙述一段人事，可以无头无尾；出场一个人物，可以不细叙家世；书中人物可以只有一人；书中情节可以简至只是一段回忆。……能够学到这一层的，比起一头死钻在旧章回体小说的圈子里的人，自然要高出几倍。”（《自然主义与中国现代小说》，载1922年7月10日《小说月报》第13卷第7号）

鲁迅、朱自清、茅盾毕竟属于新文学派，因此他们对鸳鸯蝴蝶派的肯定是有限的。我们应该摆脱成见与束缚，从中国文学史的角度，对鸳鸯蝴蝶派做出客观公正的评价。

三、如何看待冯玉奇的小说

我们澄清了以上有关鸳鸯蝴蝶派的三个问题，等于为介绍冯玉奇的小说提供了一个坐标，也等于为读者提供了一把参照标尺。读者用这把标尺，就可自行评判冯玉奇的小说了。

冯玉奇于1918年左右生于浙江慈溪，笔名左明生、海上先觉楼、先觉楼，曾署名慈水冯玉奇、四明冯玉奇、海上冯玉奇。据说他毕业于浙江大学（一说复旦大学）。1937年九一八事变后寄居上海，感山河破碎，国事蜩螗，开始写作小说以抒怀。其处女作为《解语花》，由上海春明书店出版。出版后旋即由东方书场改编为同名话剧，演出后轰动一时。那时他才十九岁。由此一发而不可收，至1949年7月《花落谁家》出版，在短短十来年时间里，他创作的小说竟达一百九十多种，平均每年近二十种，总篇幅应该不少于三千万字，只能用“神速”来形容。这时他只有三十一岁。近现代文学史料专家魏绍昌先生（已去世）所编《鸳鸯蝴蝶派研究资料（史料部分）》（上海文艺出版社1962年10月出版）开列的《冯玉奇作品》目录只有一百七十二种，也有遗珠之憾。不过我们从这一目录中仍可确定冯玉奇是一位以写言情小说为主的通俗小说作家，因为在一百七十二种小说中，言情小说占有一百二十二种，其他小说只有五十种：社会小说三十四种、武侠小说十四种、侦探小说两种。

冯玉奇不仅是一位写作神速且极为多产的通俗小说作家，还是一位热心的剧作家和剧务工作者。早在他二十六岁（1944 年）时，就担任了越剧名伶袁雪芬的雪声剧团的剧务，并为之创作了《雁南归》《红粉金戈》《太平天国》《有情人》《孝女复仇》五大剧本，演出效果全都甚佳。在他二十七到二十八岁（1945～1946）时，又与他人合作，前后为全香剧团和天红剧团编导了《小妹妹》《遗产恨》《飘零泪》《义薄云天》《流亡曲》等二十多个剧本，演出效果同样甚佳。可见冯玉奇至少写过十几个剧本。

冯玉奇一生所写的小说和剧本总计不下两百五十种，总篇幅可能达到四千万字以上，是名副其实的“著作等身”，是当之无愧的中国最多产的作家，号称多产的同派小说家张恨水也难望其项背。当时的文学作品已是一种特殊商品，冯玉奇的小说如此畅销，其剧本演出又如此轰动，这足可以证明其受人欢迎，这就是读者和观众对冯玉奇的评价，它比专家的评价更为准确，也更为重要。遗憾的是，我们无法看到他的剧作和三十岁以后的作品，也不知其晚景如何，卒于何年。

从冯玉奇的生活年代和创作时段来看，他显然是鸳鸯蝴蝶派的后起之秀，所以尽管他作品如此之多，影响如此之大，而同派的老前辈却很少提到他，这也是“文人相轻”的表现之一。

按说要介绍冯玉奇的小说，应该将其全部小说阅读一遍，但我没有这么多时间，也没有这么大精力，因而只向中国文史出版社借阅了《舞宫春艳》《小红楼》《百合花开》三种，全都是言情小说。因此我只能以这三种言情小说为例加以介绍，这可能会犯以偏概全的错误，因此只能供读者参考。

《舞宫春艳》写了两个纠缠在一起的爱情婚姻悲剧故事：苏州富家子秦可玉自幼与邻居豆腐坊之女李慧娟相恋，由于门第悬殊，秦可玉被其父禁锢，二人难圆成婚之梦。不幸李慧娟生下了一个私生女鹃儿，只好遗弃，自己则郁郁而死。鹃儿被无赖李三子收养，长大后卖到上海做伴舞女郎，改名卷耳。中学生唐小棣先是爱上了姑夫秦可玉家的婢女叶小红，不料叶小红失踪，于是移情于卷耳，但无钱为卷耳赎身，两人感到婚姻无望，于是双双吞鸦片自尽。

《小红楼》的故事紧接《舞宫春艳》：曾经被唐小棣爱过的叶小红的失踪，原来也是被无赖李三子拐卖为伴舞女郎，小棣、卷耳自杀后，小红才被救了回来，并被秦可玉认为义女。经苏雨田介绍，与辛石秋相识相恋而订婚。同时石秋的姨表妹巢爱吾也爱石秋，但石秋既与小红订婚在先，便毅然与小红结婚。爱吾为了摆脱难堪的地位，离家出走，下落不明。石秋奉父命赴北平探望二哥雁秋，在火车站被人诬陷私带军火，被军人押到司令部。可巧爱吾此时已成为张司令的干女儿兼秘书，便设法救了石秋一命。但张司令强迫石秋与爱吾结婚，二人既不敢违命，又固守道德，便以假夫妻应付。后来石秋回到家里，终于与小红团聚。

《百合花开》写了两个紧密相关的爱情婚姻故事：二十岁的寡妇花如兰同时被四十二岁的教育家盖季常和十八岁的革命青年盖雨龙叔侄俩所爱，而盖季常的十六岁侄女盖云仙又同时被三十六岁的银行家杨如仁和十九岁的革命青年杨梦花父子俩所爱。经过许多曲折后，终于两位长辈让步，盖雨龙与花如兰、杨梦花与盖云仙同场结婚。

由以上简单介绍可知，冯玉奇的这三种小说共写了五个爱情婚姻故事，其中两个是悲剧结局，三个是有情人终成眷属。这正如鲁迅所说："有时因为严亲，或者因为薄命，也竟至于偶见悲剧的结局……这实在不能不说是一个大进步。"其次，这三种小说的五个爱情婚姻故事，倒有四个是三角爱情婚姻故事，但它们的情况并不雷同。唐小棣、叶小红、卷耳的三角恋是一男爱二女，辛石秋、叶小红、巢爱吾的三角恋是两女爱一男，而盖季常、盖雨龙、花如兰和杨如仁、杨梦花、盖云仙的三角恋更为异想天开，竟然都是两辈嫡亲男人（叔侄、父子）同爱一个女子。可见冯玉奇极有编故事的才能，从而使作品更具吸引力和娱乐性。又次，这三种言情小说的描写极为干净，没有任何色情描写。除了秦可玉与李慧娟有私生女外，其他人都非礼勿言，非礼勿行。如辛石秋与叶小红因婚礼当天石秋之母去世，为了守孝，新婚夫妻在百日之内没有圆房。而辛石秋与姨表妹巢爱吾为了对得起叶小红，虽被张司令强迫成亲，却只做了几天假夫妻。

从表现形式和艺术手法来看，我觉得冯玉奇的小说与当时新文学的新小说都受了西洋小说的影响，基本相同。譬如：两者都突破了传统小说书名的套路，不拘一格，尤其采用了一字书名和二字书名，如冯玉奇有《罪》《孽》《恨》《血》和《歧途》《逃婚》《情奔》等；而巴金有《家》《春》《秋》，茅盾有《幻灭》《动摇》《追求》。两者的对话方式也突破了传统小说的套路，灵活自如：对话既可置于说话者之后，也可置于说话者之前，还可将说话者夹在两句或两段话之间。至于小说的结构法、叙述法与描写法，更是差不多的。譬如人物描写不再是“沉鱼落雁”“闭月羞花”“倾国倾城”之类的千人一面，景物描写也不再是“落红满地”“绿柳成荫”“玉兔东升”之类的千篇一律，而加以具体描绘。这里随便举一个例子：

> 小红坐在窗旁，手托香腮，望着窗外院子里放有一缸残荷，风吹枯叶，瑟瑟作响。墙角旁几株梧桐，巍然而立。下面花坞上满种着秋海棠，正在发花，绿叶红筋，临风生姿，可惜艳而无香，但点缀秋色，也颇令人爱而忘倦。

这是《小红楼》对莲花庵一角的景物描绘，虽然算不上十分精彩，但作者通过小红的眼睛描绘了院中的三样东西——风吹作响的“枯荷”、巍然挺立的“梧桐”、正在开花的“海棠”，从而衬托出莲花庵幽静的环境，曲折地表明了时在秋季。频繁使用巧合手法是冯玉奇小说的显著特点，可以说把所谓“无巧不成书”用到了极致。巧合手法有助于编织故事，缩短篇幅，增加作品的吸引力等，但使用过多则时有破绽，有损于作品的真实性。冯玉奇的某些小说也采用了章回体，但只是标题用“第×回”和对偶句，“却说”“且听下回分解”之类的套语已不再经常出现，因此并非章回体的完全照搬。况且章回体并非劣等小说的标志，它在我国小说史上发挥过巨大作用，产生过杰出的四大古典小说。因此用章回体来贬低冯玉奇的小说，也是毫无道理的。

冯玉奇的小说也有明显的缺点。它们与其他鸳鸯蝴蝶派小说一样，主要注重小说的娱乐性，而忽视小说的社会性和艺术性，因此没有产生杰出的作品。他是南方人而小说采用北方话，加之写作速度太快，无暇深思熟虑，导致语言不够流畅，用词不够准确，还有许多错别字和语病。还有使用“巧合”法太多，有时破绽明显，这里不再举例。

总而言之，冯玉奇既不是“黄色”和“反动”小说家，也不是杰出小说家，而是一位勤奋多产、有益无害的通俗小说家，他应在中国小说史尤其是中国现代小说中占有一席之地。

2017 年 6 月 4 日于北京蜗居

图书在版编目(CIP)数据

六桥春·斧魄冰魂／冯玉奇著. —北京：中国文史出版社，2018.3

(民国通俗小说典藏文库·冯玉奇卷)

ISBN 978-7-5034-9812-1

Ⅰ.①六…　Ⅱ.①冯…　Ⅲ.①长篇小说-中国-现代
Ⅳ.①I246.5

中国版本图书馆 CIP 数据核字(2017)第 289666 号

点　　校：吴　琼　秦艳君
责任编辑：牟国煜

出版发行：**中国文史出版社**
网　　址：http://www.chinawenshi.net
社　　址：北京市西城区太平桥大街 23 号　邮编：100811
电　　话：010-66173572　66168268　66192736（发行部）
传　　真：010-66192703
印　　装：廊坊市海涛印刷有限公司
经　　销：全国新华书店
开　　本：720×1020　1/16
印　　张：23　　　　字数：325 千字
版　　次：2018 年 3 月第 1 版
印　　次：2018 年 3 月第 1 次印刷
定　　价：68.80 元